U0460378

有爱的青春陪伴者

薄荷味蓝鲸

莱拉斯 / 著

中国致公出版社·北京

图书在版编目（ＣＩＰ）数据

薄荷味蓝鲸 / 莱拉斯著. -- 北京：中国致公出版
社，2024.5
ISBN 978-7-5145-2187-0

Ⅰ．①薄… Ⅱ．①莱… Ⅲ．①长篇小说－中国－当代
Ⅳ．① I247.5

中国国家版本馆 CIP 数据核字（2023）第 222403 号

薄荷味蓝鲸 / 莱拉斯　著
BOHE WEI LANJING

出　　版	中国致公出版社	
	（北京市朝阳区八里庄西里 100 号住邦 2000 大厦 1 号楼西区 21 层）	
发　　行	中国致公出版社（010-66121708）	
责任编辑	贺长虹　柳　欣	
责任校对	魏志军	
策划编辑	文佳慧	
封面设计	刘　艳	
责任印制	周仲智	
印　　刷	长沙鸿发印务实业有限公司	
版　　次	2024 年 5 月第 1 版	
印　　次	2024 年 5 月第 1 次印刷	
开　　本	880mm×1230mm 1/32	
印　　张	10	
字　　数	338 千字	
书　　号	ISBN 978-7-5145-2187-0	
定　　价	45.80 元	

版权所有，盗版必究（举报电话：010-82259658）
（如发现印装质量问题，请寄本公司调换，电话：010-82259658）

目录

目录

2008 年，发生了很多大事。

先是年初，电视上都是关于雪灾的报道。接着是汶川大地震，学校组织捐款。之后的那个八月，全国人民迎来了北京奥运会。

但对于还差几个月满十二岁的宋思思来说，最大的事是她小学毕业，马上就要成为一名光荣的初中生了。

"富宇安初中还和我一个班？"宋思思一边扒饭，一边问她妈妈宋芳。

宋芳给宋思思夹了块茄子，盯着她咽下去了才开口："嗯，你俩不都说初中一定要住校吗？你富叔叔说，让安安还跟你一起，相互好有个照应。"

宋思思皱皱鼻子，把茄子囫囵吞下，她实在讨厌这种软烂的口感，白菜叶也不喜欢。她只爱吃脆脆的蔬菜，白菜梗可以，芹菜最好，甚至苦瓜也能接受。

但宋芳不允许她挑食，并且固执地认为颜色越深的菜越有营养，于是常常逼她吃茄子。

为了防止宋芳再给她夹菜，宋思思把饭一口塞到嘴里，跳下凳子就往楼上跑。

富宇安是她哥，比她大一岁，没血缘关系的那种。

他爸富爱民和宋芳是老同学，读书那会儿富爱民就暗恋宋芳。或者说，班里没男孩子不喜欢宋芳。

宋芳长得太漂亮了，即使背着竹筐去拔猪草，她也是最出挑的那一个。

那个年代，农村户口和城市户口间有条难以逾越的鸿沟，但宋芳就嫁给了城里人。

童话故事里只写到灰姑娘嫁给王子后幸福地生活在一起了，但真正的婚后生活却是一团乱麻。

宋思思的奶奶压根儿看不上宋芳，整天横挑鼻子竖挑眼。而宋思思的爸爸，只会和稀泥。

等到宋芳怀孕了，日子才开始好过起来。

宋芳那时的肚子尖尖的，看到的人无不说会生个大胖小子，宋思思的奶奶也终于有了好脸色。

宋思思是半夜里出生的，在1996年的尾巴上。宋芳本以为会有个"牛"宝宝，谁知还没到预产期，宋思思就迫不及待地要出来见见新世界。

宋爸爸那天在外地没来得及赶回来，宋思思的外公外婆在农村，半夜三更也没有进城的车。

当时只有宋奶奶守在产房外，她拎着鸡汤，连小孙孙的名字都想好了。

听到哭声的时候，宋奶奶非常激动地站起身往产房里望，但随后出现的护士给她兜头浇下一盆冷水——

"恭喜恭喜，生了个闺女。"

宋奶奶气得当场甩了鸡汤，转身就走，寒冬腊月里，她把宋芳一个人扔在了医院。

宋芳忍无可忍，出了月子便和宋爸爸离了婚。

富爱民和前妻是经人介绍在一起的，感情不深，但过日子也还凑合。

富爱民那会儿跟人一起做生意，每天忙得很，赚了些钱，但没什么时间照顾家庭。等他回过神来的时候，老婆已经跟人跑了。

他和宋芳再有交集，是在宋思思上幼儿园中班那年。

宋思思从出生起就极其爱哭，有一个洪亮的大嗓门，而且特别固执，谁惹哭了她，谁就得负责把她哄好。至于怎样才算哄好，得让她先哭上半小时再说。

宋芳用了无数办法想要改掉宋思思这个毛病，但宋思思的执拗无人能及。

那天放学，宋思思边玩跷跷板边等宋芳，跷跷板的另一头，是富宇安。

宋芳那会儿开了个家具店，为了能独自抚养女儿长大，她每天都得忙到很晚，宋思思一般都是全幼儿园最后一个被接走的。

通常情况下，来接富宇安的都是家里的保姆，但那天富爱民休息，他决定来接儿子放学。

事情的经过已无从考证，总之，没怎么带过孩子的富爱民很轻易地就把宋思思惹哭了。

等宋芳赶到的时候，宋思思嗓子已经哭哑了，而且早就没了眼泪，只是一个劲儿干号。

富爱民在一旁手足无措，他认出了宋芳，很是惊喜，但也尴尬："我看她跟我儿子在玩，就想逗逗她，我也不知道她怎么就哭了。我先前给她吃了颗糖，她停了会儿，看我要走，就又开始了。"

"没事没事，思思打小就这样，一哭就停不下来，是我没教好。"宋芳看起来比他还不好意思。

这事的最后，是富爱民给宋思思买了一个洋娃娃。

宋思思讹了富爱民一个洋娃娃，还得了个讨人厌的哥哥。

富宇安比宋思思大一岁，宋芳一开始就让宋思思管他叫"安安哥哥"。

但宋思思从来没叫过。

"哥哥"该是美好温柔的化身，十岁以前的富宇安，只有人嫌狗恶。

有一年放寒假，富宇安带宋思思去放冲天炮。

或许是低估了冲天炮的威力，冲天炮冲得比想象的远，往别人家的窗台去了。

"砰"的一声巨响，一楼防盗窗外挂的一串腊肠被炸烂了一半，楼下停着的电瓶车发出"嘀嘟——嘀嘟——"的报警声。

主人家当时正在打电话，惊得把话筒都扔了，大声地喊："爆炸啦！爆炸啦！"

然后，主人家慌乱了半天才发现是有熊孩子在放冲天炮，气急败坏地从屋里冲了出来。

宋思思先是被冲天炮的威力震慑得愣在原地，继而又因听见别人家的鸡飞狗跳，乐得在楼下咯咯傻笑。

冲天炮并不是她放的，所以她没有意识到狂风暴雨即将来临。

而富宇安，在腊肠被炸烂的那一刻，他就跑没了影。

宋思思独自承受了那个阿姨的怒火，不管她怎么解释不是她做的也没用。

而类似这样的事数不胜数。

直到四年级，他们搬进新家，富宇安好像一夜之间突然长大了。

他开始把零用钱花在买书上，什么乱七八糟的书都看，有时嘴里念的，宋思思甚至听不太懂。

他管宋思思叫小屁孩儿，说她只长个子，不长脑子。

放学后，他也不愿再带宋思思玩，他说这叫男女授受不亲，还让她离他远点。

当然，他偶尔也还是会以欺负宋思思为乐，毕竟，习惯不是那么好改的。

宋思思那会儿正上五年级，沉迷于看《淘气包马小跳》，每天最大的事就是和人论夏林果和路曼曼谁更好。

而富宇安则跳出了她们的幼稚层面，早就不读少儿读物了，他看的是蔡骏。

他不仅自己看，还骗宋思思一起看。

他告诉宋思思，这才是成熟的小孩该看的书，且非常好看，也并不可怕。

胆子只有绿豆大的宋思思，在被富宇安引诱着看了《地狱十九层》后，很长一段时间里必须整夜开灯才敢睡觉。

她甚至不敢看窗户，总觉得有什么东西趴在外面。如果不小心和人家来个对视，那么房子的封印就会解除，什么妖魔鬼怪都能进来。

她那时非常痛恨富宇安，整整一周不和他讲话。

直到后来，富宇安去花鸟市场给她买了只珍珠兔，她才原谅了他。

宋思思跑上楼，经过富宇安的房间，发现他一吃饱就上来打游戏。

那个年代的电脑显示器还有个笨重的大屁股，但依然是个新潮的东西。

宋思思瞄了眼屏幕，发现他正在玩红警，她知道这个还是因为看她姨父玩过。

富宇安总喜欢玩一些大人才玩的游戏。最近新出的那款企鹅飞车，宋思思班里的同学都在玩，富宇安却非说幼稚。

宋思思不屑地撇撇嘴，跑去翻富宇安的书架。他这里有很多"不是小孩子该看的课外书"。

"你来干什么？"富宇安噼里啪啦按着鼠标，屏幕上的小人正被他赶去修桥。

半天也没听到动静，富宇安回头，看见宋思思正拿着一本《失乐园》，吓得他立马从凳子上跳起来。

宋思思才刚翻开，还没看上两眼，就被富宇安劈手夺过去，让她吓了一跳："你干吗呀？"

"这是你该看的书吗？"富宇安瞪她。

"你都能看，我为什么不能看？"

"因为我比你大了一岁八个月零八天。小屁孩不要好奇心那么重。"说着，富宇安从柜子里翻出一本《阿衰》扔给她，"你要看看看这个。"

宋思思翻了个白眼，她大概知道富宇安这里有一些"不太好"的书，但并不太清楚是怎么个不好法。

因为提早了一年上学，她上了六年级才开始看偶像剧。

别人在追《微笑pasta》的时候，她还和表弟混一起看奥特曼；别人在唱周杰伦，她挂在嘴边的是："赛文，赛文，赛文。"

等她回过神来，明道早已像飓风般席卷全校，校门外的小店全在卖他的卡贴。

她出于好奇，看了重播的《王子变青蛙》，于是大概知道了爱情的样子。

那时的她，看吻戏还会很自觉地闭眼睛。

而富宇安，算了，富宇安没脸没皮。

宋思思实际上并没什么正事要和他说，她只是无聊才摸过来，只能没话找话："明天就要摸底考了，你怎么还在玩电脑？"

"不玩电脑干什么？这种入学考试考差了又没关系，老师了解下你的水平而已，又不需要准备。"富宇安从抽屉里翻出一盒巧克力扔给她。

宋思思伸手接了，包装上一排英文，她不认识，但记得。这是富爱民去广州的时候买的，给她带的那盒她早就吃光了。

宋思思剥开包装纸，咬了很小一粒含在嘴里，用舌尖润开，又咬一口。

富宇安看到她这样又开始嫌弃："你为什么不能整块吃？每次都和老鼠一样，一点一点咬算怎么回事？"

宋思思养过一只荷兰鼠，取名叫安安，她的每一只宠物都叫这个名字，妄图以此羞辱富宇安。

但富宇安往往只会白她一眼。

宋思思在院子里给这只荷兰鼠搭了个窝，结果鼠安安刚从笼子里搬去新家没两天，就被野猫咬死了。

场面非常血腥，给宋思思留下深刻的心理阴影，以至于她最怕的动物成了猫和老鼠。

富宇安认为她一定是故意的。

宋思思把巧克力一把塞进嘴里，有点没好气："你懂什么，巧克力就得这么抿着才好吃。"

"那你抿吧，宋老鼠，你本来就属鼠。"

"你才是老鼠。"

富宇安"啧"一声："你干吗？跑到我房间，吃着我的东西，还跟我叽叽歪歪？我可是你哥。"

"那我告诉富叔叔，说你欺负我。"

"行行行，我的错，行了吧。"

宋思思只要搬出"富叔叔"，富宇安总能立刻认输。

虽然宋思思觉得他实际上并不是真的怕他爸，但这是个开关，只要按下去，就能封住他的嘴。

宋思思见好就收，想了想，问他："你是不是去过我们要上的那个初中？我记得你之前老去那边打球。"

富宇安点点头："周末很多人去育才打球，初中生水平高点，小学生太菜了。"

宋思思"喊"了一声，说得好像他自己不是刚小学毕业一样。

富宇安有点儿不耐烦："你还有事没？我还要打游戏呢。"

"谁稀罕理你啊！是我妈让我告诉你，明早别赖床，她开车送我们去考试。"

"你可别胡扯，宋阿姨怎么可能说我赖床，明明每次都是你磨磨蹭蹭！"

宋思思朝他扮了个鬼脸，拿上巧克力和《阿衰》，头也没回就跑了。

第二天是个艳阳高照的好天气。

宋思思被宋芳按着吃两个鸡蛋加一瓶牛奶，不满地嘀嘀咕咕："没吃油条，就考不了 100 分，得是两个零蛋。"

宋芳作势要打她："这都哪里学来的歪理？蛋白不许扔掉，给我咽下去。"

宋思思吃鸡蛋只爱吃蛋黄，还不能是溏心的，越噎人越好。

富宇安早坐在沙发上等着了，叼着袋豆奶在玩贪吃蛇，头也不抬地提醒她："你最好吃快点，考试要提前进去的。"

宋思思一口把鸡蛋咽了，又咕咚咕咚把牛奶喝完，拿手抹抹嘴："走吧。"

一上午，考完了语文、数学加英语。虽然题目不难，但连着考三门，宋思思还是不免脑袋发蒙。

等她收拾好东西去找富宇安的时候，发现他正在和一个男生说话，两人看起来挺熟的样子。

宋思思瞄了那人一眼，头发剃得很短，从侧面看，鼻梁很高，有个圆鼓鼓的后脑勺。

他头皮上有块月牙形的疤。

脚上是一双很白的板鞋，连鞋边也是干净的。

宋芳很少会给宋思思买这样的鞋子，因为她走路总是踢来踢去，白鞋子不出一刻钟就会变黑。

那个男生转过来的时候，宋思思发现他有一对很黑的瞳仁。

比富宇安眉毛浓，比富宇安皮肤白，和富宇安差不多高，没富宇安眼睛大，比富宇安好看一点。

宋思思在心里默默比较。

和富宇安说话的男生叫余一言。

他们俩是打球时认识的，就在育才的球场。

用富宇安的话来说，他和余一言是小学生里仅有的两个打球不菜的。

宋思思怀疑他吹牛。

离正式开学还剩半个月。实在无聊，宋思思跟着富宇安去了育才。

富宇安约了余一言打球，而她一个人到处瞎逛。

初一的教室在致远楼，这栋楼有四层，一个年级十五个班，每层楼有五个教室，最顶上一层空着。除了空教室，其他教室全都上了锁。空教室里也不过放了点桌椅板凳，看上去和小学没什么区别。

宋思思逛了一圈，觉得有点儿没意思。

她下了楼，来到致远楼边上的一片竹林，沿着竹林间的小道一直往前走，看到一栋红色的老房子。

她走过去，扒着一楼的窗台往里望，发现这是学生宿舍。里头空着没有住人，放了四张上下铺，八个床位，没有桌子。

宋思思有点儿激动地想：很有可能我就是住这儿！

"哎，你哪个班的，趴这儿干吗呢？"

不知道打哪儿冒出来一个阿姨，指着宋思思喊。

宋思思吓了一跳，仿佛真做了什么见不得人的事，撒腿就跑。也不知怎么绕的，她竟跑到了球场。

球场上，富宇安跟余一言还真和初中生在打球，他俩混在那群男生中间，像两只瘦鸡崽。

宋思思走过去的时候，恰好看见富宇安被一个高个儿学长狠狠扣篮。

他果然是吹牛！

宋思思在一旁跺脚大笑，用手比成喇叭状："富宇安，你好菜啊！"

然后，余一言没多久也被扣了。

回去的路上，富宇安反复强调自己还没完全发育，等再过两年长高了，谁扣谁还不一定。

余一言没有富宇安那么油嘴滑舌，但这个年纪的男生到底都不想在女同学面前丢脸，于是，他也强调他爸有一米八五，他以后不可能会矮。

但这也无法阻止宋思思嘲笑，谁让女孩子长个儿早呢。

宋思思小学的时候一直是全班最高的女孩儿，比他俩整整高了4厘米。

当然，她后来才意识到，出来混总是要还的。

她上了初三就几乎没再长个，而他俩初一暑假时就反超了她的身高。余一言最后也果然如他自己所说，一点儿也不矮。

剩下的暑假，三人偶尔会混在一起玩。

余一言也住在东湖人家，临着江边的那栋别墅。通常是余一言来他们家，但次数不多，余一言总有很多作业要做。宋思思搞不懂，明明小学都毕业了，为什么余一言还有作业？

宋思思对余一言家很有印象，就在两个月前，她瞎溜达的时候看见那院子里种了棵樱桃树，红红黄黄的果子挂满枝头。

她很羡慕房子的主人，她家院子里只种了棵金桂，还是不开花的那种。

但余一言说，他家的樱桃并不好吃，又小又酸，樱桃都掉光了也没有人摘。

宋思思听了觉得很是可惜。

她之前看过一篇散文，叫《抽打心中的樱桃花》，具体内容记不太清了，但从此樱桃和那篇《端午的鸭蛋》里流着黄油的咸鸭蛋一样，成了她心里顶好吃的存在。

或许等明年，两人再熟一点，她可以让余一言抽抽樱桃花，说不定樱桃就会像书里写的那样变好吃了呢？

她后来确实去抽了，但樱桃依然又小又酸。

所以书里写的，也不全都是真的。

正式开学那天，座位表已经贴在了黑板上。

富宇安在第四大组，跟宋思思的第二大组隔了两列同学。

宋思思很高兴，她终于脱离了她哥的魔爪，小学的时候，老师永远把他俩排成同桌。

更让她高兴的是，余一言就坐在她前面。虽然他不爱说话，但至少是个熟人。

初中的座位还是男女混坐。

宋思思左边是个矮墩墩的男孩子，天生的黑眼圈，圆脑袋，大耳朵。

宋思思上学第一天就给他取了个外号，叫熊猫。

熊猫的前桌，也就是余一言的同桌，是个比宋思思还要高的女孩，皮肤有点黑，牙齿很白，笑起来有对梨涡。

宋思思很羡慕有梨涡的人，她之前看的电视剧里，女主角就有梨涡。

但宋思思只有酒窝，还是单边的。

但这会儿最让宋思思在意的不是这些，而是这女孩的马尾辫。

正式开学前的那次班会上，班主任孙晓晴抛出个重磅炸弹，她要求全班男孩子理寸头，女孩子剪短发。理由是头发方便打理才不会影响学习。

这简直是晴天霹雳。

初一的女生，已经很懂得美丑了。

对宋思思来说，长头发就意味着漂亮。没有长头发可扮不了公主。

但她还是被宋芳毫不留情地抓去剪了头发，斜刘海儿，跟着《爱情魔发师》里的小贝学的。

她觉得自己的短发怎么看怎么不顺眼，每天起床都得照半天镜子。

为了防止刘海儿遮住眼睛，她还专门花了一下午，去小商品市场挑了一堆花花绿绿的发夹。

短发真的一点也不方便打理。

但宋芳说："得听老师话，全班女孩子都会剪，不只是你一个。你总不想一开学就因为没剪头发而被老师记住吧？"

宋思思勉强平复好心情。

结果，并不是像老妈说的那样！

班里有个女生就没剪头发！

宋思思没忍住，主动去找人家搭话："你叫什么名字？你怎么没剪头发呢？"

"我叫高依茜。茜是个多音字，在我的名字里，读 qiàn，不读 xī。"高依茜摸摸自己的马尾，仿佛炫耀一样，"我头发有点自来卷，剪短发会像炸开了一样，我不想剪，我妈就随我了。"

宋思思简直要嫉妒坏了："你不怕孙老师说你吗？"

高依茜顿了顿，过了会儿才说："老孙同意的。"

直到后来，宋思思才想明白，高依茜当时为什么会顿一顿。

也是从那时候起，宋思思开始讨厌她。

但这会儿，宋思思只以为高依茜的妈妈去找过班主任了。

她可真羡慕高依茜有一个这么好的妈妈，宋芳绝不可能为她做这事。

宋思思想得没错，那栋红房子就是他们的宿舍。

对，没说错，是"他们"。

这届新生是男女混住，下面三层是男生的，上面三层是女生的。等熄了灯，宿舍阿姨就会把三层楼梯口的那道铁门给锁上。

宋思思头一晚回宿舍还有点忐忑且微微激动，总觉得和男生住一栋楼是一件很奇妙的事情。

虽然她一直和富宇安住一起，但富宇安在她心里不算男生。

然后，她发现是她想多了。

当她上楼的时候，看见几个男生只穿着平角短裤，拿着脸盆在走廊上打打闹闹，她只觉得好辣眼睛。

所以，男生这种生物果然最讨厌了，电视剧里都是骗人的。

女生宿舍总是有说不完的话，虽然大家才刚刚认识，但只要有共同话题，总是能迅速变熟。

最容易切入的共同话题，显然是追星。

初一的女生已经抛弃了明道，这会儿追的是林志颖。

2008年暑假，《放羊的星星》在安徽台热播。这回，宋思思也紧跟了潮流。

她甚至专门买了个画本，来成全自己的设计师之梦，在上面画满了剧里出现过的珠宝。

画得最好的，当然是"仲夏夜之星"。

当宋思思把本子拿出来的时候，不出所料，引起了女生们的围观。

杨璐璐最为捧场，她说宋思思肯定能成功，并要求宋思思出名了得送一条手链给她。

宋思思很受鼓舞。

她刚开始画的时候，被富宇安看见，这厮非要笑她在画狗链。

现在听杨璐璐这么说，她决定以后她俩就是最好的朋友了，于是大手一挥，非常豪气："我送十条给你。"

杨璐璐的座位就在熊猫左边，二、三两大组是挨着的，没有过道，这大大方便了宋思思和她的交流。

熊猫成了她俩传字条的工具人，一下课，他就会被她俩挤出去，方便她们头碰头地说小话。

宋思思真是太爱杨璐璐了。

她们俩都喜欢吃上口爱，爱喝李子园胜过娃哈哈，不吃卫龙而吃五毛一包的豆角干，还都是ABB式名字，一个叫杨璐璐，一个叫宋思思。

瞧瞧，要不是不同姓，宋思思得怀疑这就是她的亲姐妹。

高依茜时常也会加入她们，但她跟富宇安一样，喜欢的是周杰伦，对林志颖并不感冒。

被富宇安嘲笑过偶像的宋思思当然不乐意，她甚至有点生气，一个劲儿鄙视周杰伦眼睛小。

两方寸步不让，于是找来余一言做评判。

余一言是个看起来很有主见的人，而且他成绩好，宋思思潜意识里把他当成权威，有什么事总想听听他的意见。

宋思思以为，凭她和余一言的交情，余一言肯定会向着自己。

谁知，余一言完全不给面子。

他说："我既不听《范特西》，也不看偶像剧，我喜欢的是麦迪。"

偶像问题并没有让宋思思疏远高依茜，她自认是个大度的女孩儿。

况且，余一言虽然没向着自己，但也没帮高依茜说话。

该伤心的，是高依茜才对。

是的，宋思思知道，高依茜很崇拜余一言。

或者说，班里很多女生都很崇拜余一言。

宋思思自认为看人很准，她小学看《名侦探柯南》，总能一眼发现谁是黑衣人。

高依茜真的太爱在宿舍里提起余一言了——

"余一言摸底考试全班第一。"

"余一言喜欢穿耐克的球鞋。"

"余一言英语特别厉害。"

"余一言学过游泳，还拿过游泳比赛的奖。"

…………

宋思思很好奇她哪里来的消息，毕竟余一言看起来并不太和女生打交道的样子。自己和余一言一起玩过几回，依然对他一无所知。

高依茜说的时候，宿舍里总会有人接话。

"真的吗？他参加的哪种比赛？"

"他英语好我也知道，英语老师那么喜欢他，他都是团支书了，还让他兼任英语课代表。"

"他考第一不是很明显吗？我们班的学号就是按摸底考试的成绩排的。他一号，那就肯定是第一了。"

"你怎么知道这么多，余一言和你说的吗？"

听到这些话，高依茜只是高深莫测地笑了笑，并不回答。

第一名这种存在，对于慢慢意识到成绩重要性的初中生来说，总是特别的，更别说他们班二三四五名时有波动，而第一名永远不变。

宋思思敢打赌，如果余一言妈妈愿意和宋芳交换小孩，宋芳一定会毫不犹豫地把她交出去。

余一言就是好学生模板，是各科老师的心头宝，是父母嘴里别人家的孩子。

虽然他下课也会和朋友玩闹；虽然一到大课间，他也会争分夺秒地冲去操场打球；虽然他数学课上会和老师争论答案错了，弄得老师下不来台，但他上课从不说小话，没有学不会的科目，作业永远超前完成，卷面漂亮得能当标准答案。即使是大家公认无聊的思想品德课，宋思思也从没见过他开小差。

而宋思思并不是一个学习用功的小孩，有太多好玩的东西吸引她的注意力，她上课时总是控制不住自己摸摸这个，玩玩那个。

不努力的人往往更佩服有自制力的人。

宋思思得承认，她就像崇拜偶像一样崇拜着余一言。

所以，她控制不住地总想找偶像说说话。

思想品德是门不用考试的科目，就连讲课的老师都不免昏昏欲睡。

而这节课的课后，是长达20分钟的大课间。

这段时间到底是用来去小商店，还是去操场，历来是个难以抉择的问题。

于是，思想品德课顺势成了传字条大会，去操场的会让去小商店的帮忙带东西。

后来不知怎的，大家在字条上开始讨论什么零食好吃，甚至发起了实名制投票。

宋思思就很喜欢在思想品德课上戳余一言后背，她总想听听学霸的意见。

但是余一言很少在上课的时候搭理她，模范学生怎么可能会参与这种事。

那时候很流行用姓名的拼音首字母来当签名，既神秘又能代表自己。他们的字条投票，用的就是这种签名。

宋思思的首字母是"SSS"，在一堆"LYX""ZSD"之类的签名中显得非常特别。

她觉得很好玩儿，便一个一个拼着班里同学的名字。

拼到余一言的时候，发现他的是"YYY"，而且全班只有他们俩的名字是三个同样的字母。

宋思思就像发现了新大陆，迫不及待要和他分享。

余一言一如既往地端正坐着，连背都挺得笔直。可能是被宋思思乱戳的笔帽挠得有点痒，他靠着课桌微微蹭了蹭后背，皱着眉回头。

宋思思把字条递过去，上面写着：余一言，你名字的拼音首字母和我的一样哎，我的是 SSS，你的是 YYY，三个相同字母，好神奇！

余一言接过去看了，过了会儿，动笔写了句话，然后背着身把字条传回去。

宋思思本不期待他会回复，看他写了字递回来，还有点小激动，就那种"我爱豆回复我了哎"的心情。

然后，她看到上面写了八个大字，外加个感叹号：好好听讲，下课再玩！

果然，这就是学霸的世界。学习机器罢了，并不存在感情。

高依茜在宿舍里不仅喜欢提到余一言，还喜欢吐槽老师。

对于小学生来说，老师还是非常值得敬畏的对象，要是去小商店撞见了，都会心虚得不敢买辣条，更不要提挂在嘴边谈论了。

但上了初中，这条无形的束缚好像突然消失了，同学们对老师不再感到惧怕。

但对宋思思来说，吐槽还是很新奇的体验。

这个头是高依茜开的，她总是有很多小道消息。

科学老师怕老婆，他上周脸上的伤痕就是他老婆抓的；体育老师很小气，打牌输了不给钱；音乐老师三十岁了，还没有结婚；数学老师有一个不学无术的儿子……

但她说的最多的是班主任孙晓晴。

她从不叫孙晓晴孙老师，要么直呼姓名，要么喊老孙。

"老孙脾气很差，拿尺子抽过学生。"

"老孙很阴险，不让关后门，因为晚自习她会在教室后面偷偷看。"

"老孙很喜欢叫家长，经常会给父母打电话。"

…………

宋思思也加入进去："她还重男轻女！男生宿舍打扫包干区的时候，她从来不检查。轮到我们，她就要连叶子都一片不留，还嫌我们扫得慢。"

他们班的包干区，就是通往宿舍的那片竹林，非常长一片，里头落下的腐叶不知道积了多少年。男生宿舍值日的时候，只需要把掉在竹林小道上的竹叶扫进竹林里就可以了。而轮到女生，竟然被要求把竹林里的叶子全部扫干净。

女生们找到了同仇敌忾的对象，躺在床上叽叽咕咕，聊得很兴奋。

这次夜半密谈，让她们成为拥有同一个秘密的好姐妹。403宿舍的八个女生，好到手拉手地去上厕所，场面一度非常壮观。

但谁都没想到，这个秘密会被孙晓晴本人知道。

而告密的人，却是带头的高依茜。

至于高依茜为什么告密，是因为，孙晓晴竟然是她妈妈。

她可以讲老孙不好，并不代表别人也能讲。或许，她不是故意的，就像和室友吐槽了妈妈一样，她又和妈妈吐槽了室友。

但梁子还是结下了。

宋思思第一次感到了世道险恶，人心不古。她终于知道高依茜的小道消息都来自哪里，但是已经晚了。

老孙没有请家长，也没拿尺子抽人，但非常严肃地批评了她们一顿，并让她们去教室门口罚站。

晚自习的课间，七个女生在走廊上站成一排，周围人来人往，有的人还对她们指指点点。

宋思思从没觉得这么丢脸过。

而真正可气的是，罚站名单上并没有高依茜。

至此，宋思思不愿和高依茜做朋友了，她再大度，也不代表肚里能撑船，她又不需要当宰相。

自此，宿舍里呈现一片虚假的和谐，初中生已经很会虚与委蛇了。

宋思思憋着口恶气未出，但凡高依茜喜欢的，她都要讨厌。于是殃及池鱼，她连带着看余一言都不顺眼了。

小女生的情绪，向来如同六月天孩子脸，说变就变。

自此，她对余一言粉转黑。

因为同住一个小区，余一言和宋思思得坐同一班公交车回家。9路公交车的站台并不在学校门口，要走一段路去另一条街上。每周五放学，宋思思便得跟着富宇安和余一言一道坐车。

余一言并未察觉宋思思隐隐的敌意，毕竟宋思思回回都和富宇安针锋相对，呛自己几次，那也是正常的。

男孩和女孩的思维，根本不在一个频道上。

海的这半边是狂风骤雨，那半边却平静无波。

宋思思脑子里已经用上了十八般武艺，余一言依然像一台没有天线的收音机，完全接收不到"她不高兴"的信号。

她的阴阳怪气，全都成了对牛弹琴。

他们之间这种不阴不阳的氛围，一直持续到初二。

新学期开始，宋思思不再和余一言前后桌了，座位的远离，更加拉开了两人的关系。

她本以为自己会一直单方面对余一言冷战下去，直到两个月后，发生了一件大事。

周五的下午，富宇安说他要出去一趟，让宋思思和余一言先走。

他最近老是神神秘秘的，上周五也是提前溜号，不知道在忙什么。

宋思思不太情愿，上周五遭遇的令人绝望的情景，她还历历在目。

余一言有一个索尼的MP3，里头是他自己拷贝的英语听力，这是他唯一会带来学校的电子产品。

他那天就戴着半边耳机，走在宋思思左边，全程没有开口。

宋思思可受不了这氛围，但凡旁边有认识的人，她就有充足的表达欲，能一刻不停地说下去。

但她还是个路人黑呢，怎么能和余一言没话找话呢？

她决定甩掉余一言，自己一个人回家。

左右张望了会儿，宋思思将视线瞄准路边的烤饼摊。她要买个榨菜饼吃，现做现烤那种，拖延个15分钟，余一言总得先走了吧？

结果，余一言毫无察觉，就这么戴着他的半边耳机，听着英语听力，站在一边等她买烤饼。

宋思思和他说不用等，他说没事，后来还自己买了一个。

甩掉计划，失败。

拦不住提早溜号的富宇安，宋思思只能默默收拾书包。

这周轮到余一言值日，宋思思看他在擦黑板，想了想，决定干脆不打招呼，自己开溜。于是，她拎上书包，便和杨璐璐一起往外走。

不得不说，这是个非常错误的决定。

宋思思和杨璐璐在校门口的文具店磨蹭了好一会儿，她现在有了一个收藏笔的癖好，看到好玩的都想买。

这事的起因在宋思思的小姨宋红身上。

宋红去台湾旅游的时候给宋思思带回一支很特别的笔，笔头上挂着一个迷你泡面盒，半透明的，能看见里头的面饼和调料包。

现在大家管这玩意儿叫微缩玩具，玩的人还挺多，但那会儿宋思思没见过，这对她来说简直是打开了新世界的大门。

可惜校门口的商店并没有什么微缩玩具卖，宋思思的一腔爱意便转移到了笔上。

杨璐璐帮她挑了支带粉红色大毛球的圆珠笔，笔杆上还缠着波点纹的丝带。

虽然很不好写，但没关系，反正只是摆着看。

挑完笔，她俩又去了报刊亭，一人买了一本娱乐杂志，然后才分道扬镳。

杨璐璐坐的是 11 路公交车，校门口就有站台，宋思思得自己去 9 路公交车站。

她一边翻着杂志，一边沿着人行道往前走。

这条路上有一棵歪脖子树，有些年头了，树根把地砖都顶起来一块。宋思思每回走，都要踩一脚突出来的地砖，这回当然也不例外。她凭着感觉走到歪脖子树旁边，眼睛还盯着手上的杂志。

就在这时候，树后突然冒出一个人，是之前在校门口晃荡过的疯乞丐。还没等宋思思反应过来，疯乞丐就抓住了她的手。

宋思思胆子一向很小，她尤其害怕乞丐。

宋芳曾吓唬她：你不听话，就把你送给讨饭的人，你以后就去给讨饭的人做女儿，每天就住在桥洞底下。

宋思思一边觉得讨饭的人好可怜，一边又非常怕被抓走。

上小学那会儿，有个婆婆经常拿个碗在校门口打转。宋思思就会拿五毛钱，让富宇安送过去。一方面当然是出于怜悯，但同时也是想让婆婆有了钱就不要再来校门口转悠了。

她这么个连钱都不敢自己给的人,这会儿被人一抓,吓得七魂丢了六魄。

宋思思觉得自己仿佛遭遇了传说中的葵花点穴手,全身上下除了嘴巴,哪都动不了,甚至连手都不敢抽回来。愣了半天,她才开始疯狂尖叫。

余一言就是这时候赶到的。

那一刻,宋思思仿佛看见了梦里的孙悟空,驾着七彩祥云,从天而降,救她于水火。

初二的男生和成年男子比,身板显然瘦弱了点,聪明人当然不会硬碰硬。

余一言是个聪明人,于是他从疯乞丐手里抢过宋思思的手,拉着她转身就跑。

直到跑过了两条街,他俩才气喘吁吁地停下来。

宋思思开始后知后觉地掉眼泪。

她的老毛病又犯了——遇着事,第一反应就是哭。

她虽不再像小时候那样胡搅蛮缠,但也确实不太控制得住自己的泪腺。

她也不说话,就这么默默哭,还伸着被扯过的那只手,非常嫌弃的样子,仿佛觉得它已配不成为自己躯干的一部分。

余一言也是头一回遇到这种事,他想让宋思思别哭了,但宋思思充耳不闻。他又想给富宇安打电话,但富宇安作为好学生,上学肯定不会带手机。

在原地站了半天,宋思思哭得开始抽了。

余一言看她那副可怜兮兮的样子,都有点怕她晕过去,他总不能把人丢下不管。左右看了看,他拉着她去了旁边的饭店,问服务员借用洗手间。

宋思思还在哭,依然不说话,叫她也没反应,像个木偶一样,随他牵扯。余一言只能帮她洗手,他想,或许洗了手,她会好受一点。

这是余一言记忆里第一次碰女孩的手。

宋思思看着挺瘦一个人,手却肉乎乎的,手背上还有四个小窝,手指头很绵软。余一言给她搓洗手液的时候,甚至怀疑她没有骨头。

三只手放在一起揉搓,颜色对比很强烈,余一言突然觉得自己有点黑。

原来,这就是女孩子的手。

在搓第三次的时候,宋思思终于停止了哭泣。

余一言大松了口气,他觉得再洗下去他都得洗秃噜皮了。

宋思思哭得过于厉害,还有点一抽一抽的,眼睛肿成了三眼皮,鼻子通红,而且喘不上来气,只能用嘴巴呼吸。

她推了推余一言,示意他转过去。

余一言没懂。

宋思思只能自己背过身，抽了张纸，开始擤鼻子。

啊，原来是这个意思。

余一言突然觉得有点好笑。

她刚才旁若无人地哭得那么惨，仿佛完全不在乎路人的眼光。

他都不知道她竟然这么能哭，明明在学校每天最乐呵的就是她，叽叽喳喳的仿佛有说不完的话。

他们坐前后桌那会儿，他嫌她吵，现在换了位子，反倒有点不习惯。

没想到，看着脸皮挺厚的人，竟然还会不好意思。

然后，他就笑出了声。

他发誓他不是故意的，他绝没有富宇安那么无聊。

但因为他出了声，宋思思有点恼羞成怒。

她盼着地上赶紧裂出条缝让她钻进去，或者干脆来场龙卷风把余一言刮走，但最好是能有个隐身键，一按就能让她迅速原地消失。

等到夜深人静时，宋思思一个人躺在床上，头一回有点失眠。

她觉得余一言其实是个好人，也并不像看上去的那么难说话。

或许，她不该因为高依茜给他脸色看。

或许，他俩能像最开始那样做朋友。

这事之后，两人的关系正式破冰。

宋思思去小商店，偶尔会帮余一言带一瓶绿色的尖叫。

这是她发现的余一言为数不多的爱好。

他很喜欢用尖叫的瓶子喝水，并不直接吸，而是仰着头，离着两三厘米的距离挤到嘴里。

天气热的时候，他还会打开瓶盖，轻轻挤压瓶身，感受着瓶嘴上"扑哧扑哧"一点点往外冒的水汽。

富宇安也感觉到了气氛的变化。

周五放学，宋思思不再只和他斗嘴，她会踩着余一言的影子，像只叽叽喳喳的麻雀扯东扯西。

余一言依然戴着他的半边耳机，但会用另一只耳朵听宋思思在说什么，还会"嗯嗯啊啊"地答上两句。

富宇安认定有什么他不知道的事情发生了，但这两人都闭口不言。

他也就没再追问，因为他有更重要的事情。

宋思思上上周开始就发现富宇安不对劲，他大课间好几次都没去操场打球，小商店也没见他的人影，他甚至已经连着两周没和她一起回家。

她实在好奇，富宇安到底在干什么。

大课间的时候，她看到富宇安又一次往外跑，于是拉着杨璐璐一起跟了上去。

"他不是你哥吗？你可以直接问他啊，干吗偷偷摸摸的？"

"他肯定不会告诉我，他每次都嫌我幼稚。我跟你说，他这个人从来不干好事，我得去看看，万一他又干坏事然后赖我头上呢？我不能打没准备的仗！"

"怎么会呢？我觉得他看起来蛮好的呀，之前800米测试，他不是还陪你跑吗？"

"那是富叔叔叫他照顾我的。你怎么能帮他说话呢？你还是不是我的好姐妹？"

"可是……可是，他是你哥，我帮他也是在帮你呀。"

看着杨璐璐支支吾吾的，宋思思一瞬间灵光乍现："天啊！你不会喜欢富宇安吧？"

"你在乱讲什么！我怎么可能会喜欢他！"杨璐璐瞬间就涨红了脸。

宋思思看着她，越看越可疑。

杨璐璐的脸烧得仿佛都要冒烟了。

"你可别喜欢他，他可早熟了，小学就会看一些乱七八糟的书，不是什么好人！"

"什么乱七八糟的书？《泡沫之夏》那样的？"杨璐璐好奇。

校门口的文具店开始卖花花绿绿的杂志，班里一大半女生都在看，原来世界上还有这种好东西，偶像剧已经不再美味了。

但老孙明令禁止看，没收了厚厚一沓，还专门开了批评大会。

在杨璐璐心中，这就叫乱七八糟的书了。

宋思思翻了个白眼："怎么可能？我自己都要看的书，怎么会说它乱七八糟？哎呀，你不懂，反正是很不好的书。"

其实宋思思也不懂。初二的女生能懂什么？

看小说的时候，经常能看到一句话：我的耳机分你一个。

宋思思每回看见，心都怦怦跳得厉害，像是亲身经历了一般。她一边面红耳赤地往下看，一边还得做贼一样往旁边偷瞄，可千万不能让同桌看见她在看这个。

杨璐璐依然半信半疑。

正说着，她们已经走到了初三教学楼下，并没有看见富宇安的身影，人好像跟丢了。

宋思思张望了半天，不愿意无功而返，突然脑中灵光一闪，拉着杨璐璐往楼背后走去。

初三的教学楼后面跟围墙间有一条种着灌木丛的小道，平时没有人来，大家都是往楼前的正道走。这条路还是宋思思开学前逛校园的时候偶然发现的。

她们俩转过墙角，果然看见富宇安在这儿。

他正和一个女生在拉扯，貌似要吵起来的样子。

宋思思认识那个女生，是校广播站站长。

她和杨璐璐去点歌的时候见过这个女生好多回，这个女生笑起来很温柔，比她们高一级。

学姐会穿紧身的牛仔裤，或者纯白色的连衣裙，总之，都是宋思思不会穿的衣服。宋芳总说牛仔裤影响发育，白色的衣服宋思思不出半天就能弄脏。于是宋思思的衣柜里，全是黑色运动裤。

学姐还会扎那种鱼骨辫，辫尾缀两颗彩色小球。宋思思看见她，就想着等自己头发长长了，也要这么打扮。

还没等宋思思天马行空地想多久呢，她就见富宇安突然拿出随身听，强硬地靠过去，把一个耳机塞到了学姐的耳朵里。

学姐本来正拿手推他，突然也不动了，就这么站着和他分享着同一首歌，眼神也变得闪躲起来，像是不好意思。

过了一会儿，两个人都脸红了。

宋思思已经傻眼了，这是她有生以来第一次看见电视剧一般的场景，主角竟然是富宇安，她觉得她要窒息了。

杨璐璐在一旁紧紧拽着宋思思的手，拽得她都有点疼了。

还没等宋思思说话，杨璐璐掉头就跑。

宋思思追了上去，跟在杨璐璐身后，不敢贸然开口，也不知道该说什么。

她有点明白这种感觉。

她也偷偷暗恋过别人——外婆家对门的大哥哥，她独自去外婆家过暑假的时候认识的。

大哥哥天天带着宋思思玩，会给她剥莲子，会说"思思真可爱"，会叠能飞很远的纸飞机，还带宋思思去抓知了、打青枣、钓蛤蟆。

宋思思跟在他屁股后面缠了他一整个暑假，每天都在许愿，他要是能和富宇安换换就好了。

然后，宋思思就开学了，听说大哥哥也要去上大学，去一个很远很远的城市。

宋思思临走那天哭得撕心裂肺，大哥哥送了她一只很大的泰迪熊，有她人那么高，那只宝贝熊现在还住在她卧室里。

杨璐璐走到小竹林的时候停了下来，低着头，碎发掉下来遮住了脸。

宋思思看不清她的表情，只发现地上湿了一块。

但杨璐璐只沉默了两节课，等到去吃饭时，她看起来又像个没事人一样。

这事就在她俩心照不宣的沉默里过去了。

宋思思并不敢问杨璐璐是不是真的没事了，最好的朋友也会有自己的小秘密。

她希望杨璐璐真的没事了，但又觉得这事没那么容易过去，就像她到现在还记得她的大哥哥。

第二章
篮球赛

日子慢慢到了十月，这是个很快乐的月份，不仅有国庆长假，还有校运动会。

宋思思的体育很好，很善于跑 400 米，这是她每年必报的项目。

这个长度并不好跑，对耐力和爆发力都有很高的要求。如果控制着匀速跑，成绩肯定不赖，但排名也没办法靠前。如果一口气从头冲到尾，一般人就只能坚持 200 米。所以，这个项目拿奖的都是校田径队的。

宋思思是个例外，她 400 米能跑 1 分 05 秒，在男生里也是很好的成绩。

但今年，出了个意外。

400 米不像 100 米那样可看性十足，加上几乎年年都是田径队的自嗨项目，它甚至不配拥有自己的独立观众。

今年，在进行 400 米比赛的同时，靠近学生看台的短道上也在进行着 100 米比赛。它们那边留出了最靠内的 3 道，两项同时进行，并不冲突。

宋思思真想不通，到底是哪个人想出的这种鬼主意。400 米比赛就这么没人权，竟然沦落到像凑数的一样。

400 米比赛的运动员入场了。

跑道一共八条，每个人之间都隔了一段距离。

宋思思排在从外往内数的第 3 道。最外那条道的人，已经离最内道的起点线很远了。大家半蹲着停在各自的起跑线上，只听"砰"的一声，发令枪响，最外道那个女生便冲了出去。

宋思思本来觉得这声枪响好像是来自 100 米那边，并不是她们 400 米的起跑指令，她都没听见背后的裁判喊预备。

但靠外的第2道女生也开始往前冲。

宋思思一看，不行，怕是自己耳背，别落后了，于是立马起身跟着往前跑。

这一动不得了，几个女生，除了蹲在裁判边的那位，全都冲了出去。

等她们吭哧吭哧地跑回终点，才知道白跑了，成绩无效，裁判手里的秒表都没按呢。

裁判还在那儿说："我都吹了半天哨了，你们怎么没人听呢？"

最终，裁判让大家休息15分钟，还得重新再比。

宋思思已经累得说不出话了，15分钟根本不够恢复体力，但没办法，咬咬牙还得上。

100米的跑道边围满了同学，加油的喊声震耳欲聋，这应该已经是他们比的第三组了。宋思思权当那些鼓劲声是为自己喊的，但两条腿依然使不上劲。

意外，就是这时候发生的。

操场边拉着一条麻绳，拦着普通学生不让靠近，但绳子拦不住运动员。

跑道圈内的草地上，还进行着跳高比赛，这是真正没什么人关注的凑数项目。

有一位刚跳完的男生并没有注意到还有群人在跑400米，他一结束比赛就往100米的跑道冲，他得去给他们班加油。

宋思思正跑得头晕眼花，她当然注意不到草坪上有颗"炮弹"向自己冲来。

这一撞，堪称火星撞地球。

宋思思整个人飞了出去，侧面的胯骨着地，手臂上火辣辣地疼，幸好穿的是长裤，腿上还有层防护。

男生也没好到哪儿去，左手撑了一下地，手腕传来钻心的痛。但他知道自己闯祸了，撑着站起来，去看被撞倒的女生有没有事。

这是个有点眼熟的姑娘。

短发，斜刘海，刘海上别着个彩色夹子。眼睛很大，圆溜溜的，眼角上扬，左脸颊上有一颗小痣。

她还半躺在地上，没有起来，裤子蹭得很脏，有点狼狈。许是摔疼了，她还瘪了瘪嘴，像是想哭，但又忍住了。因为白，她手臂上的血痕更显得触目惊心。

他越发愧疚："对不起啊，同学，我刚才没看见，你还好吧？还起得来吗？"

宋思思试着动了一下，不行，疼得厉害，根本动不了。今天真不知道拜错了哪路神仙，点背到了家。

"你怎么回事？你怎么不看路呢？我这跑着呢，你看不见吗？"

"对不起，对不起，对不起！我着急看比赛，眼睛都往那边看了，没注意跑道上有人，实在不好意思。"男生连连道歉，想把宋思思扶起来，没承想，他的手腕根本使不上劲。

有个老师赶了过来："怎么摔成这样了？哪个班的？怎么还两个都受伤了呢？来个人，来个人，赶紧送医务室！"

杨璐璐在远处发现不对劲，已经拉着余一言跑过来了。

富宇安作为体育委员，他竟然一个项目也没报，运动会第一天就看不见人影。宋思思深刻怀疑，他十有八九找人玩去了。

余一言把宋思思扶起来："怎么样，你还走得了吗？"

宋思思试了一下，胯骨疼得迈不开："不行不行，好痛。"

余一言看她要哭的样子，有点慌张，立马半蹲下来："你上来吧，我背你去医务室，你别哭啊。"

然后，余一言就感觉到背上传来不一样的触感。

在这之前，余一言当然知道男生和女生的区别，科学书上有写。

老师上生理课的时候，班里一些顽皮的男生都会发出嘘嘘声。

晚上在宿舍，男生讨论的话题也不再局限于篮球和游戏，也会谈论起班上的女生。

他们提的最多的名字，就是宋思思。

但每次他们一提到宋思思，都会被富宇安骂回去，不允许他们谈论，更别说讨论她的长相。

但余一言对女生的了解，也仅限于教材上。

他从来没有这么直观地感受过，女生原来和男生这么不一样。即使上次给宋思思洗手，他也只是很朦胧地意识到，宋思思是白的、软的。

但因为宋思思的眼泪排山倒海，他更多的是不知所措、头皮发麻。

他当时很庆幸，幸亏有独生子女政策，他不会有个爱哭的妹妹。

余一言的耳尖红了，这一点红慢慢往下蔓延，连脖子都开始发烫了，汗珠从额头上滚下来，那个撞倒宋思思的男生还在一边喊："你是不是很累啊？这脸红的，还能不能行？我手使不上劲，不然就换我了。"

余一言斜他一眼，要不是他不长眼，能出这事吗？

宋思思有点不好意思："我是不是有点重啊？你还背得动吗？要是不行，放我下来，我自己跳过去好了。"

余一言把她往上托："你别乱动了。还行，不重，我背得动。"

好不容易到了医务室，宋思思看着余一言像好不容易卸了货似的把她放到病床上，然后迅速跳开，脸通红，额头上冒了挺多汗。

她满是疑问：说好的不重呢？

校医把闲杂人等都赶了出去，给宋思思检查了一番后，拿了个冰袋给她敷着。

宋思思现在已经缓过来了，没刚才那么疼，还好，应该没伤着骨头。手臂上有一点皮外伤，不是大问题。

倒是那个撞她的男生，手腕使不上一点劲，拳头都握不住，校医说十有八九是骨裂了，得去医院拍片子。

他临走的时候像是想起来什么似的，点了点自己左脸，又指指宋思思："我认识你，我记得这颗痣。"

男生叫萧子睿，楼下十班的，剃着个圆寸，瘦高瘦高的，黑得像炭一样，额头上还有一道疤，一看就是很顽皮的男生。

他的左手果然骨折了，舟状骨骨裂，医生说至少要打三个月石膏。

宋思思在心里暗暗叫好，活该，谁让你不看路。

萧子睿从那之后就开始往十一班跑，吊带挂在脖子上，一点也不影响他噌噌噌地爬楼梯。

他说是他害得宋思思摔成这样的，手肘上说不定还会留疤，他得负责任。

他还问宋思思："你真不认识我了？你小时候在青少年宫上过兴趣班的吧？我爸那天忘记来接我了，天都黑透了，我坐在门口哭，你过来上课，分了我一个红豆粽吃，你不记得了吗？我那个时候还很矮，没现在这么黑，你真没印象？"

宋思思翻了个白眼，谁能记得住这么久以前的事啊？

萧子睿还三天两头给宋思思送奶茶，就是那个"一年能卖出七亿多杯，杯子连起来能绕地球两圈"的香飘飘。

宋思思后来看到那句广告词就会取笑他，说香飘飘那么大的成就有他一份。

2009年，还没有遍地开花的奶茶店，盒装香飘飘就能算上略奢侈的饮品，比可乐还要贵一点。

但宋思思并不领这个情，她最讨厌需要冲泡的饮料，麻烦，班里没有饮水机，想喝还得出门接开水。

但萧子睿每回把奶茶扔到窗台边就跑，根本容不得她拒绝。

杨璐璐倒挺喜欢的，于是香飘飘都进了杨璐璐的肚子。

萧子睿的马屁拍到了马腿上。

宋思思和萧子睿真正熟络起来要到2010年了。

2010年新年，宋思思剪了个齐刘海，那时流行波波头，宋芳虽然不让她穿牛仔裤，但在发型上允许她追逐潮流。

寒假结束，开学第一天，杨璐璐就盯着她的头发："好看！你以前别个发夹显得有点幼稚，这比你以前的好。哪儿剪的，我也要去剪一个。"

"我妈做发型的一家店。可贵了，剪一次得五十块，她竟然一口气充了两千！她给我买新衣服的时候可抠搜了，每回都得求她半天。下次我带你去剪，报我妈的名字，不用我们付钱！"

她俩正说着，老孙走了进来，背后还跟着个人，竟然是萧子睿。

老孙拿着个三角尺在讲台上敲了敲："别聊了，静一静，寒假一放都让你们心玩野了是吧？一天天的书不知道读，就知道瞎玩！"

等大家安静下来，老孙才又开口："咱们班来了个新同学，大家鼓掌欢迎。"说完，她对萧子睿招招手，"你来自我介绍一下。"

"大家好，我叫萧子睿，是楼下十班的，应该有蛮多人认识我。我喜欢打篮球、看电影，最喜欢的电影是《蝙蝠侠：黑暗骑士》，最喜欢的篮球明星是科比。谢谢大家，我说完了。"

萧子睿跳下讲台，朝着宋思思一通挤眉弄眼。

宋思思简直惊呆了，这人怎么就跑到自己班来了？

"行了，起立吧，到门口排队。新学期新气象，座位得再调，省得你们一个两个的熟悉起来，整天叽叽喳喳。"老孙拿尺子敲敲桌子，示意大家出门。

宋思思一出来就逮着萧子睿问："你怎么会到我们班？你不是十班的吗？你到我们班来干吗？"

萧子睿没回答她，反而提起了她的新发型："你换发型了？那你现在还用发夹吗？"

宋思思摸了摸脑袋："怎么，很难看吗？璐璐说蛮好看的呀。"

"没有没有，我就是有个东西要送给你，不知道你还用不用得上。"

萧子睿在口袋里摸了摸，掏出一个发夹，是一个黑色的蝙蝠标。

"哎呀，好特别呀，是蝙蝠侠的标志吗？你在哪里买的呀？我怎么从来没看到过这种？还有别的款吗？"

宋思思接过发夹，拿在手里饶有兴致地翻看。

萧子睿挠了挠头："我自己随便做的，就当是我的赔罪礼了，你喜欢就行。"

"你竟然还会做这个，真没看出来。"宋思思又想起之前的问题，"你还没说呢，你怎么转班了？"

"哎呀，因为十班的同学都不怎么读书，我们班主任头一回带班，管不住他们，怕埋没了尖子生，就想着把我转出去。你们孙老师不是有名的严师吗，我就转你们班来了。"

"你？还尖子生？怎么可能？你不要瞎吹牛！"

宋思思完全不相信，萧子睿看起来就像天天闯祸的那类人。

萧了睿摸摸鼻子，说得自己也有点不好意思起来："矮子里拔高个嘛，我的成绩也能进年级前一百，你不要看不起人。"

宋思思依然不太相信，育才是省一中的附中，进年级前一百就能保进省一中了。而进了省一中，就相当于一只脚迈进了重点大学的门。

萧子睿看起来不像能上省一中的。

没等她再质疑，老孙那边的座位表已经排好了。

萧子睿成了宋思思的新同桌。

此前，宋思思其实挺烦萧子睿的。他太闹腾了，一个男生，整天叽里哇啦的怎么行呢？宋思思自己就很闹腾，人往往会讨厌和自己相像的人。

但成为同桌之后，宋思思必须承认，萧子睿真的太好玩也太会玩了。他连一张光碟都能玩上半天。

那是英语书后面附带的碟片，录有书里的英语对话。虽然除了余一言，大部分人都不会听，但总归会带回家装装样子。可萧子睿从来不屑装，他都光明正大地玩。

上数学课的时候，老师在黑板上写字，他就拿着光盘背面照宋思思。

宋思思的脸映在上面，变形且模糊。

萧子睿就会说："看！照妖镜。"紧跟着接上一句，"妖怪，哪里逃！"

宋思思想板着脸，但没憋住，就被他逗乐了。

他还拉着宋思思下五子棋，用格子本下，每输一局就得请对方吃一回冰激凌。

萧子睿已经知道宋思思不爱喝香飘飘了，于是赌注变成上口爱，绿色清甜蜜瓜味那款。

宋思思很喜欢这款冰激凌，但很少买。宋芳怕她乱花钱，把她的零花钱控制得死死的，只有富爱民偷偷接济她。但宋思思大部分零花钱得用来买小说，小部分用来买专辑，甜筒就只能凑合吃一块钱一支的那款。

巨大的诱惑下，宋思思答应了萧子睿的请战。

然后，她输出去二十支冰激凌。

她气得要跟萧子睿绝交："这不科学！我以前从来没有输过这么多次！你肯定研究过五子棋棋谱，故意来诓我的！我不跟你玩了！"

"谁研究那玩意儿？是你答应跟我下的，愿赌就要服输好不好？"

"不行不行，这次不算数，我不认。"

"那这样，冰激凌我不要了，你答应我一个条件好了。"

宋思思当然不同意："你觉得我傻吗？万一你狮子大开口，要求我给你买100支冰激凌呢？这也是一个条件哪，谁知道你会说什么。"

萧子睿简直无语："谁会要吃那么多冰激凌，你以为都跟你一样？"

"不行，反正我不相信你。"

"那这样吧，我们再接着玩。如果你先赢20盘，就换成我给你买20支冰激凌。但如果是我先赢50盘，换你答应我一件事。我保证不会提让你买100支冰激凌这种要求，你肯定能做到，怎么样？"

宋思思琢磨了半天，感觉可以赌一把，毕竟50盘呢，可不是那么好赢的。

五子棋大战持续了很多天，但并没有产生最终的赢家。

因为，在萧子睿赢满49盘的时候，宋思思再也不下五子棋了。

余一言和萧子睿气场不合，从第一次见面那天就是这样。

余一言嫌萧子睿毛毛躁躁，萧子睿说余一言假正经。

宋思思觉得不对，余一言怎么能是假正经呢，他明明就是真正经。他有时候正经得就像个老学究，连作业都从不给同学抄。宋思思问他为什么，他解释："没写完就没写完，不要骗人骗己，我管不了别人，但决不会助纣为虐。"

萧子睿觉得余一言看着是个好人，其实憋了一肚子坏水。

宋思思认为，萧子睿其实是嫉妒余一言球打得好，所以天天诋毁他。

萧子睿和余一言都是打前锋的。萧子睿更高一些，他是整个年级最高的男生，虽然还没办法扣篮。但余一言弹跳力好，还灵活，他上篮的时候，萧子睿想盖他帽，但从来盖不住。

两个前锋，总不免会互相较劲。

而富宇安是后卫，他负责在一边看戏。

一开始，宋思思以为这种不顺眼是萧子睿单方面的。后来她才发现，余一言也看不惯萧子睿，他从来没有这么针对过一个人。

周日的晚自习，是补作业的最佳时期，就是那种照着别人作业本抄的那种"补作业"。

晚自习上除了补作业，还会查作业。

某些作业是不需要上交的，比如英语报纸，比如课本上的习题，再比如一些练习的试卷。这类作业都会在周日由各个学科的课代表一一检查，等到上课再由老师统一讲解。

余一言兼任英语课代表，他得查大家的英语作业写没写。通常情况下，他只随意瞄一眼，只要不是全空着，都不会为难人。

宋思思的英语报纸从来没有认真写过。阅读理解她都是 A、B、C、D 瞎填一通，最后的英语作文就随便找篇阅读理解抄，抄满横线了算完。她还得意扬扬地把这个秘诀告诉萧子睿，说这样补作业的速度，甚至比照抄别人的都快。

周日晚上，余一言照例开始检查英语报纸。但这次，他并没有如往常一样。

准确来说，在检查到宋思思之前，他还是如常的。

宋思思没想到，余一言会拿着自己的报纸看那么久。他就站在她座位旁边，面无表情地盯着看了至少 5 分钟。

在第一分钟的时候，宋思思就坐立不安了。她很清楚自己写的是什么玩意儿，余一言只要稍微认真看两眼，就能发现她的英语作文通篇瞎扯。前面的选择题，她还能狡辩是做错了，作文这个真狡辩不了，因为和阅读理解原文一模一样。

就像半夜被妈妈抓到躲在被窝里玩手机一样，宋思思提心吊胆且手足无措。心理建设了半天，她都准备好被余一言说一顿，然后让她重做了。

毕竟，余一言可是个老学究。

结果，余一言什么都没说，只是放下英语报纸，看了她一眼。

然后，轮到检查萧子睿的作业。

余一言拿起他的报纸，看了不超过 3 秒便开口了："你作文乱写的吧？

重新写。等会儿写好拿来给我看看，老师那边我就不说了，你自己自觉点。"说完，他扔下报纸，走了。

吃这一堑，并没有让宋思思和萧子睿长一智。等到下次写英语报纸的时候，他俩故态复萌。

上次的剧情再次上演，宋思思死罪可免，而萧子睿依然活罪难逃。

于是，宋思思确定余一言在针对萧子睿。

萧子睿当然要报复回去。

宋思思有非常多的笔，可以装满两个大笔袋。她有一点收集癖，除了好看好玩的，还会买各种颜色的，集齐七支能画出彩虹。

余一言坐在宋思思的斜前方，有时他会隔着过道来借用宋思思的彩笔，在书上画不同颜色的标记。

他时机往往挑得不太好，会打断宋思思和萧子睿说小话。

但余一言是宋思思周五回家小分队队员，她当然不介意，还会好脾气地借给他。

萧子睿就没那么好说话了："余一言，你为什么老是打断我和我同桌说小话？自己没有笔吗？干吗找我同桌借？你没笔用的话，我可以给你买。"

"我同桌"和"给你买"这几个字，他说得分外清晰。

余一言愣了愣。他不擅长吵架，也不屑于和萧子睿吵架，只会转头问宋思思："你不愿意让我用你的笔吗？"

宋思思只管摇头。

萧子睿仿佛听见耳边响起一声长长的电子音"KO"。

萧子睿 vs 余一言，第二局，萧子睿依旧没有讨到好。

盼望着，盼望着，五月的脚步终于近了。

为什么盼望五月？当然是因为五月有篮球赛。

见萧子睿天天坐在旁边掰手指，宋思思故意刺激他："你是从十班转来的，万一和十班对上呢？你会不会放水？万一他们怕你放水直接不让你上场呢？你不是白期待了？"

萧子睿呛了她一下："你不要乌鸦嘴！虽然我以前是十班的，但我现在来十一班了啊，我生是十一班的人，死是十一班的鬼，怎么能怀疑我呢？"

"那可说不准。你在十班多久，又来我们班多久？你们班以前都是第一吧，我们班水平也不差，现在你来了这里，那可就很难说了。"

宋思思那张嘴像开过光似的，通常好的不灵坏的灵。

看到萧子睿一脸纠结的样子，宋思思忍不住哈哈笑起来，心想，这人怎么会这么傻呢？

萧子睿想了半天，不行，他得去问问富宇安，得确保自己能上场。

"安哥，篮球赛名单确定没啊？我能上场的吧？不会不让我参加吧？"

"你怎么会这么问？首发阵容不是早就确定了吗？我、你、余一言、毛嘉乐、雷云超。"

"没事没事，我随便问问，确定就行。"

萧子睿有点郁闷，是的呀，早就讨论好了的，他怎么就被宋思思的胡说八道吓到了呢？

"你来得正好，报个号码，还得定做球衣呢，你衣服上要写什么数字？"

今年出了个新规定，每个班都得有自己的球衣。

因富宇安是体育委员，还是篮球队队长，老孙便让富宇安负责这事。

"有什么号码能选啊？"

"随便你自己啊，想选什么选什么，一般用 10 以内的数字吧。"

"10 以内啊，我回去想想。"

萧子睿回到座位，瞄了眼边上的宋思思，脑子里冒出的第一个数就是"4"。

克里斯·波什穿的也是这个号，可波什不够强啊，感觉这号不够好。要不然选 8 好了，科比就穿过 8 号球衣。萧子睿琢磨了半天，发现 8 这个数可真妙，8 就是 4 的双倍，这不比 4 更好吗？

他在心里暗暗夸自己是个小机灵鬼，像是怕这个数被抢了一样，立马奔去找富宇安："我选 8 号，这个还没人选吧？"

"没，你是第一个，我也没定呢，等会儿再去问他们。"

萧子睿一阵窃喜："那就 8，确定了，不变了。"

这天是班级的第一场篮球赛。

宋思思抱着富宇安的衣服和水壶，拉着杨璐璐坐在第一排，这边视野好，看得清清楚楚。

唯一不好的是后面坐着高依茜，她说话还不能不理。而坐在高依茜旁边的竟然是林菲儿，林菲儿就是校广播站站长，宋思思完全想不明白，她俩怎么玩一起去了。

宋思思朝后努努嘴，用气音问杨璐璐："你知道她们怎么认识的吗？"

"噢，她们俩啊，高依茜也是校广播站的，你不知道吗？"

宋思思想起来了，好像是有这么回事，高依茜是中途加进去的。广播站放什么歌都是由广播站的人决定的，高依茜为了多听几首周杰伦的歌，就去求站长了，没想到还真让她加入了。

"哎哎哎，他们入场了，这白色球衣是富宇安挑的吧，还挺好看的。"高依茜拿着面小旗子挥，还推了推林菲儿，一脸戏谑。

宋思思撇了撇嘴："我看你想说的根本不是球衣好看，而是余一言好看吧。"

宋思思承认，自己占有欲是有点强。她认定的朋友，如果有了别的伙伴，她就会失落。杨璐璐是，富宇安是，余一言也是，现在还得加上萧子睿。

"余一言怎么穿的是 27 号球衣啊？大家穿的不都是单数吗？"高依茜果然忍不了半分钟就会提余一言。

宋思思又开始撇嘴，什么单数呀？ 10 以内的叫个位数，真是个文盲。

没想到，高依茜会来推她，问道："宋思思，你知道吗？你哥不是管这个的吗？"

宋思思帮着富宇安整理球衣的时候就看见了，她当时也觉着奇怪，怎么有件不一样的。富宇安有些一言难尽地看了她一眼，说是余一言的。她当时也问了为什么余一言选这个号，因为她的生日就是 27 号，她觉得好巧。

富宇安让她直接去问余一言。

余一言怎么回答的来着，啊，对，她想起来了。

"余一言说，自然底数 e 约等于 2.718，他喜欢这个数，就选了 27。"

"那他为什么不直接选 2 呢？"

"那不是被富宇安选了吗？"说着，宋思思看了林菲儿一眼。

林菲儿的生日就在前两天，5 月 2 日，富宇安那天去参加她的生日聚会了，还骗宋思思说是球队要练球。

宋思思一听就知道他骗人，余一言还在家写作业呢，林菲儿过生日这事她就是从余一言那儿套出来的。

"自然底数 e 是什么？我们学过吗？"高依茜还在问。

宋思思有点不耐烦："我怎么知道，反正我没学过。"

其实她也问了余一言什么是自然底数，余一言解释了半天，她一句也没听懂。余一言就说，听不懂就算了，这个知识现阶段不会考。

富宇安正好过来和林菲儿打招呼，顺便喝口水，听了大半段，简直要笑喷了。

余一言可真能瞎扯，亏得宋思思这傻瓜还真信了。

宋思思小时候就特好骗，别人只要一本正经和她说话，她都能信。

小学的时候，有一个女同学天天穿黑裙子来上学，长发及腰，看起来很神秘的样子。她当时跟宋思思说，她爸在她生日的时候送了她一辆南瓜车，就和辛德瑞拉的那辆一样，不过要小一点，只够她一个人坐进去。虽然没有马，但她家养了两只阿拉斯加雪橇犬，她就让狗给她拉车。

宋思思一听就信了，因为在这之前，她都不知道灰姑娘叫辛德瑞拉，她也没听说过阿拉斯加雪橇犬，她小姨家养的是只雪纳瑞。

这么多新鲜名词，那一定得是真的。

这可把她馋坏了，天天缠着宋芳要南瓜车。

宋芳气得骂她缺心眼，转头给她煮了一星期的南瓜粥。

现在宋思思长大了，依然很好骗。

这场球赛很快就结束了，其实不太精彩，纯属单方面碾压。五班的那些男生在萧子睿几人的衬托下，仿佛误入巨人国的小矮人。萧子睿才初二，身高就超过一米八了。他们这场球打得连三步上篮都懒得上，全程都在飙三分，反正对面跳起来也拦不住。

宋思思觉得他们就是在故意耍帅。

萧子睿还把矿泉水浇头上了，左右甩头，就像小姨家的雪纳瑞刚洗完澡抖毛一样。可他头发太短，没甩起来，还把自己弄得一身湿。

但旁边的人都很吃这一套——高依茜一看到余一言进球就得"哇"一声，杨璐璐也很兴奋地挥旗子，连林菲儿都没忍住喊了两声"加油"。

宋思思的嘴可能真的开过光，十一班和十班最终还是对上了。

十一班的球赛一直进行得很顺利，前几场抽签抽到的都是菜鸟对手（富宇安是这么形容的）。上一场进了四强，才开始难打一点，但对手依然被打趴下了。

到了决赛的时候，王终究还是要见王的。

今天这一场就是和十班打，班里再书呆子的同学也都来球场加油了。

萧子睿碰见老队友，倒没什么异样，虽然被嘘了，但他还是跑对面去放了一通狠话，说总冠军戒指终将属于他。

裁判鸣哨，比赛开始了。

不出所料，开球被萧子睿拍飞，富宇安跳起来接住，立马往中场运去。

防富宇安的是个穿着7号球衣的黑大壮，这哥们简直壮得像座山一样，半张着双臂跟着富宇安跑。富宇安把球换到左手，灵活地来了个转身，想要过人。但7号也不赖，他预判了富宇安的动作，步步盯得死紧。

富宇安没办法，再运下去他可能会丢球，瞅着个空当，立马传给了毛嘉乐。

毛嘉乐投球很准，但并不善于运球，旁边的3号一逼上来，他就发慌了，还没看清呢，就只凭着感觉把球往余一言的方向扔。

这个球扔的角度不太好，力道也不够，防余一言的1号离球更近，余一言想冲上去接球，反而被他狠狠撞了一下。

"他怎么撞人！裁判不吹哨吗？"高依茜立马叫起来。

宋思思"啧"了一声："他又没犯规，合理冲撞，裁判怎么吹哨？"

这会儿工夫，球已经到了1号手里。

这个人简直是属猴的，不，他比猴子还灵活，风一样就带球到了篮圈下，谁都没能拦住他。

眼见着1号跳起来，球已经出手。

"啪"的一声，余一言比他跳得还高，把球拍飞了。当年那个被人盖帽的少年，如今已长得足够盖帽别人。

不得不说，这一手非常精彩。看台上，已经有女生站起来欢呼了，宋思思也忍不住开始鼓掌。

球到了萧子睿手上，他一个假动作晃过了8号。对，防他的也穿着8号球衣，一白一红紧紧黏在一起。不愧是老队友，8号很熟悉萧子睿的打法，并且看起来水平很不错，萧子睿被压制住了。

萧子睿想冲破防线，但很不顺利，8号就像块橡皮糖一样黏着他，他根本施展不开。实在没办法，他看了看旁边，那个黑大壮这会儿有点没跟上，于是他一个急刹，把球扔给了富宇安。

富宇安带球过了中场，黑大壮已经追上来了，他怕再出意外，瞅准机会，跳起来就投。

这已经不能称为三分球了。

富宇安的站位离三分线还有些距离，他平时很少站这么远投篮，说实话，他自己心里也没底。

篮球在空中划出一条抛物线，随后砸在篮筐上，转啊转，转得宋思思一颗心都提了起来。

球进了！

"好球！"她大喊一声。

整场球赛进行得非常激烈，比分咬得死紧，之前双方比分相同，现在已经是加时赛了。中途双方都还换了个替补上去，显然，大家都已是强弩之末。

萧子睿整件衣服都湿透了，他今天被防得太死，对面的8号是十班最强的球员，专门被派来盯着他的，导致他今天只进了九个球。

比分停在58：56，时间只剩下一分钟。

宋思思有点沮丧，觉得几乎不可能赢了，就算再进个球也是打个平手。到时候判罚球，十班五个人没有短板，但自己班的雷云超并不是很行。

富宇安这个控球后卫被黑大壮拦得很死，看起来对面就是想拖延时间，把2分优势保持到比赛结束。

球现在在余一言手上，他运过半场，1号向他狠逼过来，眼见着8号也向他逼近，他立刻将球传向了萧子睿。

萧子睿运球直奔篮下，8号重新回防，步步紧逼，已经做好了拼着犯规也要拦球的准备。

但萧子睿突然把球往后一传，扔给了雷云超。

雷云超之前表现平平，一直是个助攻的存在，这下倒很灵活，三两步过了个人，已经冲到了篮筐底下。

对方的球员都在向他逼去，但已经来不及了。

雷云超跳起来，大家都等着他投篮。成败在此一举，要是进不了，连罚球的机会都没有了。

但谁也没想到，雷云超把球往后传给了余一言！

余一言正站在三分线外！

三分出手，伴随着裁判的哨声，球进了。

压哨绝杀！

满场欢呼，看台上的同学把旗子抛得满天飞，连对面十班都有人鼓掌叫好。

余一言被萧子睿抱起来，这是他俩第一次拥抱。富宇安在后面狠拍他们，然后也抱作一堆。

宋思思激动坏了，高依茜在旁边大声喊着余一言的名字，很快大家都喊了起来。宋思思也跟着拿手做成喇叭状："余一言！余一言！余一言！"那个嘹亮的嗓门，全场数她喊得最响。

"哎哎哎，余一言是不是对着这边笑了？"是背后某个女生的声音。

"是的是的！他是在笑！我都没怎么见过他笑，他笑的时候比他冷着脸还好看。"这是另一个女生说的。

"哈哈哈，你不会喜欢他吧？"

"你说什么呢！是你发现他笑的呀！"

听见背后传来打闹声，宋思思向场上望去，看到余一言真的在笑，眼睛亮晶晶的，跟她对视着。

他笑起来真好看，好看到宋思思都忘记了喊他名字。

篮球赛的热度才刚过去，又马上迎来了艺术周。

这是育才的第一届艺术周，素质教育的口号喊了几年，即使再注重升学率，学校也不得不重视起美学教育。

艺术周的大部分活动其实没什么意思，无非一些毛笔字、钢笔字、国画、素描、水彩画之类的比赛。而且还是那种不用现场现作的，只需要在家完成，带过来就行。赢了的人也没有任何奖励，就是把作品贴在走廊上以供观瞻。

宋思思就带了一幅国画。

宋芳当初致力于把她培养成古典才女。才女嘛，当然得会琴棋书画。

宋思思小学的时候学了古筝、围棋、书法、国画、民族舞等一大堆，但全都是半吊子水平。学这些并没有把宋思思熏陶出古典气质，她反而朝着另一个方向无限狂奔。静不如处子，动宛如疯兔，笑起来一颗牙齿也不露，因为露的是她的小嗓子眼儿。

宋思思本来不想带国画的，怎么说呢，她有一种身为初中生的骄傲在。那幅画虽然出自她的手笔，但并不是出自现在的她。那是六年级的宋思思画的，初二的宋思思现在只记得握笔姿势了。

宋思思觉得自己已经是个大人了，再拿自己小时候的作品参赛，未免丢脸。

当然，如果比赛有奖金的话，丢脸也能接受。

可惜，比赛并没有奖金。

但老孙家访的时候，早就把大家了解得一清二楚，而且宋思思有很强的好胜心，什么都得争第一，所以她乖乖交出自己的作品。

这是宋思思最喜欢的一幅画，她自以为这也是画得最好的一幅。

画上是大片的池塘，水边的茅屋，池塘里长着接天无穷碧的莲叶，以及别样红的荷花。有一个小姑娘坐在塘埂上，用脚丫子撩水。一个大哥哥倚在一边，帮她剥着莲蓬。

画上还题着一句诗：最喜小儿亡赖，溪头卧剥莲蓬。

宋思思背得最滚瓜烂熟的诗，就是这首辛弃疾的《清平乐·村居》。

明明当初剥莲蓬的人一直都是大哥哥，但他每回喂给她吃时，念的都是这句诗。

啊，宋思思又有点想大哥哥了。

如果富宇安真能跟他换换就好了，她愿意用富宇安变矮10厘米做交换来实现愿望。

艺术周除了这些无聊的比赛，还有个大项目——

每个班都得准备一个舞蹈节目。

严格意义上说，不局限于舞蹈，体操也行，有个班甚至准备表演太极拳。总之得动起来，全班一起动。

高依茜是班里的文娱委员，在这件事上，她拥有最高话语权。她当选文娱委员可没有掺半点水分，她会弹钢琴，还会跳拉丁舞。

最终，她给大家选了支舞，电影《歌舞青春》里的 *We're all in this together*。这支舞是真的很难跳，尤其是在太极拳的对比下，男生几乎全员反对。但对女生来说，舞蹈的吸引力肯定要比太极拳强，尤其是这种很炫的，光想象自己表演就足够激动了。

高依茜又抛出个消息，中间有几段电影里没教怎么跳的，她来教大家跳恰恰，或者说是恰恰和体操的结合版。

突然间，男生们的反对声音就变小了。

那个年纪便是这样，会吵嘴，会扯辫子，会生了气就不搭理人，但情绪都来得快去得快。

选舞的问题解决了，但选舞伴的问题没有解决。

谁想和我跳？

我又想和谁跳？

每个人都有自己的小心思。

最终最简单的方法是和同桌跳。

宋思思的舞伴是萧子睿，她得说，他长得有点太高了，不仅高，还很笨。练习的时候，他不是在傻笑，就是在脸红。

"你的脑子被巨怪吃了吗？你又踩到我了！"

这是萧子睿今天踩到宋思思的第三脚。

"对不起，对不起，我会注意的。"萧子睿说完又在傻笑。

宋思思真搞不懂，这人到底在乐什么。

余一言排在他俩斜前方，舞伴是个小个子女孩。他的水平也不怎么样，笨手笨脚的，根本不像跳恰恰，迈腿仿佛踢正步。但他至少比萧子睿好，宋思思没见着他踩人。

富宇安呢？

富宇安被高依茜抓到前面领舞去了，他满脸写着"我想死"，但音乐老师说他是个"天生的舞者"。

宋思思简直要笑出猪叫声。

富宇安莫名在舞蹈方面点了天赋开关，看一遍就会，还跳得很和谐。他一开始自作聪明地以为，展示了能力就能提早结束，可以先走。谁知道聪明反被聪明误，被抓去和高依茜领舞，还加了一小段他俩的独舞。

至于杨璐璐，她因为跳舞这件事儿和毛嘉乐的关系变好了。

毛嘉乐是班长，也是她同桌。杨璐璐手脚有些不协调，她比萧子睿还能踩人。但毛嘉乐永远都是好脾气地笑笑，被留堂练舞也没什么怨言。

"我觉得毛嘉乐是个暖男，可以交个朋友。"杨璐璐在晚上回宿舍的路上如是说。

那年的偶像剧，暖男永远只配当男二，冰山男才能赢得公主的芳心。

但宋思思支持杨璐璐。

"富宇安不是你的好朋友了吗？"

"我跟他的关系早就变得一般了。"

这就是杨璐璐，谁不合她意了，就跟谁说拜拜。

但宋思思得说，这回杨璐璐看对人了。

艺术周结束就是期末考试。

不得不说，连着两个大活动，大家都有点玩疯了。

明天上午要考《历史与社会》，这门课，中考是开卷，但平时的考试全都是闭卷。宋思思因此深深怀疑社会老师以折磨他们为乐。

考前临时抱佛脚这事儿，是宋思思头一回干。

虽然她平时学习不够努力，但她有天赋。宋思思常常为她那颗聪明的脑袋而沾沾自喜，她可以一边跟萧子睿说小话，一边老实听讲。一心二用的天赋，赋予了她考高分的能力。

但考高分，并不包括《历史与社会》。

这是她的瘸腿科目，翻开书，她什么都会，合上书，知识点全忘。

要背的实在太多，除了余一言，谁能记得住？

今晚，403 宿舍灯火通明。啊，不对，是手电筒通明。

扣不扣分已经不重要了，被宿管阿姨抓到，不过是罚扫包干区而已。重要的是明天的考试，她们得和社会课本决战到天明。

这段记忆如今想来，既痛苦又怀念。

八个女生，两两挤在下铺的四个床位上，互相抽背课本内容，即使是高依茜都显出几分可爱来。

大家头碰头地讨论重点，在课本上圈圈画画。

"这儿肯定得考，我上课听了一嘴，老师说是重点的重点。"

"这儿不用背，我问了余一言，他说不重要，考的概率很小。"

"这儿看有没有时间吧，有时间就背，没时间就算了，这点分数看人品了。"

宋思思还给每个人画了张 Q 版柯南，明天贴在课桌侧。

挂柯南，挂科难。

考试这种事，社会主义好少年当然也是需要"迷信"的。

第三章
旅行
ZONGHENG SANJING

　　《历史与社会》考试的顺利结束，带给了宋思思轻松的好心情，但还有个更好的消息等着她。

　　今年暑假，学校组织夏令营，不是小学爬个山的那种，而是去 B 市，为期一周的旅游。

　　宋思思瞬间就高兴疯了，她喜欢旅游，也喜欢和朋友在一起，而现在，这两个喜欢的东西加在一起，出现了"1+1＞2"的效果。

　　她第一个冲去问杨璐璐："你去吗？你要去的吧？毛嘉乐肯定会去，他是班长呢！"

　　说着，她扭头问毛嘉乐："毛班，毛班，你要参加夏令营吗？"

　　毛嘉乐点点头："应该会去，但我得问问我爸妈。"

　　杨璐璐看了宋思思一眼："你去我就去。"

　　"那我们说好了！可不准变啊！到时候我得跟你住一间房！"

　　宋思思乐呵呵地回到座位上。

　　萧子睿开口问她："怎么样？杨璐璐去的吧？你也会去吗？"

　　"我当然要去，我都没有和同学在外头过过夜。我小学的时候，有女生会去朋友家里住，我妈从来不让我去。哎呀，好开心！好激动！我真想明天就是 7 月 10 日。"

　　"我也要去，那我们到时候一起去爬长城吧，我看行程安排上有写。"

　　"随便随便，怎么样都行，反正只要大家一起，怎么样都好。"

　　但宋思思没想到，她都计划好怎么玩了，宋芳竟然会拒绝她。

"为什么不让我去？很多人都要去，我怎么能不去？"宋思思气得饭都不想吃。

"因为你去年已经去过B市了，哪有人连着两个暑假都去B市呢？"

"可是我去年是和小姨去的，这次是和同学，这怎么能一样呢？"

"怎么不一样？而且安安也不去，你一个人我不放心。"

宋思思简直要气死了，她气哼哼地盯着富宇安，就知道这人重女神轻妹妹。

林菲儿今年夏天毕业了，开学就得去上高中。富宇安不愿意和宋思思去夏令营，因为他已经答应了林菲儿参加她的中考宴，还要送礼物的。

宋思思吃完饭就在富宇安床上打滚："我不管，我不管，你一定要去，你不去老妈就不让我去。你可以回来了再把礼物给她，我们只去一周，时间并不长。"

"我不去。我都去过B市了，再去无不无聊？"

"那你去说服我妈，让她允许我去。你不帮我我就不起来，我还要告诉富叔叔你乱用零花钱。"

"你敢！你说了我肯定不帮你了。"富宇安想了想，"这样，我肯定是不去的，你去找余一言，让他来和宋阿姨说。他是要去的，宋阿姨那么喜欢他，让他看着你，肯定就放心了。"

"好主意！我这就去找他！"宋思思从床上蹦起来，拿上小灵通就往外跑，边跑边拨电话。

"喂，余一言，你有空吗？出来一趟行不行？我在小区南门。"

"嗯，你等一会儿，我就出来。"

宋思思在原地踢了会儿石子，就看见余一言微喘着跑过来，像是着急出门，袜子都没穿，露出一点脚踝。

"哇，余一言，你好白啊！"宋思思盯着余一言的脚踝。

因为常年不见天日的原因，他的脚踝和上面的小腿形成了明显的色差。

余一言有点不自在地动了动脚："你找我就为了说这个？"

宋思思猛摇头："不是不是，是我妈，她不让我参加夏令营。富宇安让我来找你，他说如果你去找我妈说的话，她肯定能同意。"

余一言皱眉想了想："我这么晚去你家不太好。你和你妈说过夏令营要去华大吗？并不只是去B市旅游，我们会在华大住一晚，还要听讲座，是带有研学性质的。告诉她这个的话，她应该能同意。"

"啊？这样吗？我都没看那个行程表，光顾着高兴了。这样我妈肯定能同意！谢谢你啊，余一言，你真是太聪明了，你就是我的大恩人！拜拜拜拜，太谢谢你了，你回家吧。"宋思思高兴地蹦起来抱了他一下，然后一刻也等不及地转身往家跑。

余一言在原地愣了片刻，看着宋思思的背影，抑制不住地弯了弯嘴角。

正如余一言所说，宋芳果然答应了，她还想劝富宇安一起去。但富宇安坚定地拒绝，他说他不想考华大。

宋思思在心里嘀咕，明明是考不上。

等待的日子，宋思思既激动又焦急，激动的是马上就能出去玩了，焦急的是这一天怎么还没到。在这几天时间里，宋芳还带她去买了很多新衣服，她可以一周都不穿重样的。哎呀，想想就美得冒泡。

7月10日，在宋思思的期待中终于来了，宋芳一大早就听见宋思思的捶门声："老妈，快起床！快起床！送我去机场，要来不及了！"

"这讨债鬼，上学没见过她这么积极。"

在去机场的路上，宋芳边开车边叮嘱她："去了之后听老师话，不要掉队，不要乱跑。安安不在你身边，你就跟着那个谁，余一言是吧？你就跟着他，别把自己弄丢了。"

"我知道啦！你讲了能有300遍！"

"手机放好，还有钱包，你不要放在口袋里，掉了都不知道。"

"我又不是小孩子，怎么会掉！"

"跟你讲不听，到时候没了又要哭。万一钱包掉了没钱花就问老师借一点，妈妈到时候再还给她。"

"知道了知道了，你怎么这么啰唆了，你现在就像外婆一样。"

宋芳突然有点鼻酸，感觉宋思思昨天还是个小毛毛头，不摸着她的肚子就不愿睡觉，怎么今天就长大到不需要她，能自己出去玩了？

"妈妈，你不要哭哇，我会好好听话的，我保证。我有空了就给你打电话，也不会走丢，等到17号那天你就能见到我了。"

等到了机场，宋思思拉着行李箱，迫不及待地往大门冲。

冲到一半，她站住了，又跑回来，抱住了宋芳。

她这会儿已经长得比宋芳还要高了，微微低头，贴了贴宋芳的脸，像小时候那样："妈妈，我会想你的。"

宋思思到候机大厅的时候，已经有很多人了。

萧子睿戴了顶棒球帽，穿着背心和花裤衩，就那种海岛旅游风，背心上印着棵椰子树。他仿佛下一秒就要置身沙滩，扎一个猛子，或者去海里冲浪。

萧子睿也在看宋思思，甚至有点看呆了。

他见过很多种宋思思，大笑的，生气的，翻白眼的，皱眉的，嘟嘴的，挠头的，捶桌的……但没见过这一种。

她的短发从头顶开始往下编成两根小辫，穿了件海蓝色小碎花娃娃领连体裤，脚下一双高帮帆布鞋，斜挎着英伦牛津包，拉着24寸白色行李箱，露出一大截嫩生生的腿。

她就像赤木晴子一样！萧子睿在心里这样说。

"赤木晴子"开口了，然后"赤木晴子"变成了"樱木花道"："哈哈哈，萧子睿，你怎么穿得这么傻？你是要飞去三亚度假吗？那你坐错飞机了。"

萧子睿脸红了："很傻吗？我妈让我这么穿的啊，她出去玩的时候给我带的，她还说好看。"

宋思思没再理他，因为她看见了杨璐璐："天哪，璐璐你好漂亮！"

杨璐璐穿了条泡泡袖蓬蓬裙，戴着蝴蝶结发箍，她的个子不高，看起来就像个洋娃娃。宋思思从没见过她这样打扮，好像离开了学校，那个朴素魔咒就被解除了。

杨璐璐抿着嘴，想装得淑女一点，但没坚持3秒就破了功，拉着宋思思的手嘿嘿笑起来。

余一言过了会儿才到，他逆着光走过来，白色短袖加黑色短裤，配一双黑色板鞋，背着个双肩包，从头到脚除了黑白，没有别的颜色。

萧子睿看见他手上戴着的护腕，默默骂了句："装！"

这时候，萧子睿被人从后面拍了一下："嗨，第二名。"

宋思思看向来人，微微瞪大双眼，她感觉自己和杨璐璐在她面前就是个幼稚鬼。

这个女生穿了条宝蓝色吊带连衣裙，绑带凉鞋，戴一条红色手绳，半披散着头发，看起来十分洋气。

她的头发在阳光下带了点深栗色，左脸颊上也有一颗痣。她可真不像个初中生。

萧子睿好像很不想看见她："你来干吗？"

"我不能跟你打招呼吗？第二名。"

"爱打不打。"

女生好像只是为了过来打声招呼，说完这两句，她又走了。

宋思思非常好奇："哇，萧子睿，她是谁啊？为什么叫你第二名？"

"我以前的同桌，十班的。因为她一直是班里第一，我第二，所以她就叫我第二名。"

"你不是说你们班主任怕埋没尖子生才把你转到我们班的吗？那怎么转你不转她？"

萧子睿一下被噎住了，眼睛眨了老半天，支支吾吾道："可能我们那个班主任喜欢我吧。"

余一言这时在一旁出声提醒："走了，老师来了，票好像已经取好了，得去托运行李。"

十一班总共来了7个人，除了他们4个，还有毛嘉乐、高依茜和夏雨婷，剩下的都是别班的。

上了飞机后，宋思思才注意到票是随机出的，同班的只有余一言坐在她右手边。班里其他人都被打乱了，带队老师还不允许换座位。

宋思思的位置靠窗，但往外望，只能看见飞机的机翼。她有点可惜看不到地面一点点变小，她很喜欢数被道路分割成一块块的格子土地。

空姐在前面说着注意事项，余一言在给宋思思检查安全带。

"余一言，你现在就像个老父亲。"宋思思笑起来，还喊了他一声，"余爸爸。"

余一言看起来非常无奈："富宇安叫我看好你。"

说着，他又从包里掏出一盒木糖醇："富宇安说，你很可能会耳鸣。"

宋思思拿出两粒嚼了，啊，是她很不喜欢的薄荷味："你该买蜜瓜味的。"

"好吧，我下次注意。"

飞机起飞的时候，宋思思感觉到很强的超重感，座位紧紧抵着后背，耳朵好像被堵住了，只有嗡嗡的声音。但她觉得很有意思，感觉自己和世界被隔绝了，好像突然进入另一个次元，周围的一切都是失真的。

等飞机平稳飞行的时候，宋思思吐掉了口香糖，她感到有点无聊，开始观察余一言。

余一言被她盯得发毛，不自在地挪了挪身子："你看我干吗？"

"余一言，你有没有喜欢的人？"

余一言好像被自己的口水呛住了，咳了两声，过了会儿才开口："你问这个干吗？"

"好奇呗，你看起来就像那种不会喜欢别人的人。别人要是喜欢你，你肯定会像这样，"宋思思示意余一言看她，然后板起脸，学着余一言当初教育她上课别说话的样子，嗓音刻意放低，"我只喜欢学习。"

余一言被逗笑了："我不会这样，我并没有很喜欢学习，我只会说，"他也学着宋思思板起脸，"你不要影响我学习。"

"这不是一个意思吗？有什么区别？"

宋思思又换了个话题："听说你练过游泳？很厉害吗？"

"还行吧，小学的时候学的，现在很少去了。"

"你还学过架子鼓？"

"嗯，会一点，没学多久。小时候不都要上兴趣班吗，随便报的。你怎么知道这个？"

"高依茜说的。"

余一言皱了皱眉，虽然他一心读着圣贤书，但也没真到两耳不闻窗外事的程度。他像是在解释："我和她不熟，不是我告诉她的。"

"我知道，老孙是她妈嘛，她那里有很多小道消息。"

宋思思说完，像是突然想起什么，打开包，从里面掏出相机，银粉色的佳能 IXUS80："余一言，我们来拍照吧。"

"现在吗？飞机上有什么好拍的？"

"来嘛来嘛，我刚才在候机厅就该拍的。这可是我第一次和同学一起坐飞机，得纪念一下。"

余一言没办法，只能看镜头。

"你凑过来一点，不要坐这么直，你有点高，等会儿出镜了。"

说完，宋思思按下快门，拍完后调出来看了看，又开始提意见："不行不行，你看，你都没有笑，你太严肃了，拍照得笑哇。而且我们自己拍的话，离得太近了，变成两个大头，得找人重新拍一张。"

宋思思拜托了余一言右手边的男生，这回照得勉强可以。

照片里，宋思思左手比着"V"，右手在强制余一言比"V"，眼睛笑得眯起来，露出一排糯米牙。

余一言像是很不适应拍照的样子，嘴巴抿出一条直线，只有嘴角微微上扬，是个假得不能再假的假笑。

但他的眼睛里，有一点点笑意泄出来。

宋思思玩了半天，又开始不知道该干什么，无聊地从座椅后背兜里掏出杂志随便乱翻。

余一言拿出他的 MP3，扬了扬手里的耳机问她："你要听吗？"

"英语吗？"

余一言笑了："怎么可能？都出来玩了我怎么会听那个？我又不是学习机器。"

"那是什么？"

"当然是歌。"

"什么歌？"

"很多，你听了就知道了。"

宋思思接过来一只耳机，戴在右耳上，是首英文歌，很缓慢的调调。

然后，她就在耳机里循环往复的"Hey Jude"中慢慢睡着了。

不知道是不是昨晚兴奋得睡不着，今天又一大早爬起来，宋思思这一觉睡得非常沉。

她是被耳朵痛醒的。

醒过来的时候，她发现自己的头枕在余一言肩膀上，而飞机已经开始降落。

宋思思完全听不见声音，只有耳膜刺痛，仿佛要被戳爆了一样。这回，她不觉得与世界隔绝的感觉有意思了。

她用力地吞咽两下口水，但疼痛没有丝毫缓解，于是只能张开嘴巴"啊啊啊——"地叫着。

余一言发现了她的不对劲，对她说："你用力捂住耳朵再放开。"

宋思思完全听不见："你说什么？"

余一言用手捂住自己的耳朵，示意宋思思跟他学。

但宋思思没领会，只是照着捂住耳朵，并没有要放开的意思。

余一言只好拿下她的手，换自己的捂上去。

宋思思在他双手的一张一合中感到耳朵不痛了："哎，真神奇，我耳朵不痛了。"

她看见余一言嘴巴动了动，但她现在还听不见，于是问道："你说什么？我还是听不见。"

余一言这回说了四个字。

她依然听不见，只能看出第一个大概是个"我"字："我听不见啊，等下了飞机你再和我说。"

但余一言下了飞机并没有和她说，他说他已经忘记说了什么。

一行人下了飞机，拿着行李往停车场走。

宋思思上了大巴才发现车上还站了个大学生，看着有点眼熟。

"大家好，我叫宋宣，在华大读研一，你们可以叫我宋学长。你们在华大的这两天，全程由我来陪同。有什么问题，可以来问我。"

之后，宋宣又讲起了行程安排和注意事项。

但宋思思已经听不进去了，她瞪大了眼睛盯着面前这个人，这个人是她的宣宣哥哥。宣宣哥哥就是给她剥莲蓬的大哥哥，他比记忆里……

其实已经没什么记忆可言，毕竟是只相处了一个多月，又五年没见的人，照片都没有一张，宋思思心里的那张脸已经很模糊了。

但她觉得，宣宣哥哥不该长这个样子——

戴眼镜，穿白衬衫，不高也不矮，不胖也不瘦，不黑也不白，除了笑起来特别温柔，他简直再普通不过。

宋思思在心里绝望地想，他甚至还没有富宇安好看！

然后，心里两个小人开始打架。

天使说："你不该以貌取人。"

魔鬼理直气壮："这再正常不过，谁不喜欢好看的人？"

天使："可他对你很好。"

魔鬼："那又怎样？好又不能当饭吃。"

天使："可好看也不能当饭吃啊。"

魔鬼："但好看可以下饭。"

"你怎么了？发什么呆？"两个小人还没有吵出个所以然来，就被杨璐璐推没了。

"啊？哦，没怎么。"宋思思纠结了一会儿，还是没忍住，说，"我问你啊，假如说，你原本喜欢一个人，后来发现他长得很一般，你又不喜欢长得一般的人，怎么办？"

杨璐璐没有丝毫犹豫："那就不喜欢了呗。天涯何处无芳草，何必单恋一枝花。"

果然是收放自如的杨璐璐。

"可是，如果那个人对你很好呢？"

"你就因为一个人对你好而喜欢他？"

"我小时候觉得他很高大，很温柔，很帅气，反正就是那种想象中的哥哥的样子。"

"那你这也不一定就是喜欢啊，你可能只是把他当哥哥呢？你那时候

047

几岁啊，能分清什么是喜欢吗？我小时候也喜欢大哥哥，小孩子总喜欢和大孩子玩，然后就会产生喜欢的错觉。"

宋思思沉默了，可能、也许、大概是这样，但她又有点不服气。

杨璐璐又问："他对你怎么好？"

"带我抓知了来着，还把它们烤了吃，又脆又香。之后带我去摘荷花，我小时候可喜欢摘花了，但我妈不让，她说我辣手摧花，所以我们家只种了棵不开花的桂花树。他还给我剥莲蓬吃，还带我玩了很多东西。临走那天，他送了我一个超大的泰迪熊。"

杨璐璐简直要翻白眼了："这就叫好吗？富宇安没带你玩过吗？你也太傻了吧？"顿了顿，她又问，"所以，你是喜欢谁？"

宋思思指了指前面："就那个宋宣，我小时候在外婆家认识的，我刚刚听他说名字才认出来。我估计他也不认识我了。"

杨璐璐眼睛都要瞪出来了："你没搞错吧？你怎么喜欢这样的？看起来很一般啊。"

后座的萧子睿已经在拍座椅了："你们在说什么？你喜欢谁？"

余一言微微蹙着眉，也看着这边，像是都听见了的样子。

"你怎么这么爱打听？女孩子的事是你能管的吗？"杨璐璐把萧子睿呛了回去。

虽然宋思思还是有点郁闷，但不得不说，有被安慰到。

这就是小时候啊，会喜欢和大孩子玩，会和同龄男生画三八线，会崇拜懂很多的大哥哥，会把他的形象在心中无限美化。

等长大了又发现美梦破碎。

这就是小时候，这没什么大不了的。

之后的两天，就在重复的听讲座、逛校园、听讲座、逛校园中度过。

宋芳的期待落空了，宋思思根本没被触动，她一点儿也没产生"这个学校好好，我得努力学习，以后争取考华大"的动力。

在从华大出来，搬往酒店的那一刻，她还很兴奋地想，终于结束了，快乐旅行我来了！

7月11日晚上，是一个值得铭记的夜晚。

这是宋思思第一次和同学一起住酒店，让她乖乖地和杨璐璐待在房间里，这是不可能的。当然，她也不能出酒店，这是带队老师强调过无数次的。所以最后，她和杨璐璐跑去了高依茜和夏雨婷的房间，即使关系一般，但四个人总归比两个人好玩一些。

在打了半天扑克又聊了半晌八卦之后，已经到了半夜。四个女生洗完澡躺在床上，决定看会儿电视再睡。

那个年代，某些酒店里的电视机还能搜到神秘的午夜台。但四个女生没人清楚这个事，她们本意只是想随便找部电影看看。

调到午夜台的时候，正好一部韩国电影刚开始，于是遥控器就停在这个台。

电影开头很正常，俊男靓女在谈恋爱，或许剧情有点烂。在互联网没普及的年代，初中生不懂什么烂片，宋思思只是看得有点打瞌睡罢了。

她不知道是什么时候，感觉就是打了个瞌睡再一睁眼，电视里的两个小人就开始相互扒衣服。

这是宋思思有记忆以来第一次看到成熟女性的曲线，准确地说，是第一次在电视上看到。

宋芳带她去蒸过桑拿，大部分人都会围上一条浴巾。但有一小撮人，会非常坦然地什么也不穿地坐在那儿，通常还手握着给石头添水的瓢，整个桑拿房都会被她们烧得越来越烫。

宋思思觉得难以直视，别人不害羞，她却很尴尬。她从来不会让自己的眼睛在别人身上打转，她不觉得这是占便宜，反而感到冒犯。

于是她只去蒸了一回，就再也不去了。

那次经历给了她很不好的体验，但这次不同。

宋思思听见身边的杨璐璐在咽口水，或许她自己也咽了。

夏雨婷是第一个开口的："这个好像是那什么电影。"

但没人回答她。

宋思思甚至不敢去看别人的反应，她现在不敢跟任何人对视。

"我们还看吗？"这是高依茜的声音。

"不了吧。"宋思思听见自己这样说道。

她又要窒息了，比看言情小说的时候要窒息得多。

但是，没有人换台，遥控器不知道在谁手里。

尴尬？害怕？好奇？兴奋？

各种各样的情绪交织在一起，咕嘟嘟烧得滚烫起来，空气被煮成黏稠状的胶水，让人呼吸困难。每个人都被粘在床上，如同落入蜘蛛精的网，四肢都不能动弹，只剩下非常轻的吸气声。

宋思思头脑一片空白，又好像充斥了无数连她自己都无法分辨捕捉的想法。

好像过了一个世纪，又好像只是一瞬间，电影终于结束了。

电视立马被按灭，遥控器依然不知道在谁手里。

"我们睡觉吧。"第一个打破沉默的是杨璐璐。

于是灯被关上，大家一起闭眼，之后谁也没说话。

宋思思连临睡前的例行上厕所都没去，好像被下了什么禁令，不允许发出声响。

值得庆幸的是，这是部含蓄的韩国电影。

宋思思是被一阵急促的电话铃声吵醒的，床头那个客房电话在丁零丁零地响。

她感觉自己才闭眼没多久，脑袋还晕乎乎的，怎么就要起床了？

房间里拉着窗帘，一片漆黑，高依茜摸索着按了免提键。

电话里传来带队老师非常愤怒的声音："宋思思和杨璐璐是不是在你们房间？你们四个到底在干什么？睡死了？打手机没人接，敲门没人应声，昨天说了今早要看升旗，3 点 50 前得在楼下集合，你们看看现在几点了？给你们 10 分钟，10 分钟后我要看见你们所有人。"

宋思思一个激灵，瞌睡虫都飞了，她拿起床头柜上的手机看，真的有好多个未接来电，手机不知道什么时候被她调成了静音。她明明记得调了闹钟，这会儿发现只定了三点半的时间，但并没有打开。

挂了电话，四个人一骨碌从床上爬起来，用最快的速度洗脸刷牙换衣服。

宋思思都没时间换鞋，她穿着洗澡时穿的人字拖，吧嗒吧嗒就往楼下飞奔。

幸好幸好，没到 10 分钟。

她惊魂未定地坐到位子上，烦人精萧子睿又开始问："你们干吗呢？睡过头了？昨晚住一起玩了吧？"

宋思思没搭理他，因为她发现，她把裤子穿反了。这是条不带抽绳的彩色运动短裤，米奇牌，临出门的时候她还伸手进裤袋，想把口袋理顺。手伸进去的时候觉得怎么这么别扭呢，这裤子质量真差，洗一次口袋就变形了。直到现在才发现，本来该印在裤子左口袋前的米奇头，现在出现在了右屁股口袋上。

她昨晚不该干坏事的，老天爷也在惩罚她。

宋思思没去看升旗，反正去年她已经看过了，去晚了只能看见人头。杨璐璐本来想陪着她，被她赶了下去，好不容易来一回，人头也得看看的，况且还有天安门呢。她一个人坐在座位上，司机大叔在前面唱戏腔，兴致非常高，早起并没有让他迷糊。

宋思思头靠着车窗玻璃，又有点后悔没下去了，说不定没人会发现她穿反了的米奇头呢，她该和大家在天安门前合张影的。

等天彻底大亮了他们才回来，杨璐璐一副白期待了的表情："果然像你说的那样，只看得见人头。"

对宋思思来说，逛故宫最有趣的事情不是逛故宫本身，而是随处可见的外国人。

花痴如她和杨璐璐，一路走一路惊叹，这个小哥哥好帅，那个小姐姐好美。Q市是个南方小城，很少有机会见到外国人，所以他们的行为在当时倒也称不上太土鳖。

因为富宇安的叮嘱，余一言一路跟着她俩，宋思思严重怀疑，他想拿根儿童牵引绳把她拴起来。

萧子睿一直在一旁做呕吐状：

"你们女生真花痴。"

"你就喜欢这样的？"

"天，那个小孩不超过10岁，你俩都能夸帅？"

他的吐槽一刻不停，杨璐璐骂他狗嘴里吐不出象牙。

直到看到了三胞胎。这是三个非常漂亮的小男生，估摸只有五六岁，淡金色的小鬈发，湖水蓝的眼睛，穿着一模一样的条纹背带裤，站在一起就像按了两次复制粘贴键。

宋思思捂住心口，感觉自己不行了，她一个未成年，却涌起了汹涌的姨母爱。其中那个打头的小男生还对着她吐舌头，做鬼脸。

宋思思转头就拉住余一言："余一言，我想和他们拍照。"

余一言愣了愣。

"所以得你帮我去跟他们说，你英语好。"

宋思思没给余一言拒绝的机会，拉着他朝那对带着三胞胎的夫妻走去。余一言只能硬着头皮跟人家沟通。宋思思非常怕被拒绝，在旁边做着拜托状："Please，Please。"

那对夫妻倒是非常好说话。

宋思思一边搂着一个小男孩，找了个好背景半蹲下来。

杨璐璐负责按快门，萧子睿上蹿下跳地指导他们摆姿势。

四人本在对着镜头笑，结果有个小宝贝突然转头亲了宋思思一口。宋思思被亲得眉开眼笑，"吧唧"一下亲了回去，还非得让杨璐璐照着这样拍一张。

"Your girlfriend is really lovely。"那个外国胖爸爸在不远处笑着看他们，对着余一言如此说道。

余一言怔了3秒，也笑了："Thank you。"

爬长城那天，十一班的7个人都走在一起。

爬之前，宋思思放狠话："不到长城非好汉，我这回一定得登顶。"她去年来的时候没爬多远，小姨体力不支，半路就带她下去了。

萧子睿像只猴子一样冲在最前面开道。为了节省体力，宋思思和余一言慢吞吞跟在他后头。

杨璐璐一边不好意思地跟毛嘉乐说话，一边忍不住翘嘴角。毛嘉乐浑然不觉，只好心地问要不要帮她背水。

高依茜挽着夏雨婷，踩着宋思思的脚印往上爬，宋思思听见她在后面故意大声说话想引起余一言注意。

爬到一半的时候，宋思思就不太行了，杨璐璐扯着她的衣角打商量："要不然回头吧，太累了。"

"不行不行，那太亏了，咱们休息几分钟再爬。"

太阳晒得人脸发烫，萧子睿穿着另一件白色背心，但这回不是印的椰树，而是某不知名乐队。他热得把衣服撩起来擦汗，像只金毛一样吐出舌头喘气。宋思思看见他竟然连肚子都晒黑了。

毛嘉乐拧开瓶盖给杨璐璐递水，他竟然还背了水果上来，虽然已经被晒得温热了，但宋思思觉得吃起来比以前冰镇过的还美味。

余一言的T恤后面被汗浸湿了，隐隐约约透出一点背部线条。宋思思自以为很隐秘地凑过去嗅了嗅，她的鼻子很灵，总是会好奇别人身上是什么味道。

杨璐璐的汗是橙子味的，她很喜欢喝橙子味汽水，宋思思告诉她那都是烂橙子榨的，但她总不听。

富宇安每次运动完，身上就会有一种泥土混着香樟树叶的味道，就像下雨天的操场，湿漉漉的。

宋思思自己的汗是奶粉味的，她舅妈是妇幼保健院的护士长，每年都送她很多奶粉，说是多喝牛奶对身体发育好。宋思思小学时每晚都要喝一杯，久而久之就腌入味了。

而余一言的汗是迷迭香混着薄荷味的。应该是他长期用的某款沐浴露的味道，宋思思之前闻到过，现在一蒸腾，味道变得更加浓郁。

余一言显然发现了宋思思在做什么，他不动声色地把背部贴上城墙，略略拉开距离："你休息好了的话可以往上爬，距离集合没多长时间了，再耽搁就要来不及了。"

宋思思果然被他转移了注意力，她把杨璐璐从地上拽起来，喊萧子睿继续开道。

他们那天最终还是登顶了，倚着城墙拍了张合照。从左到右依次是：萧子睿、余一言、毛嘉乐、高依茜、宋思思、夏雨婷、杨璐璐。从高到矮，宛如手机信号。

萧子睿单手在脸下比着"八"，两边眉毛不一样高，对着镜头做鬼脸。

余一言这回是真笑，宋思思发现他竟然也有一点酒窝，虽然是非常不明显的一点。

毛嘉乐倒是故意摆出严肃表情，和他那张脸一点也不搭。

高依茜睁大眼睛，露出个标准的露八齿笑容，仿佛要上舞台表演似的。宋思思怀疑是她学拉丁舞的时候练出来的。

至于宋思思自己，啊，她没看镜头，她不知道被什么吸引了注意力，头扭向一侧，只露出半边脸。

夏雨婷是个很文气但不文静的姑娘，双手在脸下做成花托状，对着镜头吐舌头。

杨璐璐是万年不变的双 V，她这回倒是有装淑女，弯着月牙眼，抿着嘴微微笑。

他们是登顶了，但他们并不知道顶上还有块好汉石。

过了好几年，宋思思看见其他人拍的照片才知道，别人都是和那块石头合的影。

但她并不觉得可惜，他们这样拍也很好。

第四章
一言难尽
SOMEWEI LANDING

"《诗》三百，一言以蔽之，曰：'思无邪'。"

余一言每次背到这句话，都会想到宋思思。

他很清楚，他对宋思思，是思有邪的。

从 B 市回来，宋思思便得开始学游泳。中考体育需要在 800 米和游泳之间二选一，会游泳的人都会选后者，因为时间卡得不紧，很容易拿到满分。于是，严格的老孙要求所有人都得报这项，学不会的，得让家长打电话说明。

宋思思的蛙泳姿势非常标准，只要套上泳圈，就能在池子里宛若蛟龙。

但，那是套上泳圈。

脱下泳圈，她对自己的形容是：折了翼的天使，只能坠落池底。她可以缩成一团沉到泳池底部摸瓷砖，但没办法伸展手脚漂在水面。失去外部支撑，她就会像块石头，根本无法理解别人怎么就能像气球一样浮起来。

上小学的时候，宋芳给她报过一期游泳班，并不要求练得多好，只为能多个生存技能。但宋思思没学会，她练了两天就没再去了。那个教练只会让她趴在岸上，练她早就练得很熟的蛙泳姿势，至于怎么漂起来，他说，得靠悟。宋思思在自行悟了两天之后，重新投入泳圈的怀抱，觉得学不会也没什么大不了的。

但这回，她必须学会了。

由于前一回报班出师不利，宋思思并不怎么信任游泳教练。况且，在这个几乎人人会游泳的 Q 市，现在去报班，只能跟着三年级的小屁孩一块儿练。最后，教宋思思游泳的重担，落在了富宇安身上。

富宇安拍着胸脯向富爱民保证，一周之内把宋思思教出来，然后，转头就把她卖了。富宇安玩心重，只想找人一起玩。至于宋思思，他想余一言会愿意教她的。

"所以，你就把我扔给余一言了是吗？"

"什么叫扔给他？我也会去啊，菲菲也会去。"

"还不是一样，你肯定只顾着自己玩啊，你难道还会教我吗？"

"余一言游泳比我厉害多了，让他教你不是更好吗？"

"可是你是我哥啊，你怎么能把我丢给别人呢？"

"你可没叫过我哥，你要是叫声安安哥哥来听听，我可以考虑考虑要不要教你。"

"你想得倒挺美，你去找你的菲菲姐姐吧，去当你的乖弟弟！"

富宇安挑高了一边眉毛，得意地看着她："她可不是我的菲菲姐姐，我这不为了等你一起上学，多读了一年学前班吗，我比她还大几个月呢。"

宋思思朝他吐口水："那人家也是你学姐。你别高兴得太早，等上了高中，看她还理不理你！"

"你以为谁都像你这样不开窍吗？"

到了第二天下午，他们四个便相约着去游泳馆。

水岸雁栖是个位于高档住宅区的游泳馆，室内泳池不对外开放，人很少，还有一个专门为小孩开办的泡泡球滑梯池。

来这里是富爱民朋友送的卡，算是练游泳很好的场所。地方并不算远，但公交车不到这里，只能骑自行车。

宋思思并不会骑自行车，宋芳和富爱民没空教他们。富宇安三年级那年无师自通，学会了这项技能。但他教宋思思的时候把她摔了，摔得很惨，自行车倒下来的时候，他扶不住当时比自己还高的宋思思。等到富宇安长得足够高的时候，骑自行车出门可以载宋思思了，以至于宋思思到现在还是没学会。

但现在，富宇安的自行车后座不再属于宋思思。他骑着自行车溜得飞快，先跑去载林菲儿了，宋思思又被他扔给了余一言。

余一言骑一辆绿色的捷安特，非常打眼，完全不像平时的他。但他骑车的水平还是一如既往地和他的性格一样，稳得很。

风把他的短袖吹得鼓起来，宋思思又闻到了那股迷迭香混着薄荷的味道。

她的多动症又犯了，富宇安骑车的时候，她就喜欢挠他痒，他会很用力地打她手背，但她从来不长记性。不过，她没挠余一言，换成了在余一言背上写字。先写的是"余一言"，写完又写上"宋思思"。

余一言终于忍不住了，他按着把手，把车刹停："你不要乱动，这样很危险。"

"好吧好吧，我不动了。"

没过 5 分钟，宋思思又故态复萌。

"宋思思，你再乱动的话，我就把你扔下去。"

宋思思听出来余一言生气了，因为余一言很少连名带姓地叫她。

初二开始，他偶尔会跟着富宇安叫她思思。反正，很少从他嘴里听到"宋思思"三个字。

宋思思吐吐舌头，倒是颇识时务："对不起，我不弄你了，我不是故意的，我刚才就是控制不住。"

"你要是无聊，可以背单词。你上次想拍照都不敢跟人家说，再不认真点，可能会考不上省一中。"

"怎么会？我都在年级前一百好不好？我之前还考过前二十呢。你不能用你自己的水平来要求我。"宋思思不服气。

"可是你的成绩很不稳定，忽上忽下。下学年开始，大家都会冲刺，你不能再像个小孩子一样了。"

宋思思对着他的后背做鬼脸："好吧，余爸爸，你简直比我妈还严格。"

富宇安到得比他俩早，早就和林菲儿玩上水了。

宋思思换完泳衣出来，看见这两个人根本没游泳，在远处的那个幼儿水池里打水仗。

余一言动作比她快得多，已经游了一个来回，正靠在池边等她。

宋思思看见他拿手揩了把脸上的水，本来头正对向这边，不知道看见什么，又扭了回去。

余一言感觉心跳得有点快。上次被宋思思刺激到，是运动会背她去医务室，但触觉刺激和视觉刺激又不相同。育才并不要求穿校服，小部分女同学开始穿铅笔裤和短裙的时候，宋思思为了方便活动都是穿棉质运动衣。余一言还是在夏令营时，看见过她穿短裤。

但短裤和泳衣又不一样。余一言并不是没有见过更暴露的款式。他小时候练游泳，泳队的女生队服都是纯黑色的，样式极简单，但同时也紧贴在身上，任何一点起伏都一览无余。但那时大家都还没发育，男生女生通通铁板一块，练游泳的女生有些还会特意控制体重，女性特征更不明显。

等余一言发育了，开始有意识了，却并不像别的男生那样对这些事津津乐道。当然，他也会有好奇的时候，荷尔蒙分泌带来的冲动无可避免，但也仅限于此。在母亲的高压政策下，他已经非常习惯于克制自己，既然科学课上教过了，也无非就那么一回事。

但其实他还没有宋思思懂得多，他真正对异性的启蒙全都来自宋思思。他本来言行举止都得按着母亲画好的模板来，却被宋思思扯回了人间——

吓到了就哇哇大哭，高兴了就放声大笑，无聊了就闹着造反，生气了也能跟妈妈顶嘴。宋思思像头怪兽一样勇猛地冲进他的世界，但转眼又变成了一团哭唧唧的棉花糖。她是无聊的，闹腾的，娇气的，麻烦的，会闯祸的，不听话的，同时也是可爱的。

这会儿，可爱的她穿着件可爱的泳衣，但余一言脑子里冒出来的却不是"可爱"两个字。

她小时候长个子大部分都长在腿上，她初一前就比大家都高，此时穿着不带裙边的泳衣走过来，余一言仿佛被烫到般迅速移开了视线。

至于上半身，他没敢多看。

宋思思三步并作两步地下了扶梯，虽然不会游泳，但她并不怕水，相反还很喜欢。

余一言本想让她先练习闭气，但显然，除了不会漂，她什么都很熟练。

"你抓着我的手臂，把头埋下去，再慢慢把身体抬起来。"

"放轻松，不要紧张，你现在很僵硬。"

"不要怕，我会托住你的，不会放手，你自己不也抓着我的吗？"

"你腿抬起来啊，没关系的，不会沉。"

"腰别塌下去。"

"也别翘上来，你都露出水面了，你整个人得像条直线那样。"

…………

余一言感觉自己从来没一次性说过这么多话，结果宋思思又开始顶嘴。

"余一言，那不是我的腰，那是屁股，你这样说会误导我。"

余一言瞬间卡壳。

"你认真一点，漂不难的，我以前很快就浮起来了，你不要扭来扭去。"

宋思思浮出水面，把头发往两边拨，就说短发讨人厌："我没有不认真，我就是没办法像你说的那样把身子浮起来。你托着我的手没用，你得托着我的腰，像游泳圈那样，不然我浮不起来。"

余一言觉得自己的名字真是取对了——他时常对宋思思一言难尽。

不知道宋思思是不是和富宇安打闹惯了，总是很难有性别意识。拉一下，碰一下，抱一下，对她来说完全没有特殊含义。她甚至有一点皮肤饥渴症，天天搂着杨璐璐，好像不拥抱就不能说话似的。

余一言在心底想，这是你叫我托你的，不是我想占你便宜。他用右手轻轻把宋思思托起来，左手还伸直让她借力。

宋思思终于觉得安全了，她有了点轻飘飘的感觉，腿也不会慌张地往下踩，屁股也不会因为不平衡往上顶，她悟到了浮上来的窍门。

余一言看她现在彻底放松，漂得很好，右手上已经感觉不到重力。左手虽然还被她紧紧抓着，但要不了多久应该也能放开。他试探着抽回了自己的右手。

很好，宋思思漂得很稳。

他便用左手臂带动着宋思思往前漂，自己慢慢后退，让她适应这种悬浮着前进的感觉。漂了很长一段，直到池水已经没过他的下巴，才停下来。

很好，宋思思依然漂得很稳，可以让她试着自己漂漂看。

于是，余一言动动左臂："你自己放开试试看。"

宋思思像是才发现身下的手臂没有了。

就像学骑自行车的人，本来已经平稳地骑了出去，结果回头发现后面扶车的人放手了，就会立刻慌张地摔倒一样，宋思思也即刻感到恐慌。

她的身子控制不住地下沉，腰部借不上力，只能用腿拼命往下蹬。可她根本踩不到池底，这不是一米五的浅水区，恐慌被无限放大。她撑着余一言的手，从水里猛地浮起头，简直要被吓坏了。溺水的恐惧感袭向她，光左手根本给不了她安全感。她几乎是扑上去抱住了余一言，像只树袋熊一样，牢牢吊在他身上。

事情就发生在一刹那，根本没给余一言多余的反应时间。其实时间也没用，看宋思思这会儿的慌乱无措，余一言说什么都不会起作用。

余一言抱着宋思思困难地往浅水区走，还得安抚她："我不是在你边上吗？我看着你的，不会让你沉下去。左手不是还被你抓着吗？我没有抽回来啊。"

宋思思呛了口水，像看一个叛徒那样狠狠瞪着余一言："你为什么不告诉我就放手？"

"我以为你知道。"余一言有点不自在地把她往外扯了扯。

宋思思立马把腿盘得更紧："干吗？你还想淹死我？我跟你说，我已经喝了一大口水了，这么脏的水，里头说不定还有人尿尿。这都怪你！"

余一言有点懵。她为什么会完全没有自觉，没有一丁点我是个男生的意识，好像我、富宇安在她眼里和她没有任何区别？而且，为什么会有女孩子把屎尿屁挂在嘴上，我好意说了腰，她非得强调是屁股。难道我会不知道吗？

直到走到泳池的边缘，宋思思才从他身上下来。

这是一米二的浅水区，水只没到她胸口，脖子上大片大片的肌肤露在外头，两节手臂跟七孔藕似的，粉白粉白的。

余一言又不敢看她了。

他盯着远处的富宇安，仿佛很有兴趣的样子。

"你想玩泡泡球？"宋思思问他。

余一言瞄她一眼，很快确定想玩的是她。

"你不学游泳了吗？"余一言问她。

"我今天不想学了，明天再说。"宋思思看着他，眼睛里的期待根本藏不住。

余一言率先爬出泳池："那去玩一会儿好了。"

然后，他发现这是个不太妙的决定。

富宇安和林菲儿一直是坐在池子里玩水，两个人淹没在泡泡球里，导致余一言错估了高度。

富宇安他们这边最浅的地方只到膝盖，最深的也不过齐腰。原本在泳池里宋思思只不过露出胸口上方，余一言就已经不知道眼睛该往哪里看，而现在，宋思思几乎整个身体都暴露在空气中。

但宋思思没再给他反悔的机会，她一到小池子里就立即提议分两派玩躲避球，用泡泡球打。两方都有二十个球的机会，一人十个球，进攻方先扔，防守方躲避。二十个球结束后，进攻防守互换。最终看哪方砸到的次数多，输的那方得请吃烧烤。躲避球游戏允许满池子跑，但不允许蹲下来藏到水里。

富宇安当然跟林菲儿一派。

林菲儿虽然看着很文静的样子，但运动细胞并不差，不知道是不是因为身材娇小所以阻力小，她在池子里跑得比富宇安还灵活。

"富宇安，你不要砸我的脸！"

"菲菲，你往这边扔！"

"余一言，你怎么这么笨！"

"宇安，我们不要聚一起，得两面夹击。"

"哈哈哈，宇安，菲姐原来叫你宇安，怎么这么搞笑。"

"宋思思，你小心点，不要钻到扶梯那里，会撞到头。"

"余一言，你不用管她，她皮厚得很。"

…………

泳池里沸反盈天。

宋思思本来觉得自己是稳操胜券的，但余一言这个学霸小时候没玩过丢沙包，一些假动作他都不知道，富宇安的十个球除了最前面两个，剩下的都砸向了他。

宋思思和余一言最后以十二比五的大比分输了比赛。

但因为五个球都是余一言砸中的，宋思思就没好意思怪他。

从水岸雁栖出来的时候，已经下午六点多了。

富宇安提议，今日事今日毕，干脆今天就把赌注兑现，让宋思思和余一言请吃烧烤。

但在外头吃饭得和家里说一声。

林菲儿电话打得很容易，她刚刚中考完，正是需要放松的时候，爸妈并不怎么阻拦。

给宋芳的电话是富宇安打的，宋思思本来以为让富宇安去说，她妈妈肯定不会管她。谁知道，宋芳非让她接电话，叮嘱了得有十分钟，不要吃小烧烤摊，要去就去正规烧烤店；别吃四季豆，省得没烤熟中毒；别贪凉喝冰饮料，一冷一热的会闹肚子；吃完早点回来，别在外面瞎晃……宋思思非常不耐烦。

大家都看着她笑，富宇安还在一个劲儿地说："阿姨放心，我会盯好她的。"

而余一言是最自由的，他不用往家里打电话。

余一言的妈妈宋思思见过，在开家长会的时候。人很瘦，五官很精致，烫的大波浪，背着名牌包，戴着大墨镜，嘴唇涂得很红，手上还戴了好几个戒指，非常时尚的样子，一点儿也不像个家长。

但宋思思并不觉得她漂亮，或者说，她是那种不漂亮的漂亮。她看起来有点刻薄，当然不是因为五官，余一言的鼻子、嘴巴和下巴都长得很像她，但余一言看起来就一点也不刻薄。

余一言的妈妈会用鼻子看人，浑身散发出一种"除我之外，全员皆婢"

的霸气。宋思思觉得她下一秒就会发出一声嗤笑，好在她没有，她只是抿紧她的大红唇。她就那么面无表情地戴着墨镜开完一整场家长会，老师在上头一个劲地夸余一言，她也没露个笑脸。

宋芳可是因为老孙说了句宋思思有进步，就奖了宋思思一块白色的G-SHOCK（卡西欧手表）。

宋思思那会儿很想要一块白色手表，但是宋芳说她丢三落四的很容易丢，白色也不耐脏，就一直没给她买。她得到后没多久，果然弄丢了。

宋思思有点好奇，去吃饭的路上，她坐在自行车后座问道："余一言，你出来吃饭都不用告诉家里人吗？你爸妈不管你吗？"

"我爸做机械的，他平时都在厂里，不怎么回家。我妈的话……她去旅游了，家里最近就我一个。"

"哇，那你不是很爽，想干什么就干什么？"

"思思，你不要老是打听别人家的事情，那是人家的隐私。"富宇安见状不对，立即打断。

他隐约知道一点余一言家的事，余一言的爸爸一直住在厂里，妈妈到处旅游。他去过余一言家很多次，但从没见过余一言的父母，这显然不正常。而且那次家长会之后，余一言的妈妈来宿舍狠骂了余一言一通，嫌他没考年级第一，当着全宿舍人的面，完全不给儿子面子。

"我才没有老是打听别人家的事，你不要乱讲。"宋思思很不服气，她只是有一点好奇而已，也只问过余一言。

林菲儿打圆场："好了好了，快到了，我们想想吃什么吧。"

"高老板，还有座位吗？我们有四个人。"一到老高烧烤店门前，宋思思就迫不及待地跳下来往里冲。

"思思来啦？这得小半年没见了吧？你们就坐门口吧，晚上外头吹风还凉快。你们我就不招呼了，都是老顾客，点菜单在桌子上，要吃什么自己写。"老高正往冰柜里摆牛肉串。

"你还记得我啊？"

"那肯定啊，我儿子说要娶你做老婆的，我怎么能不记得我儿媳妇？"

宋思思忍不住吃吃笑了起来："小高呢？怎么没见到他？"

"去练跆拳道了，估计快回来了吧。"

余一言一边在菜单上写，一边问："五十串羊肉，五十串牛肉，生蚝、扇贝各来两组，里脊、年糕、淀粉肠、鱿鱼须、小青菜各来四串，再一个茄子，一个锡纸粉丝，还要什么？"

"我要两串年糕，啊不，三串。"宋思思立马回头。

"给你点两串，大晚上的吃这个不消化。"余一言改了下菜单。

"富宇安都没管我！我就要三串。"宋思思不服。

"谁说我不管你？听余一言的。可乐先来四罐，两冰两不冰。"富宇安又转向林菲儿，"菲菲，你也别喝冰的。"

余一言又听从大家的意见加加减减一番。

等上菜的时候，他像是不经意似的问道："小高是谁？"

"高老板的儿子。"宋思思有点奇怪，他怎么能问这么蠢的问题。

"我当然知道是高老板的儿子，我问的不是这个。"

富宇安在一边狂笑："言言，你和这种二愣子讲不清楚的。"

"富宇安，你好恶心，你怎么叫他言言？"宋思思做呕吐状。

"我跟他关系好呗。余一言还想叫我哥呢，不信你问他。"

"余一言，你不会吧？你别这么离谱，你怎么能叫富宇安这种人哥？"宋思思无法相信。

余一言推了富宇安一下，投去警告的一瞥。

富宇安还在乐，被林菲儿推了一把他才停止："行行行，我不说了，说回那个小高。言言，你放心，小高他现在应该才读一年级。宋思思玩心重，特能跟小屁孩玩在一起。上次来吃饭的时候，小高和她玩了半小时吧，临走时抱着她不放，说要娶她做老婆。"

"你才玩心重，你成绩还没我好，别在这儿胡说八道，我那是讨孩子喜欢。"宋思思拿筷子敲富宇安的手背。

富宇安立马装出被打痛了的样子。

宋思思被富宇安做作的样子恶心得起了一身的鸡皮疙瘩。

第五章
蓝鲸
LÁN XĪ

余一言从梦里惊醒时，天才蒙蒙亮，床头柜上的闹钟指向五点一刻。他有点无奈地爬起来，床单湿了一大块，又得换了。他脱掉裤子，干脆去浴室洗了个澡。

出来后，他拉下床单，扔进洗衣机，又从衣柜里翻出干净的重新铺上。

这是正常的生理现象，也是青春期的重要标志，一般一个月两到三次。

余一言试图用书里的话说服自己。

但他知道那是在骗鬼。

其实他做了一个梦。在泳池里，一个穿着浅粉色连体吊带泳衣的姑娘挂在他身上，手脚并用地紧紧缠住他。但他这回没有想要推开，反而抱得更紧了点。之后，他便这么一直抱着她往前走，那个泳池像是永远走不到尽头……

宋思思已经学会游泳了，第二天就能漂得很好，第四天学会了换气。还没到一周，她就超前完成了任务。

她虽然学会了，但依然天天去游泳馆，仿佛找到了一个特别好玩的新游戏。

本来宋思思是想逼着富宇安载她去游泳的，公交车到不了，她又不能天天打车，宋芳上班也没时间接送她。

富宇安只坚持了三天就不愿意再搭理她："我又不是你的司机，你想去就自己学着骑自行车。"

但宋思思自行摸索骑车，又狠摔了一跤后，她就放弃了。她在骑车上着实没什么天赋。

三年级时，很多人就已经在爸妈的带领下学会了骑车。富宇安是自己学会的，他那时还不高，坐着踩费劲，就干脆站起来，骑着宋芳之前淘汰下的那辆车到处溜达。虽然那辆车很女性化，但宋思思还是觉得富宇安骑着很拉风。

那时宋思思已经挺高了，她坐着就能踩到踏板，可惜她骑不来，只能干瞧着眼红，然后骑一辆带两个小辅助轮的四轮自行车跟在富宇安屁股后面追。

那辆四轮自行车真的太小了，比宋思思人还小，是幼儿园小朋友才骑的玩意儿。宋思思只能缩着腿骑，或者干脆拿两脚蹬地，特别滑稽。就这样，她往往也追不上富宇安。他会一边笑她，一边跑得没影了。之后他又停下来，等宋思思追上，继续哈哈笑着冲出去。

富宇安长大了点后，换了辆山地车，才开始载着宋思思出门玩。但现在，那辆车的后座也不再属于她了。

宋思思的专属车夫，换成了余一言。

余一言每天载她去，接她回，偶尔会陪她进去游，但也只是偶尔。余一言很清楚自己不能沉迷于这个，他得把精力放在学习上。他不是学神，只是学霸，学神天生能考高分，但学霸不行。方雅云不会允许他不当学霸。

方雅云是他妈妈，他爸爸叫余存正。

余存正和方雅云是高中同学，余存正考上了大学，但方雅云没考上。不过，这并没有妨碍他们在一起。

余存正很早就创业了，开了家很大的机械设备厂，余一言并不知道他有多少钱。他低调得过分，只开一辆大众，穿 polo 衫加冲锋衣，没多余嗜好，既不抽烟也不喝酒，也很少应酬。与其说他是个老板，倒不如说更像是个技术骨干。

但余一言大概知道，他应该是赚了些钱的。

方雅云有整面墙的包包和鞋子，衣服多到没穿过就扔了，现在还爱上了度假，几周几周的不着家。

方雅云一开始并不像现在这样歇斯底里，她原本像她的名字那样，是个很文雅的女人。

一切是从她生下余一言后才开始变的。

现代医学有个专业名词，叫产后抑郁症。这病就算如今也不好解决，更何况是 90 年代，Q 市连个专业的心理医生都没有。

方雅云开始无缘无故地发脾气，长时间地痛哭，不愿意给余一言喂奶，疯狂地砸东西，或者干脆把自己锁在房间。

余存正容忍了她半年，然后出轨了。这无疑更加重了方雅云的病情，她开始自残，以此逼迫余存正回到正轨。

如她所愿，余存正回归了家庭，却不愿再和她说话。他开始把精力大把大把花在工作上。

方雅云试图用同样的方法逼他回头，但这次，余存正并没有乖乖就范。方雅云情绪每崩溃一次，他便住到厂里不回家。两人之间唯一一点交流，只剩下孩子。

在余一言上小学前，方雅云还是个状态时好时坏的妈妈。

好的时候，她会抱着余一言不断亲吻，叫他宝贝、天使，然后说："妈妈最爱你了，妈妈只有你了。"

但如果坏起来，她会指着余一言痛骂："这一切都怪你，都是因为生了你，你爸才会这样，我才会这样。"随后，她把余一言一个人反锁在房间里，任凭他怎么哭怎么求也没用。

余一言后脑勺那块疤，便是那时候磕到的。那次他流了很多血，方雅云发现不对劲才放他出来，之后便放弃了关小黑屋，改为罚站。

等余一言上了小学，方雅云便每天出门打麻将，偶尔会通宵，家里一周请一次保洁，吃饭随余一言自己。余一言或是去厂里找余存正，或是在校门口随便点份炒面，再长大一点，他就学着自己做饭。

方雅云不管他吃饭，但会管他学习，她认为余存正抛弃她的最大原因，就是余存正考上了大学。

那个小三，就是个大学生。

她输给了小三，那余一言就必须赢回来。况且余存正大部分时候都待在厂里，能心平气和坐下来和她交流的话题，只有余一言。

余一言如果在学校表现好，他便多点儿笑脸，闯了祸，也就闭口不言。若是考了双百，他就会奖励余一言，全家一起出门旅游。

于是，方雅云只允许余一言拿第一，只允许他表现好，只允许他做个好学生。否则，等着他的就只有无尽的谩骂。

"都是因为你，你爸才这样。"

"你如果不拿第一，就没人会喜欢你。"

这是余一言那时听过最多的两句话。他只能乖乖照做，他只有再乖一点，再听话一点，成绩再好一点，方雅云才能平静下来。

久而久之，也就成了习惯。只要他拿出漂亮的成绩，只要老师都夸他是个好孩子，那方雅云也能当个正常的妈妈。

偶尔，方雅云听麻友夸耀孩子，出于攀比心理，也会送余一言去上兴趣班。余一言的游泳和架子鼓便是那时学的，他并没有多么感兴趣，但没关系，方雅云喜欢就行了。

等余一言上了初中，方雅云仿佛厌倦了麻将，将兴趣放到了旅游上。余一言时常见不着她的人影，但不用每天面对她，反倒让他松了口气。

余一言拿出一沓卷子，今天得把这五张写完。

他给自己定了日计划、周计划、月计划，每天都按部就班地完成。虽然班里人戏称他是育才的骄傲，但他很清楚，年级里多的是厉害的人，为了考高分，他只能全力以赴。

"叮叮——"手机响起来，这是宋思思给他发的消息，别人的是一声，她的是两声。

但余一言并没有理会，还剩一道大题，他是掐着时间做的。

从点 C 作 $CG \perp PO$ 于点 G，由 $\angle AEC = \angle PGC = 90°$，得 E、B、G、C 四点共圆。同理 F、D、G、C 四点也共圆。

写到这里，他有点烦躁地扔下笔，做不下去了，他的心思并不在试卷上。

他拿起手机点开短信，只有一句话：余一言，我有点无聊。

他回道：那就学习。

那边很快就回复了：余一言，你为什么这么久才回我？学习只会让我更无聊。

宋思思就是这样的，她很聪明，但聪明并不用在学习上。

初一入学的时候她考了全班第二，学号和他挨着，但之后她再没考过这个名次。

不用上交的作业她从没真写过，上学期和萧子睿坐到一起，就更是玩疯了。他当时检查她的英语报纸，作文通篇瞎填，这他早就知道。以前他都是睁一只眼闭一只眼，但那回，不知道怎么就不想忍了。他想让她重写，不要再整天和萧子睿瞎混，想了半天也没说出口，他怕说了让她讨厌。他只能在桌边多站一会儿，试图吓唬吓唬她，好让她自觉点，做作业不要敷衍。

或许还有点别的原因，谁知道呢？

但那招显然并不奏效，下次再检查，她依然还敢。那就让萧子睿重写吧，没办法罚她也没关系，把另一个人关进笼子里，也不失为一种解决方式。

萧子睿说他满肚子坏水，他认，但萧子睿自己也不是什么好人。别以为他不知道萧子睿怎么来的十一班。萧子睿骗宋思思是十一班的班主任不忍心人才被埋没，也只有宋思思才会信这种鬼话。第二名怕被埋没，难道第一名就能随便扔了？

育才教导主任也姓萧，来办公室找过老孙好几回，这世上没有那么多巧合。

余一言拿起手机，想了半天，删删改改，最后只发了一句：我在做题，你无聊可以看美剧，多少也能学一点。

宋思思依然是秒回：那我不吵你了，你学习吧。幸亏你提醒我，《生活大爆炸》还有几集没看呢！

余一言吁了口气，放下手机，把注意力重新集中到试卷上。

进入初三，学习氛围确实如余一言所料的那样变紧张了。

晚自习时，教室里不再充斥着嗡嗡声；大课间，同学们也不再成群结队地往操场跑；宿舍里，从聊八卦开始变成聊考了多少分，做什么习题。

宋思思也沉静下来，她换座位了，萧子睿不再和她坐一起，没人和她讲话了。

她现在的同桌是个戴很厚镜片的男生，大家叫他老葛。

老葛是个没什么存在感的人，反正前两年宋思思都没注意过他，甚至不记得有没有和他说过话。老葛学习很用功，非常用功，用功到比余一言还过分的程度。他大课间从不出去玩，只坐在座位上背英语单词或是语文课文，发出苍蝇一样的嗡嗡声。他还有各种各样的课外辅导书，摞起来能遮住他的脑袋。

但老葛成绩并不好，或者说非常一般。他的班级排名就像他的人一样不起眼，在三十名到四十名之间徘徊。

老葛不喜欢宋思思，也许还有点讨厌。

宋思思每天上课都会开小差，晚自习上还会看小说、画漫画、吃零食，总有做不完的和学习无关的事。但她的成绩却比他要好，并且好了不止一点点。她做数学题一点都不费劲，看完题目就能想出解法，答案信手拈来。每回考完试，他们两张卷子摆在一起，老葛就仿佛看见了一个恶魔对他发出阵阵讥笑。这样的气闷没人能理解，但是总得有个出口，否则总有一天他会憋到爆炸。

于是，当宋思思拆零食包装袋发出声响的时候，老葛就会毫不留情地凶她："你能不能不要影响别人？你非常吵知不知道？"宋思思认为自己可能确实有些吵，于是她戒了零食，同时希望能做点什么缓解老葛的敌意。

某天自习课，余一言和萧子睿都被老师叫去办公室了。老葛又被一道几何题难住了，盯了题目得有小半个小时，他就只是在草稿本上乱画，纸上被他画出杂乱的线条，黑压压一大片。

宋思思看了半天也没见他动笔写字，看他心情像是很不好的样子，于是决定帮帮他。

她瞄了瞄题目，还好，是道图形证明题，并不需要过多运算。但不是常规图形，乍一看确实有点复杂，需要作两条辅助线。

宋思思想明白了，拿了支铅笔，伸手就在老葛的试卷上画了辅助线。图形被切割后，清晰明了，这下应该能很轻易地看出来该怎么解了。

但老葛并没有领情，他仿佛终于对宋思思忍无可忍，像头暴怒的雄狮，一把揉了试卷，冲着她大吼："你以为你很厉害吗？你凭什么画我的试卷？你要显摆就去别的地方。"

宋思思被吓呆了，她根本没想到会引出这样的反应来，开始语无伦次地道歉："对不起，我不知道。我只是想帮帮你，我看你做了很久没做出来。对不起，我帮你擦掉好了。对不起。"

但老葛好像更生气了，他不再说话，把桌面上的东西一股脑儿全塞进课桌，然后推着自己的桌子坐到了讲台边上。

全班同学都在看他们，宋思思听着课桌脚和地面摩擦发出的声响，臊得满脸通红，又气得想要破口大骂。好心当成驴肝肺。

第一个站出来的是毛嘉乐，他是班长，得维持秩序："好了，大家都别吵，还有二十分钟才下课。"说完，他又走到老葛的座位边，把老葛叫去了走廊。

杨璐璐跑过来安慰宋思思，被宋思思赶了回去。她现在谁都不想理，也不想说话，只坐在座位上一个劲儿地掰手指。

但让她没想到的是，当天下午宋芳就被请来了学校。

这是下午最后一节课，原本是节体育课，但下雨了，于是改为自修。

宋思思还没从之前的事中缓过来，正坐在位子上发呆。是富宇安来找的她："我去厕所经过办公室的时候，看见宋阿姨了，老孙好像在骂她。"

宋思思一听，不得了，立马往老孙办公室冲去。

她在走廊上就听见了老孙拔高的、略带尖厉的声音："宋思思这么大了，还没意识到读书的重要性，我给她安排了一个最不爱说话的同桌，还被她气走了。这样下去，还有谁愿意跟她同桌？我知道你没空管她，那谁来管？这种学生我反正是教不了了，麻烦你另请高明吧！"

宋思思从来没有见过这样的宋芳，低着头，塌着肩，不再像平时那样有气场，好像所有的精气神都被抽没了。

宋芳一直是坚强的。

她一个人开了三家店，并不怎么用富爱民的钱。宋思思买衣服、报兴趣班、出门旅游，全是她自己出的钱。她不想再像以前那样被人瞧不起，吃人嘴软拿人手短，她得自己立起来。

为了工作，她每天中午忙得顾不上吃饭，但晚上总会尽量挤出时间回家给宋思思做饭。宋思思有一点挑食，她得盯着。而富爱民比她更忙，她还得顺带着看富宇安。

宋芳承认自己有一点过分宠爱宋思思，一方面确实有自己离婚的原因。别人家的孩子都能和爸爸肆无忌惮地打闹，但宋思思并不亲近富爱民。富爱民对宋思思很好，但也是像舅舅、叔叔那样的好，隔着血缘，很难真的像亲生父亲那样。

但宋芳宠宋思思，并不仅仅因为这个。

宋思思小时候很难带，不知道是不是因为早产，她经常感冒发烧，抵抗力特别弱，小毛头的时候就是医院的常客，挂瓶扎得满头包，最后连手和脚背都肿得扎不进去。

等宋思思上了幼儿园，宋芳带着宋思思每天四点爬起来去中医院就诊。宋思思有个比自己脑袋还大的保温壶，就用来装中药，喝药好比喝水。她那么爱哭的人，在吃药时却从来不哭。因为宋芳说吃糖烂牙齿，她喝完药也不再闹着要糖。等宋思思上了大班，身体才慢慢好转。

即使宋思思现在很皮，但在宋芳心里依然是只病猫，哭的时候连哼唧都哼唧不响，她怎么能不宠呢？

只要宋思思平安快乐长大，就比什么都重要。

宋思思不敢进办公室，她在门边望了眼就躲开了。

宋芳站在老孙面前像个孙子似的挨训，全都是因为她。她甚至不敢再听，也不进教室，跑到走廊另一头，默默坐到地上。

生气？委屈？伤心？心疼？害怕？她也不知道，这种心情太复杂了，她在之前从来没体会过。她在心里把老孙骂了一百遍：怎么会有这么讨厌的老师？我从没跌出过年级前一百名，明明可以上省一中，什么叫不知道读书的重要性？她凭什么骂我的妈妈？要骂就骂我好了，请家长算什么本事？老妈会不会生气？会不会骂我？她心里该骂死我了吧？她从来没被别人那么羞辱过……

宋思思脑子里冒出各种各样的想法，不经意间听到了打铃声，原来不知不觉已经到了下课的时间。宋芳还没从办公室出来，宋思思也不敢去看，她受不了妈妈被骂，但她什么都做不了。

大家都去吃饭了，宋思思没去，她躲到了洗手间，不想吃饭，也不想跟人解释。估摸着教室空了，她才回去坐下。

过了会儿，宋芳从办公室里出来了。宋思思看见了她的身影，一个箭步冲上去，又停住，讪讪地喊了一声："老妈。"

宋芳脸色不太好，宋思思以为她会开口骂人，但她只是笑了笑："吃过饭没有？"

"吃过了。"宋思思撒了个谎。

"那走吧，去你宿舍，妈妈给你带了点水果。你们不是吃完饭会去宿舍休息下再来教室？"

母女俩撑着一把伞往宿舍走去，雨不大，但积了一地的水，宋芳的皮鞋有点湿了。她的左手把雨伞往宋思思那边靠了靠，右手搂得更紧了点。宋思思即使现在长得比她高了，但依然不喜欢撑伞，宁愿脑袋整个被雨伞挡住，看不清路，也只喜欢躲在别人伞下。

宋思思没忍住先开了口："老妈，你不要听老孙乱说，我肯定能考上省一中的。"

"嗯，我知道，我们家思思很聪明，当然能考上。"

"你也别听她说没人管我什么的。我没有爸爸，但我有你啊，我还有小姨，还有外公外婆，还有富叔叔，他们全都很爱我。我有很多很多爱，我不需要什么爸爸。"

"嗯，我们思思最乖了。"宋芳鼻子发酸，略有点哽咽地说出这句话。

"那老妈你不要伤心。"

"妈妈没有伤心，思思长大了，妈妈怎么会伤心。"

"我以后会努力学习的，我现在上课已经不讲小话了。"

"嗯，你英语老师和我说过，说你英语进步很大，数学老师也很喜欢你。"

宋思思在心底轻轻吁了口气，老妈没有骂她，这很好。但老妈没有骂她，这也不太好。

宋思思在心里想，妈妈其实可以骂我的，因为我害她挨骂了，我有点愧疚。

老葛又从讲台边搬了回来，但他不再和宋思思说话。

宋思思比往常用功了点，作业基本不照抄别人的，尽量认真完成；她把漫画收了起来，虽然还是忍不住在自习课上看小说；下课后也不打打闹闹了，萧子睿来找她，她还会让他别打扰。

怎么说呢，懂事了点，但不算太多。毕竟不能指望一个缺心眼的人一夜之间突然长大。她是被宋芳用爱浇灌大的，是温室里的花朵，很难产生危机感，也没太多野心。

就像这堂信息技术课。

众所周知，初中的信息技术课也就是电脑课，都是用来玩扫雷的。老师随意地教，同学们随意地听，胆子大点的，还能打打 4399 小游戏、刷刷明星动态，甚至戴上耳机直接追剧。

宋思思当然不会例外，她玩不来扫雷，她一般画画，就用电脑上自带的那个画图软件。用鼠标画画是很难控制的，基本上会画得歪歪扭扭，像是幼儿涂鸦。但宋思思乐此不疲，她每次都会把自己画的东西设置成电脑桌面，即使知道下堂课就会被刷新掉也没关系。

宋思思左手边这位同学是个例外，他并不玩扫雷，也不刷网页，他会带张试卷，老师要讲课就听，不讲课便自己做卷子。

这位同学，就是余一言。

电脑课的座位是按照学号排的，每个人坐在固定的位子上，万一哪个皮猴子弄坏了电脑，立马就能追责到人。

于是宋思思和余一言也算是做上了同桌。

今天的电脑课有点不同，老师心情非常不好，摆出一张失恋脸，一上课就开始摧残祖国的花朵："今天布置个作业，具体内容我之前都讲过，问题发到你们电脑上了。写完了发给我，没完成的不准下课。不要交头接耳，让我看看哪些人上课不听讲。"

晴天霹雳！

宋思思试图安慰自己，好歹用了这么多年的电脑，应该不至于做不出来吧？但当她打开文件的时候，发现自己成了个文盲。我为什么每个字都看得懂，连在一起却连叫我干什么都不知道？

宋思思慌了，她试图求助。

璐璐？璐璐不行，她和我半斤八两，说不定还没有我这两下子。

富宇安？富宇安也不行，他坐在老师眼皮子底下，对不上暗号。况且他很有可能不帮忙，他总是幸灾乐祸，肯定要取笑我。

萧子睿？萧子睿这个插班生没有学号，只能坐在教室最后头，他们俩一个左上角，一个右下角，根本偷渡不过来。

宋思思想了很多人，但没想过余一言。

余一言就是个老学究，他的作业都不给同学参考，更不要说现在这种情况。她敢打赌，她就算求他，也会被无情拒绝。

宋思思只能一顿抓耳挠腮，往右手边看看3号。3号同学在敲键盘，但看着也不是很行的样子，断断续续的，写了删，删了写。

她实在没办法，往左边瞄去，试图偷看余一言在写什么。可是不行，这个位置有点反光，电脑屏幕看不清楚，只能看见他在噼里啪啦地打字。

她要绝望了，谁能救救我！要是电脑老师一个想不开，把没做出来的人的名单交到老孙那里，她又要挨批了。

就当宋思思在心里默默想着自己的一百零八种死法的时候，左手臂上的衣服被人扯了扯。

是余一言。

他已经完成了。

他在干吗？

天哪！他竟然把电脑屏幕转向我这边，示意我赶紧看。

宋思思立马照着啪啪啪一通抄，不超过十分钟就完成了作业。她还很聪明地留了个心眼，晚点才提交，可别被老师发现两份一样。

"余一言，你太好了！唉，要是你是我哥就好了，富宇安那个坏家伙真该滚蛋。"

余一言愣了愣。

"余一言，我要送你幅画，以表达我的感激之情。"

离下课还有挺长一段时间，余一言继续写着他的试卷，宋思思打开软件，画了起来。到快下课的时候她才完成，她扯了扯余一言的袖子，示意他看。

这应该是条蓝鲸，蓝白色，有个很大的尾鳍。

她并没有画常见的蓝鲸头顶喷水或是跃出水面的情形，而是笔直向下，像是要朝深海里游去。

"这是什么？蓝鲸？怎么画这个？"余一言问道。

"对，就是蓝鲸。你不是姓余吗，我就画条鲸鱼送给你。"

"可是……鲸鱼并不是鱼，它是哺乳动物。"

"哎呀，我知道，反正四舍五入，它跟余也是谐音呗。我最喜欢的动物就是蓝鲸，它比恐龙还大，是世界上存在过的体形最大的动物，性情温和，而且叫声很好听，还会喷水。你喜欢我画的这个吗？"

宋思思一脸期待地看着余一言，又有点忐忑，还摆出了一副"你敢说不喜欢，那朋友就没得做了"的表情。

余一言点点头，用实际行动表达了自己的喜欢。他拿过了宋思思的鼠标，把这张画保存下来，又传到了自己的电脑上，将它设置成了头像。

在后来的日子里，这个头像一直伴随着他。他在每个要设置头像的地方，用的都是这张画。

宋思思可能不知道，蓝鲸还有一个特点。

它们一生只有一个爱人。

就在宋思思觉得这种日复一日、枯燥乏味、只有学习的生活自己即将忍不下去，要破功的时候，终于迎来了十二月。

十二月有什么？

十二月的活动太多了。

美食节、圣诞节、元旦晚会以及宋思思的生日。

最先到来的是美食节。

这一天全天都不用上课，准确地说，从前一天的下午开始，学校就会让大家回去准备食材。

美食节当天，每个班都需要至少准备一个摊位。

有烧烤摊、冷饮摊、馄饨摊、寿司摊、拌粉摊、烤饼摊，甚至还有人现场开火炒菜。

宋思思并不会炒菜，虽然她自称天赋异禀，如果让她掌勺，一定能炒出绝味佳肴。因为她小姨说过，嘴馋的人通常炒菜也会好吃。但到底是不是真的，无从考证。反正宋思思唯一一次掌勺，是小学时有个作业，要求大家回家煎鸡蛋。鸡蛋到底好不好吃也不知道，宋思思没尝过。不过大概是好吃的，因为宋芳都吃光了。

宋思思往年都是负责吃的，拉着杨璐璐从这头吃到那头，再从那头吃回来。真要说味道的话，那肯定不如正规餐饮店，但学校的美食节本来就是吃个氛围，吃个好玩。

但今年，宋思思想要参与到摆摊的行列里去。之所以是说参与，是因为她并不负责炒，凡人暂时还没有资格领教她的手艺，她只负责洗菜。

他们班今年只摆了一个摊位，但很是热火朝天，有很多同学参与进来。不过目前还没有对外出售，炒出来的东西全进了内部人员的肚皮。

做的就是蛋炒饭。

蛋炒饭这种东西吧，要说普通很普通，往往就是肚子饿了，于是用昨晚的剩饭随意炒一个敷衍肚子。但要不普通也很不普通。炒得好吃的蛋炒饭颗粒分明，粒粒金黄，蛋香味十足，再加一点喜欢的配菜，或是蚕豆，或是腊肠，或是雪菜，出锅前再撒一把小葱。绝了！

宋思思此前没怎么吃过蛋炒饭，宋芳从来不让她吃隔夜饭，又没闲到专门煮个饭给她炒，她为数不多的几次吃蛋炒饭都是跟同学在校门口吃的。但校门口的小店炒菜水平历来都很一般，反正再难吃，学生也会捧场，只要地段好，不愁没生意。

于是，宋思思为数不多的几次蛋炒饭记忆也都很普通，她并不太馋这口吃的，但班上的活动她得参与。可她挑的这项工作并不是太好——洗菜，在十二月的户外，真的是个冷死人的工作。

他们摊位的后面接过来一根水管，管子头部放到一个红色的大塑料盆里，用水倒是很方便，但水凉得仿佛下一秒就要结冰。

宋思思没吃过这种苦，于是赶富宇安去开水房给她打热水，担心他打的水不够用，余一言也跟着去了。

萧子睿最近不知道在忙什么，好像是要在元旦晚会上表演。问他要表演什么节目，他也闭口不谈，神神秘秘的，这会儿也不见人影，应该是排练去了。

杨璐璐在关注切洋葱的毛嘉乐。洗洋葱其实不辣眼睛，但切洋葱是真的辣。毛嘉乐已经切了九个，眼睛控制不住地狂流眼泪，但因为他是好班长，这种重担得由他一个人来扛。

宋思思都不知道他们俩什么时候关系这么好了。

别看杨璐璐嘴上说得厉害，仿佛什么都见过一样，但实际上她害羞得要命，脸皮还薄，一逗就能红到耳朵根。

毛嘉乐这会儿坐在凳子上，仰着头。杨璐璐撑开他的眼皮，给他滴眼药水，滴了两滴竟然还给他吹了吹。这傻妞，以为在吹灰尘呢。

宋思思坐在一边看得直乐，又不敢乐出声。她就这么捂着嘴，连菜都忘记洗了。

她正乐着呢，突然过来一个男生，用水撩了她一下。

不对，是泼了她一脸。

这男生叫项辉，个子不高，非常瘦，背还弓得像个虾，会穿那种杀马特短袖，头发半盖住眼睛，看着像个社会大哥。他也确实是个社会大哥，人称育才一霸，是整个十一班，老孙唯一不管的人。

宋思思她们宿舍打扫包干区的时候，经常看见他和人干架。

小竹林里有一条较为隐秘的路，除了晚上回宿舍，别的时间通常没什么人走这里。这片地也没装摄像头，于是成了育才的约架胜地。每回打扫包干区看见项辉来，所有人就会立马逃窜，千万不能成为"目击证人"，以免被"杀人灭口"。

宋思思怀疑项辉很有背景，因为打了这么多次架，他也只被记了个大过，并没有被学校劝退。

而宋思思，江湖人称"宋屎屎"，当然不敢惹他，入学至今连一句话都没敢和他讲过。

本来井水不犯河水的两个人，今天突然就碰到了一块。

第六章
圣诞节
BOHEMEI LANJING

　　宋思思被泼得有点蒙，还有点生气，但并不敢质问项辉，只是弱弱地问他："你干吗泼我？"

　　项辉斜了斜他的歪嘴，露出一个非常土匪的笑："看你不顺眼呗。你发什么呆呢，没看见菜不够了？老子还等着吃饭呢。"

　　宋思思敢肯定他在没事找事，洗好的菜并不是不够，已经有一筐了，不够的是切好的菜。

　　谁知道，项辉一言不合又朝她泼水："怎么着？你看起来还挺不服气？"

　　兔子急了也会咬人，宋思思虽然怂，但不代表没脾气。她一下子从凳子上站了起来："你有病吧？莫名其妙发什么疯？我怎么惹到你了？"

　　项辉从喉咙里发出一声哼笑："你没惹我，但惹着我妹了。你得感谢你是个女生，不然，刚才泼你的就不是水了。"

　　杨璐璐和毛嘉乐已经发现了这边的不对劲，立马围了过来。

　　杨璐璐挡在宋思思面前，但显然不敢开口。

　　毛嘉乐试图教育项辉："项辉，你别欺负女同学，你在外面怎么样我不管，但十一班的同学你别动。"

　　项辉"喊"了一声："班长想英雄救美啊。也不看看轮不轮得到你。"

　　宋思思看周围人多了，胆子也大了起来："你妹是谁？我怎么惹她了？你有本事让她自己来和我说。"

　　"我妹是谁你不用管，你只要管好你自己，别到处勾搭别人。"说完，项辉拍拍屁股走了。

　　宋思思气坏了，什么叫到处勾搭人，这对十几岁的女孩来说，是非常严重的污蔑。这等于是在指着她的鼻子骂她水性杨花，朝三暮四……

杨璐璐搂着宋思思安慰："他就是个疯子，你又不是不知道，疯子说出来的话，谁理谁是傻瓜。"杨璐璐不说话还好，一说倒把宋思思说得更委屈了，她控制不住地鼻子发酸。

这时，富宇安和余一言拎着热水瓶回来了。

宋思思一见着她哥，没忍住，跟个向家长告状的小孩似的开始哭："富宇安，那个项辉欺负我，他骂我水性杨花，他还想揍我。"

富宇安都惊了，自己来回不到十五分钟，怎么像出了大事似的："你好好说，他做什么了？"

"我在洗菜，他莫名其妙过来泼我水，还泼了两回。说我惹到他妹了，还说想揍我，还叫我别……别勾搭人。"宋思思拿袖子抹把眼泪。

余一言从桌子上抽了一沓纸巾来递给她："你先别哭，这种人不用跟他置气。他说他妹是谁了吗？"

宋思思摇头。

富宇安已经炸毛了，他可以欺负宋思思，不代表别人也可以："管他妹是谁，先揍他一顿再说。我还怕他啊，打狗还看主人呢，好像谁不会打架似的。"

余一言一把将富宇安抱住："你想清楚行不行？他没打思思，你却去打他，老孙问起来，说不定不罚他，只罚你呢，到时候还连思思一起罚。老孙那个人嘴巴里会说出什么，你不知道吗？事情闹大了，你让思思怎么办？"

"那你说怎么办？就这么算了？"富宇安很不爽，但他也并不傻。老孙说不定还真会说出些难听话来，她从来不会给人留面子，尤其对女生。别本来只是一句疯话，到时候传得不像样。

余一言仔细想了想："主要得知道他妹是谁。行了，你先不用管，你太冲动了，别到时候弄巧成拙，我来查查看。只要项辉没动手，情况就还算好。他这种社会渣滓不能跟他硬碰硬，他没有底线，万一报复思思呢？"

宋思思不哭了，她被余一言的话吓坏了。她是见过项辉打架的，有传言说他还和校外的混混勾搭在一起。那些人打架特别狠，有的已经进去过局子了。

她立马拉住富宇安："你别跟他打架，他下手那么狠，你要是受伤了怎么办？我没事，被说一句就说一句好了，又不会少块肉，大不了以后见着他就跑。"

富宇安拍拍她："我没那么傻，你自己注意，别落单了，那种神经病谁也不知道他会干什么。你饿不饿？要不要吃东西？你也别洗菜了，反正咱们也不卖，自己班里的人都炒不过来，谁要吃自己来洗。"

宋思思确实有点饿，她指指炒饭的地方："我就想吃蛋炒饭，我自己洗的菜，我得尝尝什么味道。你们谁会炒啊？他们现在都是自己炒自己吃呢，没人给我们炒。"

富宇安最先开口："我可不会啊，我从来都只负责吃。"

杨璐璐摇头："我只会煮面条，我不怎么吃米饭。"

毛嘉乐说："我炒过，但是味道很一般，你们不介意的话，我可以来炒。"

余一言叹了口气，看宋思思确实想吃的样子，说："算了，我来吧，我做饭还可以。"

余一言先洗了手，把菜都码好，抬头问宋思思："有什么忌口的没有？"

宋思思摇头："这些我都吃，但是我只想放青菜梗，不要洋葱，也不要火腿肠，就只要青菜和鸡蛋，还有葱。"

余一言点点头："那我先这么炒两份，一次炒太多饭不好吃。"

等锅烧热，余一言放了两勺凉油，然后直接把鸡蛋打了下去，用锅铲划拉开。

"鸡蛋不用打散再倒吗？我看他们都是打散才倒的。"宋思思有点不解。

"两种都行。直接打下去蛋白蛋黄分离会漂亮一点，吃起来其实没差别。"

鸡蛋炒散后，余一言又把饭倒下去，用锅铲背按压开，颠了颠锅，确保没有粘在一起的，之后倒入青菜梗，翻炒至断生，放了点盐和生抽，起锅前撒上葱绿，翻炒十秒，出锅。

他看起来非常娴熟的样子，没花多久就炒出来两份饭，动作行云流水，一点都不像别的人那样手忙脚乱。

宋思思端起一份尝了口："哇！这个真好吃哎，我以前吃的感觉都有点黏糊糊的，这个超级颗粒分明。"

富宇安立马要来抢，被宋思思躲了过去："那儿还有一份呢，你自己去吃。"

宋思思把一整份都吃光了，她以前还没吃过这么多米饭，宋芳只想要她多吃菜，饭剩下倒没什么关系。

她打了个饱嗝，拿纸巾擦干净嘴："余一言，你就算没考上大学也没关系，你可以去开个饭馆卖炒饭，这比校门口的好吃多了，你以后就开在他们对面，我保证去捧场。"

富宇安拍了一下她的头："你说的是人话吗？叫人家去当厨师？上辈子占山为王，这辈子发配厨房。好好的学霸不坐办公室，被你这么咒呢。"

"我这不是可惜吗，这以后可没机会吃了。这是我们最后一个美食节了。"

余一言笑了笑："你要想吃，来我家，我炒给你吃就是了。"

富宇安拿手肘捅他，在他耳边耳语："你别乱来，她才几岁？"

宋思思凑过去："你们在说什么？怎么还要背着人？"

富宇安把宋思思的头推开："没说什么，男人间的秘密。你还小，听不懂。"

2010 年的 12 月 25 日还洋溢着圣诞气息。

店铺的橱窗上都会贴满雪花、圣诞老人、圣诞树、圣诞帽等各种各样的圣诞贴纸，走在街上到处都能听到 *Jingle Bells* 这首歌。

以往这一天宋思思会跟着富宇安去逛街，运气好的话能偶遇圣诞老人。Q 市的街头偶尔会出现圣诞老人的身影，背着很大的红色布袋，给来往的行人发苹果。

但从去年开始，富宇安就抛弃了宋思思，整天只和自己的朋友一起玩。宋芳周末都是要上班的，加上圣诞节店里搞活动，更是顾不上宋思思。至于富爱民，他除了过年，就没有不忙的时候。杨璐璐从今年开始，每个周末都有一堆补习班要上。宋思思一个人非常无聊地窝在家里看电影，谁都没空陪她玩儿。

余一言的电话就是这个时候打来的。

"思思，你现在在家吗？"余一言的声音从话筒里传过来，带着点电流的失真感。

"在呢，我在看电影。"

"那你过五分钟出门，我有个东西送给你。"

余一言到的时候，宋思思正踩着脚站在院子的门边等他，她只穿了件暗红色松松垮垮的毛衣，胸前是个大大的金色字母 S。

余一言本想在外面把东西给她就走，见状立即推她回家："不是说五分钟之后再出来吗？你怎么穿这么点就在外头等，冷不冷？"

宋思思给余一言找了双拖鞋，狠狠搓了搓手臂："我们上去说话，楼下没开空调。"

余一言看了眼客厅，空荡荡的，也没听见人声，问道："你家里人呢？只有你一个人在家？"

"我妈他们上班，富宇安出去玩了。我冷死了，先回房间了，你快点上来啊。"

宋思思没等他拒绝，就噔噔噔地往楼上跑。

这是余一言第一次进宋思思的房间，虽然他以前也来过她家几次，但都是待在二楼富宇安那儿。

宋思思一个人占领了整个第三层，三楼显然被改造过，除了承重墙，其他大部分都拆了。

客厅里铺着一块大地毯，摆放了一张姜黄色的沙发，沙发对面是整面墙的书柜，里面基本已经放满了，倒不全是书，还有些玩偶、手办之类的。房间门上挂了块牌子，写着"赫奇帕奇女生级长专用宿舍"，余一言推门进去的时候，宋思思正捧着桶酸奶窝在椅子里。

这是个很大的房间，英式的四柱床，深棕色六门大衣柜，淡黄色墙纸，鹅黄色碎花四件套，明黄色格子窗帘。

床头一边是落地灯，一边是落地柜，里头摆了一堆小女生的摆件，上面坐了只半人高有点旧的泰迪熊。

床上至少摆了六个枕头，还有件睡衣扔在被面上。

宋思思坐的那边，左前方是一张胡桃木书桌，除了电脑，还摊着几本漫画书。

房间正中央是个很长的电视柜，除了影碟机，还摆着一个装满各种奇奇怪怪石头的大玻璃瓶。

电视上在放的电影被按了暂停键，画面上一个红色头发的小男孩正吃着糖果，有趣的是，小男孩身上穿的毛衣和宋思思穿的是类似的。

宋思思又咽了口酸奶才开口："你找我干吗？有什么东西要给我？"

余一言倒没急着回答，只把手中的纸袋放在柜子上，指了指电视，问她："你在看什么？为什么你的衣服和他的一样？"

宋思思很诧异："你竟然没看过《哈利·波特》？！我可喜欢了！唉，要不是伏地魔抹去了我的出生记录，我现在肯定在霍格沃茨上学。"

说完，她又指了指屏幕："这个是罗恩，他妈妈每年圣诞节都会送他一件胸前带有他名字首字母的毛衣，我就求我妈给我也织了一件。她织了

080

好久好久，我昨天才收到。怎么样，好看吧？"说着，宋思思还站起来转了一圈。

余一言当然知道《哈利·波特》，英语阅读理解有一篇还专门讲了这个，但宋思思这样倒逗得他笑起来："你这样有点'中二'。"

"你们麻瓜懂什么，巫师的世界是你能理解的吗？"宋思思很傲娇地轻踢了他一脚。踢完，她又没忍住站起身，像个炫耀宝贝的小孩子那样，拉着他去看自己的收藏。

"你看，这是我自己做的魔杖。我妈从家具厂里给我拿回来的椴木，我用刀刻的，虽然有点丑，但勉强能用。"

宋思思从落地柜最上层抽出了一根木棍，对，这只能称为木棍。上细下粗，没有多余的花纹，表面还有一些坑坑洼洼，但能看出来被细心打磨过，并不毛糙。

她拿着那根木棍挥了挥，嘴里念念有词："Lumos。

"这是个照明咒，又叫荧光闪烁，是很常见的咒语，念这个咒语魔杖尖会出现亮光，可以当手电筒使。"

然后，她又念了一句："Alohomora。

"这叫阿拉霍洞开，可以开锁的。我觉得要是没有监控，巫师肯定是抢银行的一把好手，不过巫师不能在麻瓜面前使用魔法。"

说完，她又带着余一言来到房门口，指着门上挂着的那块门牌告诉他："看到没，赫奇帕奇女生级长专用宿舍，我可是獾院的 head girl，你可别像富宇安那样惹我，不然我就扣你的分。"

余一言见她非常沉迷于角色扮演，说的像是真的一样，不由得笑了起来。

宋思思又带着他走到那面书柜前，给他展示了自己的整套《哈利·波特》英文原版书："这是我小姨出去旅游给我带的。我小姨可好了，最早就是她让我知道的《哈利·波特》，还送了我一套电影光盘，我无聊的时候就会拿出来看看。明年暑假我们初中毕业，最后一部电影就要上映了，到时候你陪我去看吧。富宇安看了一次就再不陪我去了，他非说我傻。"

余一言"嗯"了声，又有点迟疑："可是我还没看过，直接看会不会看不懂？"

"那正好，我正在重温呢。你今天还学习吗，要不然你留在这儿跟我一起看吧？"

那个圣诞节，是他俩第一次坐在一起看电影。

窗帘拉着，微微有亮光透进来，房间里半明半暗，两人盘腿坐在床前的地垫上，消磨了一整个下午。

"余一言，你觉得你会是哪个学院的？"

"我吗？我不知道。"

"我觉得是鹰院，你那么爱学习，拉文克劳的学生最渴望知识。"

"我觉得不是，我并没有很喜欢读书。"

"这样吗？但獾院的话你肯定不是，赫奇帕奇的学生得像我这样，没什么上进心，和谁都能玩得好。"

"你对自己的认知还蛮准确。"

"那当然了。狮院和蛇院你选一个吧。我最喜欢的RAB就是斯莱特林的，但在书里蛇院出了很多反派。狮院的话，哈利·波特他们都是格兰芬多的，狮院学生特别勇敢。"

"那我选狮院吧，我希望自己能勇敢一点。"

…………

等余一言回家了，宋思思才记起来他给自己带了个东西，就放在电视柜上。她拆开纸袋，里面是一个白瓷半哑光的马克杯，没有什么别的图案，看着很简约精美。她还挺喜欢的，把它放在了书桌上，决定以后就用它来喝水。

然后，她给余一言发了条短信：这是你送给我的圣诞礼物？谢谢你，很漂亮，我很喜欢。

余一言过了会儿回复她：算是吧。

其实不是，这是个生日礼物。

实际上，这是一对定制的杯子中的一个。

2010年，还没有充斥大街小巷的手作店，大家买礼物大多去的是小商品市场，淘宝也才刚刚兴起，余一言花了很大工夫才拿到这对杯子。宋思思的这只是白色，底部其实还印了花体的"3Y"。他的那只是黑色，杯底是"3S"。

定制店的老板建议余一言把字印在杯身上，毕竟费这个劲当然是越明显越好。但他还是选择了印在杯底，不算大的字母，并不显眼。

显然，宋思思目前还没发现。

她发现了可能也看不懂，或许当它是什么品牌的标志。

"3Y"代表着"YYY"，"3S"代表着"SSS"。他还记得思想品德课宋思思给他传的字条，那会儿没有多搭理她，现在想起来隐隐有点后悔。

他该多说一点的，也该早点发现自己的心意。

　　但其实发现了也没什么用，他只敢把字母缩写成"3Y"，也只敢把"3Y"印在杯底。而宋思思的生日还有两天才到，他也只敢借圣诞节把礼物送给她。杯子，寓意一辈子，他最多也只能表达到这一步。

　　他不勇敢。

　　他希望自己能勇敢一点。

　　元旦晚会虽然叫元旦晚会，但并不在元旦当天举办，而是在元旦假期前那一周的某个晚上。

　　晚会上，每个班都得准备一个节目，可以是集体的，当然，也可以是一些同学的个人秀。

　　宋思思初一那年代表班级表演过诗朗诵，但她是被富宇安出卖的。

　　小学的时候，语文老师很喜欢宋思思，加上她表情丰富，说话声音也响亮，老师就训练她演讲并参加各种演讲比赛。她还拿过一个市少儿组讲故事大王的奖。

　　但那都是小学时的事了。

　　语文课站起来朗读倒还罢了，在元旦晚会上声情并茂地表演诗朗诵，对初中生来说其实还是蛮尴尬的。

　　初一的时候，同学们还都比较害羞，大家不太愿意主动展示自己，或者说都还不太好意思展示自己。

　　当时班委开了几天会，迟迟定不下来表演节目单，毛嘉乐倒是愿意牺牲，可是他没有才艺。富宇安作为体育委员，开会的时候本来应该老实坐着当壁花，但估计他坐不住了想早点结束，于是开口出卖了宋思思。

　　宋思思表演了那一回，就再也不愿意参与了，台下并没有什么人听，她觉得自己傻了吧唧的。

　　初二那年，高佳茜上去跳了拉丁舞。今年的话，据说是夏雨婷上台唱歌。萧子睿神神秘秘地搞了半天，应该也是报了个人秀。

　　以往的元旦晚会不怎么好看，小品不滑稽，唱歌只唱很老土的歌，好不容易来个街舞，就十个人动作非常不整齐。

　　但元旦晚会依然是值得期待的，毕竟是个放风的机会，大家坐一起聊天也很有趣。

　　宋思思和往年一样，和杨璐璐坐在一块儿。她左边坐的是余一言，余一言的左边坐着富宇安，富宇安在偷偷拿着手机发短信。富宇安说宋思思太烦人了，她会偷看短信内容，所以他不要和宋思思坐一起。

杨璐璐的前面是毛嘉乐，准确地说，他们的座位就是以毛嘉乐为中心摆开的。

杨璐璐正和宋思思聊她上补习班的糗事："我小学班里有一对双胞胎，姐姐妹妹长得基本一样，两个人都剪着蘑菇头，穿同样的衣服。我和她俩玩得还行，但毕业之后就一直没见过。

"那天我去补课，这个姐姐坐在我边上，还是那个蘑菇头，我一眼就认出来了。然后我们就一直在聊天，聊得很开心。

"结果突然旁边有个女生伸出一只手，把我的笔袋拿了过去，还说我的笔袋很好看。

"我当时就在想，你谁啊，怎么这么自来熟，随便碰陌生人的笔袋。然后，我这么想也就这么说了。

"结果——她竟然是那个妹妹！留了长头发，戴着眼镜，穿得和姐姐完全不一样，我就根本没认出来。

"那个姐姐就说：她是我妹啊，你忘记了？

"哎呀，我那个尴尬啊！怎么能这样，双胞胎认得一个不认得另一个，还开口就是一句'陌生人别动我的笔袋'，人家要觉得我是神经病了。"

宋思思在旁边嘎嘎地笑成一只可达鸭，觉得杨璐璐说的比刚才那个小品还逗。

萧子睿就是在这个时候上台表演的。

第七章
中考倒计时

萧子睿穿了一套西装，还打了领结，可能因为进入了冬天，他的皮肤比初见那会儿要白一点，依然剃着很短的圆寸，一米八五的身高，看起来已经像个大人了。

宋思思很清楚地听见前面的女生在捂着脸喊："刚才主持人说他叫什么？他好帅！"

大提琴的声音响起来，萧子睿在拉《爱的礼赞》，和他平时的样子判若两人。

他以前总是嘻嘻哈哈没个正形，脾气很好，宋思思骂他没皮没脸，他也乐呵呵的。但他现在低着头，全神贯注的，没有笑，很严肃的样子。宋思思还没有见过他这种表情，反差太大了，她甚至觉得不认识他了，好像这是个全新的萧子睿。

在整个演奏的过程中，宋思思和杨璐璐都没有说话，好像被琴声震住了，又好像是被拉琴的人震住了。

余一言在看宋思思，但宋思思并不知道。

待一曲终了，萧子睿站起来的时候，突然笑了，抬头望着十一班所在的方向。那个平时的萧子睿，又回来了。

他本来应该谢完幕就下台，但他并没有马上鞠躬，而是弯下腰对着话筒说："刚才这首曲子送给红豆姑娘，愿她永远像现在这么可爱。"

萧子睿下台了，周围女生都在窃窃私语，议论着红豆姑娘是谁。宋思思和杨璐璐也不能免俗。

"萧子睿可以啊，完全没看出来，还红豆姑娘，他是不是当自己在演电视剧啊？"这是宋思思的声音。

杨璐璐也猛点头："他才几岁呀，我还以为只有你哥有红颜知己呢。他也太牛了，还当着所有人的面说。"

杨璐璐像突然想到什么似的，一拍手："我跟你说，我想起来了！你还记不记得萧子睿给你买的香飘飘，就当时全被我喝了的那个？那个就是红豆味的！"

"真的吗？那你说会不会是有个女生特别喜欢吃红豆，所以他就叫她红豆姑娘，于是他就买什么都喜欢买红豆味的？"宋思思觉得自己可能触到了真相的边缘。

但杨璐璐总觉得有些不对，试探着问了一句："你喜欢吃红豆吗？"

"我？我不喜欢，红豆太难煮烂了，我只喜欢沙沙的口感，我妈都是给我煮绿豆。"说着，宋思思还皱皱鼻子。

杨璐璐觉得可能是自己想多了，这么讲来，红豆和宋思思没关系。

富宇安在旁边听了半天，他本来是一脸幸灾乐祸地看着余一言，用手机打字给余一言看：你完了，对手很强劲啊。这会儿，他一脸无语，删了原来的又打了一句：没事了，以她的脑子看来还得再等几年。

宋思思非常好奇红豆姑娘是哪位，一刻也等不及，于是她决定拉上杨璐璐去后台问："我们去后台吧，反正节目也不怎么好看，我们去问问萧子睿，红豆姑娘到底是谁。"

杨璐璐有点不情愿，她虽然也很八卦，但好不容易抢到前排的好位子，她舍不得走："要不然你自己去好了，回来再告诉我。他跟我没那么熟，我们一起去他万一不说呢？"

宋思思一看杨璐璐的小表情就知道她在想什么，拍了拍她的肩膀，给了个"我懂你"的眼神，非常善解人意地放过了她。

但宋思思也不想一个人去，她决定拉上富宇安："安哥，你陪我去吧，好不好？你陪我去我保证不看你短信了。"

富宇安乐了："都学会叫哥来求人了，不错不错。但我还是不陪你去，这么无聊的事我才不干。"然后摆出一副特欠揍的表情。

宋思思拍他一掌："不去就不去，我又不是一定要你陪！"说完，她看向余一言，"余爸爸，你最好了，你陪我去吧？"

余一言还没说话，富宇安不乐意了："怎么他还比我高一辈呢？我比他大呀，我记得他是1995年最后一天出生的。是吧，言言？"

余一言点头。

宋思思不想理富宇安："你管我叫他什么，我还要叫你好大儿呢。不陪我去还那么多话，真该把你的嘴巴缝起来！"

富宇安想给她一个脑瓜崩，被余一言挡住了："你别跟你哥瞎贫，我陪你去，赶紧走吧。"

宋思思和余一言往后台的休息室走，刚走过拐角，就看见萧子睿和一个女生站在走廊尽头说话。宋思思一把抓住余一言的袖子，扯着他一起蹲下来，像做贼似的，偷偷探个脑袋看。但距离太远，听不见他们在说什么。

宋思思觉得这个女生有点眼熟，转头问余一言："这女生你认识吗？怎么感觉见过？"

余一言看了看，想了会儿："上次去夏令营，喊萧子睿第二名的那个。"

宋思思一拍大腿："对！就是她！那她肯定就是红豆姑娘了。你想啊，萧子睿那天对她那么凶，他可没凶过别人。书里都这么写的，喜欢谁就欺负谁。而且萧子睿不是说红豆姑娘可爱吗，这个女生跟萧子睿站一起，最萌身高差，可不就可爱了吗？不用问了，她肯定就是红豆姑娘。"

余一言觉得好笑又无语，喜欢谁就欺负谁，她到底从哪里看来的这些？

宋思思满足了好奇心，又听不见他们聊什么，看样子他俩一时半会儿也不会结束，于是拉起余一言往回走。

一回到座位上，宋思思便迫不及待地和杨璐璐分享推论。

杨璐璐听了也觉得有道理，还跟宋思思分析，一个万年第一，一个万年第二，见面了不喊名字，叫什么第二名，还聊这么老半天，没点猫腻不可能。

余一言在旁边皱着眉，觉得有哪里被忽略了。他当然不会像宋思思这么傻，不知道红豆姑娘是谁。

虽然他并不清楚为什么萧子睿要叫宋思思红豆姑娘，但他这会儿想的不是这个。萧子睿和那个女生确实看起来关系不一般，但按道理来说，他不应该是这样的人。

十二月除了以上几个节日，还有个大日子，每年的最后一天是余一言的生日。

但余一言并不觉得这是个什么特别日子，他从来没过过生日。

方雅云认为他的出生毁了她，所以她痛恨这个日子。

余一言第一次吃生日蛋糕，还是在同学的生日派对上。

他小时候那会儿非常流行去肯德基过生日，小寿星的爸爸妈妈会请一群小朋友吃炸鸡、分蛋糕，服务员还会过来给他们放《生日快乐歌》，发生日帽和迷你小甜筒。小寿星本人就跟众星捧月似的，快乐得要飘上天。而余一言，只能当围着月亮的星星，并且连当星星的机会都很少。

很早以前，他还会羡慕，但现在已经完全习惯了。

2010年的12月31日，被归到了元旦假期里，前一天下午就已经放假了。

余一言如往常一样刷着试卷，马上中午十一点了，做完这张卷子差不多就可以去吃饭了。

"叮叮——"

是宋思思的短信，他并没有立即点开查看。

"叮叮——"

"叮叮——"

"叮叮——"

又连着来了三条，看起来像是有急事。

余一言放下笔，按下打开信息的按键。

余一言，你在不在家？

你爸妈不在家吧？你昨天说他们没在的。

你应该没吃饭吧？

快点回我！快点快点！

余一言看她很急的样子，拨了个电话过去："你有急事吗？我在家，爸妈不在，我也没吃饭，怎么了？"

"我在你家门口，来给我开门。"

余一言站起身朝窗外望去，宋思思果然站在院子外面，还拿了袋东西，像是等了一会儿无聊了，在一下一下轻拍着铁门。

余一言跑下去开门，带她进来："你穿我的拖鞋吧，我家不怎么来客人，我穿我爸的好了。"

"你家地板怎么热乎乎的？"

宋思思脱了鞋踩在地上，觉得非常神奇，整个屋子都暖烘烘的。

余一言解释："因为装了地暖，这个在北方比较常见，南方还没什么人装，你可能没见过。我妈她在家不喜欢穿很多，就装了这个。"

宋思思赤着脚踩了几下，非常喜欢这种感觉："那我不想穿鞋，我喜欢这样。"

余一言也没强迫她，只是去把温度调高了几度："你如果觉得冷就告诉我。"

宋思思把手里的袋子递给他，边脱外套边说："我不冷。我给你带了个礼物。"

余一言打开袋子，里面是两个鸡蛋、一包挂面、一把小葱，还有一瓶味极鲜，他不禁有点疑惑："你送我这些干吗？而且为什么要送我礼物？"

"笨！我来给你做长寿面哪。那天富宇安说你生在一年的最后一天，那今天就是你的生日呀，生日当然得吃面条。你送了我圣诞礼物，我也得送你一个，我还怕你中午已经吃过了呢。我刚才在家已经试做试吃过了，我可有厨艺天赋了，味道还行，就比你的蛋炒饭差一点点。"

说着，她还用手做了一个"一点点"的手势。

余一言突然就说不出话了。

他忽略，或者说刻意忽略了这个日子。他告诉自己，这只不过就是身份证上的一串数字罢了。

过不过生日又怎么样呢？有没有蛋糕吃又怎么样呢？只不过就是又长大了一岁而已，这一天和一年中的其他364天没有任何不同。起床、吃饭、做作业、睡觉，就是这天该做的事情。

但现在有个姑娘告诉他，余一言，今天是你的生日啊，生日当然得吃面条。

这个姑娘自带一堆食材叩开他的家门，来给他做长寿面，来给他过生日。

现在，他也是被捧着的那个月亮了。

宋思思让余一言坐在餐桌凳上，不许他帮忙。

余一言便乖乖坐在一边看她忙活。

宋思思先学着她妈的样子穿上围裙，挽起袖子，然后把小葱一点点仔细地洗干净，摆到案板上。

看样子她并没怎么做过家务，溅得到处是水。

显然，她刀使得很不熟练，左手费力地把着小葱，拇指并没有缩到关节后面，这是个很容易切到手的错误姿势。不过好在她自己也怕得很，右手把着刀离得很远，这使得葱花切得很不均匀。切到最后一截，她的左手不敢再扶，干脆直接扔了。

锅里的水还没烧干，所以油刚倒下去便噼里啪啦地爆出来，宋思思一下跳开，吐吐舌头，很不好意思地瞄了余一言一眼。

她忘记开油烟机了，不过没关系，余一言并不介意。

磕鸡蛋倒是很熟练，没有出现碎蛋壳掉进锅里的情况。但她把握不好翻面的时间，还没等定形，她就急匆匆地用锅铲铲起来，于是蛋白蛋黄混在了一起，不太像荷包蛋。

她吸取教训，在煎另一面的时候多煎了一会儿。

于是，这个蛋变成了一面有点焦，一面还挺白的煎鸡蛋。

不过这也没关系，余一言依然不介意。

煎完鸡蛋，宋思思又把锅重新洗了一遍。

通常情况下，余一言到这一步会偷懒直接倒水进去烧，看样子，她有点小洁癖。

等水烧开的时间里，宋思思开始调调料。

她挖了一小撮盐，然后开始倒她带来的味极鲜，倒完了转头跟余一言讲："我妈煮面的秘诀就是这个，不要生抽，就得用酱油，还得是这个牌子，我特意带来给你尝尝。"

她没放油，像是完全忘记了这一步，或者可能是她不爱吃油很重的食物，所以没有意识到要放一点油。

余一言想，随便吧，随她怎么做都好。

等水煮沸了，宋思思开始放面条，拿手丈量来丈量去，但没有向余一言求助。

既然是送礼物，就得独立完成，怎么好让收礼物的人来做。

她一开始放了一小把，感觉不够，又加了一把，想了想，多了总比少了好，于是又加了一点。

很明显，她放多了，但没关系，再多余一言也会吃掉。

或许是怕水溢出来，又或许是上一次试煮的时候水溢出来过，她并没有盖上锅盖，就这么敞开着，开着大火，看着面条一点点变软。

中间，她还很心急地夹起来尝了三次，这才确定确实煮熟了。

于是，她捞出面条，放进碗里，再放上煎蛋，撒上切好的葱花，然后倒了点面汤进去。

倒了一半时，她有点迟疑，抬头问余一言："你是要倒开水还是面汤啊，我都是倒面汤的，富宇安只倒开水。"

余一言朝她笑得眯起眼睛："没关系，我都可以。"

面条被搅拌好端上来，一碗非常简单的阳春面，但余一言却被水汽熏得眼睛发酸。

他几乎是狼吞虎咽地把面条吃光了，连面汤都喝得一点不剩。

宋思思本来是一脸期待地看着他，现在有点不好意思："是不是我做少了啊？你吃饱没有？”

余一言点头："吃饱了，很好吃，比我煮的好吃。"

他吃得很撑，撑到了嗓子眼，但没关系，他还是不介意。

宋思思回家后跟富宇安炫耀："余一言说很好吃，我就说我很厉害。"

富宇安今天没出门，待在房间里打游戏："得了，你就算没放盐，他也吃不出来。"说完，他又有点酸，"这是你第二次煮东西给别人吃吧？上一个是你妈。"

宋思思点头："对，我真是个天才，才两次就能这么厉害，可惜我不想当厨师。"

"你什么时候给我煮一回？"

"别做梦了，你才不值得本中华小当家下厨。"

元旦假期结束，离过年就没剩几天了，宋思思家里今年计划过年去富爱民老家待一礼拜，很久没回去过了。

富家的爷爷奶奶是很和蔼的人，但并不愿意搬来城里，他们在村子里住了大半辈子，已经习惯了。只过年的时候，他们会被接来城里一起待上两天。

华埠村离 Q 市市区不算远，开车一个小时，也有大巴能直达镇上，随后转趟车就能到，算是个比较繁华的村庄。

宋思思一家到的时候是下午两点，她本来老实待在屋里，富奶奶怕她无聊，赶富宇安带她出去玩。

农村大多敞门敞户的，邻里之间往来要比城市里密切得多，随便喊一嗓子，便有一堆人回应。

富宇安呼朋唤友的，不一会儿就叫来了两个人，都是男生，一个读高二，叫赵明远，一个读六年级，叫林鸣浩。

四个人一合计，决定去后山。

2011 年，智能手机还未普及，娱乐项目还很少。

2011 年，还没有禁鞭炮，缺乏娱乐活动的高中生也热爱放鞭炮，并能放出花样。

高二的赵明远就带来了一整条大飞牛，说是要带他们见见世面。

大飞牛是一种能蹿上天的鞭炮，比冲天炮还要厉害。冲天炮就是富宇安小时候把人家腊肠炸了的鞭炮。

宋思思此前没有放过大飞牛，城里的鞭炮店买不到这玩意儿，它只出现在少数的镇子上，是一种非常不正规但威力挺大的东西。

但那个年代的孩子大部分养得比较糙，没什么安全意识，认为商店里买的就是正规的、可用的，从来不会去想鞭炮会炸膛。

宋思思怕放，但不怕看，她会担心引线太短而自己跑得不够快，所以她通常站得远远地看热闹。

赵明远先是点了一个试试威力，引线点燃没多久，大飞牛就冲上了天，"嘭"的一声，非常剧烈地爆炸。

富宇安提议，可以一排摆三个，一次性点燃，看看效果。

这回炸得比上次还厉害。

他们还嫌不过瘾，掏出六个来，摆成一个圈，把引线捻在一起点。

这次也成功了，声响堪比炸鱼雷。

可能是一次次的顺利燃放壮了他们的胆子，最小的林鸣浩提出，可以横着摆在地上，看看它能蹿多远。

富宇安不太赞成，这听起来有点危险，鞭炮可是会乱飞的。

但赵明远觉得这主意很不错，只要方向放对，不朝着人，就没有什么可担心的，如果富宇安不愿意，就由他来点。

第一枚"炮弹"射出去，点燃了山上的枯草，腾地烧起来。

幸好是冬天，草稀稀拉拉的，只燃了一小片，不然他们就成了放火烧山的罪人。

富宇安看情况不对，劝赵明远别玩了。

但赵明远坚持要再放最后一个。

意外，也是出在这最后一个。

大飞牛的方向并没有摆错，点火的姿势也没什么不对，但它是个"三无"产品，"三无"产品出意外是迟早的事。

本来宋思思一个人站得离他们远远的，就是怕殃及池鱼，但大飞牛偏偏像长了眼睛似的对着她冲了过来。

这种鞭炮威力大，速度快，根本不会给人任何反应时间，像颗子弹似的射向宋思思，宋思思当然来不及逃跑。

但是非常神奇，可能阎王爷也不愿收她。大飞牛一路烧穿了她的衣服，在碰到她肚皮的那一刻，又弹了出来，最后在她眼前爆炸。

富宇安脑子里一片空白，剧烈的恐惧感在身体里炸开，反应了两秒才冲过去。

等他跑到的时候，宋思思还是呆呆的，刚经历了和死神擦肩而过的感觉，人是很难快速回过神来的。

　　她的衣服破了非常大的一个洞，露出里头黑乎乎还带着点血色的肚皮，富宇安的心提到嗓子眼，以为是被炸烂了。

　　他哆嗦着嘴唇问宋思思："你痛不痛啊？"

　　宋思思眼神还是呆滞的，听到他问才动了动，然后像是终于反应过来了一样，又惊又怕地死命捶富宇安："我以为我要死掉了，你们干什么放这东西啊？神经病啊，还专门对着我飞。"

　　赵明远和林鸣浩也过来了。

　　赵明远显然也被吓到了，一个劲儿道歉："对不起，对不起，对不起，我再也不放了。你要不去医院看看吧？"

　　富宇安这会儿有点恼怒，气赵明远，也气自己，非得这么作死，但更多的还是后怕。

　　"你到底有没有事？痛不痛？别挡着，肚子给我看看。"

　　宋思思感觉了一下，火辣辣的，但应该没事，只是皮外伤。真要伤到内脏，现在肯定没法站着说话。但衣服破了这么大一个洞，看起来是很滑稽的，富宇安还要扯开她的手，让她当众露肚子，真是脑子不好使！

　　宋思思把衣服捂得更紧，朝赵明远说："我没事，不用去医院，我回家了。"一说完，她就掉头往家走。

　　富宇安很着急地扯住她："思思，你不要闹脾气，你先让我看一下到底怎么样了。"

　　宋思思气得一把甩开他，转身飞快地跑起来。

　　等跑了一段路，她看赵明远没跟上来才停下，转头对着富宇安吼："你是不是脑子不好使啊？我是你妹妹，不是你弟弟，你当着两个不怎么认识的人的面，上来就扯我衣服，你怎么想的啊？"

　　富宇安有点被骂愣了，在他眼里，宋思思一贯以来都像个没有性别的小孩子，他也习惯了打小和宋思思的相处模式。

　　而且那个时候，他都以为要失去宋思思了。

　　虽然她很吵很闹很烦很爱哭，但她也是一直以来陪自己长大的人。

　　她就等于长在身上的肋骨，人失去肋骨也是会死的，他哪里还想得到什么男女有别。

　　富宇安有点唯唯诺诺地道歉："对不起，我没想到。你现在好点没？我看好像皮都焦了。"

宋思思觉得自己没什么大问题，更多的是被吓了一跳。她现在不太敢回家，宋芳肯定会打她，这事最好能瞒多久是多久，她才不想伤上加伤。于是，她和富宇安打商量："我现在不怎么痛，回去了再说。你掩护我回房间，先别让我妈看见。"

宋芳正在厨房里洗菜，没有注意到两个偷偷摸摸的身影。

宋思思回到房间，把衣服撩开一点，看到破了一小块肉，但面积小，不怎么痛，只是看起来挺吓人的。

她用纸巾蘸了水，轻轻把伤口擦干净，没觉得很痛，比萧子睿撞到她的那次要好得多。

这事最后还是被宋芳发现了，每个小孩都会跟父母斗智斗勇，但就像翻不出如来佛五指山的孙悟空一样，孩子也翻不出父母的手掌心。

宋芳并没有打宋思思，她其实从没真的对宋思思动过手。

或许是宋思思看了太多回富宇安被富爱民撑着打的场景，潜意识里总是怕挨打。

但宋芳逼她吃了块猪皮，美其名曰以形补形。

宋思思知道不是这样的，宋芳只是为了让自己长教训。

宋思思从小就十分讨厌吃类似肥肉口感的东西，肥肉本身不行，猪皮不行，鸡皮也不行，甚至到了不怎么吃油的地步。

宋芳明显就是在惩罚她。

但是，这事也不是没有好的方面。

富宇安认定了这个意外得怪在他头上，变得像欠了宋思思一百万似的，仿佛换了个人。他整个寒假都没出去玩，甚至对宋思思开启了狗腿模式，宋思思都管他叫小安子了。

只是好景不长，他没忍受宋思思的磋磨太久，又变回了原来的可恶样子。

转眼，新学期已开始一个多月了，余一言终于弄清了项辉的妹妹是谁，也解开了元旦晚会上的谜题。

这事还多亏萧子睿，也得怪萧子睿。

余一言回宿舍时碰见了萧子睿和项辉在争论什么，两个完全没有交集的人凑在一起还能吵起来，显然不同寻常。

余一言把事情从头捋一捋，就不难理解了。

余一言并不需要知道萧子睿到底和项辉的妹妹有什么故事，他只需要确保项辉不再因为这个妹妹而找宋思思的麻烦。

于是，他找了个大课间把萧子睿拉到楼顶空教室，开门见山地问："你知不知道，项辉因为你对思思做了什么事？"

萧子睿本来很不耐烦，一听这话，立马蔫了："我知道。"

"你知道还敢在元旦晚会上表演节目？"余一言瞪着萧子睿，像是想把他的脑子敲开看看里头是不是灌满了水。

萧子睿竟然还很诧异地瞪着他："你怎么知道我是唱给谁的？"

余一言简直要被气笑了："我现在和你说的是这个吗？"

萧子睿有点沮丧地低下头："我也是元旦晚会那天才知道的。徐妍表演完过来和我说了项辉的事，她说她跟项辉谈过了，以后不会牵扯到思思。那天我也找过项辉了，他说他不打女生，只要我们不惹他，思思应该不会怎么样。这个事我会解决的，你别告诉思思。"

余一言盯着萧子睿，像是在评估这段话的可信度，半晌才说："你要是解决不了，就离思思远点，项辉是什么样的人，你不会不清楚。"

萧子睿像只斗败了的公鸡，他本来计划得很好，把两年没碰的大提琴都重新捡了起来。他以为会给红豆姑娘带来惊喜，没想到却早早带去了惊吓。

中考倒计时被挂在了黑板上，数字一天天在变小，焦虑一点点地在累积。

不仅仅是因为考试，还因为分离。

宋思思感觉仿佛昨天才刚刚入学，今天怎么就快到了说再见的时刻。

小学毕业并没有这种感受，那时候还小，同学之间更多的是玩伴关系，这个玩伴不见了，再找下一个便是。更何况，即将步入中学的兴奋，早就冲没了离别的愁绪。

上中学后，第一次住校，第一次离开家，第一次时刻和同学待在一起，这是新奇的、有趣的、从未体验过的。

也第一次交到了知心朋友，第一次有了无话不谈的姐妹，第一次看言情小说，第一次从书里了解到爱情是什么样的。

这是美好的、可爱的、令人心生欢喜的。

但同样的，她也第一次明白了天下无不散的筵席。

大家在争分夺秒地刷试题，也在争分夺秒地诉衷肠。

宋思思被一种淡淡的酸涩感包围了，这对她来说，是种非常陌生的体验。

她此前没有过舍不得的情绪，反正妈妈下了班就会回家，反正零食吃完了还能再买，反正旧的不去新的不来……

　　而现在她体会到了。

　　舍不得每天和杨璐璐结伴回宿舍加上说小话，舍不得周五放学路上都有余一言陪自己回家，舍不得还欠着萧子睿一盘五子棋以及他的嘻嘻哈哈。

　　舍不得操场边的香樟树，舍不得每天住的红房子，舍不得教学楼下的小竹林，舍不得很多人排队买东西的小卖部。

　　舍不得篮球赛，舍不得大课间，舍不得运动会，舍不得美食节，舍不得可爱的同学，舍不得老师的臭脸。

　　宋思思还挨个问了他们一遍。

　　"璐璐，所以你不去省一中了吗？"

　　"我考不上，我只考过一次前一百名，我不敢报省一中，上不了就只能去五中了。"

　　"富宇安，你是不是要去二中？我们是不是要头一回不在一个学校读书了？"

　　"我不知道，我还没定，等分数线出来了再说吧。"

　　"余一言，就算我们都考上省一中，我俩也不会同班了是不是？"

　　"我们还可以一起上下学。"

　　"萧子睿，你努力吧，你的成绩比我还不稳定，已经掉出前一百名了。"

　　"你放心，我会考上省一中的。"

　　当中考倒计时还剩最后三十天的时候，班里开始写起了同学录。

　　宋思思买了超大一本，让班里的每一个人都写，包括熟得不能再熟的富宇安，也包括有点讨人厌的老葛。

　　杨璐璐在某天早上写完交给她，一整面都写满了，还附带上一大玻璃瓶幸运星："这是我从三年级开始折的，有空了就会折两颗，我也不知道有多少颗。现在我把它送给你，就算以后我们不在一个学校了，你看见它也会想起我的，我们永远都是最好的朋友。"

　　萧子睿不仅写满了留言板，甚至还粘上了一张信纸。

　　他从第一次见面宋思思给他一只粽子，让他逃脱了被饿死的悲惨命运，写到运动会的一撞是命中注定的缘分；从送的二十六杯香飘飘奶茶，写到和宋思思没完成的五子棋赌约；从宋思思是他有史以来见过的最好同桌，写到她是跳恰恰的最佳舞伴；从他永远不会忘了宋思思，写到他一定能继续和她当同学。

富宇安竟然也很听话地写了，虽然很不情愿，但他如此写道：

我小学的时候就被你逼着写过一张同学录了，结果你现在还要我写一张。

那好吧，这是你让我写的。

上了高中不要谈恋爱，男生都不是好东西，不要随便去别人家。

吃饭不要只吃菜不吃饭，你体重偏轻，容易营养不良。

不要跟人吵架，好汉不吃眼前亏，你可以回来告诉我。

少看点杂七杂八的书，那些都是骗人的。

以及，宋老鼠，你真的很弱智，但弱智点也蛮好的。

宋思思甚至收到了某位男同学的夸奖：亲爱的宋思思，你是个可爱的姑娘。你很会诗朗诵，很会学数学，很会跑400米，很会讲笑话，很会交朋友。我喜欢你灿烂的笑容，祝你前程似锦，所有愿望都能实现。

宋思思最期待的那份，是余一言的。

他们已经很熟了，但他依然话不多，宋思思不知道他会给自己写点什么。

祝我们的友谊长存？

我们永远都是好朋友？

好好学习，天天向上？

祝你学业有成，一帆风顺？

宋思思以为余一言至少能写上五十个字，毕竟她可是给他写了满满一页纸，表达了自己的不舍，也表达对他未来的祝福。

他们之间的友谊，总能值上五十个字吧。

但余一言只给她留了一句话，一笔一画写得很端正很认真。

但那也改变不了只有一句话的事实：

身体健康，开开心心。

宋思思感到失望，不死心又去看了他写给别人的留言。结果发现，包括富宇安在内，都是清一色的"祝好"！

所以，这八个字竟然已经是写得最多的了。

直到很多年以后，宋思思才发现，余一言每次送她礼物都会写上"身体健康，开开心心"。

她那时才意识到，或许，这就是余一言对她最真心的祝福。

时间就像流沙，抓得越紧溜得越快，还有许多卷子没做，还有许多故事没说，但时间的脚步并不会因此停歇。

考完最后一门后，有人放肆大哭，有人哈哈大笑，有人把所有课本从楼上抛下……

杨璐璐和毛嘉乐都去了二中，而富宇安去了三中，宋思思、余一言和萧子睿如愿去了省一中。

这个暑假是伤心的，但这个暑假也是快乐的，这是黑暗高中来临前的最后一次狂欢。

宋思思在这个暑假迷上了狼人杀。

她、杨璐璐、富宇安、余一言、萧子睿、毛嘉乐以及杨璐璐表哥会相约陶陶居。

陶陶居是一家专门玩桌游的小店，开在河清巷路口第一家，木制的小屋。共有两层，楼下是点单的吧台，楼上摆满了长条沙发。楼梯非常窄，踩上去会嘎吱嘎吱响。

陶陶居里可以玩大富翁、飞行棋、UNO、谁是卧底、德国心脏病、三国杀，以及其他各种各样的桌面游戏，只要点一份饮料，就能待上一个下午。

狼人杀就是杨璐璐的表哥带他们玩的，他今年暑假刚高中毕业，像只彻底得到自由的小鸟，每一天都不愿意宅在家里，每一种桌游他都会玩。

表哥最喜欢当法官，看一群学弟学妹们厮杀而他稳坐钓鱼台，是件非常有趣的事情。

现在，狼人杀开始了。

第八章
高中开始

"天黑请闭眼。

"狼人请睁眼，狼人每晚可以袭击一名玩家，请狼人选择要袭击的对象。"

睁开眼的是宋思思和萧子睿。

他俩用手一通比画，宋思思想刀富宇安，但萧子睿要刀余一言，争论了半天，险些发出声响。

法官提醒他们注意时间。

最后，宋思思灵机一动，决定刀掉她自己，不得不说，这是一步险棋。

"狼人请闭眼，女巫请睁眼。

"女巫每晚可以用解药救活一名被狼人袭击的玩家，也可以选择使用毒药使一名玩家出局。

"今晚被袭击的是她（法官指向了宋思思），女巫是否使用解药，是否使用毒药？"

睁开眼的是余一言，在问是否使用解药时，他做了个向上的手势，这代表使用，此轮游戏他不能再用毒药。

"女巫请闭眼，预言家请睁眼。

"预言家每晚可以查验一名玩家的身份，获知是好人还是狼人。请预言家验人。"

杨璐璐睁眼了，纠结地看了一圈，最后点点余一言。他成绩最好，万一是狼，得最先把他踢掉。

法官做了个向上的手势，这代表他属于好人阵营。

"预言家请闭眼。

"天亮了，今晚是个平安夜，下面大家轮流发言。"

按照座位顺序，杨璐璐是第一个发言的，她之前没有玩过这个游戏，一开始就选择暴露身份："我是预言家，我昨晚验了余一言，他是个好人。"

余一言简直无语了，他虽然也是第一次玩，但至少知道不该这么早暴露真实身份。

宋思思开口了："我是平民，我不知道发生了什么。"

富宇安说："我也是平民。我感觉昨天的情况应该是狼人杀死了一个人，被女巫用解药救了。杨璐璐应该像她说的那样，是预言家，那余一言也是个好人。我觉得狼人是萧子睿，他看起来比较像狼人。"

萧子睿摆出了一副震惊的、不可置信的、你在说什么的表情，但现在没轮到他发言。

余一言开口了："杨璐璐说得没错，我是好人。"

接着才轮到萧子睿："我才是平民，我觉得富宇安才是狼人，他话那么多，分析这个分析那个，平民可是全程闭眼的，他哪里像个平民？"

毛嘉乐有点困惑地开口："可是，我也是平民啊，我们不是只有两个平民吗？"

"好了，发言结束，现在开始投票。"

这一局，大家普遍在富宇安和萧子睿之间选，只有毛嘉乐指了宋思思，他不知道为什么，突然有一种奇怪的直觉。

宋思思本来装作不知道指谁的纠结样子，现在一看震惊了，立马摆出一副你指我，我就指你的姿态来，于是她指了毛嘉乐。

富宇安和萧子睿当然在互指。

杨璐璐听了萧子睿的话，也觉得富宇安确实话太多，遂指了富宇安。

余一言纠结片刻，他虽然不相信萧子睿的人品，但信任萧子睿的智商，认为萧子睿没什么能力这样骗人。

于是，富宇安出局了，他可以说一句"遗言"："我真的是好人，萧子睿肯定是狼人。"

"新的一晚开始了，天黑请闭眼。

"狼人请睁眼。"

宋思思和萧子睿睁眼了，富宇安对着萧子睿露出"果然是你，好你个小子，还敢坑我"的表情，又看向宋思思，有惊讶，又有不知道说什么的无语。

这一回两只狼目标很一致，杨璐璐需要被优先干掉。

"狼人请闭眼，女巫请睁眼。

"今晚被袭击的是她（法官指向了杨璐璐），女巫是否使用解药，是否使用毒药。"

余一言的解药在第一局就给了宋思思，他无法再使用解药。

但他听进去了富宇安的话，觉得还是把萧子睿干掉为好，于是选择使用毒药。

"女巫请闭眼，预言家请睁眼，请预言家验人。"

杨璐璐已经被刀了，她失去了验人的资格。

"天亮了，今晚死的是杨璐璐和萧子睿，不能发言。

"下面，请剩下的人轮流发言。"

宋思思装作很震惊又很困惑怎么一下"死"了两个人的样子，她大概明白是女巫用了毒药，但她没有多说，继续她的戏份："我还是不知道啊，我就是个平民，下局能不能别让我抽到平民，平民一点都不好玩。"

余一言想了一会儿才开口："有一个狼人死了。"

毛嘉乐说："我真的是平民。我们就剩三个人了，狼人至少还有一个，我是好人，杨璐璐说余一言也是好人，那狼人肯定就是宋思思。"

现在开始投票。

宋思思和毛嘉乐毫不犹豫地互投，但宋思思有点慌，毛嘉乐一直都是个可信赖的好人，余一言不知道会怎么选。

余一言确实很纠结，富宇安和萧子睿之间肯定有一只狼，而他自己和杨璐璐明显一个是女巫一个是预言家。

毛嘉乐是个很不善于说谎的人，但宋思思第一晚就被刀了，还是他给救活的。

虽然，他总觉得宋思思今天不对劲，她话有点太少了，应该更跳一些，而不是一直呆呆地说自己是个平民。但潜意识里，他依然最信任宋思思，于是，毛嘉乐被投了出去。

场上只剩下一个狼人一个女巫，显然，下一夜，狼人就能杀掉女巫，狼人阵营获胜，游戏结束了。

六人本是个很不利于狼人阵营的玩法，通常输的都是狼人一方。

但只要是宋思思当狼人，好人阵营总会出现某些拖后腿的存在。

最后，反倒是狼人赢了更多次数。

所以，宋思思迷上了狼人杀。

她怎么可能不喜欢呢？

无论说了多少个谎，瞎编了多少鬼话，总有人无条件地信任她。

宋思思在这个暑假还去打工了，非常低的时薪，工作也比较辛苦，她和杨璐璐一起，去体验了一回生活。

很多人的第一次打工经历都是发传单，但应该不太有人像宋思思和杨璐璐这么惨。游个泳的工夫被骗去当廉价劳动力，在大太阳底下站一天，六十块钱，还不包中饭。

宋思思和杨璐璐是去市体育馆玩的时候被忽悠的，有个阿姨以"体验生活、人生第一次兼职、感受工作的辛苦、感受生命的意义、用自己的双手赚到第一桶金"这种鬼话，骗她俩后天来参与派发传单。

不只是她俩，还有另外两个初中毕业的无聊女生也参与了。

没自己赚过钱的人，总会以为工作是件很酷的事情，宋思思压根儿没想过辛不辛苦，只觉得非常兴奋。

至于杨璐璐，她认为自己赚的第一笔钱是非常有意义的东西，她想用这笔钱买个礼物送给她的好朋友毛嘉乐。

宋芳在查明了那个忽悠阿姨并不是人贩子，而是体育馆的工作人员，派发的也是兴趣班的招生传单后，便点头让宋思思去了。

宋思思确实该体验一下什么叫人间疾苦。

八月下旬，池塘边的榕树上，知了都被热得叫不出声了。

宋思思和杨璐璐这两个傻瓜，帽子不戴一顶，伞不撑一把，更不要讲穿什么防晒衣，就这么傻站在太阳下，被烤得头顶冒烟。

汗从额头上流下来，滴到眼睛里，辣辣的，宋思思一边抹汗，一边哀叹："我感觉我们是不是有点亏？我剪一个头发都要五十块呢，理发师一天至少能剪五个吧，那就是二百五十块，我们怎么一天才六十块？"

杨璐璐把传单遮在额头上，勉强能挡一点太阳："唉，我终于知道我爸在笑什么了。他让我下午不行了就回去，我还放出狠话一定能坚持呢。"

大概在上午十一点的时候，富宇安和余一言晃荡过来了。

富宇安带了两瓶冰可乐，余一言不知道从哪里摸来两顶大草帽，还是那种古早旅游阿姨风的。

"刺啦——咕咚咕咚……"一口可乐下肚，宋思思戴着草帽，一边用冰可乐贴脸，一边用传单扇风，终于觉得自己活了过来。

富宇安在旁边笑她："和你说了别来，发传单有什么好玩的，热成这样还挺美的吧？"

宋思思和杨璐璐这会儿已经后悔了，工作一点不像想象中的有意思，下午的半天还有得熬呢。但后悔不代表她要认栽，她嘴硬道："你说什么风凉话？你要是有良心，下午就帮我俩发，不发就闭上你的嘴。"

余一言把她俩手里的传单接过去："再干下去会中暑的，你们下午别发了，钱只结一半，或者不要了也行。剩下这点我和富宇安去发，你们坐那边休息，别在太阳底下傻站着了。"

那个忽悠阿姨或许是良心未泯，又或许是看她们实在实诚，在十一点半结束上午工作的时候，给她们一人发了三十块钱，并同意发传单工作到此为止。

杨璐璐本来打算用钱买礼物来着，这回也不愿意了，这是饱含她汗水的两张纸币，就算是爸妈也没资格染指。

她向宋思思提议："这是我们俩赚的第一笔钱，非常有纪念意义，得花在自己身上。我们中午去大吃一顿吧，就用这个钱，给它全部花光。"

宋思思小鸡啄米似的点头，表示非常认同，于是最后四人坐进了肯德基。

2011 年的肯德基，价格比现在稍便宜一点，三十块钱可以买一份套餐，甚至还能加个甜筒。

宋思思和杨璐璐盯着头上的菜单牌，要了老北京鸡肉卷、香辣鸡腿堡套餐，再七七八八凑了凑，算了老半天，恰好凑满六十块。

2011 年的肯德基，虽然便宜，但也人多，她俩看着长长的队伍，有点站不住了。

余一言看宋思思一脸生无可恋的样子，开口提议："我来排队吧，你们三个找位子坐，没必要都在这儿等。我点好了等取餐时再叫你们。"

宋思思喜滋滋地把钱一把塞到了他手上，拉着杨璐璐找位子坐下。

人真的太多了，位子上吃剩的食物还没来得及被服务员收掉，乱糟糟的，富宇安只能自己动手清理桌子。

而两个女生已经彻底累瘫了。

余一言站在队伍中间，像是想起什么，从那一把塞过来的钱中抽出了两张，换了自己的钱进去。

很多年以后，宋思思发现余一言书桌的抽屉里一直藏着一个相框，相框里并不是什么照片，而是一张面额二十、一张面额十元的纸钞。

"余一言，你怎么会把钱给裱起来？这是什么癖好？"

"这不是一般的钱，是很有纪念意义的。"

这是某人第一回打工赚到的，确实非常有纪念意义。

省一中的升学率高不是没道理的。

开学第一天自我介绍，宋思思在心里计划了半天：我该说我喜欢看小说还是画画？要不要提我来自育才？该不该说欢迎大家和我做朋友？

她在心里打了一通腹稿，结果上台的第一个人就把她惊住了："我叫徐佳，来自实验，我以后会上华大，谢谢大家。"

天啊，要不要这么牛，都不是"我以后想考华大"，直接就是"我以后会上华大"。

接下来，就成了各类大学的比拼大会，自我介绍变成了——

"我以后想去 F 大。"

"我会考 N 大。"

"志在东南，不死不休。"

宋思思就像误入天鹅群的丑小鸭："我叫宋思思，我来自育才。呃，我希望我念的大学能离家近一点，那我就考 Q 大吧。"

说这句话的时候，她实际上非常迟疑，Q 大并不是什么普通学校，全国排名前三，哪是她说上就能上的。

但一群人如此坚定，报的都是顶尖"985"，难道她能说"我还没搞懂到底有哪些大学"？

不知道别的班什么样，宋思思所在的十五班学习氛围是非常紧张的。

女生们不再手拉手地去卫生间，男生们不再争夺秒地打篮球。

课外练习册多得摞起来能碰到天花板，音乐课、美术课三天两头改成自修。

老师上课飞着讲，一年得学完三年的课程，剩下两年就全是复习复习复习。

宋思思非常不适应省一中的节奏：这里没有杨璐璐，每天下课了就和她聚一起说小话；没有富宇安，就算骂她弹她还是会陪她跑体测；没有萧子睿，跟她吹牛胡侃；也没有余一言，无论求他什么都会答应……

她一个人待在十五班，周围是做不完的试卷和永远埋头学习的同学，是下课了也没人的操场和安静得落针可闻的自习课。

同学间也开始势利眼，成绩好的聚在一块儿，成绩差的没有话语权。

甚至连老师也是这样，比如老朱。

老朱是数学老师，个子不高，理平头，戴眼镜，汗毛生长旺盛，脸上的胡子总也刮不干净。

宋思思很不喜欢他。

他就像当初教宋思思游泳的那个教练，上课第一天就告诉大家："数学是有天赋的人才能学的学科，没什么经验可以传授，我只能说，想要学好就靠一个字：悟。"

于是，他真的不再传授经验，每天花二十分钟大致讲讲书本内容，就开始在黑板上写他的微积分。他让普通同学自己去买练习册刷题，自己去领悟数学的奥秘，有天赋的那些才配跟他提前学习高数课程。

宋思思本来最擅长的数学变成了她最不擅长的科目，每天费劲地对着 $f(x)$ 抓耳挠腮。

抓耳挠腮的当然不止她一个，他们班的数学平均分甚至是全年级倒数第一。

当然，也并不都是老朱这样的。

英语老师 Chris，人如其名，性感得如同克里斯·海姆斯沃斯。

你问克里斯·海姆斯沃斯是谁？

大名鼎鼎的雷神的扮演者，世界上最性感的男演员（宋思思封的），你锤哥永远是你锤哥。

英语老师 Chris 有近一米九的身高，非常漂亮的倒三角身材，头发在头上扎成一个小鬏鬏，也像雷神那样留一点络腮胡楂，皮肤很白，爱穿浅粉色衬衫，笑起来能酥掉半边天。

宋思思看他的第一眼，就封他为中国版锤哥。

要命的是，他的性格还很好。

他会在英语课上跟大家讲他在世界各地的潜水见闻，会说非常有意思的英语小笑话，会跟大家探讨哪部美剧好看，还会很认真地批阅英语日记。

对，英语日记，宋思思就是因为这个爱上了英语。

Chris 想培养大家学英语的兴趣，毕竟兴趣真的是最好的老师。

平时除了必要的练习，他并不布置多余的作业，只有一样，就是英语日记。随便写什么都好，随便写多少字都行，一周一收。

宋思思本来以为 Chris 不会看，老师怎么可能有时间批日记？

于是，宋思思的日记完成得很简单，就算真锤哥来了也不能逼她认真做老师不检查的作业。

比如，有一天，她是这么写的：

I have gained weight recently. I am so sad.（我最近体重增加了，我很难过。）

结果，Chris 不仅全都看了，他还会回复每一篇日记。

在这一天，他是这么回复的：

I'm getting fat too. Don't be sad, you're cute.（我也开始变胖了。不要难过，你很可爱。）

天哪，谁能拒绝这样的老师？

宋思思不再讨厌背英语单词，不再害怕开口用英语交流，英语成绩直线上升。

当然，上升的也不止她一个，他们班的英语平均分成了全年级第一。

只是令人伤心的是，Chris 只带了他们一学期就出国深造去了，之后换的新老师平平无奇。

失去了最有意思的老师，又加上日复一日的试题折磨，宋思思不禁变得阴郁起来。

她慢慢变得安静，学会一个人去厕所，一个人回宿舍，自习课默默学习，上课不开小差，不再八卦明星，也不打扰同学。

萧子睿最开始会来班里找她，给她带杯饮料或是买只甜筒，然后在班级门口匆匆说上两句，又得因为快上课了立刻离开。

而每回班里的人都会用一种隐秘而暧昧的眼神望着他们，好像高中男女生玩得好就是有什么不可言喻的事情。

于是宋思思也不让萧子睿来了，每次他一来就赶他走，后来干脆不出门。

她每周唯一开心的时刻就是周五下午，一周的辛苦终于要结束了，且有余一言陪她回家。

高二的某个周五，宋思思如往常一样在自行车棚等余一言下课。

余一言的班主任总喜欢在周五快放学的时候来次一周总结，时间不算太久，但总是雷打不动地拖过下课铃响。

这真是非常痛苦的体验，熬了一周终于能回家，别班的同学已经"轰"的一声冲出教室，只有他们还要拖堂。

省一中离家不算很近，骑车得半个小时。但坐公交车的人实在太多，

106

每回都挤得跟沙丁鱼罐头似的，宋思思体验了一回就不能接受了。所以，就变成了余一言骑自行车载她回家。

余一言跑过来的时候，正看见宋思思踩着草坪的边跳上跳下，问道："等很久了？今天老班讲得有点多。"

宋思思摇头，兴致不太高的样子，没有开口讲话。

沿着江滨路往家骑，非机动车道旁的草坪上，都是一些带着孩子玩的家长。

宋思思看得有点眼热，蹭了蹭余一言："余一言，我现在不想回去，我想去草坪上坐一会儿。"

"前两天下过雨，草坪上还有点湿，要坐的话去前面的公园里。"

余一言骑到江滨公园，停了车，找了石凳坐下来。

宋思思看着远处踢球的两个小男孩，好半天才叹了口气："我好想回到初中啊，高中一点也不好。我没有能说话的朋友，宿舍里的人早上四点半会起床背英语，我根本睡不醒。熄灯后也没人说小话，她们有时候还会躲在被子里打手电筒学习，好像每个人都变成了学习机器，作业怎么做都做不完。"

余一言不知道怎么安慰她，省一中的高升学率靠的并不是什么教学水平超高的名师，而是靠无比努力的学生。

每次月考后班主任都会把成绩单贴在班级门口，有总分排名，也有各科排名。谁成绩好，谁成绩差，哪科是短板，哪科是强项，哪里可以提高，哪里又需要改进，全都一目了然。

每个处在那种超高压氛围里的人都会拼尽全力。

甚至努力也不一定有效，因为总有比你更努力的人。

于是早上越起越早，晚上越睡越晚，每天撑着眼皮上课，还没空补觉。

余一言从包里掏出一盒香蕉牛奶，插上吸管递给宋思思："只剩两年时间了，两年过得很快的，熬一熬，上了大学就好了。"

宋思思接过来喝了一口，清甜的味道顺着食管流下去，她的心情好了一点。

宋芳视一切乳饮品为洪水猛兽，像什么酸酸乳、草莓巧克力香蕉奶，都不允许宋思思碰，只有余一言每次会给宋思思带上一盒。

"两年太久啦，两个月都很难熬。富宇安他们学校比我们更魔鬼，还分大小周，大周只准周六下午回家，小周只能在学校自修。我一个月只能见到他两天，这是以前从来没有过的事。"

宋思思有点哀怨地叹了口气，又继续说道："璐璐的二中就很好，他们跟初中一样，美食节什么的都有，还有纸飞机比赛、风筝节。早知道就去二中了。"

说完，她又想起什么，看了边上一眼："去二中也不行，去二中就不能和你一起上下学了。唉，我这次的月考，数学又是九十几分，我学不好它了，我根本做不来。老朱从来不讲解题目，只把答案写在黑板上就算完。"

余一言想了会儿，说道："如果你愿意，我可以教你。周六或者周日，看你的时间。"

"你这次考了多少分？"

"142。"

"天啊，你还是人吗？我们班除了那个要考华大的徐佳，都没有人上130。"

"我们数学老师好像是全年级水平最好的，他上课很仔细，我们班平均分110多。"

宋思思考虑了会儿，觉得余一言的提议可以试试看。外面杂七杂八的补习班她也上过，效果并不理想，靠谱的老师很难找。现在已经高二了，数学这么拖后腿是不行的，一门相差几十分，还能上什么好大学？

于是，她朝余一言说："那我周六去你家找你，到时候给你打电话。"

余一言有点迟疑，觉得只有两个人待在一起不太好，宋思思意识不到，但不代表他就能顺势答应："要不去图书馆吧？"

宋思思皱眉拒绝："我才不要跑来跑去，太麻烦了，又浪费时间。而且图书馆不能发出声音，你没办法在那里教我。"

不得不说，余一言的教学水平非常厉害，宋思思觉得要不是他话太少，或许可以去当老师。

他总能从宋思思的错题中看出她哪里基础不扎实，哪个公式没用对，然后圈出题目，对她进行专项训练。

每种题型他都总结了一套做题方法，为了方便宋思思理解，还会在旁边写上典型例题。

他还很会梳理知识脉络，集合、函数、不等式、数列、立体几何……并不完全按照书上的章节排列，而是形成了一套自己的网格图，一项项细分清楚，又把它们串联起来。

宋思思本来只在周六过来补数学，后面干脆变成了一整个周末都待在这里，写作业也好，困了趴着睡也行，无聊了还能在他房间摸摸碰碰，进行寻宝游戏。

余一言的书房和卧室是分开的，他有一张很长的书桌，半边放着电脑，半边放着厚厚一叠试题册。桌面上还有一个很大的地球仪，他说是他爸买的。

书架上没什么杂书，除了各种辅导书，就是类似少儿必读的一些读物，以及一本《百姓家常菜》。

他好像没有相册，不算多的几张照片都装进相框挂在墙上。

里面唯一一张家庭合照，是他很小的时候拍的，应该不超过六岁，穿一套水手服，在海边，左手牵着爸爸，右手牵着妈妈，笑得很开心的样子。

集体照有几张，宋思思仔细看那些照片，试图从里面找出他来。

小学的他很好认，变化不大，穿蓝色格子衬衫，脸上没什么表情。

初中那张，宋思思也有，余一言就排在宋思思后面两排，比小学那张要好，微微带点笑。

幼儿园的就有点难认了，不过和那张水手服的对比着找，也能找出来。和现在不太像，有点肉嘟嘟的。

有一张应该是什么集体表演，照片里每个人都穿着白色小衬衫，打着红领结，额头上点了个红红的小圆点。他在这张照片里像是非常不愿意看镜头，把头微微转向一边。

照片数量最多的反倒是那次夏令营宋思思给他拍的，不过那张两人在飞机上的合照并没有被挂到墙上。

书房的角落里还摆了套金色的爵士鼓，宋思思伸手摸了摸："余一言，你现在还敲这个吗？"

余一言在做完形填空，随口"嗯"了声，"嗯"完又反应过来："没有，很久没敲了。"

"那你还会敲吗？"

"应该会一点吧，考级曲目什么的，还记得一点。"

"你等会儿做完了敲给我听好不好？我还没听你敲过呢。"

余一言把最后两个空填完，盖上笔盖，抬起头："太久没碰了，我忘了很多，敲得不好。"

宋思思看他已经放下笔，过来拉他："没关系，没关系，你敲一小段就行，你敲给我看看嘛。"

余一言在书柜里翻找了一会儿，抽出一本鼓谱，摆在谱架上。他又调整了座椅高度，以适应现在的身高。等坐下后，他拿起鼓槌试敲了两下，又踩了两脚底鼓，找了找感觉。然后，他把鼓谱翻到其中一页，认真看了半分钟，回忆了片刻，才试着敲起来。

第一段显然不太熟练，都不在节奏上，断断续续的，中途还停下来又看了两眼谱子。进入第二段开始好起来，像是有点模样了，宋思思能听出是流行歌里经常用的节奏。到第三段，他好像突然找回了感觉，底鼓配合着军鼓打出一段非常激烈的节奏，然后以极快的速度连击过每一个嗵鼓，中间还炫了段九连拍。

宋思思听着咚咚锵锵的鼓声，仿佛每一个鼓点都敲在自己心上，心跳抑制不住地快起来。

余一言已经停下了，但宋思思还有点呆呆的。

他拿鼓槌敲了一下叮镲，提醒宋思思，然后笑了起来："其实我练得最熟的是这个……"

说完，他用食指和大拇指夹住鼓槌，大拇指微微用力，鼓槌被抛起来，在半空迅速旋转一圈，又回到他手上。

他又边转鼓槌边配合着敲了几声鼓，有点不好意思地笑了笑："我小时候看别人这么玩，很酷的样子，就练了很久。但这个动作实际上并没有什么用，就是耍帅而已。"

宋思思感觉自己很不对劲，心跳从来没有这么快过，仿佛要从嗓子眼里跳出来。

她不敢看余一言的眼睛，觉得自己就像个被充气到极限的气球，下一秒就要爆掉了。

房间好像变成了个蒸笼，温度高得她待不下去，后背上有了汗意。

她"唔"了一声，表示听见了余一言的话，然后丢下一句"我想上厕所"，掉头就往外跑。

进了卫生间，宋思思立刻反锁上门，然后转过身，背靠在门上，像条出了水的鱼，大口大口喘气。

她觉得自己被什么东西附身了，或者被附身的其实是余一言。

余一言是安静的、清冷的，但也是温柔的、好说话的。

他从不像别的男生那样在球场大吼大叫，或者走在去食堂的路上突然跳起来做投篮动作；

他也不像萧子睿那样，因为长得高，每回经过教室门口都要伸手去触摸门框；

他更不像富宇安那样，她说什么都要反驳，一言不合就弹她脑瓜；

他不太和别的女生说话，甚至到了有点冷漠的地步；

他拍照时大多数时候面无表情，连眼神都是冷淡的；

他几乎不会主动开口，即使对方是宋思思也一样；

他会骑车载她，途中避开碎石以及坑洼，速度平稳从不颠簸；

他很怕她哭，每次她假装瘪瘪嘴，他就什么条件都能答应；

他会给她整理每一科的笔记和考试重点，比他自己的那本还字迹工整。

可是，敲爵士鼓的余一言不是以上任何一种。

他是锋利的、桀骜不驯的、带点侵略性的，但笑起来又是阳光的、得意的、微微羞涩的。

他刚才一定是被狐狸精附身了！

宋思思这样想着，又开始懊恼自己的落荒而逃，搞得好像发生了什么不得了的大事似的。只是敲敲鼓而已，余一言一定会觉得她很奇怪。

余一言听到卫生间的门在咚咚响，走过来看见半透明的毛玻璃上靠着个人影，他上前敲敲门："思思，你怎么了？"

宋思思这才发现自己在无意识地拿头撞门，赶紧停了下来，又用手搓搓脸颊，略平静了才回身拧开门。

她瞄了余一言一眼，又低下头蹭了蹭脚尖："我今天学好了，我要回家了。"

余一言觉得她脸红得有点不对劲，想用手背试试她额头的温度，被她一下躲了过去。

宋思思从他伸出的手臂底下钻出去，走到房间里急匆匆地收拾书包，笔袋、本子、试卷、三角尺，看也没看，一股脑儿全往包里塞。

有一支夹在书里的笔"啪"的一下掉出来，摔到地上，被余一言捡了起来。

他有点担心地看着宋思思："你怎么了？不舒服吗？还是我刚才敲得不好，吵到你了？"

宋思思咬咬嘴唇："没有，没有吵到我，也没有不舒服，我就是想回家了。"

"那我送你回去。"

余一言把她乱塞的东西拿出来，将试卷叠整齐，又把笔和三角板放进笔袋，然后一样一样放回书包，拎起包，转身对她说："走吧。"

宋思思晚上失眠了，脑子里开始像放电影一样回放着有关余一言的一幕幕。

她想起了余一言教她解方程的样子，如果她开小差，他就会拿着笔，很轻地敲一下她的脑袋。他的眉头会微微皱起来，那黑色瞳仁里盛满了无奈，有时会忍不住说："注意力集中一点，这已经是我讲的第三遍了。"

她也想起了补完数学回家的时候，她懒得好好穿鞋，反正路很近，踩着鞋后帮趿拉着走回去也没什么不行。但余一言会拉住往门外冲的她，蹲下来松开她的鞋带，让她穿好，然后系一个很板正的蝴蝶结。他给她系蝴蝶结从不两边一起系，总是先打左边的圈，再打右边那个，系完还会拉拉鞋绳，问宋思思紧不紧。

他打的蝴蝶结总是很牢固，从没松开过，等宋思思自己穿鞋的时候就会想到他。鞋带得连抽两次，这是余一言的专属打法。宋思思嫌他这么系穿脱都不方便，而余一言自己的鞋绳就从来只打一次蝴蝶结。等她抱怨完，余一言就会抬头看她："等你哪天走路不乱踢了，我就只给你打一次。"

她还想起来有一回周末自己突然痛经，题目写到一半做不下去，余一言让她去他房间躺着，给她灌了热水袋，之后又骑车出门买了生姜和红糖，煮了很浓的生姜红糖水让她喝。

之前自习，他们只待在书房，余一言很少让她去卧室，更没和她一起在房间里待过。但那天，余一言在床边陪了她一下午，盘腿坐在地上，略微局促地趴在床头柜上写试卷，时不时问她一句："还痛不痛？"

宋思思原本以为，是富宇安不和他们一起了，于是余一言成了另一个哥哥，比富宇安要好得多的哥哥。

但她现在意识到，他不是。

她讨厌富宇安弹她脑瓜崩，但余一言拿笔敲她脑袋的时候，她并不讨厌。

她讨厌富宇安管她，但余一言不允许她生理期那几天吃棒冰的时候，她并不讨厌。

她讨厌富宇安因为她冬天图漂亮不穿厚衣服而向宋芳告状，但余一言给她买了帽子、手套、围巾，把她裹成一个球的时候，她并不讨厌。

她在家里看到富宇安洗完澡没穿上衣，只会嫌他不得体，但她游泳时看到余一言的腹肌只会想要摸一摸。

她又想到了那天骑车上学的路上。

夏季的校服太薄了，她搂住余一言的腰时，能清楚地感知到，男生的身体和女生不一样。

他的腰上有薄薄一层肌肉，是硬实的，没有一点赘肉的。

隔着衣服，没办法感受到它们的真实触感，宋思思也不知道自己怎么就鬼使神差地把手伸了进去。

余一言几乎是立刻把车刹停，摁住了她的手，但没把她的手拿出来。

于是肌肤的触感更清晰了，温热的、干燥的，手指上传来一点肌肉的微微起伏。

她控制不住地动了动手指，试图更准确地描摹它们的形状。

那块皮肤变得滚烫，余一言终于忍受不了，抽出了她的手。

手腕被余一言捏得隐隐发疼，宋思思听见他的声音要比平时喑哑一点："宋思思，这不是什么好玩的游戏，女孩子不能随便对男生这样。"

宋思思大概有一点明白了自己的心意，这和大哥哥宋宣那回不一样，这次她并不愿意向天神许愿，让余一言和富宇安换一换。

那天之后，宋思思开始变得别扭。

和余一言对视的时候，她会不自在地移开眼睛，他的眼睛太漂亮了，一不小心就会被吸进去。

问他题目的时候，她走神得更频繁。他的嘴唇很薄，嘴角天生微微上扬，这在一定程度上冲淡了他的冷漠感，即使他很严肃地板着脸，也不会显得太无情。

坐在车后座的时候，她会不好意思再抱着余一言的腰，而改为抓他的校服下摆。

是的，省一中只允许穿校服，校服还丑得一塌糊涂，像团烂抹布一样挂在身上，学校试图以此来杜绝早恋。

因为没有人能把它们穿好看，即使是余一言也不行。

但显然，这并不能真的抑制少男少女们无处安放的躁动灵魂。

余一言仿佛察觉到了一点宋思思的异常，但好像又没察觉到。

她会假装漫不经心地问他："余一言，你有没有喜欢的人？"但在他回答之前，她又会马上把问题改成："有没有人喜欢你？"

余一言只说："我不知道。"

宋思思就会撇撇嘴："怎么会不知道？"紧接着命令他，"如果有人和你表白，你得告诉我。"或许觉得语气太硬，她又会迅速加上一句，"你会告诉我的吧？我们做了这么多年的好朋友，我总得给你把把关。"她接着又试探地问道，"你们班里的女生漂不漂亮？"

在听到他说"我没注意过"时，她会不由得笑得眯起眼睛。

她还在自行车后座绑上一块宋思思专属坐垫，然后忐忑地问他："余一言，你高中会好好学习，不会谈恋爱的吧？省一中不允许早恋。"

余一言便答应她："我高中不会交女朋友。"

宋思思高兴起来，但也有点沮丧。

她开始去食堂和回宿舍的路上频繁地偶遇余一言，并不和他打招呼，但会稍稍提高和同学说话的音量。

她是学校纪检部的，每次做眼保健操的时候都得巡逻检查班级卫生以及纪律问题。

在这之前，她并不负责余一言的班级，但之后，她的检查范围被调至了余一言所在的这一楼层。

当她经过余一言座位的时候，会刻意放慢脚步，偶尔会故意咳嗽一声，或者发出一点别的什么声响。

余一言要是停下做眼保健操的动作睁眼看她，她会眼睛里带笑，但努力压平嘴角："不要睁眼，不然我就扣你的分。"

但余一言并不能凭借这些确定她的心意。

她还是会在无聊的时候，拿手指在他身上捣蛋。

她依然没有太强的边界感，会随意摸他的头发，被制止了也只会说："大不了我让你摸回来好了。"

她并不怎么害羞，来大姨妈了会哭丧着脸，委屈巴巴地告诉他："余一言，我肚子痛。"

她有什么想吃但宋芳不允许她买的零食，她会毫不见外地扯住他撒娇："余一言，你帮我买吧，就放在你这里，我周末的时候来吃。"

是的，或许因为他会管着她，偶尔也会纵着她，宋思思对他的称呼从最开始的"余一言"，到后来演变出了各种各样的叫法，有时是"哥哥"，有时是"欧巴"，要看她那天是想求人，还是想捉弄人。

余一言摸不准她的心思，感觉她像是开窍了，又像是仍旧没长大，也可能什么都不懂。

而这个在余一言心里纯洁得宛如白纸的宋思思，没过多久就让他见识到了新的一面。

时间是本周日，地点是学校停车棚。

停车棚也算得上仅次于小树林的胜地，这里并不停老师的车，且位于学校最小的西侧门旁边，除了周五放学和周日上学，平时很少有人来。

这个周日，宋思思和余一言吃完中饭就来了学校，本意是想去图书馆

114

借书，顺便自习，这里比家里更能集中注意力。

余一言在学校西侧门停下车，等宋思思从后座跳下来，他便推着车走到停车棚西面，停好后把车锁了。

两人全程没什么交流，也没发出太大的动静，沿着车棚前的道，从西往东向校园里走过去。

宋思思当时在喝水，余一言帮她背着书包，她刚喝完拧紧瓶盖，想要把水放回书包的时候，一抬头就看见了那一幕。

主角是一男一女，看起来像是成年人，绝对不是本校的学生。两人正靠在一起，亲得肆无忌惮。

余一言是过了几秒才看见的，他正转头想把书包递过去，结果发现宋思思不动了，于是回头往宋思思看的方向望过去，看完就骂了句什么。

这是宋思思第一次听到他骂人，可惜她的心神并不在这上面。

她已经不是那个看电视剧里的亲密戏都要捂眼的小姑娘了，这回她非常惊奇且津津有味地旁观着。

但是她的眼睛马上被捂住了，余一言不仅用手遮住她的视线，还整个人都挡在了她前面，仿佛想形成包围圈，把不好的脏东西隔绝在外面。

宋思思不太高兴，她已经不是小学生，看吻戏还需要闭眼睛。

于是，宋思思开始扯余一言的手，但余一言显然不会放。

他干脆调整姿势，掉转身子，用手臂从背后圈住她的脑袋，捂住她的眼睛，就这么箍着她推着往前走。

宋思思双手用力拉扯余一言的手臂，但宛如蚍蜉撼树，根本敌不过他。

她又试图去挠余一言的肚子，她记得她摸余一言腹肌时他的反应，她以为能换来余一言的回防，但他只是反应很快地控制住了她，一只手就握住了她的两只手腕。

他俩就这样一边较劲一边往前挪，谁也没说话，还记得控制动静，像是怕惊动了那对野鸳鸯。

等到走出挺远一段距离后，余一言才放开手。

宋思思的丸子头已经歪了。她初中一毕业就开始留头发，现在已经长过了肩膀。

宋思思气呼呼地把头发散开，一边拿手梳着，一边质问余一言："你干吗不让我看？"

余一言有点无语地看着她："那种东西是你该看的吗？"

"那种东西是哪种东西？不就是接个吻吗？我小学的时候就看过了。"

"他们两个是只接吻吗？"

"嘁，再厉害的我也早就看过了，就你大惊小怪。"

宋思思一说完就后悔了，因为她看见余一言惊得瞪圆了眼睛看着她，一副不可置信的样子。然后听见他问："不是，你懂那是什么吗？你什么时候看过的？谁带你看的？"

宋思思想到那一晚就有点脸红，现在还被余一言知道了，显得她好像特别那什么一样。

她嚅嗫了半天，索性破罐子破摔，把别人通通拉下水："我们去B市夏令营那次，就是看升旗的前一天晚上，班里的女生都看了，又不只我一个人看。"

她为了不显得心虚，干脆立即反问他："你干吗那么震惊？你没看过吗？"

这下换余一言脸红了。

余一言本来并没怎么样，但夜深人静的时候，一闭上眼，脑子里就会冒出宋思思穿泳衣的样子。

他这会儿很无措，好像心里的一些隐秘想法都被扒出来晒到了阳光底下，而扒的人还是宋思思本人。

他只能虚张声势，意图使自己显得理直气壮："这不是我有没有看过的问题，真人和电影里不一样，非礼勿视，你还太小了，你不能看这些。"

这次换宋思思惊奇地看着他了："你还真的看过啊？我以为你不会看这些东西呢。你什么时候看的？你自己一个人看的吗？"

余一言没办法再继续聊下去了，只能生硬地转移视线："耽搁太久了，我们去图书馆吧。"

宋思思并不打算轻易放过这个话题，她一路磨蹭着往前走，一路都在他耳边小声嘀咕。

"你跟我说说看嘛，我保证不告诉别人。"

"谁发给你的？还是你自己去找的？"

"你就看过一次吗？你觉得好不好看？"

"要不然，下个周末我们一起看电影怎么样？"

……………

余一言像是终于忍无可忍，突然回身拉住宋思思的手。

宋思思看见他的耳朵已经红到了耳朵根。

这天晚上，宋思思做了一个梦。

梦里的地点还是那个停车棚，但主角并不是今天看到的那两位。

男生看起来要高得多，女生扎着丸子头，所有的一切都隔着薄薄的雾气，他们的脸看不真切。

但当那个男生抬头的时候，宋思思看见了一双有着很黑瞳仁的眼睛。

第九章
意中人
BOHEMEI LANJING

高二的暑假，是很关键的一段复习时间，同时，某些命运的走向也会在这一段时间里被确定。

各个科目的竞赛班将在这个暑假展开集训，整整一个月的时间，参加的同学们会被专门带去另一个学校，关进小黑屋里，几乎断绝了和外界的交流。

宋思思并不参加，她的成绩在余一言的辅导下，有了很大的进步，但依然没到可以参加竞赛的程度。

她以为余一言会去，毕竟他之前参加过数学和物理竞赛，名次都很靠前，他完全可以试一试，就算不能保送，能加分也是好的。

但没想到余一言没有报名。

"我不考华大，现在的成绩足够去Q大了，不参加竞赛也没什么关系。"

宋思思很奇怪："你成绩这么好，为什么不考华大？"

余一言并没有回答这个问题，转而问她："学校的辅导班你要去吗？"

这个暑假，学校同时开设了针对普通学生的辅导班，不强制参加，任何人都能报名。不知道是不是怕违反相关规定，虽然不收费，但地点也没设在本校，而是定在一个鸟不拉屎的偏远地方，一上就是一整天。

根据上一届学长学姐的反馈，这个辅导班的座位顺序被完全打乱，并不是自己班的同学坐在一起。老师也是随机的，因为是无偿加班，又不是自己的学生，到底会不会用心很难说。

与其说是个课外辅导班，不如说更像是把学生集中起来上自习。

宋思思并不想报名："我不想去，太远了，交通都很浪费时间，去了又学不到什么，天还那么热，不如在家呢。"

余一言点点头，表示知道了。

但宋思思没想到，班主任会在临开班的前一天给宋芳打电话。

"宋思思妈妈，暑假辅导班这个事你知道吗？

"宋思思没告诉你啊？那我跟你说一下，这个班大部分人都会参加的，这个暑假很关键，不能浪费。我个人建议还是让她来。

"这个班的主要课程内容是这样的……"

宋芳听了班主任的游说，立马拍板给宋思思报了名，为了防止她溜号，还特意抽出时间亲自开车接送。

宋思思被逼着去了辅导班，她才待了一个上午，就崩溃得无法忍受。

中午她坐在快餐店里，一边恨恨地吃着面条，一边给余一言发信息吐槽。

你根本想不到，整个教室只有两台电风扇，没有空调，座位还特别挤，我快热晕了。

老师根本就没认真讲课，自习也行，玩手机也行，说话也行，只要不太大声，他都不管。还不如在家让你盯着我呢，纯属浪费时间。

我妈早上送我来，傍晚接我回去，我连偷跑都不行。

而且，还有个事很讨厌。

坐我后面的男生，我不认识他，好像是校田径队的。很烦。

他上课的时候一直踢我凳子，还会扯我衣服。下课还想跟我一起吃中饭，我好不容易才甩掉他。

他真的很讨厌，但老师不管，我都不知道要怎么忍这两个月。

宋思思连发了一堆消息，但对面的余一言并没有任何回复。她有点不高兴，强行自我安慰，或许他在忙，还没有看见。

宋思思并没有吃完就立刻回教室，而是赖在快餐店里，一方面可以蹭空调，一方面躲避那个田径队的男生。

离上课还有二十分钟的时候，宋思思才起身往回走，余一言的信息就是这时候发来的，没头没脑的一句：你教室在哪儿？

宋思思回过去：三楼左手边第二间。

那边又问：位置呢？

宋思思回忆了片刻：应该是从左往右第三列，第六排。我记得不太清楚。怎么了？

你座位上放书了吗？

嗯，桌子上有一本摊开的书。

宋思思越发摸不着头脑，直到她进了教室，看见了余一言。

他就坐在自己的位子后面，看到她进来，脸上并没有什么特殊的表情，只递了两瓶冻成冰的矿泉水给她："不是给你喝的，可以抱着降温，不要贴在肚子上。"

宋思思被惊得呆住了，她不知道余一言怎么就来了辅导班，是怎么说动了老师进的这间教室，又花了多大的力气才坐在了这个位子上。

但他就是全都做到了。

宋思思突然又想到了初二放学回家的那天，自己莫名其妙地被疯乞丐抓住不放，他也是这么突然地出现在自己面前。

她想起了那句话——

"我的意中人是个盖世英雄，有一天，他会驾着七彩祥云从天而降，救我于水火。"

宋思思小时候看《西游记》，最大的梦想就是嫁给孙悟空。

现在，她找到了她的意中人。

盛夏带来的燥意被安抚，连窗外整日聒噪的知了仿佛都安静了片刻，矿泉水散出的冷气缥缈着冒出来，炎热被缓缓驱散了。

再没有人来踢她的凳子、扒拉她的衣服，只有安静的余一言，他坐在后排唰唰地做着试卷。

宋思思从包里掏出纸巾，又分出一瓶冰水往后递去。

余一言的脑袋上都是汗，背上的衣服被浸湿一块，显然，他在烈日炎炎下骑着单车赶过来，还记得给她带冰水，却忘了给自己买。

余一言愣了一下，他本想拒绝那瓶水，但宋思思坚持，他最终还是接了过来。

他抽出一张手帕纸，胡乱地在额头上抹了一把，只大致擦掉了汗珠。一般男生打完球都是这个样子，很少有人会拿纸巾擦汗。他通常会去洗把脸，只是刚才太急没顾得上。

宋思思见他没擦干净，又抽出一张，抬手蹭了蹭他的下巴。

纸巾是樱花味的，余一言现在才闻到那股气味，伴着宋思思手腕上的一点点奶香传过来，丝丝缕缕的，萦绕在心尖。

他无意识地扣住了她的手腕，然后像被烫到一样惊醒过来，随即立马松开了。

宋思思的脸一点一点红起来，她并不是没有接触过男生，毕竟家里就有一个富宇安，但今天突然有了梦幻的气泡在空气里飞。

她却依然坚持把余一言脸上的汗珠擦干净了才转回去，那包纸并没有拿回来，而是放在了他的桌角上。

等下了课，宋芳开车来接宋思思回家。宋思思没有办法坐上余一言的车后座，也没办法开口让妈妈载他一起回家。

在此之前，她完全不避讳在宋芳面前提起余一言。

宋芳对他很熟悉，这是富宇安的好友，来家里玩过几次，又是初中家长会上老师提起最多的名字，宋思思提他几句完全没什么，还会被宋芳耳提面命是该多和好学生一起玩儿。

但现在，出于某种隐秘的心理，宋思思就是不敢开口，只能继续着被车接车送的生活。

这又成了一种全新的体验。

在学校的时候，她每周最盼望的日子就是周五放学，可以和他一起回家，然后在一起待上一整个周末。

而现在在辅导班，每天最盼望的反而是去上学。

早上进教室的时候，她跟他点头打招呼，喊一声"早"；傍晚下课后，她挥手道别，讲一句"明天见"。

这好像成了一种例行公事，间或会插上一条常见指令：余一言在早上给宋思思带一杯豆浆。

最开始，余一言是在早餐店买豆浆，但后来他发现宋思思喜欢没滤过，带一点渣的口感的。于是家里长久不用的豆浆机被他翻出来，每晚睡前定时，早上磨好了再给她带去。

也是有史以来，他们俩每天一起吃中饭。

余一言会很认真地用抽纸把宋思思面前的桌子擦干净，筷子掰开了再递给她，怕她消化不良，不允许她边吃饭边喝水。

大多数时候他们就在辅导班门口的快餐店草草解决午餐，但有时，余一言也会载着她去很远的地方吃次大餐。

宋思思很爱吃辣，酷爱吃湘菜，通常要把自己辣得鼻尖发红、眼泪汪汪，手扇着舌头喊着"我要辣死了"才会罢休。

余一言偶尔带她去吃一顿，吃完给她准备一瓶鲜牛奶。

辣椒素被牛奶溶解，辣感降低，宋思思觉得自己又活了过来。

天气特别热的时候，余一言在下午会下楼给她买冰激凌，但次数不多。

宋思思如果闹着自己买，他就会拽住她："不能吃太多，你那几天肚子会痛。"

　　后来，冰激凌变成了各种各样的水果。

　　余一言可以用水果刀削出又薄又长的一条不间断的苹果皮，宋思思看见后会非常捧场地夸他，他就会不好意思地脸红起来。

　　他也依旧会给宋思思整理笔记，讲解难题，还会给她定复习计划，监督她完成作业。

　　时不时也会有别的女生过来请教，宋思思发现余一言还是像初中那样受欢迎。即使他摆着一张冷脸，做出拒人于千里之外的样子；即使他从不指导别人做题，最多把作业借给认识的同学，但依然有很多女生喜欢他。

　　宋思思觉得高兴，因为这么多人觉得余一言好。

　　宋思思又觉得不高兴，因为太多人发现了他的好。

　　"余一言，你喜欢什么样的女生？"

　　"我吗？大概是像松鼠那样的。"

　　"为什么是松鼠？"

　　"可能因为松鼠可爱吧。"

　　松鼠的拼音首字母，加上它的英文单词"squirrel"，连起来也是"SSS"。

　　喜欢松鼠，就是喜欢宋思思。

　　暑期过去了，这周是富宇安放大周假的日子。

　　以往的这一天，宋思思并不会和别的周末有什么不同。

　　余一言的妈妈如果在家，余一言和宋思思就去图书馆自习，余一言的妈妈要是出去度假了，他们就在余一言的书房写作业。

　　但不知道为什么，宋思思今天老是想到富宇安在同学录上写的那句话，不要随便去男孩子家。

　　或许是心虚，或许也有点别的什么，总之，宋思思今天没去余一言家，而是把他喊了过来。

　　如果富宇安知道她怎么想的，一定会笑她自欺欺人。

　　余一言和宋思思就坐在一楼的餐桌上做卷子。

　　宋思思刚完成一张，有点累了，决定休息一会儿。她趴在桌子上，枕着手臂，侧着头，看着余一言。他的头发看起来比以前长了点，应该有一个多月没理发了，以前每隔三周就去剪一次。

余一言是个很长情的人，轻易不愿意变动。他一直都在老陈理发店剪头发，但半个月前，陈师傅有事回老家，到现在还没回来。他就干等着，不愿意重新找店，头发多留了快两个星期，长了一大截。现在他后脑勺上有一小撮头发翘起来，但他自己明显没发现。

宋思思没忍住，抬手给他按了按，但手刚移开，头发又翘了起来。

这让宋思思觉得很有意思，她干脆伸出手把他的头发一顿胡撸。

余一言躲了躲，但是没躲开。

宋思思像撸猫一样撸着他的头发。

余一言的右手还在试卷上写字，就伸出左手按住她，也没用力，只是虚虚握住她的手腕不让她乱动。

宋思思倒没挣扎，她像是又想到了新的点子："余一言，把你左手借我一下。"

"做什么？"

"借我一下嘛，你等会儿就知道了。"

余一言的目光并没有从试卷上移开，但他松开了宋思思的手腕，把自己的左手递了过去。

宋思思看着面前的手，手指纤长，骨节分明，指甲修剪得很干净，甲盖上都有月牙白。因为瘦，他手背上的青筋微微突起，看起来很有力的样子，难怪能一只手控制住自己的两只手腕。

宋思思拿自己的手和他的比了比，他的手比自己的大了一整圈，她两只手都包不住他的一只。

个子高的人，手通常不会小。

宋思思的手指就很长，她的手背上已经不像初二时那样有四个小窝了，现在十指纤纤，五指张开，能跨十个琴键。

但余一言的显然比她的还要大得多，宋思思见过他单手抓篮球，她不知道敲架子鼓的手该是什么样的，但余一言的手显然很适合弹钢琴。

她把这只手翻来覆去地观察了半天才拿出笔，开始在他的手指上画画。

余一言在宋思思捏住他的手来回揉搓时就后悔了，注意力也无法集中在面前的试卷上。

当她把手和自己的合在一起比大小的时候，他用尽全力才克制住自己没有握上去。

她的每一次触摸，都像羽毛一样轻刷在他的心尖上，明明之前也碰过，但这次的感官感觉仿佛被无限放大了。

现在，她终于停下来，但中指和无名指上有微微的痒意蔓延开，这点痒意顺着血管一点点流往心脏，余一言忍不住缩了缩手指。

宋思思按住他："你别乱动，你这样我会画不好。"

余一言不敢乱动了，他僵着手，尽力让自己忽视这股痒意，强迫自己把注意力放在试题上。但效果并不好，十分钟过去了，他只做出一道简答题，且字迹潦草，线段歪斜。

终于，宋思思结束了，点了点他的手背，示意他看。

她在他的中指和无名指的最后一节指骨上，分别画了两株植物。一株细细长长的，叶片呈线形，上面还开着几朵小花。另一株是两片并在一起的椭圆形叶子，叶片呈锯齿状。

余一言观察了一阵，却认不出它们的品种："你画的什么？"

"是迷迭香和薄荷。"

看着余一言疑惑的眼神，宋思思解释："你身上一直有一种它们混在一起的味道。"

余一言回想了下，他一直都是用的同一种沐浴露，后面这个洗护品牌又出了同味道的洗发水，他干脆都换成了这个品牌的。

这个气味他已经习惯了，有点类似草木松柏的香气，清凉中带着微苦，闻起来很舒缓提神。具体是什么气味他倒没注意，现在回忆起来，瓶身上确实写着"Rosemary"和"Mint"。

宋思思看了他一眼，隐约有点脸红，又解释了一句："迷迭香和薄荷都是友谊的象征，我画了它们送给你。"

但其实，宋思思真正想说又没好意思说的是，迷迭香和薄荷也是爱情的象征。

意大利的女生会用开花的迷迭香轻轻敲击心上人的手指，在英国，两片薄荷代表永恒的爱。

富宇安一个人坐在楼上的房间里，总有点心绪不宁，游戏打到一半就关了电脑。

他之前就知道宋思思和余一言玩得挺好，但没想到这么好，甚至超过了他。

显然，宋思思现在更依赖余一言，她甚至已经不太需要他这个哥哥了。

以前过周末，因为宋芳和富爱民总是在工作，宋思思就一直缠着他。

她总是很黏人，没办法长时间一个人待着。但自从两人上了不同的高中之后，她的这股黏人劲儿就慢慢转移到了余一言身上。她现在每个周末都和余一言待在一起，她像小时候对他一样对余一言，完全没有一点设防。

不，不对。

她和余一言要更亲密。

她已经对他这个哥哥产生了性别意识，之前放鞭炮被炸到，她第一反应就是捂衣服，伤口也是她自己处理的。

如果换成小时候，她只会扯住他不顾形象地哇哇大哭，她会毫不犹豫地把伤口亮给他看，指责这是他干坏事留下的罪证。

富宇安不知道自己是什么感觉，如果上次鞭炮事件让他产生了失去宋思思的恐慌，那现在就是情感上的缺失。

该下楼去喝口水了，富宇安这样想着。

于是，他也这么做了。

他并没有刻意放轻脚步，但显然没有人发现他，他从楼梯上一路下到最底层，那两个人的手依旧握在一起。

果然，宋思思对余一言比对他更亲密，至少，她现在已经不会握他的手了。

富宇安站在那里看了他们一会儿，没忍住，故意弄出很大的响动。

宋思思正和余一言说着话，听见声音吓了一跳，抬头看见是富宇安，立即心虚地把手缩回来，假装挠了挠额头。

不自在的感觉并没有因此消退，她强撑着镇定地站起来，走到厨房倒水喝，顺便转移注意力般地问富宇安：“你下来干什么？”

“下来喝水。”富宇安看她一眼，趿拉着鞋走过来。

“你楼上那么大一壶都喝光了？”

宋思思觉得有点奇怪，富宇安以前打起游戏来压根儿不记得喝水，难道他不是在打游戏，而是在学习？

那真是太阳打西边出来了，他半个月才放一次假，换谁都得学吐了。

富宇安愣了一下，转身打开冰箱，拿出一罐冰镇可乐：“我来喝点冰的，不行吗？”

宋思思冲他皱皱鼻子，嘀咕了一句：“整天喝冰可乐，到时候骨质疏松，看你怎么办。”

富宇安没反驳，拿着可乐，也没急着上楼，转身坐到了沙发上。也不知道在想什么，他并没有打开喝，而是用手把玩着可乐罐，往上一抛，又接住，如此循环往复着。

他不太高兴的时候就会这么面无表情地抛接球，只是现在把球换成了可乐罐，但宋思思并不清楚他为什么不高兴。

有第三个人在场，宋思思倒有点不好意思坐回余一言身边了，她端着水杯，也蹲到沙发上坐下。

她试探着开口问了富宇安一句："我说的话让你不高兴了？"

富宇安沉默了片刻："没有。"

宋思思翻了个白眼，在心里说了声：嘴硬。想了想，她又问："那你是考试考砸了？不应该啊，你有这么在乎学习吗？"

富宇安手上的动作停顿了一下，又继续抛着："我现在成绩很好，说不定能和你考一个大学。"

宋思思挑挑眉："那你真是'非复吴下阿蒙'啊。"

见问不出什么，她也不再继续问了，本来就是为了缓解尴尬没话找话。她喝了一小口荞麦茶，整个人放松地窝进了沙发里。

富宇安看了看她，又是这个坐姿，盘着腿，整个人陷了进去，她好像从来不会嫌腿麻。不过至少她这个习惯还没有变。

看着看着，富宇安就看走神了，等他反应过来的时候，已经无意识地拉开了易拉罐的拉环。

"噗"的一声，可乐从罐口疯狂地往外冒，富宇安手忙脚乱地拿嘴堵上去，但已经来不及了。汽水不仅打湿了他的裤子，还有一部分洒在了沙发上。

宋思思跳起来给他递抽纸，同时也忍不住幸灾乐祸地大笑："你完蛋了，你搞脏了老妈最心爱的沙发。"

余一言拿了抹布过来帮忙。

地砖被擦干净了，但沙发上的印迹抹不掉。

那块可乐印，富宇安试了很多办法，也只是让它变淡了一点，到最后也没彻底清洗干净。

运动会，是整个学年中唯一可以放松的时间，老师不在身边，看台上各个班级的座位混在一起，连晚自习都被取消了，大家可以自行安排。

今年的运动会，省一中有了一点新花样。

开幕仪式上需要统一着装，每个班都要定制自己的班服，样式不限。而第一天的班级方阵赛，仪表分占了很大比例，这就意味着各班都会使出浑身解数在班服上下功夫。

平时一潭死水的教室，这会儿也热闹起来。

宋思思所在的十五班，反复开了三次班会后，决定搞点特别的——选了民国学生装。

女生那套，上半身是白色立领盘扣短衫，下半身是长至小腿的钴蓝色袄裙。

宋思思被套进这样的衣服里，整个人都显得文静起来。

为了搭配这套衣服，她拿丝带给自己绑了两条蓬松的麻花辫，又穿上白色中筒袜和一字扣小皮鞋。

当她这样出现在十班看台的时候，余一言明显呆了呆。

面容姣好的少女，仿佛从那个久远的年代款款走了出来，初秋的日光照在她身上，影子在身后被拉得很长。

宋思思站在两级台阶下面，两手背在身后，抿着嘴，抬头冲余一言笑。

今天的余一言也很好看。

十班选的是制服，宋思思头一回见他打领带，纯黑色细细一条，并不特别板正，只松松地系着，白衬衫把他的少年气质衬得更干净了。

宋思思并不敢在众目睽睽之下跟他坐在一起，只是过来打了个招呼，见过面便溜了。但等晚上天黑了，她的胆子大起来，约了余一言去逛操场。

十月份的夜晚，天气不算太好，月亮被云遮住了，晚风抚在身上，带来些许凉意。

余一言把薄外套脱下来罩在了宋思思身上，袖子长了一截，彻底盖住了手背。

宋思思被淡淡的皂香包围了，还沾染了一点余一言身上的味道。

"你把衣服给我了，你自己怎么办？"

"我不冷。晚上风有点大，你这样穿，可能会冻感冒。"

借着夜色的遮掩，宋思思从袖子底下伸出手指，悄悄去碰余一言的指尖。

他的手暖烘烘的，宋思思碰到了，就不想放开。

但她并不敢这样无缘无故地握着，为了显得自然，她爬上了旁边的花坛，站在了窄窄的边沿上。

花坛并不算矮，她站在上面，只比余一言略矮一点。

余一言虚虚地扶着她："你不要沿着这个边走，会摔下来。"

宋思思很听话地停下了，侧过身面对他，玩着他的领带，有一搭没一搭地问着问题。

"余一言，你现在有多高？"

"一米八七出头一点。"

"还会长吗？"

"应该差不多就这个高度了。"

"你猜我多高？"

"一米六七。"

"你怎么知道的？"

"你上次在超市上电子秤称重，我就站在旁边。"

"那你有多重？"

"七十三公斤左右。"

"你喜欢吃米饭还是面条？"

"米饭吧。"

"喜欢吃咸口还是甜口的？"

"都差不多。"

"最喜欢吃的菜是什么？"

"阳春面。"

"阳春面不是菜！而且你刚才还说喜欢吃米饭。"

"除了阳春面，我也不知道喜欢吃什么。我不挑食。"

"那你喜欢猫还是狗？"

"狗吧，更黏人一点。"

"喜欢儿子还是女儿？"

余一言无语了一瞬："这算什么问题？"

"不能问吗？我很好奇，你说嘛。"宋思思拉着他的领带摇了摇。

余一言想了想："女儿吧，但对我来说，可能还是生儿子好一点。"

宋思思捶他一下，眉毛竖起来："怎么，你还重男轻女了？"

"没有。儿子可以随便玩，女儿需要用心养，我有一个就够累了。"

"你哪里来的女儿？"

余一言看着她，翘了翘嘴角："你不是叫我余爸爸吗？"

宋思思被说得不好意思了，拽了一下他的领带，转移话题："你最喜欢的颜色是什么？"

"我不知道。"

"一定要选一个。"

"呃……那就浅粉色好了。"

"不是，你一个男生，为什么会喜欢浅粉色？"

"以前看到有人穿那个颜色好看。"

"谁？男的女的？"

余一言顿了一下，没有说实话："我不记得了，三年前看到的。"

"不记得还觉得好看？"

"不行吗？"

"那好吧，也行。你最喜欢的动物是什么？"

"松鼠。"

"你怎么这么喜欢松鼠？"

"嗯，我是很喜欢。"

"你喜欢女生长头发还是短头发？"

"都可以。现在喜欢长头发。"

"喜欢高一点的还是矮一点的？"

"比我矮二十公分就差不多了。"

宋思思偷偷笑了一下："喜欢文静一点的还是活泼一点的？"

"活泼的吧。"

"最喜欢的科目呢？"

余一言有点被难住了："不知道，都差不多。非要选的话，数学吧。"

"最喜欢的季节？"

"夏天。"

"最喜欢的水果？"

"草莓。"

"你是不是最喜欢喝草莓味的李子园？"

余一言不说话了。

宋思思咯咯笑起来："我发现了，你初中因为喜欢玩尖叫的瓶子，经常会买那个，但是你其实最喜欢喝草莓味饮料。你说说看，一个大男生，喜欢草莓味，又喜欢浅粉色，怎么会这样？"

余一言的耳朵红了起来，羞恼地把宋思思的脸捏住："你怎么问题这么多？"

宋思思嘟起嘴巴，去掰他的手，还嘟囔着不服软："唔，你说，喜欢你的女生知道了，会不会笑你？"

操场上的灯，就是这时候突然灭掉的。

停电了，一瞬间，整个学校突然陷入黑暗。

突如其来的变故让宋思思吓了一跳，她本就摇摇晃晃地站在花坛边沿，此刻又正跟余一言打闹，没处借力，心里一慌，跟跄着就往前扑去。

　　余一言感觉下巴被磕了一下，不疼，还没等他反应过来是怎么回事，宋思思就立马弹跳着向后仰去。

　　余一言虚扶着的手挽了她一把，才避免了她朝后摔倒的悲剧发生。

　　没人说话了，问答游戏中断，远处草坪上传来阵阵因为停电爆发的惊呼声，但花坛的这一角却是一片静谧。

　　月亮被云层遮住，这里是伸手不见五指的漆黑，眼睛暂时没适应这样的黑暗，余一言没有办法看清宋思思的表情。

　　他也没有想看，他想不起来任何事情，脑子里唯一清晰的只有刚才那须臾之间的触感。

　　好半晌，宋思思才磕磕巴巴地开口道："对不起……我刚才没站稳……我不是故意的。"

　　余一言"唔"了一声，过了一会儿才回了一句："我不介意。嗯……我是说，没关系。"

　　宋思思拿指尖轻触了一下他的下巴："痛不痛？"

　　余一言把她的手握住了，但这次没有立即松开。他摇摇头，又怕宋思思看不见，补充了一句："不痛，怎么会痛？"

　　宋思思的脸更烫了，她不知道该说什么，或者，什么都不说也没什么不好。

　　她头一回觉得沉默并不难熬，两人就这么安静地站着，也是惬意的。

　　这个周五，轮到宋思思值日，等打扫完教室，她发现余一言已经在教室后门外等着了。

　　"你怎么到我班门口来了？不是一直在停车棚那儿等吗？"

　　余一言领着她往楼下走："今天没办法骑车，得坐公交车回去。"

　　"怎么回事？车坏了？能修吗？"

　　"没坏，就是车胎被人放了气。我去器材室看过，门已经锁了，得下周一才能去借打气筒。"

　　"气被人放了？谁这么无聊啊？"

　　看着余一言欲言又止的样子，宋思思更奇怪了："你总不会得罪人了吧？不应该啊，省一中都是拼命学习的好学生，哪有人会干这种事？"

　　余一言支吾了片刻："我要是说了你别生气。"

宋思思诧异地看他一眼："我干吗要生气？又不是你把我的车胎气放了。"

余一言没立刻回答，又往下走了几级台阶，在拐角处站定，回身抬头望着她："是这样，昨天吃完晚饭有个女生找我，因为我没理她，她就把我的车胎气放了。"

宋思思呆住了，酸涩、嫉妒、愤怒，又带着点委屈的情绪交织在一起，让她一时说不出话来。

宋思思从他身边挤过去，想往楼下冲，却被余一言一把拽住："你说了不生气的。"

宋思思用力挣了一下，但没挣开："我没有说我不生气，我刚才说的是我为什么要生气。"

余一言怕她跑了，把她挡在墙角："她没有成功，我答应过你高中不会理别的女生的。"

宋思思闻言更气了，使劲踩了他一脚："你的意思是说如果没答应我，就会回应她了？"

余一言痛得轻轻"咝"了一声："没有，我不是这个意思。我就算没有答应你，也不会理她。"

宋思思沉默了一会儿："是谁找你？"

余一言小心翼翼地看她一眼："我们班的体育生，练射击的。"

宋思思回想了片刻，大概知道是谁了，一个很高挑健美的女孩子，就算她想违背良心，也不能否认那个女生绝对称不上丑。

"你怎么知道是她放的气？你还去找她说话了？"

"没有，她放完来告诉我的。"

"天啊，竟然这么嚣张。"

省一中唯一不怎么受管束的就是这帮体育特长生，因为特长足够强，成绩差点也没什么大不了的，他们也因此有些无法无天。

所以，如果说有一个练射击的女生想报复，还大摇大摆地昭告天下，确实是很有可能发生的。

宋思思想了想，又开口问道："她怎么和你说的？"

"说她被拒绝了没面子，就顺手把我车胎气放了。"

"谁问这个，我问的是她跟你说了什么。"

"就说很欣赏我。"

"具体一点。"

"我不记得了。"

宋思思刚压下去的怒火又冒了上来。

余一言就是故意瞒着她，怎么可能有人会不记得这种事。说什么不记得，说不定心里正偷着乐呢！

她又开始往外挤，一秒钟都不想和他多待。

但余一言把路都堵死了，拦在她面前，扣住她不让走："我真记不清了，没有骗你。"

委屈的情绪一下子冒了出来，宋思思控制不住地开始瘪嘴："你就是在骗我，怎么可能会一点都不记得？"

余一言慌忙解释："你别哭啊，我真没骗你，我只记得我是怎么回答她的。就那次去 B 市的飞机上，你教的我：我只喜欢学习。"

委屈感一瞬间消失殆尽，所有的怒气都被这句话抹去了。

宋思思一点一点地高兴起来，她抑制不住地翘了下嘴角："你怎么还记得这个？都多久以前的事了。"

余一言看她笑了，松了口气，拉着她慢慢往楼下走："你说的话，我怎么会不记得？"

宋思思不由得有点得意，嘴角上扬的弧度越来越大，看着余一言牵住她的那只手，开始没事找事。

她用手指挠了挠余一言的手掌心，故意说道："余一言，你干吗牵我的手？女孩子的手是随便什么男生都可以牵的吗？"

余一言被她吓住了，但他并没有立刻放开，直到走完楼梯了才故作淡定地把手收回来："我怕你下楼梯摔跤。"

宋思思朝他扮鬼脸："你别骗人，我不相信。"

余一言抿了抿嘴，反问了宋思思一句："我算是随便什么男生吗？"

这回，被噎住的是宋思思。

她不敢再乱说话，一路低着头，踢着石子往校门外的公交站走。

可能是出来得比较晚，这会儿等公交车的学生已经走了一批，等车的人并不算多。

没一会儿，公交车就到了，宋思思磨蹭着没往前挤。余一言跟在她后面，等上车时已经没座位了，不过好在车厢很空。

两个人并肩站在一起，宋思思看着车窗玻璃上映着的身影，一大一小，一高一低，一男一女，一个左手抓吊环，一个右手扶立杆。

她微微笑起来，嗯，看起来很和谐。

132

坐到泰安小区站的时候，上来了一大群老头老太太，他们仿佛是约好了一起出门，还穿着一模一样的上衣。

原本空旷的车厢立马变得非常拥挤。

宋思思被推挤着往里走，余一言在她身后护着她，但人实在太多了，等挤到不能再往前的时候，余一言几乎已经贴到了她背上。

他明显在努力拉开距离，背微微向后弓起来，但效果不大，车厢里人挤人，没有什么空间可以给他腾挪。

站在宋思思前面的是一个男生，她为了防止自己贴到那人的后背，双手交叉抱在胸前。

情况不太妙，但这还不是最糟的。

老年人上车了肯定得让座，之前坐着的又全部都是省一中的高中生，这会儿，公交车司机很贴心地还没开动，就是为了方便他们让座。

于是，车上又是一阵鸡飞狗跳。

不知道是高中生的块头更高更大，还是有的人乱挤乱撞，宋思思感觉比刚才还要拥挤得多，她得拼命往后仰着才能和前面的人勉强拉开一点点距离。

余一言则因此完全紧贴住她，一点没留缝隙。

宋思思听见他在自己头顶刻意放得很轻的呼吸声，感觉到他胸膛透过校服传过来的热意，不禁害羞起来，耳朵尖一点点红了。

等座位调整好，公交车启动了。

宋思思是背向车头的，而她此刻双手抱在胸前，根本没法抓住吊环，惯性让她猛地向前扑去。

她几乎就要扑向前面的男生了，好在余一言比她反应更快，用右手迅速地搂住了她。

他把宋思思整个圈进怀里，手臂横在她交叉的双手前面，这回不是虚虚拢着，而是抱实了。

宋思思本是一惊，现下变成了又羞又惊。

余一言的下巴蹭在她的头发上，她被那股迷迭香混着薄荷的味道整个包围了，鼻端全是余一言的气味，她仿佛喝醉了似的，脑子里晕乎乎的。

难怪周杰伦要唱迷迭香性感得无可救药。

她听见了咚咚咚的心跳声。

是谁的心跳声？

是宋思思的。

也是余一言的。

两个人的心跳合在一起，越跳越响。

宋思思听见他很轻，甚至带了点哽咽地说了声："对不起。"

"没关系，我不介意。"

第十章
杯子

你以为心意从此明了，天光大亮？

并没有。

宋思思那天晚上激动地在床上蹬了半天腿，虽然下车后他俩谁都没敢讲话，但这不妨碍她确定了余一言的心意。

这应该能够确定了吧？

至于余一言，没人知道他做了什么梦。

这个周末，余一言没敢让宋思思来家里。周日回学校的路上，也没人把话挑明，两人都只故作镇定地打着招呼，又故作镇定地道别。

而错过了这次的开口机会，到了周一，世界瞬间暗了下来。

本周一的国旗下讲话，教导主任说的第一件事，就是警告所有人，男女生交往不得过于亲密。

从此，风声鹤唳，草木皆兵。

宋思思和余一言立即收敛了，他俩为了能更好地避嫌，甚至将上下学的相约地点从停车棚改成了距离西侧门300米远的校外。

他们开始刻意地保持距离，余一言不可能在这种情况下带着宋思思踩雷。

书房的自习变成了真正纯粹的自习，他不再说一些模棱两可的话，不再做一些引起误会的事，任何略带亲密的行为都被杜绝，任何暗藏心意的话语都被掩盖。

而胆小的宋思思，更是不敢轻易去触碰高压线。

她努力克制住自己想要动手动脚的小心思，不再问一些"你喜欢什么样的女生"这类问题，不经意的对视后会立刻转开视线。

剩下的高三时光，都在这种人人自危的氛围下度过，公交车上的故事，仿佛是一个梦。

熬到高考结束的那天，宋思思哭了。

她很奇怪自己为什么哭。

她并不怎么喜欢省一中，这里太压抑了，每个人都好像被锁在笼子里，被反复强调的除了升学率、升学率，还是升学率。

她并没有特别喜欢的老师，最喜欢的那个英语老师早就不知道在欧洲的哪个国家喝着他最爱的啤酒了。

她也没有交到像杨璐璐那样特别知心的朋友，大多是相约食堂的饭友，戴着面具的问候，点到为止的话题，说得最多的无非就是成绩、成绩，还是成绩。

她并没有什么特别喜欢的地点，算得上有纪念意义的地点也就停车棚和那个小花坛，这说给别人听都不免有点寒酸。

在这段不怎么美好的高中生活里，治愈她的唯一存在，只有余一言。

但她也很明白自己为什么哭。

就好像是一段故事终于画上了句点。

那种疼痛的、高压的、有点黑暗的，但同时也伴随着感动的、羞怯的、有点喜悦的日子，到这里就真的彻底结束了。

"思思，你是不是想报 Q 大？"这是余一言在确认。

"我就是想离家近点，Q 大分数太高了，我估计会去 Z 大，反正它也是很好的'985'。两所大学都在 J 市，从家里过去，坐高铁只要一个多小时，很近啦。"

"思思，你会报 J 市的大学是吗？我也是。我们到时候又能经常见面了！"这是杨璐璐在说。

"思思，你确定去 J 市是吗？我知道了。"这句话来自萧子睿。

"你报 Z 大是吧？那我们大概率又要在一个学校了。"富宇安如此说。

余一言考得非常好，都可以裸分上华大了，但他报了 Q 大，这两所学校的差距不止一点点。

方雅云当然发火了，但余一言以 J 市离家近，方便时常回家看她为由劝服了她，方雅云最终勉强接受。

她可以不要儿子，但儿子并不可以不要她。

宋思思考得比平时好很多，但离Q大的分数线还差一点点，和她预料之中的一样，去了Z大。

杨璐璐和毛嘉乐一起考上了H大，并且在成绩出来的那天在一起了。是毛嘉乐先表白的。

富宇安也考上了Z大，他说自己现在成绩很好，还真的没有骗人。

至于萧子睿，他没说自己到底考了哪所学校。

宋思思和余一言并没有像料想中的那样，高考一结束就互相表白自己的心意。

经过教导主任的疯狂压制、敲打，两个人已经习惯了压抑克制，突然的解放，并没法让脑子里紧绷到已经变形的弦立刻恢复原样。

他们就像两只伸出一点点触角的蜗牛那样试探着，开始重新建立邦交。

江湖人称"宋屃屃"的宋思思，越到关键时刻越会掉链子，"我喜欢你"这四个字，到嘴边了无数次也没能够说出口。

那么，没关系，再等一等，既然确定余一言喜欢她，那就等他先开口，表白这种事，本来就该交给厚脸皮的男孩子。

爱你在心口难开的余一言，在无法百分百确定宋思思的心意之前，变得越发难开口。

宋思思大概是喜欢他的，但也不是没可能只把他当朋友。

他去查了迷迭香和薄荷的意思，他知道了它们别的含义，但也同样如她所说，确实象征了友谊。

宋思思和他很亲密，但亲密的不止他一个。

富宇安和她没有血缘关系，萧子睿也和她玩得很好。

她的那些不设防的举动，并不能完全说明问题。

如果说出口会让朋友都没得做，不如就继续像现在这样相处。

那么，没关系，再等一等，等到和她更亲密一点，等到能完全清楚她的心意，等到确保不会失去她。

等到那时候，再去和她告白。

反正一辈子还很长，余一言不着急，只要宋思思还在他身边，他愿意永远等下去。

他们一直含混地维持着这种暧昧的拉锯关系，谁都没敢把话挑明，直至暑假的毕业旅行，萧子睿点了一把火。

长在南方的人，总会很想去看看不一样的天地，譬如一望无际的大海，譬如无边无垠的沙漠，譬如逶迤连绵的戈壁，譬如辽阔无边的草原。

宋思思、余一言、富宇安、萧子睿、杨璐璐和毛嘉乐，四男两女，一行六人，在毕业后即刻飞向了 H 市，奔赴一直向往的大草原。

他们去参观了亚洲第一大湿地，看了世界四大草原之一，游玩了水草丰美的天然牧场，体验了一半沙漠一半银河的星空露营。

宋思思每天都很快乐，这里的绿色一眼望不到头，天空蓝得像块水晶，成片成片的白羊散在牧草间，还看到了长了巨大犄角的驯鹿群。

他们还专门去马场学了骑马。

不是驯马师在前面牵着，自己只用抓着前鞍桥，乖乖坐在马背上，慢慢晃悠的那种，而是握住缰绳，夹紧马腹，在草原上疾驰。

马跑起来，某一瞬间的腾空仿佛真的在飞翔。

所有的一切都是美妙的，唯一一点尴尬的是，该如何解决如厕问题。

大草原上并没有随处可见的洗手间，两个女生只能结伴走到很远的地方，撑开几把太阳伞把自己围起来。

满了十八周岁的男生已经会互相监督着，谁也不准回头看。

"毛嘉乐，不用你过去送洗手的水，她们自己带了，那里不止杨璐璐，还有宋思思。"

"富宇安，你就算是思思她哥也不能走这么近，她们好了会叫人，这么点距离，不会碰到危险。"

"余一言，我就说你人模狗样吧，你自己自觉点。"

"萧子睿，倒打一耙好玩吗？该自觉的是你。"

…………

表白事件发生在此次行程最后一天的傍晚。

毛嘉乐和杨璐璐去看人捡牛粪了，但宋思思知道，他俩是为了偷偷约会。

富宇安躺在房间里玩手机，他这趟出来显得不太爱说话。

余一言、宋思思以及萧子睿在看牧民赶羊。

天苍苍，野茫茫，风吹草低见牛羊。

这句诗所描绘的景象据说在很多年前就看不到了。

他们现在只能看到不高不低的草，以及不用风吹就见得着的牛羊。

当地的牧民友好地送了萧子睿一份红豆双皮奶，或许是红豆的味道鼓励了他，也或许是时间真的不多了。

他看出了余一言和宋思思之间的黏糊气氛，但毕竟他们并没有真的在一起，他总得给自己一个试一试的机会。

总之，萧子睿先鼓足勇气开口了，他赶余一言先回去，他要单独和宋思思聊一聊。

余一言当然不可能先回去，他猜到了萧子睿想说什么，但他没办法阻止，他非常后悔自己没有更勇敢一点。

现在，不够勇敢的他，只能一个人站在远处，默默看着事情发生，等待宋思思的最终宣判。

我叫萧子睿，我有一个红豆姑娘。

如果说，余一言每次看见"一言以蔽之，思无邪"这句话就会想到宋思思，那么我就是看到"玲珑骰子安红豆，入骨相思知不知"这句话想到的宋思思。

你瞧，这句话里不仅有我的"子"，也有她的"思"，还有我们俩的红豆。

我要比余一言更早认识宋思思，只比富宇安晚一点点，但感情显然并不分什么先来后到。

故事的开头得从我爸说起。

我爸是个记性非常差的人，他很爱我妈，我妈指东他决不在今天往西。

但到了明天，他就会忘记我妈指过东了。

那一周，是我妈这辈子第一次出差，但也是唯一一回。

她觉得如果她敢再出差一次，等到回家，我爸一定已经把我埋好了。

我妈出差那周的某天，我上完兴趣班，站在大铁门外等我爸。

他上午九点的时候把我送到青少年宫，应该在中午十一点半的时候来接我。

我等了很久很久，久到控制不住地哭了，我爸还没出现。

我知道，他应该是把我忘记了。

天都已经昏暗下来，门口的门卫大爷看见我在哭，好心地问我要不要和他一起吃晚饭，要不要帮我打电话。

我当然拒绝了，他是个陌生人，我妈说，主动给食物的陌生叔叔阿姨都是人贩子。

所以，我不可能会吃人贩子给的东西。

我也拒绝了打电话，因为我在某种程度上，继承了我爸的记性，我背不下来他和我妈的电话号码。

为了吓走人贩子，不让门卫大爷知道我是个没人记得的小孩，我还自以为很聪明地告诉他："我爸跟我说好会晚点来接我，我现在不是因为这个哭。"

但当天彻底黑了的时候，我后悔了。

我不知道我爸什么时候能记起我，也许得等到我妈回家。而如果真等到了那时候，我肯定已经在门口饿死了。

我该吃点人贩子的食物，既然都得死，好歹做个饱死鬼。

可是，现在连人贩子也懒得理我了。

我饿得已经没什么力气发出声音，像个小乞丐一样，坐在青少年宫的铁门外，脸哭得像花猫，偶尔再掉几颗眼泪。

宋思思就是在这时候出现的，看起来是来上晚上的兴趣班。

她看到我在门口坐着宛如在讨饭，就像一个天使一样朝我飞过来。

她把手里的红豆粽放到了我手上，然后像是解决了什么大事一样，很开心地对我笑了笑。

我之前说过，我记性也随了我爸，这导致我后来记不太清楚我的天使长什么样。

我只记得她左脸颊上的那粒痣，还有笑起来时出现的单边酒窝。

我爸是在很晚很晚，晚到他和我妈打例行电话的时候才想起我的。

实际上，也不是他想到的，是我妈想和我通电话，他才记起来我还在等他来接。

我得说，没有那个红豆粽，我不一定等得到我爸来。

我可能会因为饥饿，而选择随便跟别人回家，反正给口吃的就行。

所以，宋思思也算是我的救命恩人了吧？

救命之恩，要以身相许，这没什么不对吧？

我并不是说，我在那时就喜欢上了宋思思。

但我确实从此爱上了红豆。

上初一的时候，我在十班的同桌，左脸上有一颗痣。

是她的这颗痣，重新唤起了我的记忆。

我并没有把她当成我的红豆姑娘，我只是因为那颗痣而爱屋及乌地对她好了一点。

但可能除了她那个疯子表哥，没人对她这么好过。

总之，她缠上了我，并认定我喜欢她。

我烦不胜烦，所以告诉了她有关红豆姑娘的故事，她才开始慢慢冷淡下来。

说实话，我并没有期待会再碰见我的红豆姑娘，我会想到红豆粽，会想到那颗痣，会想到单边的酒窝，但人不可能对着脑子里一张模糊的脸回想。

但我没想到，在告诉徐妍红豆姑娘的故事没多久后，我就真的见到了我的红豆姑娘，活生生的、近在眼前的那种。

我们的再次相遇，就像命里注定的一样。

电视上不都那么演吗？

男女主的相撞，撞出了爱的火花。

我甚至因此裂了块骨头，因为那块骨头上血管太少，供血不足，恢复得不好，我的左手从此还留下了点后遗症。

但这没关系，我把它视作缘分的证明。

我给宋思思买了二十六杯红豆奶茶，我总不能送她红豆粽吧，那也太傻了。

总之，我希望借此唤醒她的记忆。

但她不记得了，她并不爱吃红豆。

不，其实她只是不爱吃很硬的红豆，所以她当年才会高兴地把那个红豆粽给了我。

她爱吃煮得很烂的红豆沙，我是后来才知道的。

因为煮起来费工夫，只有余一言会煮给她，所以连她自己也以为她不爱吃红豆。

余一言可真讨厌啊。

他明明是最晚认识她的那一个。

不过，我也并不是每一次都输给他。

宋思思说余一言跳恰恰舞比我厉害，不会踩到舞伴的脚。

那是当然了，我的对面是宋思思，我内心只有高兴，并没有多余的精力去注意自己的脚。

而余一言的对面不是宋思思，当然能跳得比我好，我敢赌一吨红豆，他那时肯定已经嫉妒死了。

他从来不往我们这边看，好像跳恰恰舞是他很喜欢的事情一样，把所有注意力集中在他脚下，这当然就不会踩到他的舞伴。

想到这里，我又要傻乐了。

宋思思的第一个舞伴是我，请允许我稍微高兴一分钟吧。

我实在没怎么赢过余一言。

宋思思和我下五子棋，下到四十九盘结束，不愿意再来最后一盘。但如果换成余一言，根本用不着打赌，她就会答应他的要求。

宋思思的笔袋会放心地交给余一言，让他随意挑拣。但实际上，她很宝贝她的笔，至少我要借的话，得说明到底想用哪一支。

就像蝙蝠侠终将失去他的瑞秋一样，我的红豆姑娘最终也不会属于我。

我实在不该送她一只蝙蝠标，这不是什么好寓意的开头。

但我也没怎么输给余一言。

至少我是第一个和宋思思跳舞的人。

至少我是第一个和宋思思当面表白的人。

至少我是第一个在宋思思长大后亲她的人。

所以，我和余一言也算勉强打了个平手，是不是？

余一言看见萧子睿确实是表白了，他听不清声音，但他辨得出那四个字的口型。

萧子睿并不是第一个当面和宋思思表白的人。

余一言才是。

他甚至不需要加上"当面"这个限定词，他就是第一个和宋思思说"我喜欢你"的人。

他在去 B 市的飞机上就和宋思思说过了，在她耳鸣的时候，捂着她的耳朵，趁她听不见的时候。

他只敢在那样的时刻说出口，只敢在圣诞节给她送杯子，只敢说最喜欢的动物是松鼠。

他在等，想要等到时机成熟的那一天。

但余一言没想到萧子睿会先表白。

他更没想到会看见这一幕。

萧子睿在亲宋思思。

而宋思思并没有躲。

余一言觉得自己好像全都弄错了，宋思思并不喜欢他，她可能真的只是把他当朋友。

他无非就是富宇安不在她身边了，她给自己找的另一个哥哥。

余一言待不下去了。

宋思思喜欢萧子睿也很正常。

他没有萧子睿那样宠孩子的父母，他只有给完钱就万事大吉的父亲和一言不合就歇斯底里的母亲。

他没有萧子睿那样开朗的性格，他和宋思思待在一起，几乎都是宋思思主动找话题。

他没有萧子睿那样活跃气氛的天赋，他没办法做出搞怪的表情来逗宋思思开心。

他更没有萧子睿那样的勇气，他只能把隐秘心事全都藏在欲说还休的话语里。

喜欢宋思思的人那么多，他并不是最好的那一个。

宋思思是"SSS"，这在游戏领域内，是指角色的稀有度和价值品质为最高级。

她是世界上只有一个的、最宝贝的人。

所以她不该属于我，她本来就不会属于我这样的人。

余一言这样想着。

宋思思钻进蒙古包，整个大帐里只看见富宇安孤零零一个人，灯只开了一盏，昏暗的灯光下，他拿着手机靠在那里，听见动静，抬头瞥她一眼。

"余一言人呢？"

"他不是和你们出去了吗？你怎么问我？"富宇安放下手机，挑了挑眉。

"他没回来过吗？刚才萧子睿和我说点事，就让他先回来了呀。篝火晚会都要开始了，不是说等会儿一起去玩吗？"

"不知道，他没回来过，可能自己去哪儿了吧。"

宋思思在外头绕了一圈，找到余一言的时候，他正一个人站在篝火旁边发呆，脸色不怎么好，温暖的火光映在他脸上，也并没有让他的表情看起来柔和一点。

宋思思走过去在他背上轻戳了一下："你在想什么？怎么一个人先到了？"

余一言并没有看她，视线依然停留在火焰上，只扯了扯嘴角："没什么可做的，就先过来看看。"

宋思思因为刚才的事有点心虚，她还没想清楚如何开口，只能和他并排站在一起，盯着面前的篝火出神。

好半晌，她听见了余一言略微发涩的声音："你大学要谈恋爱了吗？"

她被这句话一下惊醒过来，微微侧着头瞄了他一眼，耳朵开始发烫。她以为，余一言大概是要和萧子睿一样，忍不住开口了。

余一言没听见宋思思回话，但脚边的碎石有了细微的动静，随着宋思思脚上的动作，往前滚动了一小段距离。

这是她害羞时常常会做的事，并不说话，但会不自觉地轻踢石子。次数不算很多，但多观察两遍也不难发现。

所以，她确实和萧子睿在一起了。

她以后或许会去坐别人的自行车后座，会拉着别人的手撒娇，会主动和别人拥抱或者接吻，甚至会做更多更亲密的事情。

木材燃烧发出毕剥声，火光刺得人眼睛发酸，余一言用力地闭了闭眼，试图将这些想象压下去，但心底的恶魔依然冒了出来，那是一种从没对宋思思用过的冰冷语气："高中毕业就可以不好好学习了吗？你这么小就想交男朋友了吗？"

宋思思呆住了，这和她预料的完全不同，余一言竟然在拿学习和年纪说事，他并没有表白的打算，他没有想要和自己在一起，他甚至觉得她不够格谈恋爱。

她控制不住那股羞恼的情绪上涌，她没办法接受公交车上发生的一切都只是自己的一厢情愿。

巨大的羞耻感促使她用尖刻的话语反击："我妈都说大学里可以谈恋爱了，让我给她挑个好女婿回家。怎么，余一言，我把你当哥哥，你倒真以为自己可以管我了？"

宋思思叫过余一言很多次"哥哥"，调侃的、撒娇的、讨好的、耍赖的，但从来没有像这样嘲讽的。

她才刚和萧子睿在一起，就不愿意再和他有牵扯，两人曾经的一切好像全都被一笔勾销了。

醋意冲昏了余一言的头脑，他控制不住地说出了更恶劣的话语，妄图能用这些将宋思思重新绑住："我不能管你了吗？你之前怎么说的，让我管着你好好学习。一考上大学，你就想过河拆桥了是吗？"

宋思思被余一言近乎冷酷的神情和那句"过河拆桥"深深刺激到了，他从来没有这么跟她说过话，他也从不会拿对待别人的那种冷漠态度对待她。而他现在把比对别人更不留情面的话语甩在了她脸上，之前的那些拥抱、牵手、补课，好像都是她凭空臆造出来的一样。

余一言没有听到她的回答，但他听见了轻微的"吧嗒"声，是一滴很大的泪珠砸在石头上。

火气瞬间就被浇灭了，他慌乱地捧起宋思思的脸，拿拇指去抹她的眼泪，开始语无伦次地道歉："我错了，对不起，我都是胡说的，我没有那么想。我嫉妒萧子睿才会那样。你别哭，你想怎么做都行，只要你高兴，随便怎么样都好。"

他那颗原本被泡在苦水里的心脏，现在仿佛被人用手整个捏住，紧紧挤压着，酸痛得发麻。

宋思思的眼泪止住了，困惑地抬起头："你为什么要嫉妒萧子睿？"

"因为你答应跟他在一起了。"

"我什么时候答应跟他在一起了？"

余一言嘴唇嚅动了一下，并不想再回忆那一幕，但这就像一根鱼刺似的扎在喉咙上，刺痛的感觉让人无法轻易忽视："我看见他亲你了。"

宋思思着急地拿手比画着解释："那是他趁我不注意偷亲的！而且只亲了一下额头。"

"可是……你并没有推开他。"

她看起来更着急了："我当时呆住了，他说如果没办法在一起，他就马上出国，我吓了一跳。等我反应过来，我就立马揍他。我没有允许他亲我，这只是个意外，就像那次我亲到你的下巴那样，难道这就代表我们在一起了吗？我又不喜欢他，我干吗跟他在一起？我才不要他当我男朋友。"

"可是，刚才我问你是不是要谈恋爱，你害羞了。你在踢石头，你害羞时就会这样。"

宋思思并没有注意到自己这种不自觉的小动作，但余一言经常会发现这类微小的细节，譬如她想不出题就会咬指甲，讨厌吃某样食物就会皱鼻子，打坏主意时会挠小拇指……

她总是在他面前无所遁形。

她不知道该怎么解释自己的害羞，嚅嗫了半晌，最终只能强辩道："反正我说了，我不喜欢萧子睿。"

余一言紧接着就问了一句："那你喜欢谁？"

这个问题她回答不了，那个"你"字好像粘在了舌尖上，没有办法顺利地滚出来。

宋思思又无意识地踢了一下沙土，当她发现自己的动作后，立刻把脚定在了原地。

余一言还捧着她的脸，但她把视线躲开了。

不算太亮的火光映上来，不知道是篝火的原因，还是她真的脸红了，皮肤在一点点变热。

这点热顺着手心传过去，余一言似乎有些明白了。

宋思思的睫毛上还挂着一颗泪珠，将掉未掉。

余一言低下头，试探着凑过去，轻轻地把它吮掉了。

现在，她的脸是真的烧了起来。

宋思思闭着眼睛，感觉到余一言的嘴唇贴在自己的眼皮上，是干燥的、滚烫的，这温度仿佛比旁边的篝火还要更高一些，她的心被炙烤得颤了颤，然后睫毛也跟着颤了颤。

余一言的嘴唇上传来痒意，宋思思并没有推开他。于是，他开始缓慢地移动，像是对待一个一触即破的肥皂泡泡般，小心翼翼地、视如珍宝地一点一点往下。

宋思思感觉他碰了碰自己左脸上那颗痣，没有停留太久，又慢慢往右移去了鼻尖。

这回，他贴了很久，像是在给她时间考虑是否要拒绝他。

宋思思没有拒绝。

甚至，她已经忍不住了。

她紧张得去拽余一言的外套下摆，踮起脚，把自己的嘴唇凑了上去。

但她不知道接下来该怎么做。

她看过很多电视剧，也看过很多言情小说，但她现在都不记得了，只有最初关于接吻的印象——

窒息。

她的嘴唇贴着余一言的，但屏住了呼吸，像是怕动静稍大一点就会惊醒，然后发现这不过是又一个她臆想出来的美妙梦境。

直到她听见吞咽声，看见余一言的喉结动了动，她才好像从那种轻飘飘的、玄妙的半空中落下来，终于踩上了地面。

她把嘴唇移开一点，开始大口喘气，刚才实在闭气太久，脑子已经缺氧，有种轻微的眩晕感。

但余一言并没让她喘息多久，他追了上来，男生好像在这方面总是能无师自通，宋思思感觉到他轻轻含着自己的嘴唇，磨蹭了很久，像小奶狗舔水盆那样，痒痒的、湿漉漉的。

宋思思以为这就是余一言的吻了，和他的人一样，是温柔的、克制的、浅尝辄止的。

但随后，她的牙关就被撬开了。

余一言此刻就像一头回到自己领地的雄狮，四处巡视着，又像一条光凭尾巴就能把猎物卷死的巨蟒，谋划着把人吞入腹。

她现在才知道窒息的真正含义——他把她嘴里的空气都掠夺走了，还在无休无止地用力吮着她，胸腔里只剩一点稀薄的二氧化碳，她想要推开他往后逃。

但余一言并没有给她机会。

他本来用左手捧着她的脸，不知道什么时候，左手已经移到了她的后脑勺，手指从发丝里穿过去，带着点力道。而他的右手原本扶在她腰上，感觉到她的退意，就又改成了搂着，把她整个圈进手臂。

宋思思想到了敲架子鼓的余一言，现在的他就是那样，锋利的、不容置疑的、带着进攻性的。

她不知道到底亲了多久，直到远处传来一点人声，有人在向他们走来，余一言才微微放开了她。

但他并没有站直，他们的额头依然相抵，他右手托住她的腰，让她借力站好。

好半天，宋思思没敢睁眼，只听见他的话从喉咙里发出来，很轻又略微低沉：“所以，和我在一起，好不好？”

宋思思觉得这是自己十八年来最开心的一天。

她是在高二那年看余一言敲架子鼓才开的窍，但她在更早之前，或许已经动了心。

从余一言坐在她前桌，并不管别人，但总会板起脸让她别说小话、好好学习开始。

从余一言总是出现在女生宿舍的话题里，是冷淡的、不苟言笑的，但也是打球厉害的、成绩超好的开始。

从余一言的名字每天都会从高依茜的嘴里冒出来，顺带加上他的各类小道消息，而宋思思根本不敢理直气壮地提他开始。

从余一言在她闹别扭的时候，将她从疯乞丐手里拯救出来，又给她洗干净手开始。

从余一言会怕她哭，会背她去医务室，会听着英语也依然留半只耳朵给她听她絮絮叨叨说傻话开始。

从余一言穿着 27 号球衣完成压哨绝杀，全场为他欢呼，他却只对着她一个人笑开始。

　　从余一言每次被她气得无语，会敲一下她的脑门，但依然会答应她所有要求开始。

　　或许，可能还要更早一点。

　　从第一天见面，看到他那双黑亮的瞳仁开始。

　　他比富宇安好看一点。

　　其实不止一点，是很多很多。

　　富宇安太过熟悉，她早就看习惯了。

　　但余一言不同。

　　他是第一个，在宋思思刚开始看偶像剧、刚知道爱情是什么样的时候，闯进她世界里的，长得最好看的男孩子。

　　"你终于和余一言在一起了。我从来没见过你们这么磨叽的人，我还以为你们高中一毕业就会在一起呢。"

　　晚上躺在被窝里，两个女生说着知心话，杨璐璐首先开口。

　　"这哪里慢了？你又没见过我和他高中怎么相处的。这不是毕业就在一起了吗？我觉得已经算快了。"

　　杨璐璐翻白眼："我说的又不是高中，我说的是初中！你是真的有点迟钝啊，你都感觉不出来余一言对你很不同吗？那会儿班里那么多女生崇拜他，我还以为你是怕成为全民公敌所以故意装傻呢，都不敢和你聊这个。"

　　宋思思来劲了，本来仰面躺在床上，这会儿一个翻身对着杨璐璐那边："你怎么看出来的？我那时候只觉得他是因为跟富宇安玩得好，所以顺便也给我几分面子，我到高三才确定他喜欢我。"

　　杨璐璐给她细数："我们初三那年齐心协力比赛，就两人三足进阶版，十男十女交叉着站一排，脚绑一块儿那个，你忘记了？

　　"一开始不是他排你旁边，后面他说什么身高不对，配合不好，需要调整。调整着调整着，就和你调一起去了。

　　"我当时就觉得他不对劲呢，明显就是不愿意看别的男同学搭你肩。好好的团支书，还一本正经在那儿假公济私起来。

　　"还有，我们去夏令营那次，你在大巴上和我说那个什么大哥哥，他肯定也听见了。

　　"他以前听讲座的时候哪里会说话啊，再无聊都安静地听呢，但那两天他和你那个什么哥哥搭了好几回话呢，我都看见了。

"而且你看啊，他对萧子睿那么冲，每回球场上都得争个你死我活，他跟别人哪会这样？

"我本来以为他是因为萧子睿和你同桌不高兴，还觉得他有点太容易吃醋了。今天看来，还真是另有原因呢。

"还有一个，还有一个。就以前我们俩回宿舍，你记得吗？有段时间有一个外班的人，老是经过我们身边就吹口哨。有一次还想和你搭话，跟个二流子一样那个。"

宋思思想了想，确实是有这么个人。

长得像个没进化好的北京猿人，还老是自以为很帅地耍帅，不好好走路，蹦来跳去地妄图吸引女生注意。

有一段时间，这个返祖人突然缠上了她和杨璐璐，故意踩掉她的鞋后跟，还对她动手动脚的。她那会儿又怕又恶心，想要找富宇安修理他，但是没过几天，那人就自己老实了。

杨璐璐接着说："这是毛嘉乐告诉我的，他初中和余一言一个宿舍的嘛。他说有天晚上，余一言把那个返祖人提溜到开水间揍了一顿，他都没见过余一言打架，所以印象特别深。我那天和他聊起初中的事，他就跟我说了这个。"

余一言有点睡不着，好像精力没地方发泄似的，趴在硬板床上连做了百来个俯卧撑，才微喘着停下来。

富宇安在旁边没眼看："你够了吧，有这么兴奋吗？"

余一言没回答，只是闭着眼抿着嘴笑，空气里都充满了蜂蜜糖的香甜味。

黑暗里的沉默持续了一会儿，富宇安开口了："思思她……她很黏人。宋阿姨还没和我爸在一起那会儿，带着她在外面租房子住，她爸有一回半夜去找宋阿姨，宋阿姨怕吵醒她，就反锁了门，带着她爸去外面说话。

"因为那片小区正停电，他们就走到挺远的地方去聊。

"思思半夜醒过来，结果发现家里一个人都没有，喊妈妈没人应，开灯又不亮，门也打不开。

"她都吓傻了，一个人哭了很久，宋阿姨才回去。

"可能那次给她留下了心理阴影，她胆子就变得很小，会怕鬼，也特别特别怕孤独，讨厌一个人待着。

"你既然跟她在一起，就得一直陪着她，不要整天忙你自己的事，不然她会受不了。"

空气中的蜂蜜糖味消失了，变成了酸梅糖，那股酸意从鼻子里钻进去，充满了余一言的整颗心脏。

"嗯，我知道了。"他涩涩地答应着。

"还有，她还很怕猫和老鼠。长大了没那么明显，但年纪小的时候，路上有老鼠突然窜出来，她被吓哭过。现在老鼠不多见了，但是你得注意那些野猫。"

余一言想到了什么，微微笑了一下："嗯，这个我知道。"

省一中的校园里有一只橘猫，没主人，是被各届学生投喂大的，完全不怕人，每天都会像个大爷一样在各个教室里巡视。

有一个周日，他和宋思思在图书馆自习，那只猫突然跳到了宋思思腿上，就那么趴下来，像是想长久安家似的。

宋思思被吓得彻底僵住，动也不敢动，连哭都不敢哭。

她嘴巴瘪起来能挂油壶，眼泪也在眼眶里打转，但就是不敢往下滴，怕掉下来惊着那只猫，给她来上一爪子。

余一言是第一次看见这个小魔王这么怂的样子，她向来很厉害，花样百出，让人根本没办法招架。

他那回没忍住，恶趣味地在对面稍稍欣赏了片刻才装作刚发现的样子，起身去拯救她。

"你别让她伤心，吵架多让着她点。"

富宇安絮絮叨叨说了很多，他不像萧子睿，他从没一次性说过这么多话，但再不说出来他会受不了。

他就像一个父亲，在女儿出嫁前夜不放心地一个劲叮嘱女婿似的。

他很后悔以前没有对宋思思好一点。

但其实后悔也没什么用。

宋思思最多喊他"安哥"，而余一言是她喜欢的"哥哥"。

宋思思从小最讨厌爸爸，她的爸爸不要她了，她讨厌到甚至不愿意再有个新爸爸。

宋芳要和富爱民在一起的时候问过她，她就一直哭着喊"我不要爸爸"，所以宋芳虽然和富爱民有了事实婚姻，但其实到现在也没领证。

这事宋思思忘记了。

她以为只是自己叫习惯了"富叔叔"，便没人让她改口，连带着富宇安也一直叫宋芳"宋阿姨"。

但这事富宇安知道。

富爱民喝醉了和他抱怨过，说宋芳太爱宋思思了，不愿意领证，也不愿意再生一个。但谁让他爱她呢，只能就这么着了。

但就算宋芳和富爱民没领证又怎么样呢？

富宇安知道，即使宋思思从小都没喊过自己"哥哥"，自己也永远是她哥哥。

宋思思讨厌爸爸，又渴望有爸爸。

她不允许谁来当她的真爸爸，但当余一言像一个老父亲一样管着她、宠着她、捧着她、纵着她的时候，富宇安就知道，她总有一天会和余一言在一起。

富宇安大概能体会这种感觉，他也没有妈妈，因此一直以为自己偏爱温柔感性的女生。

他以前确实是这样的，所以他会把林菲儿当成自己的女神。

林菲儿骂他叶公好龙。

明明说欣赏成熟稳重的姑娘，但和她安静地待在一起时却总嫌无聊。

明明说欣赏温柔不吵架的姑娘，但又总喜欢逗她两句，试图吵吵嘴。

所以林菲儿不再和他交往了。

"所以，你表白失败了？"

萧子睿对毛嘉乐"嗯"了一声，他不太想说这个话题。

毛嘉乐沉默了一会儿，劝道："那也没必要去Y国吧，你高考考得很好啊，完全可以留在国内上大学。"

萧子睿用手搓了把脸，笑道："也不是，其实我爸妈早就想送我出去看看了，我舅舅全家都在那边，发展得挺好。现在既然这样了，出去见见世面也没什么不好。"

毛嘉乐"唉"了一声，萧子睿虽然是半道才来他们班里的，但他很讲义气，又开朗又好说话，他俩的关系反而比很多老同学还好。

他这下突然要走，又说不准什么时候回来，自己内心没触动是不可能的。

"你在那边照顾好自己，保持联系，混不下去了就回来，别死心眼。Y国饭那么难吃，你可别一辈子待那里。"

萧子睿扔了个枕头砸他，笑骂："盼着我点好不行吗？我是去读书又不是混日子，等哥发达了，等着你来求我。"

从草原回来后的初次约会地点，选在了电影院，时间是下午两点，影片类型是某惊悚片。

地点是余一言选的，但电影类型是宋思思定的。

在余一言反复强调"你看了可能会害怕得睡不着"之后，宋思思依然没有改变主意。

他们从前不是没有一起看过电影。

第一回是在宋思思的房间里，两人坐在床前的地毯上，看了一整个下午的《哈利·波特》。

他们分食了一包青柠味薯片和一桶红枣味酸奶，其实说分食并不准确，因为绝大部分都是宋思思吃的，而余一言主要负责递纸。

他那时害羞得要命，宋思思的嘴唇上沾了一圈酸奶，他抽了纸递过去，但宋思思没接，只拿舌头去舔。

他的目光便再不敢瞟过去，只敢盯在电视机的屏幕上。

第二回是初中毕业，地点在影院最新的巨幕厅，看的依旧是《哈利·波特》，只是是完结的那部。

宋思思那时有个诡异的癖好，看电影只喜欢坐第一排，全程头仰到不能再仰，3D特效在眼前近距离炸开。

可巨幕厅的第一排，体验实在不是太好，甚至可以说是糟糕，即使宋思思坐惯了这种位置也不免觉得眩晕。

但余一言的眩晕感并不来源于此，他也不认为这位置有多难熬。

电影的具体情节他记不太清楚，但他清楚地记得宋思思看到精彩的地方就会来摇他的手指，从头到尾，一共摇了六次。

他们还分饮了一杯可乐，那次说分饮倒很准确。

宋思思看到后面根本不记得哪杯是谁喝的，她坐在他的左边，或许是用惯了右手，总是无意识地拿起他的那杯。

他那时的害羞程度比上一次略好，于是，即使发现她喝错饮料，他也没有出声提醒。

第三回是高三开学后不久的某个假期，看的是部好莱坞巨制，不知是不是吸取了之前的教训，宋思思选座的时候挑了最后一排的情侣位。

那部电影很有名，有名到即使是学业紧张的高三生，也会在上映的第一时间跑去观看。

可余一言并没有看出什么滋味来，他的心思完全无法集中在电影上面。

他们没再分食什么食物，饮料被放在座位的两端，中间没有隔着扶手，宋思思也没来摇他的手指。

沙发不大，但两人之间却隔得很远，好像突然之间想到应该避嫌似的，各自紧紧贴着靠背。

只是两人的手离得十分近，最初是放在各自的腿上，不知什么时候起就都放在了中间。

到底是谁先钩的小指并不确定，但总之就那么钩了一整场电影。

宋思思在选惊悚片的时候挠了小拇指，她并不是真的想要看恐怖电影，但这历来是偶像剧里高频出现的约会圣选，她想要借此跟余一言再亲密一点。

票是余一言买的，宋思思走进去的时候才发现是个情侣影厅，一共只摆了八张沙发，他们坐在第四排的右边那张。

她在来之前计划了各种场景——

在余一言看屏幕时，可以偷亲一下他的侧脸。

在看到恐怖场面时，可以把头埋到余一言的胸前。

在剧情无聊乏味的时候，可以鼓起勇气接吻。

在某些音效过于逼真时，可以让余一言捂住她的耳朵……

但余一言全然没有给她发挥的余地，他在一开始就占据了绝对的主导权。

电影开始前，他玩着她的手指，没有十指相扣，只是来回揉捏，偶尔会用嘴唇触一下她的手背，然后又轻轻吻着每个指尖。

宋思思从没发现他竟然会有这么黏人的一面，在此之前，如果她有什么太过界的行为，他总是会板起面孔严肃地喊她的全名。

而她计划的接吻也并没有等到所谓的剧情无聊的时候，当影厅刚刚熄灯时，余一言就精准地找到了她的嘴唇。

她不知道余一言从哪里学来的花样，他的技术未免进步得太快了一点。

当她被亲得晕乎后，他会放她休息一会儿，而在她含着可乐时又会重新亲上来。

于是唇舌间的液体通通被卷走，淡淡的汽水味在两人之间弥漫开。

当恐怖场景真的出现时，他便来吻她的眼睛，先是左边，再是右边，有时是轻轻啄一下，有时是用嘴唇摩挲。

他似乎很喜欢她睫毛轻刷的触感，当她的眼皮轻颤时，她感觉自己的眼部会变烫一点。

他没有像她设想的那样来捂她的耳朵，恐怖音效出现的那一刻，他含住了她的耳垂。

而这一招比她原本设计的更加有效，他鼻腔里呼出的热气喷在她的耳边，使她根本听不清电影里到底在说什么。

余一言完全不必担心宋思思晚上会害怕得睡不着，因为长达一个半小时的电影，她都没有记住哪怕一分钟的剧情。

电影散场后，宋思思在卫生间的镜子里看见自己的嘴唇从来没有那么红艳过，甚至艳得隐隐肿起来，晚上订的餐厅只好从湘菜馆换成了粤菜馆。

距离吃晚饭还有一段时间，她便拉着余一言在商场里闲逛。

最先去的是一楼的女装区。

宋思思在忍受了初中三年的黑色运动裤和高中三年的板正校服以后，终于有了自由穿衣的机会。

她去试穿了齐腰的背心和很短的热裤，露出白到发光的双腿，像是希腊神话里永葆青春的赫柏。

她也试穿了纯白的、不带任何杂色的连衣裙，披散开头发，仿若纯洁的艾斯特莱雅。

但最让余一言受不了的，是她穿紧身牛仔裤的样子。

牛仔裤紧紧裹在她修长的双腿上，明明没有露出一丝皮肤，却仿佛化身黑夜女神倪克斯，撩拨着人的原始欲望。

宋思思当然也会给余一言挑衣服。

她买完自己的，又拉着余一言去了二楼男装区，逼他去试各种花花绿绿的阔肩短袖。

奶绿的、焦糖的、米黄的、浅粉的、花灰的、卡其的、克莱因蓝的，她致力于将余一言从他酷爱的黑白色里剥离出来。

余一言穿每一种都很好看，但确实素色更适合他。

他脸上的表情实在太匮乏了，总是浅淡地笑，浅淡地皱眉，浅淡地无奈。

只有初吻那天，宋思思点头的时候，看见他咧开嘴，笑得很酣畅。

那时，火光映在他脸上，橙红橙红的，让人仿佛置身温暖的海水里，幸福一点点荡漾开来。

他们还买了几件情侣衫，甚至在途经家居服店的时候，宋思思还进去挑了套情侣睡衣，她说这样余一言在睡觉的时候也能想起她。

但其实，余一言没有这个也会每天想着她入眠，她的身影时常出现在他的梦境中。

晚上的粤菜比宋思思想象的好吃多了，她本来对这类菜系有着味道寡淡、稀奇古怪、虚头巴脑等诸如此类的刻板印象。

但余一言在和她同桌吃饭的过程中，显然已经把她的口味摸透了。

不知道是这家店结合了本地口味进行了升级改良，还是广东菜确实也能烧得有滋有味，抑或是余一言专门点了她爱吃的，总之，宋思思吃撑了。

她有个非常要命的毛病，平时会挑食，但碰到特别好吃的东西就没办法控制食量，撑到不能再撑了还觉得没过瘾，只要没人制止她，她就能一直往嘴里塞。

而这个毛病，她此前还没在余一言面前显露过。

余一言知道她不爱吃生食，便没点醉虾和血蛤，一直用粥底火锅帮她涮着虾滑和东星斑。

煲仔饭上来的时候，他特意让服务员多加了勺酱汁，但怕锅巴不好消化，只允许她吃一小块。

这家的双皮奶是用水牛奶做的，味道很正宗，宋思思没吃过瘾，余一言便又加了一份。

他是在看宋思思吃完他涮的海鲜，连干了三大勺腊肠拌饭，又一个人吃了一整份啫啫煲才发现不对劲的。

这严重超出了她平时的食量，并且她还没有一点儿停下的意思。

虽然她的面部表情看起来没有任何异样，但余一言不敢让她再吃了。

"宝宝，你如果喜欢，我们可以下次再来。你不能再吃了，再吃下去可能会不舒服。"

在一起之后，余一言当着别人的面会叫她"思思"，只有两人时，就喊她"宝宝"。

"宝宝"两个字，让宋思思乖乖地放下了筷子。

可这两个字还是喊得晚了些，宋思思已经撑得不舒服了。

余一言结完账出来，发现她正在门口来回走动着揉肚子，今天头一回蹙了蹙眉头。

宋思思一看余一言的表情就知道大事不好，立马露出一个谄媚的笑脸，拉住他的小指晃了晃，顾左右而言他："走吧，我们去打电玩。"

可惜这个笑脸对余一言作用不大，他没有轻易放过她。

他拿手心贴了贴宋思思的肚子，眉头蹙得更深了："你这么大了还能不知饥饱的吗？吃撑了刚才干吗不说？暴饮暴食对身体很不好。"

见笑脸没用，宋思思只能换招了，她收起嘴角的弧度，改为了瘪嘴："你前两天还说我年纪太小不能谈恋爱，你刚才还在叫我宝宝，现在就变化这么大了吗？"

余一言知道她在假哭，但假哭对他也依然有效，他只好深深地叹了口气，牵住她往外走："改天再打电玩，我们现在出去散步。"

夏日的夜风拂在脸上，带来一点热乎乎的潮气。

余一言的掌心是干燥的，明明比她的更温热一点，但高温带来的燥意反而被消除了。

他们沿着江边的跑道一直往前走，这条塑胶跑道造好后就没有修缮过，旁边的路灯也坏了几盏，只能勉强照亮脚下的一小块地。一路走来都没碰见夜跑的人，只有他们两个走在这条非常静谧的小路上。

宋思思含着一粒消食片，酸酸甜甜的山楂味在嘴里化开。

这是余一言去药店给她买的，她从前不怎么爱吃山楂，现在却觉得这个味道很不错。

当她掰到第四粒的时候被余一言制止了，他轻捏了一下她的左脸："说明书上写了一次三粒，这不是什么糖丸，你怎么连这个都馋？"

宋思思冲他吐了吐舌头："我没有馋这个，只是今天突然觉得好吃。"

"好吃吗？那我尝尝看。"

他又来找她的嘴巴了，宋思思已经记不清这是今天的第几次接吻，他把她抵在旁边的栏杆上，一点一点勾着她的舌尖。

他又换了种新的花样，这次是轻柔的，没再把她的氧气卷走，只是时间持续了很久，中途停了几秒告诉她不要屏住呼吸。

最终打断这个吻的，是砸在身上的雨滴。

夏夜的雷阵雨总是说来就来，没有一点儿预兆，顷刻间就有了下雨的趋势。

包里没有备伞，余一言拉着宋思思的手往停车场跑。昨日重现，仿佛又回到了他从疯乞丐手里把她救下的那一天。

可他们走得实在远了点，雨水浇得人睁不开眼，余一言怕她摔了，从拉改为了搂，右手圈在她腰上，左手挡在她头顶，给她遮雨。

宋思思已经湿透了，但她并不怎么觉得难受，相反，还很喜欢这种新奇的体验。

在经过一个小水洼的时候，她还特意踩了一脚，水溅起来的同时，被余一言轻拍了一下头顶。

还没到车边，余一言就按了开锁键。宋思思刚在副驾驶座上坐好，他就从后座抽出一条毛毯来，把她兜头盖住了。

视线被遮挡，触感也就更加明显，宋思思清晰地感觉到脑袋被胡乱揉着，头发上的雨水也因此很快被擦干。

毛毯被掀开，余一言没再继续给她擦下去，眼睛转向了正前方，只拿侧脸对着她："你自己擦一擦。冷不冷？我现在送你回家。"

他的发梢上还挂着雨珠，顺着脖颈流到锁骨上。

宋思思把毛毯从自己身上拽下来，拎着干净的一角往他的头上擦。但手腕马上被握住了，是种十分烫人的温度。

宋思思挣了下没挣开："我给你擦一擦，你这样湿漉漉的，怎么开车？"

余一言的手松了下来，但他依然看着正前方。这个姿势很不方便宋思思操作，她去掰他的下巴，他把眼睛闭上了。

宋思思擦完了脑袋还想继续帮他擦身上，但余一言又把她的手腕握住了，这次没有再顺从她的意思。

他用毛毯把她整个包起来，在她的嘴唇上咬了一口，力道有点大，留下了细微可见的牙印。

车子启动了，他又重复了那一句话："我送你回家。"

宋思思觉得余一言很不对劲，他刚拿到驾照不久，下午出门的时候，他说为了安全起见，车速一直控制在五十码以内。

但现在他一脚油门飙过了六十，直到宋思思提醒他，他才把车速降下来。

但他的表情依然不怎么好，虽然不至于摆脸色，但看着有点儿严肃。

宋思思找他说话，他会答上几句，语气是软的，但眼睛没有往她的方向看过哪怕一眼，即使是等红灯的时候也是如此。

前面的路堵住了，余一言用食指敲了敲方向盘，好像有点不耐烦，以前他几乎没有这么情绪外露过。

宋思思去摸他的手指："余一言，你干吗？你怎么突然不高兴了？"

余一言呼出一口气，拉着她的手凑到唇边，用嘴唇碰了一下，表情变柔和了一点："没有，我没有不高兴。"

"那你为什么不看我？你看我一眼。"

余一言终于转头了，用手捏了一把她的左脸，笑意爬上他的脸："宝宝，你怎么这么烦人？"

宋思思随即向他证明，她还可以再烦人一点。

"我现在不想回家，我们去你家里玩一会儿吧？"

余一言挑眉看她："我家有什么好玩的？你又不是没去过。"

"我没去过你卧室。"

"你之前肚子痛的时候待过一个下午，你忘记了？"

"那个不算，我没有好好看过你的房间。"

"不行，今天太晚了，下次再说。"

宋思思把手机摁亮举到他眼前："现在才七点钟，哪里晚？我妈店里今天搞活动，她要半夜才能回来，富宇安和朋友去上网了，家里只有我一个，我现在不想回去。"

余一言的手指又在方向盘上无意识地轻敲："可是，我房间里没什么可看的。"

"你之前说男生的卧室女孩子不能随便进，就一直不让我进去玩，我现在都是你的女朋友了，你为什么还不让我进？"

"可是你现在淋湿了，你应该回家洗澡。"

"我可以去你家洗。"

"你没有换洗的衣服。"

"我们今天买了的。"

"那些还没有过水，最好洗过再穿。"

"那我可以穿你的，还是你不想借给我？"

余一言敲击的手指停下了，在眉头揉了两下，一个字一个字地往外吐："你确定要跟我回家吗？"

宋思思反问得很快："你不愿意我跟你回家吗？"

余一言呼出口气，又在她脸上捏了一把："宝宝，你真的很烦。"

宋思思打量着他的脸，看到他眸光暗沉沉，但没有不高兴的样子："所以你同意了？"

余一言没再回答这个问题，他轻踩了脚油门，跟上了前面挪动的车辆。

到家后，余一言以可能会冻感冒为理由，不允许宋思思摘下毛毯，她就这么全身裹着被赶去了二楼浴室。

他从柜子里找出干净的衣服、毛巾放在架子上，给她仔细调好水温，又转头细细交代她哪瓶是洗发水，哪瓶是沐浴露。

宋思思故意朝他翻了个白眼："你是没跟我一起自习过吗？我现在英

语没那么差，我分得清 shampoo（洗发水）和 shower gel（沐浴露）。"

她才说完，脑袋就被轻拍了一下。

"我去楼下洗了，你小心一点，不要摔跤，有什么事可以叫我。"

宋思思吹头发花了点时间，出来的时候，余一言已经洗好坐在了沙发上。

他只看了她一眼，视线又重新回到了电视上。那是个体育频道，但上面放的是他往常不怎么感兴趣的足球。

宋思思又觉得他很不对劲了，他现在仿佛认为足球很有趣似的，双眼牢牢盯在上面，一点主动开口和她说话的意思都没有。

可就在刚刚，明明有个球进了，连解说员都兴奋地连夸几声好球，他的情绪也没有一丝波动。

她搞不清楚，也就没再多想，只走过去把手臂凑到他鼻子底下："余一言，你闻闻看，我现在是不是和你一个味道了？"

她身上确实沾上了他的味道，但依然有股淡淡的奶香。

余一言把呼吸屏住了，低低"嗯"了一声。

但宋思思没有就此放过他，她又来揉他的头发了，拿手指当作梳子轻梳着，弯下腰凑过来闻了闻："我觉得你比我还要香一点。"

她向前几步挡住电视机，身上穿着他的衣服，很大一件松松垮垮地挂在身上，随着她的动作，领口微微掉下来。

余一言几乎是从沙发上弹起来的，他的脑袋在淋雨那时就已经发昏了，为躲避眼前的场景他又做了个更错误的决定——

他避过宋思思往卧室走："你不是想看我房间吗？等你看完了就赶紧回家吧。"

这不是宋思思第一次进他的卧室，但确实是第一次认真参观。

房间整体呈一种复古美式风，墙壁被刷成乳白色，地板和窗帘的颜色类似，都是很淡的浅灰咖，方靠背的实木床是一种纯正的磨砂黑，和旁边的同色系衣柜明显是一套。

房间里的杂物很少，枕头只有两个，床头的矮柜上没有台灯，只放着一个黑色的陶瓷杯。

宋思思走过去拿起来看了看，样式很眼熟，和余一言送给她的第一个杯子看起来是一对。

余一言坐在床沿，看着她四处捣鼓，直到她拿起那个杯子，他不禁开始脸热。

宋思思翻到底部的时候看见了金色的花体字母，字体应该和她那个是一样的，但形状有些区别。

她不太确定地开口问道："你这个和最早送给我的那个是一对吗？底部的品牌标志看起来为什么和我那个不一样啊？"

余一言嗫嚅了会儿："那不是品牌的标志。"

"那是什么？"

他没回答。

宋思思仔细研究了半天，终于有点认出来了。她想了片刻，随后绽开一个带着半边酒窝的笑脸："我认出来了，你这个印的是'3S'，我那个是'3Y'。"

她放下杯子，爬到他身上去扯他的耳朵："余一言，你是不是早就暗恋我？"

余一言的耳朵是滚烫的，宋思思爬上来的时候他立即往后躲了一下，但怕她摔下去又只好伸出手来扶稳她。

宋思思搂着他的脖子问道："你为什么那么喜欢给我送杯子？从初二就开始送，每年圣诞节都要送一个，我还专门买了个杯架放你送我的那些杯子。"

余一言的睫毛垂着，把他眼底的情绪都挡住了，他扶在宋思思腰上的手的温度比他的耳朵还要更烫一点。

好半天，宋思思才听到他略带沙哑的声音："我想和你一辈子在一起。"

宋思思蒙了，她乍一听以为余一言在突然跟她表白，愣怔了片刻才明白他的意思。

他在说那个杯子，也在说那些杯子。

他在一切都没明了的时候就在给她送这个，送了五年也没告诉过她为什么要送，他总是这样，做了很多但从来不说，小心翼翼地全部掩盖起来。

你发现也好，永远不知道也没什么，像是他的爱情电影里只有他自己一个人出演他也不会介意。

他是会永远保护她的余一言，也是她害羞胆怯的余宝宝。

宋思思忍不住自初吻后第二次主动亲上去，学着他教给她的动作，轻轻吻他。

余一言在车上警告过自己无数次。

在那场雨下下来之前，只要光线稍暗一点，或者旁边没别人，他就一直肆无忌惮地亲着她，这能让他冒出来的欲望被勉强按住。

但在宋思思被彻底淋透之后，他没再和她亲近过，接吻只会让那团火烧得更旺。

他警告过自己，警告了不止一遍。

但宋思思主动亲上来的那一刻，警告彻底失效了，关着野兽的笼子被打开了。

宋思思感觉到了脖子上的刺疼，说实话，这并不是什么太好的体验。

他现在就像一只咬住猎物的花豹，或是嗅到腐肉气味的斑鬣，到嘴的食物便不会轻易放开。

她有点不安地扯了扯他的头发。

余一言被神经末端传来的轻微痛感惊醒了，他最后吮了一下她的下巴，然后翻过身躺到一边，拿手臂盖住眼。

宋思思听出他的呼吸声很重，重到压过了冷气口吹出的风声。她偏头看过去，他的喉结在上下滚动。

拉丁文里，喉结的短语是"pomum adami"。

英文中，称之为"Adam's apple"。

中文意思是，亚当的苹果。

这本来就是生长于伊甸园里，最禁忌的诱人存在。

从这天开始，整个暑假，余一言都没再让宋思思去过他家，并且养成了出门必看天气预报的习惯。

第十一章
思思牌仙女教母
POHEWEI LANJING

到大学报到的那天，宋芳和富爱民终于从繁忙的工作中抽身出来，开车载着宋思思去 J 市。

从 J 市去 Q 市自驾需要四个小时，比高铁慢一些，但孩子头回去陌生城市上学，家长还是不放心，想送一送。

富宇安和余一言也坐在车上。

宋思思骗了余一言，宋芳没有让她上大学就谈恋爱，反而叮嘱她现在还太小，不要随便和男孩子在一起。

宋思思也骗了宋芳，她"嗯嗯啊啊"地答应着，假装自己还什么都不懂，转头继续和余一言秘密约会。

于是，余一言在宋芳这儿，还是富宇安的好朋友，宋思思的好同学，爸妈不太管却非常自觉的好学生，长得高大帅气还很有礼貌的好青年。

宋芳完全信任宋思思，就像每个家长都会以为自己的宝贝疙瘩还很小，还什么都不明白，还是天真纯洁的小天使一样。

她絮絮叨叨地嘱咐他们三个在陌生的城市要相互照看。

在另两个都不耐烦地表示明白，只有余一言郑重点头的时候，她还欣然夸赞他："以后不知道谁有福气能嫁给你。"

宋思思和余一言并不能天天见面，大学生活远没有想象的那么轻松，尤其余一言的课表被排得很满，他们只能每周末出来约会。

等大家大致适应了校园生活，基本都安定下来后，毛嘉乐组织了一次同学聚会。

因为距离的原因，有挺多初中同学都选择来 J 市上学，聚会邀请到了十二个人。

地点定在一家新开的韩式烤肉店，包厢里三张桌子连成一排，恰好能坐下所有人。

宋思思来得很早，和杨璐璐凑在一起有一句没一句地回忆当年。从学校门口的烤饼已经从两块涨到了五块，说到宿舍楼改建，现在都是四人一间；从承包食堂的小老板开的车已经从桑塔纳换成了迈巴赫，说到老孙当年如何如何讨厌，现在依然出了名的尖酸。

因着老孙，话题顺势就转到了高依茜身上。

"你知道吗？高依茜也考上了 Q 大。"

宋思思一脸不可置信："不会吧？她上初中时成绩一般般啊，现在怎么这么牛？"

"也不是，她是艺考生。"

"那也蛮牛了，分数不会太低的。艺考生干吗不去读传媒大学啊，去什么 Q 大？"

杨璐璐瞟了眼坐在宋思思左边的余一言，示意她凑过来，然后在她耳边小声地说："我觉得她不对劲，她中考考得蛮好的，可以去三中，但是她后来是去附一读的。因为这个事，她当时和老孙闹得很厉害。我舅不是在育才当体育老师吗，反正连他都知道了这事，还来问过我高依茜是不是我同学。然后她现在不读传媒大学又跑去读 Q 大，我感觉她就是冲着余一言去的。"

附一是个私立学校，省一中的附属高中，就和省一中隔了一堵墙。体育课和实验课之类的课会去省一中上，升学率还行，但比不过三中，优点是可以受到省一中学习氛围的熏陶。

宋思思不太确定地开口："你是说她现在还喜欢余一言啊？可是我上高中时从来没在省一中碰见过她啊。"

"我不是说一定，但是有这种可能。她以前上初中的时候一天至少提十遍余一言的名字，而且她仗着老孙是她妈，为人那么嚣张，说不定她等会儿来了会为难你，你反正小心一点。"

杨璐璐说到这里，被包厢的开门声打断了。

走进来的是个个子高挑的女生，妆化得很精致，戴着琥珀色的美瞳，假睫毛扑闪扑闪的，烫着亚麻灰色的鬈发，罩了一件很大的条纹衬衫，下半身看不见穿了什么，左边的大腿外侧上文了一条黑色鲤鱼，露出的右侧耳骨上至少戴了七枚骨钉。

她没等毛嘉乐安排座位，施施然地就在余一言的对面坐下了。

宋思思盯着她看了老半天，才认出来这人是高依茜。

等认出来了，她第一时间就去看余一言的反应。

余一言脸上倒没什么表情，他在专心地帮忙开啤酒，头都没抬一下。感受到宋思思的目光，他开口说了一句："你今天还没保证。"

宋思思简直无语了。

自从第一次约会在余一言面前吃撑后，之后每回出门吃饭，饭前都会被余一言加上保证的例行步骤。

"今天是同学聚会，我怎么可能会吃撑呢？"

余一言没说话，只看着她。

宋思思被他一盯，立马败下阵来："好吧。我保证，我吃饱了就停手，不会硬往胃里塞的。"

杨璐璐在旁边听到这话，不由得笑起来："思思，所以你现在成了夫管严吗？"

宋思思去挠她痒："干什么？你还敢笑我吗？咱们半斤对八两，我刚才听见毛班让你少喝点酒了。"

多年老同学见面，又都上了大学，饭桌上的饮料被几个闹腾的男生换成了啤酒，每人面前都被强行放了一瓶。

还没等杨璐璐反驳，余一言插了句嘴："你也少喝一点，你以前没喝过，喝不了就留给我。"

杨璐璐不反驳了，直接哈哈笑起来。

宋思思脸挂不住了，她狠狠拧了一下余一言的手背："余一言，你是什么拆台小能手吗？你这样我要生气了。"

余一言抿了抿嘴，平静地抬头对杨璐璐说了一句："她没有夫管严，是我比较妻管严。"说完，他转头问宋思思，"还生气吗？"

宋思思脸红了，好半天才挤出一句："谁跟你是夫妻了？"

"你们高中毕业后在一起了？"

突如其来的问题让宋思思愣了一下，高依茜的声音听起来比初中的时候嘶哑了一点。

宋思思慢半拍地回答："嗯。"

高依茜没再问别的，她把自己面前的啤酒瓶推到一边，抬头喊站在包厢门口招呼同学的毛嘉乐："毛班长，帮我去外面拿瓶苏打水。"

雷云超闻言出声制止："今天说好了都喝啤的，桌上那一瓶解决了才可以要别的。"

高依茜拿眼睛斜了雷云超几秒，看得雷云超不自在了才吐出一句："我酒精过敏。"

雷云超张了张口，最后还是把嘴巴闭上了。上初中的时候，他就不太敢惹高依茜。

余一言这时候突然站起来说："毛嘉乐你不用去了，我去洗手间，顺路带回来。"

宋思思诧异地看了看余一言，以前还从没见过他这么助人为乐的样子。

等余一言出了包厢，高依茜看着宋思思，没头没脑地说了一句："我现在在 Q 大。"

"啊？哦，我知道。"宋思思被高依茜强大的气场给压制住了，她当年因为老孙的关系，就不敢对高依茜摆脸色，这会儿更是没敢问些有的没的，反而希望这人别和自己说话。

但高依茜还是开口了，并且单刀直入，像和她宣战似的："你知道我喜欢余一言吧？"

宋思思蒙了，虽然喜欢余一言的女孩子不少，但她还是头一回碰到这种事。

高依茜朝她露出一个标准的八齿微笑，动作还是和以前一模一样："不用紧张，我只是告诉你一声。"她说完这一句就站起身出了包厢。

杨璐璐刚才一直屏着呼吸，看她走了才拿手肘撞撞宋思思："她怎么比以前还嚣张！"

宋思思烦躁地敲了一下筷子："我好屄啊，我还是像初中那样，完全不敢跟她对着干，这已经刻进我的基因里了，真是要了命了。"

余一言很快回来了，手里拿了两瓶饮料。他把苏打水放在高依茜面前，又把另一罐葡萄果汁打开，倒进宋思思的杯子里。

"你干吗？今天不是说大家都得喝酒吗？"宋思思有些烦躁。

余一言把杯子倒满了才回答："我觉得你不会喜欢喝啤酒，所以给你拿了这个，你的那瓶我会解决。有高依茜顶着，雷云超不会说什么的。"

宋思思想到刚出去的高依茜，试探地问道："你碰见高依茜没有？她好像也去洗手间了，她有没有跟你说什么？"

余一言挑挑眉："她能跟我说什么？我也没去洗手间，我刚才出去只是为了给你拿这个。"

宋思思的嘴角翘了翘，那股烦躁被压下去了一点。

余一言是真的彻底摸清了宋思思的口味，她只尝了他杯子里的一小口啤酒就开始皱鼻子："天，这么苦不拉几的东西，你们怎么会喜欢喝？"

余一言把烤盘上的里脊肉夹起来，帮她蘸了酱汁包进生菜里："我说过，你不会喜欢的。你吃不来五花肉，可以再加一份这个。"

宋思思摇头："我不要，我得留着肚子吃拉面。"说完她还冒出一句，"炸酱面，亲家嘛西索哟（真的很好吃）。"

余一言不由得笑了一下。

宋思思最近迷上了一部韩剧，和他说话时不时往外蹦韩语，她倒不会喊他欧巴，但有时候会眼睛亮晶晶地和他说"侬木侬木丘外嘿（非常非常喜欢你）"。

她不好意思用中文说喜欢，她以为他听不懂，但其实他听懂了，但他没有告诉她。

余一言拿剪刀把整块的韩国牛肉剪开，挑了块烤得最好的放到她的盘子里，说道："这家的牛肉味道不重，你会喜欢的。"

等吃得差不多了，雷云超提议玩点游戏，挑来挑去挑了半天，选了个最老土的"真心话大冒险"。

他不知道从哪里摸出一副扑克牌来，把它扔到桌子上："不用转啤酒瓶了，从 A 到 Q 十二张牌，一张代表一个人，就抽牌吧。问题随便问，大冒险只要能办到的都可以提。"

刚步入大学的男男女女们被解开了未成年的束缚，内心已然蠢蠢欲动，他这个提议竟然得到了广泛支持。

游戏开始了，坐在左上角的第一位男生开始抽牌。

宋思思的眼睛死死盯在他手上，心里祈祷了一万遍"千万不要抽到我"，当他掀开牌面后，是个数字"8"，那代表着杨璐璐。

男生问出了本次游戏的第一个问题，没有任何遮掩，相当直白："和毛嘉乐亲过没有？"

包厢里立马响起起哄声，即使是在暖黄的灯光下，也能看出杨璐璐的脸羞得绯红。

毛嘉乐站出来解围："我代她喝酒吧。"

"不行不行，说好了只准真心话和大冒险二选一，没有喝酒这个选项。刚才喝得够多了，谁要你喝酒啊？不回答就大冒险吧。"起哄起得最响的雷云超说道。

大冒险的选项下限通常只会更低，杨璐璐只纠结了一秒，飞快地挤出一声："有。"

雷云超发出一声响亮的弹舌。

有人伸手去推搡毛嘉乐："毛班速度很快嘛。"

毛嘉乐头一回脸皮很厚地回了一句："你嫉妒我？"

轮到第二位抽牌了，这回抽到的数字指向了富宇安。

抽牌的是个脸皮比较薄的女孩子，只随口问了个相对大众的问题："喜欢的人在不在现场？"

这个问题一出，立马被人嘘了。

大家都知道富宇安的过去，这完全是个答案明确的问题。

"换一个，换一个，这什么破问题！"

就在那个女生被嘘得有点手足无措的时候，富宇安突然悠悠地劈下一道惊雷："在。"

包厢里静了一瞬，然后满场哗然，立马有人问出口："哪个哪个？叫什么名字？"

"安哥，牛啊，在座的一共五个女同学，一个有主了，一个是你妹妹，你这是三选一吗？别就是抽到你的这个吧？"

"长头发还是短头发？高矮胖瘦？给兄弟一点提示。"

富宇安欠揍地笑了笑："一个个的，等你们有本事抽到哥了再来问。"

宋思思呆住了，猛摇左手边的手臂："我还以为他喜欢林菲儿呢，结果怎么还整出个别的人？他说的是真的还是假的啊？我怎么一点没看出来，你知不知道富宇安喜欢谁？"

余一言朝富宇安看了会儿，过了片刻才说道："我不知道，他没和我说过。"

尽管大家闹了半天，富宇安也完全不为所动，拿起啤酒喝了一口，继续摆出那副欠扁的表情。

游戏只好继续。

不得不说，毛嘉乐和杨璐璐这一对今天运气非常差，第三轮的牌面指向了毛嘉乐，而抽到他的人是荤素不忌的雷云超。

毛嘉乐是一个好脾气的班长，还是一个率先拥有女朋友的男生，被雷云超为难是百分百确定的事情。

"有没有和人睡过？"雷云超邪恶地笑了笑。

换作以前，这个问题宋思思会理解成字面意思，但现在，她完全听懂了。她一边因为回忆脸红，一边又忍不住好奇地看过去。

毛嘉乐听到提问，脑袋都要烧起来了，他最终拒绝回答，换成了大冒险。

宋思思扯了扯杨璐璐的袖子，凑到她耳边小声问："你们……"

杨璐璐拍了宋思思一下，摇摇头，又脸红地低下了头。

雷云超肯定不会轻易放过他俩，斟酌了一下："那就挑个女生喝杯交杯酒吧。"

他还很恶趣味地补充："随便选谁，也不一定要和杨璐璐喝。"

毛嘉乐用眼神征询，杨璐璐倒是很勇敢地主动凑了过去，两人的手臂交缠在一起，很快喝下一杯。

虽然是好姐妹，但是看到这种场面，宋思思也控制不住地跟着大家拍手直乐。

但看热闹不嫌事大，往往是要被反噬的。

在下一轮的游戏中，牌面指向了余一言。

这又是一个没遮没拦的男生："接过吻了吗？"

还没等余一言出声，宋思思的脸腾地红了。

她想到了夏天发生的事情，当时更多的是觉得好玩，并没有不好意思，但现在仿佛是藏在黑暗里的秘密在阳光下被掀开，她几乎要跳起来去捂余一言的嘴了。

余一言揉了揉她的手，朝她安抚地笑了笑，开口说："我选大冒险。"

男生思考了一下："和现场任何一个人深情表白。"

这句话一出，立马受到了大家的热烈捧场。

余一言平时表现得太冷了，很难想象他谈情说爱是什么样，当众表白什么的，确实看他做起来最有意思。

"言哥，说我爱你！"

"土不土，我们育才的骄傲哪会说这个？言哥，来段五十字的表演！"

"快点快点，谁来录个视频，见证奇迹的时刻到了。"

余一言想了片刻，清了清嗓子，然后侧过身，面对宋思思。

他很少说情话，甚至没有说过"我爱你"，他的情绪几乎全都藏了起来，他是个非常不善于表达的人。

宋思思也很想知道他会说什么。

但她怎么都没想到，当着大家的面，他竟然说的是这个。

"大学毕业就嫁给我，好不好？"

168

包厢里开始响起热烈的掌声，有人大声喊起来："嫁给他！嫁给她！嫁给他！"

"宋思思你不嫁，老子就嫁了啊！"

"要说牛还是我言哥牛，考试厉害就算了，解决终身大事也比我们早得多。"

宋思思先是呆住了，紧接着鼻子开始发酸，她想到了之前他们一起看的那部《忠犬八公》。

她那时哭得一塌糊涂，被那只秋田犬的执着感动坏了，又酸楚得要命，它第一眼就认定了它的主人，但等到死也没等回它的帕克。

当时余一言在一旁给她递纸，亲着她的发顶安慰她："我们不会像他们那样。"

某种程度上，余一言其实就像那只小八，傻乎乎的，又执拗得紧。

他初二的时候就开始给她送杯子。

他不会把喜欢挂在嘴边，但一开口就是"嫁给我，好不好"。

宋思思看着他的眼睛，说不出话来，她几乎就要点头了。

但余一言没有给她这个机会："你现在不用回答我，这不是一个正式的求婚，我只是想让你知道而已。"

宋思思的感动并没有持续太久。

不知是扑克牌没有洗清，还是上天注定了要如此，在下一轮的游戏中，高依茜又抽中了余一言。

她没有立刻问问题，反而沉默了一段时间，拿着苏打水一点一点地抿着，光从脸上看不出她在想什么。

直到有人催了，她才开口，问的问题竟然比雷云超的还要直接。

"你和宋思思到哪一步了？"

余一言在高依茜说完的同时，就面无表情地用一种不太高兴的语气说道："我选大冒险。"

宋思思看不懂高依茜的意图，这种涉及他们俩隐私的问题，只会引起余一言的反感，他会回答的概率基本为零，问了也是白问。

但当听到大冒险要求的时候，她明白过来了。

高依茜就是在赌余一言不会回答。

高依茜放下了手中的苏打水，手指在耳钉上摩挲着，眼睛里没什么笑意，只有红艳艳的嘴唇一张一合："亲你正对面的女生一下。"

余一言正对面的女生，就是高依茜。

包厢里瞬间安静下来，大家都瞪大眼睛看着她。

不知道是谁打翻了啤酒瓶，又手忙脚乱地去扶，但这点响动并没引起大家的注意。

过了好半天，毛嘉乐咳了一声，试图打圆场："要不然还是回答真心话吧。"

"这还带出尔反尔的？那还不如一开始就别玩好了。"高依茜没答应，她说这话的时候都没看毛嘉乐，只拿眼睛盯着余一言。

她上初中时就是这样，因母亲是班主任，还是个三天两头请家长的班主任，于是她在班里向来说一不二，习惯成自然，一时半会儿竟没人出声反驳她。

宋思思刚开始还以为自己听错了，现在才发现这人竟然是来真的。胆小被恼火取代了，她控制不住地想要破口大骂，但余一言在旁边拉住了她。

他和宋思思对视了一眼，随后站起身，绕过桌子，朝着高依茜走过去。

宋思思难以置信地看着他，整个人已经彻底傻了。他明明上一秒还在说想和她结婚，下一秒居然就能随便去亲别人。

包厢里响起了轻微的抽气声。

那瓶被撞翻的啤酒还没被清理干净，但没人去擦了，啤酒顺着桌面淌下来，发出滴滴答答的声响。

杨璐璐站了起来，张了张口，似是想要阻拦。

但余一言已经走到高依茜旁边了。

他没有看高依茜，而是对着她左边的同学说道："麻烦你站起来让我一下。"

这个女生愣了两秒才从椅子上起身。

余一言把椅子拉开了一点，站在了桌子前。

现在，他的正对面是宋思思。

然后，没等任何人反应过来，余一言弯下腰，隔着桌子朝宋思思亲了过来，蜻蜓点水的一吻，印在了额头上。

"我亲好了，她就是我正对面的女生。"他依然没看高依茜，丢下这句话，不动声色地回到了自己的座位上。

雷云超吹了很响一声口哨，这仿佛是个开关，全包厢的人都开始发出怪叫。

宋思思抿了下嘴角，又朝余一言手背上用力拧了一下，在他耳边嘀咕：

"你为什么不先告诉我？我以为你要去亲别人了。"

余一言十指交叉着把她的手扣住："我怕先说了你不好意思。除了你，我不会亲别人。"

等回到学校时已经挺晚了，但宋思思仍旧不想上楼，一直在宿舍楼下的小公园里磨蹭着。

今晚的月亮还没有升起，天空中只能看见零星几颗星星。

宋思思看不懂星座图，她只是盯着最亮的那一颗，用很轻的声音说道："余一言，我不想回去，我们出去住吧。我隔壁宿舍的同学一到周末就不在宿舍里，我也想和你待在一起。"

余一言扣着她的下巴把她的脸扳过来，盯住她的眼睛问："你知道出去住是什么意思吗？"

宋思思不敢看他了，她把眼皮垂下来，脚边的碎石被她一下踢得很远："我想和你一直待在一起，我不想回宿舍。"

余一言在她的嘴唇上咬了一口，沉默了片刻："现在还不行，再等等。"

宋思思感到委屈在一点点地冒上来，她想不到自己厚着脸皮开口说了，竟然还会被拒绝。

她没办法每天和余一言见面，所以一见面就想跟他时时刻刻待在一起。

她见不到他，但高依茜却可以，他们是一个学校的。高依茜从前就比她胆子大，敢每天毫不避讳地提起余一言，现在更是一副无所畏惧的样子，且高依茜还比以前漂亮了那么多。

宋思思控制不住地嫉妒起来，用力拧了一下余一言的腰，气冲冲地开口："高依茜还喜欢你，你一定很开心吧？"

余一言在她耳郭上咬了一口，力道不小，换回了一声痛呼。

"我开心什么？我今天做得不够好吗？小没良心。"

宋思思想到刚才的事情绪勉强平复了一点，但依然心里发酸："可是她现在和你一个学校，她初中就那么喜欢你，可能比我还喜欢你，我受不了这样。"

余一言开始亲他刚才咬过的地方，很轻柔地一下下碰着，在她的耳朵边一字一句地认真说："我不会和她见面，不会和她说话，就算同在一个学校也没用，我保证。"

"你发誓。"

"我发誓，余一言只喜欢宋思思。"

没过几天，宋思思就接到了余一言打来的电话："宝宝，你元旦放假想不想去霓虹国？"

宋思思不解："去那里干吗？"

"你不是一直想环球旅行吗，还想去看富士山？"

宋思思激动起来："你的意思是去旅行吗？我们几个人去？你约好了吗？"

"就我们两个。你愿意吗？"

"好啊，我还没有跟你单独出去旅行过。我们玩什么啊？跟团还是自己去？需要我做什么？"

"我抽空带你去办签证，其他的我都会安排好，你只需要把假期留出来。你记得带泳衣，我们会去泡温泉。"

定好旅行的计划，余一言又发出新的邀请："下周末你有空吗？我们系里有个舞会，你来当我的舞伴吧。"

"可是我不会跳舞啊。"

"没关系，我会带着你。"

"你带我？我记得你初中跳恰恰舞可僵硬了。"

"我现在不会僵硬了。而且这又不是跳恰恰舞，它实际上就是为了联谊，我们系的传统，跳舞只是一种形式。"

"需不需要穿正装？"

"随便你自己，他们会穿得相对正式一点。"

挂了电话，宋思思就约杨璐璐出门买礼服。余一言要她当他的舞伴，她不可能随便穿。

最先试的是一条白色缎面长裙，小时候宋芳不让她糟蹋白裙子，这导致她总是对其有点另类的偏好。

这条白裙子很显气质，但未免过于正式了一点，看起来仿佛下一秒就会出现在婚礼现场。

第二条是件银色亮片吊带款，杨璐璐认为很性感，但宋思思觉得像是什么夜场女王穿的，不是她的风格。

第三条是件墨绿色有着大裙摆的复古裙子，宋思思看《乱世佳人》的时候，就幻想过自己有一天能试试这类衣服。

但等到真的穿上身，才发现效果过于夸张，她简直可以去演迪士尼在逃公主了。

店员最后拿出来的是一条黑色长款礼服，说是品牌的限定款，或许会适合宋思思。

　　宋思思从没穿过黑裙子，总觉得颜色太暗了，和自己气场不搭，且这条裙子并没有多余的装饰，拿在手里除了觉得材质高级一些，并没什么特别的。

　　但白试了这么久，她不太好意思拒绝店员，最终还是进了试衣间。

　　结果她出来的时候，杨璐璐立马就说："你一定得买这条。"

　　它的版型非常漂亮，裁剪仿佛是贴着身线做的，下摆随着走动微微荡开，布料在灯光的映照下流光溢彩。

　　她确实应该买这条。

　　唯一让宋思思纠结的一点是，背部有一块是镂空的。

　　"这会不会有点暴露啊？"

　　杨璐璐猛摇头："不会，这又不是露前面，一点背而已。你皮肤白，这样露着才好看。"

　　宋思思在余一言来接她的时候，特意在礼服外面套了一件很大很长的外套，整个人都被包裹住了，她想等到了礼堂再给余一言一个惊喜。

　　但没想到，先被惊艳到的是她自己。

　　"你穿的竟然是这件！"

　　余一言身上的那套暗纹白西装配黑衬衫，是宋思思之前无聊看高奢官网的时候截图给他的。

　　她很喜欢白色西装而不是黑色，但很少有人能把白西装穿出既乖巧又禁欲的感觉，一不小心就会变成港片中的社会老大。

　　但没想到她只是随手一截，余一言就去买了。这套衣服不便宜，定制周期也不短，他显然在用心打扮。

　　宋思思以前没见过余一言穿西装。他高三运动会那年只是穿白衬衫打领带，就已经足够好看了。

　　而他现在穿着宋思思最喜欢的白西服，一双长腿被包裹在西裤里，身上那种清冷感被衬得更突出了。

　　宋思思有点脸热："你穿成这样，我没办法好好跟你跳舞。"

　　余一言被看得微微不自在起来，他抿了一下嘴唇，故作镇定地伸手拉她："我是因为你才去买的，你答应过要做我的舞伴。"

他们在 Q 大东门下车后，宋思思看见了一个有点眼熟的背影，那是个穿着暗红色礼服的高个儿女生，看上去也像要去参加舞会。

余一言正提醒宋思思注意台阶，发现她突然停下了脚步。他抬头顺着她的目光望去，并没有看到什么值得注意的东西。

"你怎么了？看见什么了？"

宋思思没说话，直到那个背影转了个弯消失在眼前她才开口："我好像看见高依茜了，她貌似也要去礼堂，但这不是你们系的舞会吗？"

余一言思考了片刻说："虽然是我们系的，但是别的人也都能来，她去的话也不奇怪。你很在意她吗？我说过了，我只喜欢你。我那次聚会之后也没和她见过面，你不用这么担心。"

宋思思勉强"嗯"了声，危机感油然而生，这种阴魂不散的感觉让她感到非常不适。

"余一言，我现在不想去礼堂，你带我先在外面逛一逛。"

余一言牵着她的手去了天鹅湖，他们找了个木椅坐了下来。对面的小山坡上全是一对又一对的情侣。

那些人好像都不会害羞，好几对都在旁若无人地接吻。宋思思盯着最近的那一对看，然后眼睛被捂住了。

因为这个动作，她不由得笑起来，刚才的那点不快都被驱散了。

她这次没有像高中时那样去掰他的手指，只闭着眼睛轻声问他："你为什么要遮呢？你都已经亲过我了。"

她没有听见回答，但她的嘴唇被含住了。

她闻到了一点须后水的味道，这让她笑得更厉害了，她知道余一言一般都是早上起床刮胡子，但他今天好像在晚上又刮了一遍。

那只捂住眼睛的手移到了脸颊上，很轻地捏了一下。

余一言的嘴唇移开了一点："你在笑什么？"

"笑你好看。"

余一言的嘴角翘了一下，又含住了她的嘴唇。

他们在那张木椅上一直磨蹭到舞会快开场了才往礼堂走。

在进门之前，余一言说了一句："你也是。"

宋思思转头看他，不太理解这句没头没脑的话："我也是什么？"

余一言轻咳了一声："我是说，你也很好看。"

然后，余一言发现他这句话说得有点儿早。

宋思思进到室内把外套脱了，露出了里头的黑色礼服。余一言彻底愣

174

住了。

他之前从没见过宋思思穿黑裙子，这比上次她试穿紧身牛仔裤还要性感得多。

他想要把她藏起来，带到没人的地方去。他不该邀请她来参加舞会，只两个人单独跳，其实也很好。

但音乐已经响起来了，余一言只能牵住宋思思，他试图把她包裹住，从而挡住别人的视线。

但当他的手搂上去的时候才发现，礼服的背部竟然是镂空的。

他的手心完完全全贴合在她的背上，这是他从来没有直接触碰过的部位。上次宋思思在他家的时候，他根本没敢去触摸。

而现在，它就这么突然在他面前，不带任何戒备地敞开着。

余一言仿佛被灼烧到了，他有些受不了似的缩回了手，但他很快又覆上去，企图把露出的每一寸肌肤都掩盖住。

宋思思近乎整个人都被余一言搂在怀里，两个人贴得极近，脚都迈不开，只是左右挪动轻微摇晃着。

华尔兹并不该这么跳，男舞伴的手并不是放在女舞伴的背上。

但没关系，余一言说的是真的，跳舞确实只是形式而已，没有人会来挑他们的错。

舞池里的灯光很暗，但暗不过余一言的那双眼睛，它们就像装着点点细碎星光的银河似的，要把周遭的一切全都吸进去。

宋思思的双手搂着他的脖子，仰起头望着他。她被那双眼睛迷住了，踮起脚拿嘴唇去碰了一下，然后就感觉到背上的手变烫了一点。

周围的人太多了，余一言并不敢在这时候对她做什么，他只能借着音乐把她抱起来，轻转了一圈。

他确实没有骗人，他没有以前跳恰恰舞那么僵硬了，他真的能带着她跳舞。

宋思思笑得露出了酒窝，又拿嘴唇碰碰他的下巴："哥哥，你今天为什么要穿得这么好看？"

"你不喜欢吗？"余一言看着她的眼睛，她又在叫他哥哥，他忍不住啄了一下她的鼻尖。

宋思思觉得有点痒，被逗得酒窝更深了一点，但马上故意朝他皱了皱鼻子："你不要转移话题，这么打扮不是你的风格，你得回答我。"

这回，余一言很诚实："我想和你跳舞，我想做你的舞伴。"

175

宋思思看着他，总觉得有什么被自己忽略了，她记不起来，只好问他："就这样吗？就因为想跳舞，所以打扮成这样？我都闻到须后水的气味了。"

　　余一言不再看宋思思了，他低下头去，把头埋在她的颈窝里，瓮声瓮气地问她："我比萧子睿跳得好，对吧？"

　　宋思思有点明白过来了，她"扑哧"一声笑出来，这个人竟然过了这么多年都还在耿耿于怀。

　　他这个样子真的很像在求抚摸的拉布拉多，于是宋思思拿耳朵蹭蹭他："嗯，你比他跳得好多了，他只会踩我的脚。"

　　余一言以前从来不说这些，但他这回像是个终于接到主人抛出的飞盘的大狗，得意地跑回去求夸奖，摇着尾巴示意再夸夸他："我自己一个人练了很久，我说了，我会带着你跳。"

　　宋思思接收到了讯息——他想让她再夸夸他。

　　天，他怎么可以这么可爱！

　　宋思思搭在他脖子上的手，改为去摸他的耳朵。

　　余一言的耳郭在发烫，没听见宋思思说话，他又忍不住开口："可是，我跳得再好，也不是你的第一个舞伴。"

　　"但你是我最好的舞伴。"

　　闻言，余一言笑了，过了会儿又说："可是，他还亲过你。"

　　"但那只是额头。"

　　余一言抬起头，用嘴唇在宋思思的额头上轻触了一下："以后，额头也是我的了。"

　　他们只跳了两首曲子，就躲到了角落里吃东西，余一言给宋思思拿了份草莓纸杯蛋糕，他自己手里的是无酒精的气泡酒。

　　宋思思吃蛋糕的时候并不咬着吃，她只喜欢拿舌头一点一点去舔上面的奶油。

　　她舔到第三口的时候，余一言扣住了她的下巴，拿拇指在她的嘴唇上蹭了蹭，蹭完后也没有离开，就这么贴在上面。

　　她躲了一下，没躲过，于是干脆去咬他的手指。

　　他把她的下巴再抬高一点，低下头，眼神比跳舞的时候还要暗。

　　宋思思知道，他大概又要吻她了。

　　果然，她尝到了气泡酒的味道。

　　这个吻并没有持续多久，余一言只一会儿就放开了她，他靠在椅背上

176

坐直了一点，拿手指摁了摁眉头。

宋思思舔了一下嘴唇，顿了会儿，发表了自己的评价："我觉得，草莓纸杯蛋糕和气泡酒混在一起，比它们分开更好吃一点。"

余一言忍不住笑了下，他在她的脸上捏了一把，然后冒出了一句："Tu es mignon（你很可爱）。"

宋思思睁圆了眼睛看他："你在说什么？"

余一言把她亮晶晶的眼睛捂住了，没回答她的问题，而是换了一句："Je t'aime（我爱你）。"

像是觉得不够，他把这句话重复了一遍，在句子末尾又加上一个词："Je t'aimeénormément（我非常非常爱你）。"

他在说我爱你。

我非常非常爱你。

余一言手心里的睫毛在轻微颤动。

宋思思听不懂他在说什么，只知道他应该在说法语。

但她被他说话的语气震住了，她大约能猜到他的意思。

过了好半天，余一言听到一声很轻但很坚定的声音："我也是。"

于是，草莓蛋糕和气泡酒又混在了一起。

元旦假期很快就到了，十二月三十一号这天没课，宋思思和余一言坐上了飞往霓虹国的飞机，开启了为期四天的旅行。

这天也是余一言的生日，宋思思从初二的长寿面事件以后，每年都会给他送个礼物。

余一言很喜欢宋思思亲手做的东西，今年，宋思思准备了一份手绘抵用券。

抵用券一共十张。

第一、第二张是免责券，如果余一言不小心惹宋思思生气，那么凭此券可以让宋思思原谅他。

第三、第四张是礼物券，在生日、节日或者纪念日，余一言可以指定某样礼物让宋思思送给他。

第五、第六张是乖巧券，如果宋思思顽皮或者要余一言做他不想做的事，余一言使用此券就能驱赶"恶魔思思"，唤出"天使思思"。

第七、第八张是亲亲券，用来换取宋思思主动亲他，任何时候、任何地点、任何姿势、任何位置。

177

第九、第十张是许愿券，撕开后可以召唤思思牌仙女教母，宋思思会无条件满足余一言一个她能办到的愿望。

　　宋思思是在飞机上把这份礼物送给余一言的。

　　他收到后非常开心，全部塞进了钱包夹层，整个牛皮钱夹都被顶得微微鼓起来。

　　这只黑色钱夹也是宋思思做的。

　　2014年还没有普及电子支付，两人刚在一起的时候，宋思思就花了一周时间给他做了这个。

　　这只钱夹余一言同样很宝贝，从收到那天起，就一直被他随身携带着。

　　他们入住酒店时，已经是傍晚了。

　　这个国家的酒店房间通常面积不大，属于麻雀虽小、五脏俱全那种类型，虽然使用方便，但住起来实在逼仄。

　　可这个套房完全不像霓虹国的风格，分了内外两间，十分宽敞，隔间里是个温泉池，用来泡私汤，外面是正常使用的客房。

　　但客房里并没有摆床，左半边整片都是榻榻米，睡十个人都不嫌小。

　　右半边铺着地席，可能怕客人不适应跪坐，不只有矮几，还有普通的桌椅板凳和亚麻布的日式沙发。

　　卫生间同样不小，除了普通淋浴设施，竟然还有个圆形的电动按摩浴缸。

　　宋思思一眼就喜欢上这里："哇，就冲这个，这趟飞机也没白坐。"

　　余一言只让她打量了几眼就拉她出门："很晚了，我们先去吃饭。"

　　外面的积雪很厚，踩在上面嘎吱作响，每一块无人走过的雪地上，宋思思都想印上自己的脚印。

　　在她第五次把双脚埋进雪里的时候，余一言强制性地把她背了起来。

　　她隔着手套去碰他的鼻子，触感模糊，但依然清晰地感觉到了高耸的山根和优越的眉骨。

　　余一言停下脚步叹了口气："宝宝，你这样我会看不见路。"

　　宋思思把手收回来，虚虚捂住他的耳朵，不解地问道："你让我戴上帽子、手套、围巾，为什么自己不戴？"

　　"我不冷。"

　　她拿脸颊贴贴他的脸，确实很热。

　　一段不算长的路磨磨蹭蹭走了近半小时，但好在是值得的。

宋思思吃不了生食和肥腻的东西，但这家寿喜锅即使不蘸生鸡蛋液也同样美味。

余一言剥掉了鳗鱼上带油脂的部分，重新滚了一遍酱汁喂给她，喂到第四块的时候隔着桌子吮了一下她的嘴角。

他没点任何刺身，点了咖喱乌冬面。这是她头一回尝试将这两样东西配在一起，居然比配米饭还好吃一点。

鲷鱼烧里的红豆软糯，混着清新的抹茶酱，咬开酥脆的外皮，一口爆浆。

买单的时候，宋思思发现余一言竟然会说好几句日语，不太熟练，但发音标准。

他好像天生就擅长做很多事情，譬如快速地学习一门外语，譬如精准地掌握烤肉的火候，譬如完整地用刀给水果去皮，譬如无师自通的熟练吻技。

回去的路上倒是走得很快，宋思思没再作妖。

在经过楼下便利店的时候，余一言停住了脚步："明天上午看完富士山，下午去大阪会有很长一段路程，我们进去买一点吃的。"

这是一家种类齐全的便利店，即使是在冰天雪地的冬日，冰柜里也放了各式各样、五彩斑斓的冰激凌。

以往余一言并不让宋思思在冬夜吃冰激凌，但今天却一反常态地允许她挑一根。

不知是霓虹国的便利店历来有这样的传统，还是这家的商品实在过于齐全了些，冰柜旁边还摆了个书架，上面放满了打着马赛克的光碟和漫画。

宋思思不可避免地将目光聚焦了上去，这一回，余一言没来捂她的眼睛。

她偷瞄了他一眼，除了耳朵更粉一些外，看不出什么别的表情。既然他没有来制止她的意思，她便厚着脸皮拿起了一本。

宋思思好像打开了新世界的窗户，窥探到了里头部分真实的样子。

她在尽力忽视余一言的存在，但依然控制不住地红了脸颊。在翻到第十页的时候，她混沌的脑袋已经不足以支撑她看懂书上的内容了，她只好把它放回了书架上。

余一言的掌心是滚烫的，他没有对她的行为发表任何看法，全程一言不发，在她放回漫画后牵着她的手去了另一个货架。

这个货架上全是一个个方形纸盒，宋思思认不出牌子，但她清楚地知道那是什么。

购物篮里的零食上堆了一个小盒子，宋思思不记得要去拿冰激凌了，他们直接往结账的柜台走。

快出门的时候，余一言停住脚步，和宋思思说了这么久以来的第一句话："冰激凌还没买，你要再进去拿吗？"

宋思思并不敢看他的眼睛，她连话都不敢说，甚至连摇头和点头都做不到。

余一言又来抬她的下巴了，他没有给她躲避的机会，盯住她的眼睛问："我之前说再等等，你当时的话还算数吗？"

似是怕她不理解，他又解释了一句："现在我觉得时机成熟了，你觉得呢？"

宋思思心里的小人跳出来：天哪，看看他说得多冠冕堂皇，东西都买好了，竟然还来问你算不算数。

但另一个小人嘲讽地开口了：得了，别装了，宋思思，你明明也在期待这一天。

宋思思没有告诉余一言算不算数，她仍旧不敢说话，但她踮起脚尖，碰了碰他火热的嘴唇……

第十二章
变数
BDSHBXU LINGING

　　两人的大学生活按部就班地进行着，除了时常周末约约会，其他和之前倒也没什么不同。

　　经过整个高中的摧残，宋思思不再孜孜不倦地学习，必修课会认真听课，选修课程往往应付了事。

　　经过三个学期的考前突击训练后，宋思思自认为掌握了复习的精髓，绝大多数课程都能拿优。

　　但在大二下学期有一门课出现了例外。

　　单片机这门课学分很高，为了混学分，宋思思宿舍里的四个人都选修了这门课。

　　选修课的老师大部分很好说话，大家上课也就很放松，但这门课的老师是个特例。

　　单片机老师姓金，是个非常凶的瘦高个，讲课水平具体如何，因为没有横向对比的对象，所以宋思思并不清楚。

　　但反正前三排座位，都能受到他四处喷溅的口水洗礼。

　　久而久之，连班上最乖巧的同学都不再坐前排了。

　　可能是空荡荡的座位刺激了他敏感的神经，总之，他成了唯一一个完全拒绝考前画重点的教授，且把试卷的难度提到离奇的高度。

　　据学长学姐透露，这门功课的往年及格率只有不到20%，学生只能靠新学期的全校统一补考才能勉强通过。

　　但宋思思知道这个消息的时候已经太晚了。

　　这是单片机考试前一天的傍晚五点。

白天的时间被切割分配给了其他将要考试的科目，按照往常经验，一个晚上的时间足够宋思思复习完一门。

室友吴怡带着几张试卷像一阵风一样冲进宿舍："快快快，我弄到了一个好宝贝，单片机前三年的考试试卷，我们部长偷偷给我的。这东西市面上根本没有，老金从来不发，那部长还是从辅导员那里搞到的。"

宋思思不解："这么宝贝吗？我们又不冲着满绩点去，就算不能像别科那样拿优，及格总没问题吧？不刷试卷也没事的吧？"

"你懂啥呀！这门课往年及格率不到20%，这是什么概念？这就是我们宿舍我和珍珍铁定不及格，你和玉琳也不是绝对安全。有试卷可以冲一冲，没试卷我就等补考吧，现在可以直接放弃复习了。"

吴怡一边说一边给她们发试卷："来来来，一人三张，我复印好了，姐够意思吧？就是没答案，得咱们自己做。"

但显然，她们高兴得太早了。

单片机并不是什么能快速复习的科目，老金出的题又难到了诡异的程度。

努力了一个小时，宋思思只做出了选择填空题，至于后面大比分的编程，完全没有头绪。

而宿舍里的另外三个人，情况更加糟糕。

吴怡先开口："不行啊，这玩意儿学不来啊。这什么 ASCII 码，压缩 BCD 码，什么高位字节在前，这都哪儿跟哪儿啊，我完全理解不了。你们有人看懂了吗？"

四床的常梦珍已经想放弃了："要不然等补考吧，听说补考全校统一试卷，不止我们一个系，会非常简单。这个真的做不了。"

一床的钱玉琳反对："不行，补考也算挂科，会被记一笔。找外援吧，你们知道谁这门课厉害吗？"

众人摇头，并不认识什么系里的学神，且还愿意考试周帮人复习的。

钱玉琳想起什么来："欸，思思，你哥不也在我们学校吗？他好像一直是他们系的前几名，还做过学生代表什么的，问问他呗？"

说起这个宋思思就来气："我刚才就问过了，你猜怎么着，他知道老金的事迹，所以没有选这门课。只有我们，什么乱七八糟的课都敢选。"

常梦珍羡慕哭了："天啊，这命也太好了吧。"

在大家一筹莫展的时候，吴怡试探着问："思思，你男朋友呢？他不是Q大的吗？Q大总比我们有两下子吧？你问问看，万一学过这门课也能教教我们。"

宋思思其实早就想过这个办法。

余一言上学期就选修了单片机,这学期开学的时候,看到她有这门课,还专门提醒过她,说单片机很难临时抱佛脚,让她早点准备。结果她没往心里去,现在果然被说中了。

思想斗争了一番,宋思思才终于下定决心。脸皮是什么?只要能让她及格,一切都好说。

在室友们的期待下,宋思思躲去阳台拨通了电话。

"喂,余一言,你现在有没有空啊?能不能教教我单片机?"

余一言一秒就明白过来:"所以,我让你提早看,你还是没有听。"

"对不起,我下次不敢了。你帮帮我吧,我们宿舍都学不来,你不帮我,这门课肯定要挂。"

像是怕被拒绝,宋思思又加上了一句:"全世界你最好了,你会帮我的吧?拜托拜托。"

余一言叹了口气:"你们有历年试卷吗?短时间内学不了多少,只能根据试卷来猜你们老师会考什么了。"

宋思思高兴起来:"这个有,三张,好不容易搞到的。"

"你拍给我,我先看看,半个小时后我再回电话给你。"

六点半的时候,两人接通了视频,余一言的身影出现在电脑屏幕上,宋思思还没有通过这个方式看过他。

这种感觉很神奇,距离很近,但又触摸不到。

他穿着一件白色阔肩短袖,左胸上有个黑色的三叶草标志。这件衣服宋思思记得,因为是她给他买的。

镜头往往会放大人的面部缺陷,但他的五官轮廓看起来依然精致,皮肤上看不出一点毛孔,甚至连黑眼圈都没有。可能是屏幕色调设置的原因,他的眼睛和眉毛比往常看起来更黑了一点。

宋思思看完他,又打量他的宿舍。

他这边的床铺看不见,只能看见对床的。上床下桌的格局,原木色的衣柜门,书柜有点乱糟糟的,床的栏杆上挂了两件衣服,桌子上除了摊开的电脑,还摆着没收拾的杂物以及可乐瓶。

宋思思并没有打量太久,就被他喊回了思绪。

"思思,我说了,让你把试卷拿出来,先讲第三份。你又在发呆。"

余一言又无奈了,这是他对宋思思出现过的最多的情绪之一。

"哦，好。你等会儿，我室友也得听，我让她们坐过来。"

几个女生搬来凳子，挨挨挤挤地坐在宋思思的桌边，桌面不够宽敞，四个人只能勉强蹭到一角放上试卷。

宋思思感觉又回到了高二那年补数学的日子，但又不完全一样。

余一言现在的表情比当初稍显淡漠，但当宋思思提问的时候，他的声音会放得柔和一点，然后从头到尾更细致地讲解一遍。

对她的室友，他脾气比料想中的好些，虽然讲话冷冰冰极客气的样子，但不管问出什么样的问题，他都会认真解答，听不出一点儿不耐烦。

他整理试题的时候还像当年那样思路清晰，只看了三张试卷，就理出了考试的重点范围，老金的出题偏好被他精准地把握到了。

他只问了几个问题，就摸透了各人的真实水平，在书本上圈圈画画，剔除了她们短时间内掌握不了的内容。

他没有傻乎乎或者死板地要求她们每道题都得会做，而是简洁明了地给出了应试办法。

"试卷一的第3、10、18题，试卷二的第1、6、8题，试卷三的第5、14题，考的都是中断响应，每年都考，你们老师很喜欢出，这块要重点背。其实并不难，就六个条件，背熟就行了。

"MOV 指令、PUSH 指令这些是最基础的，这些分不能丢。

"AT89S51 单片机的片内集成功能部件要记熟，会出填空或者简答题。

"编程我整理了五大题型，这五类都是我找到的你们能够学会、大概率会考的类型，剩下的就放弃吧。这五种能掌握的话，加上前面的能有七八十分了。时间来不及，这是最能拿分的方法。"

···········

四个女生挤作一堆拿笔唰唰记着重点，偶尔余一言讲得太快，宋思思一提醒，他又会缓慢地重复一遍。

有时发现宋思思开小差，而隔着屏幕余一言无法像从前那样拿笔去敲她的脑袋，又怕当着室友的面挑破让她难堪，于是，他只好停下来假意喝口水，拿手指在桌面上轻叩两下。

但他这个动作往往会让宋思思出神得更厉害，她看见他的喉结上下滚动，不免觉得自己也跟着渴起来。

最后竟变成了两人相对喝水。

余一言没办法，只好清清嗓子，问了一句："我刚才说的，你们有谁没听懂吗？"

184

宋思思看着屏幕里的人，又有了心怦怦直跳的感觉，明明已经很熟悉了，但仿佛又回到了最初心动的时候。

她后来在网上看到一个词，叫作"智性恋"，大概可以描述自己那时的感受。

她常常因为他的那张脸犯迷糊，而当他把一个个深奥名词解释得浅显易懂，仿佛任何疑难在他这里都能被轻易解决时，她只会迷糊得更厉害。

他身上隐约有一股傲气，像是不觉得哪门课是自己学不会的，也不觉得哪件事是难到做不了的。

但谦逊又被刻进了骨子里，被问及水平时，他从来只会回答"还好""还可以"，宋思思从没见过他炫耀自傲的一面。

那天晚上，余一言给她们补习到很晚，被宋思思抱歉地问及是否会影响他自己的复习时，他弯弯眼睛："没关系，你比较重要。"

那场单片机的考试就像余一言预估的那样，宿舍里四个女生不仅及格了，还都超过了及格线二十多分。

她们从此不再称他为"宋思思的男朋友"，而是叫他"余老师"。

"思思，你这周末和余老师不是要去新天地吗？回来的时候帮我带那边的欧包，可好吃了，就是太远了，好难买。"这是最爱吃的常梦珍。

"思思，余老师认不认识什么Q大的优质男？给我妹妹推荐一下，她下半年也要来这边上大学了。"这是最爱拉郎配的钱玉琳。

"思思，你家余老师是不是不只学习好？说说看，余老师还教了你什么？"这是最放得开的吴怡。

…………

宋思思也很好奇余一言的室友叫她什么："我们宿舍的人都喊你余老师，你室友叫我什么？"

"松鼠宝宝。"

"他们怎么知道的？"

余一言说起这事有点羞赧。

在上次知道杯子的含义后，宋思思也给他买了个杯子。

刷牙杯，是他们暑假一起去逛超市的时候挑的。

这只刷牙杯和宋思思的是一对，非常卡通的儿童用杯。

宋思思的那只是粉色的，上面印着头Q版蓝鲸。

余一言的这只是蓝色的，印着一只Q版松鼠。

宋思思记得余一言说过，他最喜欢的动物是松鼠，他喜欢松鼠一样的女孩子。

　　虽然她不知道他为什么这么说，但总之，蓝鲸代表余一言，那么印松鼠，猜猜就等于印了个宋思思。

　　这只刷牙杯被余一言带来了大学宿舍，是他所有私人物品中，最不符合他气质的存在，当然会受到室友瞩目。

　　就像宋思思把蓝鲸设置成永久头像那样，余一言对宋思思的所有备注也永久设置成了"松鼠宝宝"。

　　"那好吧，以后你就是我的蓝鲸哥哥，我就是你的松鼠宝宝。"

　　从高中毕业开始，每一年暑假，余一言和宋思思都会去旅游。大二这一年，他们选择了去海市度假。

　　宋思思很早就想玩潜水，这是她从高一就有的一个心愿，愿望来自那个会去世界各地潜水的 Chris。

　　虽然大夏天的去海市热了点，但宋思思这会儿还瞒着宋芳进行着地下恋，当然没办法大过年的约余一言一起去。

　　为了看到漂亮珊瑚，潜水地点没有选择游客成堆的地方，余一言特意挑了一个未开发的小岛屿，需要从海市坐渡轮过去。

　　他们跟着教练上岛的时候才不过上午十点，小岛上人不多，大都是和他们一样来潜水的人。

　　这片海域因为游客稀少，确实被保护得很好，海水蓝蓝的，沙滩是一片灿烂的白金色。

　　宋思思换完装备出来的时候，余一言已经在沙滩上等着了。

　　潜水服挺厚实，样式就是普通的纯黑色连体服，不怎么好看，还非常挑身材，很容易显得傻里傻气，至少沙滩上的很多人看起来就像穿着成套的秋衣秋裤。

　　余一言被罩进这种衣服里竟然显得更挺拔了些，他的腿部轮廓完全显露出来，十分笔直修长，没有难看的肌肉块。宋思思几乎没有在身边看见过别的男生有这种身材。

　　她盯着那双长腿发呆，直到余一言在她头顶轻拍了下才勉强回过神来。

　　潜水教练讲了些基本注意事项，又教了几种常用的手势，例如大拇指朝上代表上去，掌心朝前代表停止，手臂平放在胸前代表停在这个深度。

等确定两人都掌握后，教练便带着他们下水了。

不知是不是从小学游泳的原因，余一言在这方面比较有天赋，他下水之后非常自如。而宋思思咬着咬嘴，呼吸了好几遍才适应了氧气瓶的感觉。

等她做了"OK"的手势，教练缓慢带着他们往下潜。

最初的一分钟一切良好，除了有些令人心里发毛的安静，没有不适的地方。

宋思思怀着极大的期待随着教练往下，幻想着自己能看见成片的珊瑚礁、电影里的小丑鱼，运气好说不定还有海龟、虎鲸什么的。

但从第二分钟起，她的耳膜感到些微疼痛，这并不是一个多深的深度，甚至可以说很浅。教练的下潜速度也控制得很慢，不存在深度快速变化导致耳压无法平衡之类的问题。

她没有做停止的手势，打算忍一忍。

但到了第三分钟，疼痛感加深，她的眉头开始皱了起来。

暗蓝的海水加上潜水镜的遮挡，余一言看不见她的表情。他在第六分钟时感觉耳朵有一点被堵住，突然想到宋思思每次坐飞机都会耳朵疼，推测她很有可能受不了深潜的水压。

他迅速叫停了教练。

深海里无法说话交流，余一言只能向宋思思指指耳朵。

宋思思耳膜的刺痛感已经临近她能忍受的最高阈值了，可还没有看见什么漂亮的海洋生物，她其实还想往下试一试。

但宋思思的那点迟疑被余一言捕捉到了，他瞬间就清楚了她在想什么，没有丝毫犹豫就对教练打了向上的手势。

教练并没有察觉到有什么不妥，因此感到十分疑惑，但余一言坚定地朝他竖着向上的大拇指，他也只好带着他们上去了。

刚露出水面，余一言就吐出了咬嘴，很严肃地问宋思思："你耳朵痛为什么不说？"

宋思思被他的语气吓了一跳，有点委屈："我不是……我还可以再忍一忍。你不要这么凶。"

余一言缓了缓脸色，声音尽量放软："我没有凶你，我只是很担心。对不起，我会好好说话的。你现在还痛吗？"

宋思思摇头："现在不痛了，我想再试一次，我还没有看见海洋生物呢。"

在教练的指导下，宋思思学会了三种平衡耳压的办法，在跟余一言反复保证痛了就会自觉停止后,他们又尝试了一次。

整个下潜的过程中,余一言都握着她的拇指,盯着她的脸,每当她有一点动静就会打手势向她确认。

教练下潜的速度也放得更缓慢。

但宋思思耳膜的刺痛感依旧在逐渐加重,试遍了三种办法也没有效减轻,而此刻的下潜深度只比上一次稍加了一点。

余一言在她的头上轻轻摸了摸,大概在告诉她不要害怕。

在极度安静的、没有办法说话交流的大海里,这个动作反而比在日常生活中做要治愈得多。

宋思思被安抚住了,她停在了这个深度,没有再尝试着继续下去。

他们就在一片混沌的、没有丁点美丽生物的海洋里合了影,但最终的成片却意外地好看。

照片里的两个人摘掉咬嘴,在静谧的海水里接吻,背景除了几缕阳光外只有一片深蓝色,好像所有的一切都被隔绝在了他们的世界之外,而他们的世界,是美妙的。

"其实你可以自己去深潜,你的耳朵并不痛。"宋思思半靠在沙滩上,把下半身泡在浅浅的海水里,略有点羡慕地看着远处的人。

余一言坐在旁边安慰她:"没关系,我是陪你来的。浮潜也很好,你想看动物,可以去海洋馆看。"

宋思思看着他,笑了起来。

确实,浮潜也很好,有余一言陪着,怎样都很好。

他们那天下午咬着呼吸管,只在很浅的水域漂着,但也看见了成片的美丽珊瑚和五彩斑斓的鱼群。

余一言半夜是被热醒的,嘴唇很干,鼻腔里喷出热气,脑袋昏昏沉沉。他刚坐起来喝了口水,强烈的恶心感就席卷而来。

怕吵醒宋思思,他没敢开灯,去了外间厕所,然后翻江倒海地吐起来。

等漱了口,他拿手背试了试额头,在发烧,但附近并没有医院或药店,他们住在比较偏的民宿里。

这家民宿是独栋的,提供厨房,带个小小的泳池,但位置偏远,且没有前台,一切需要自理。老板只在手机上给了门锁的密码,至今还没出现过。

宋思思当时就是冲着这个去的,又能做饭又没人打扰,仿佛关起门过日子一样。

但现在，这个优点也变成了缺点，没有可以提供帮助的服务生，一切只能靠自己。

余一言看了看时间，凌晨一点，他打湿了条毛巾敷在自己的额头上。太晚了，现在只能这样对付一下。

今天的中餐和晚餐都是在小岛上吃的。

因为小岛未开发，没有正规的餐饮店，食物只有教练提供的海鲜烧烤和冰镇椰子。

应该是吃坏肚子了，并不算什么大问题，余一言决定忍一忍，明早再看看情况。

但当他走到床边的时候，他发现不对劲，宋思思声音微弱地在喊着难受。

余一言伸手去摸她的额头，比自己的还烫一点，具体温度感觉不出来。两个人都烧着，他没办法对比。

余一言有点慌了，他很少生病，只大概了解需要尽快降温，持续高烧是很危险的事情。

他忍着头晕去卫生间兑了温水，给宋思思擦身子，按照网上说的物理降温法，手心、四肢、前胸、后背，能擦的地方都擦了。

整个过程中，宋思思仿佛被困在梦魇里，紧闭着眼，醒不过来，只迷迷糊糊地呓语："我难受……我要妈妈……"

余一言反复擦了半个小时，但宋思思的体温并没有退下去，反而还在慢慢升高，到了烫手的地步。

这样下去不行，没有退烧药，还是得去医院。

余一言换好衣服，再从箱子里把宋思思的衣服找出来，迅速整理好出门的背包，灌了杯温开水带上，才去床边试图把她唤醒。

宋思思迷糊着醒来的第一件事就是冲去卫生间呕吐，她的症状要更严重一点，吐得整个胃都空了，呕到后面只剩酸水。

等停下来，她已经整个人虚脱地软倒在他身上。

余一言慌乱地拽住她，胡乱给她换好衣服，把她背到背上，脖子上挂着背包，就往街上跑。

2015 年 8 月，打车软件尚未普及，而现在是凌晨两点，这里还是个偏远的民宿。

附近的街道空无一人，连狗叫声都听不到，打车至少要去三条街以外的大马路上。

余一言深一脚浅一脚地往前移动，他自己也在发烧，双腿仿佛灌了铅，双臂发软，甚至都要托不住宋思思了。他死命地咬了一下舌尖，尝到了铁锈味，脑子清醒了一点。

宋思思起先瘫在他的背上，双手互勾着搭着他的脖颈，但她现在好像要晕过去了，手臂从他的肩膀上滑落下来。

恐慌感把余一言猛地拽住，喉咙因为大口呼吸已经要烧起来，夏夜的热风刮在脸上，他却感到冷汗把自己浸透了。他费力地把她往上托了托，勉强提了提速，不停说着话，试图喊醒她。

"宝宝，你先别睡好不好？再坚持一会儿，再走两条街就能上大马路了，那里肯定能打到车，我们很快就能到医院。

"宝宝，你和我说说话，你不是想去看鲸鱼吗？你醒来和我说说话，我就带你去看好不好？

"宝宝，我以后保证不惹你生气，什么都听你的，你想做什么就做什么，只要你应我一声，随便说什么都行。"

…………

终于，宋思思动了动。余一言感觉到她拿头微微地蹭了蹭他的颈窝，有一点温热的液体顺着领口流进来，然后是很轻的一句："哥哥，我想回家。"

心上好像塌了一块，余一言觉得自己下一秒就要瘫倒在地上，包里的水壶撞得胸口阵阵钝痛，但也许，那并不是水壶撞的。

他又用力地咬了口舌尖，双腿机械地往前跑着，嘴里断断续续地应着，自己说了什么已经不知道了，只听见宋思思虚弱地反复呢喃："我想回家……"

大街上终于能看见零星的车辆，当的士的身影出现在视野里时，余一言近乎是嘶吼着叫出来。

但或许是他们的模样太过吓人，一个瘫软得不成人样，一个疯了一样大吼大叫，何况是在深夜，不会有人愿意在这时候惹上麻烦。

那辆出租车只在面前略略减速，便又一脚油门，一溜烟开走了。

余一言没有力气了，眼前阵阵发黑，舌尖已经发木，再咬多少次也感觉不到疼痛。

他双腿止不住地打战，两脚一绊，趔趄着差点跪下去。但他不能让宋思思摔倒，他只好靠着路边的行道树把她放下来改为抱扶着。粗糙的树皮在背上摩擦，刺得他从骨头一路疼到心脏。

在余一言前二十年的人生里，从来没有这么绝望过。

被关小黑屋没有，被罚站没有，脑袋磕到流血留疤没有，被方雅云刻薄地辱骂也没有。

考第一很难，但努力就可以。

第一次做饭很难，但多练几次就可以。

一个人待在空荡荡的别墅里很难，但忍过去了就可以。

不过是不允许过生日罢了。

不过是只准乖巧得像个假人罢了。

不过是没有人爱自己罢了。

时间久了，总是会习惯的。

但现在有个姑娘爱他了。

她会每年带着精心准备的礼物来给他过生日。

她会告诉他不高兴了就哭，生气了可以发怒，喜欢什么就去喜欢，不想做什么那就不做。

她会答应他一切条件，满足他任何愿望，明白他没说出口的心事。

但他的十张抵用券还没来得及用呢，现在这个姑娘就软倒在他的身上，高烧烧到要晕过去，生命力仿佛在一点一点流失。

她说她想回家，可他什么都做不了。

昏黄的路灯不再晃动了，轻微的颠簸感消失，宋思思有了一点反应。她睁开眼，尝试自己站直，但仍然只能勉力挂在余一言身上。

这是第一次生病妈妈不在身边，又在一个完全陌生的城市，四周亮着一盏盏路灯，但道路是完全寂静的。

世界好像仅剩他们两个人，只能彼此相互偎着。没人在这时候来帮忙，就仿佛可怜的小女孩，在孤单的深夜里，划完最后一根火柴，也就失去了最后一点希望。

过高的体温让她的牙齿咯咯作响，但她的心反而渐渐安定下来，只要能握住这根火柴，恐惧便不会漫上来。

她听到余一言在说对不起，然后有什么顺着他的眼角落下来，她尝到了一点淡淡的咸味。

她用唯一一点力气把他抱紧了些。

"哥哥，你别哭，我会没事的。"

前方再次出现了黄色车辆，但它挂着停运的灯牌，余一言不抱希望地招了招手。

但它停下来了，一个理着平头的黝黑脑袋从车窗里探出来："要不要帮忙？"

这个话痨但好心的中年大叔，一路上都在絮絮叨叨。

"我很久没开过夜班车了，本来是要回家睡觉的，大半夜的也没什么人。

"你们是来这儿旅游的外地人吧？哎呀，烤海鲜不能乱吃，在海里泡久了也不能喝冰椰子水，太凉了，犯冲。

"这烧得不轻吧？我再开快一点，医院不远了。"

…………

余一言背着宋思思跨进急诊室大门的那一刻，从没觉得消毒水味儿能这么好闻。

把宋思思放到椅子上后，他强撑着的那口气就泄了，整个人瘫倒在地上。

有个医生走过来看了看，给量了体温："这怎么弄的？烧多久了？吃过退烧药没有？

"哟，这个温度很危险啊，再烧上去就不得了啊，已经有点迷糊了吧？得马上打退烧针。小伙子赶紧去挂个号，还起不起得来？"

"没吃过药，我马上去挂号，麻烦您帮帮忙。"

医生扶着宋思思进里间了。

余一言强撑着跑到挂号窗口，哆嗦着从包里掏东西，手抖得分不清哪个是哪个，他就一股脑儿全倒在了台板面上。

等他拿了缴费单回去，宋思思已经有点清醒过来，一个人坐在皮凳上。看见他进来，她伸出手要抱他："哥哥，医生说要打屁股针。"

余一言走过去搂住她："你怕痛吗？忍一忍，很快的。"

宋思思抱住他，把头靠在他的肚子上："不是，那是个男医生，我不想。"

"医生眼里没有性别之分，打针而已，没关系的，我一直在这里陪着你。"

宋思思不说话，只摇着头，她生了病之后好像变得特别脆弱，余一言感觉到腹部的衣服被浸湿了一块。

他有点无奈地摸了一下她的头，说："那我去找医生，看能不能给你换一个。"

他话才说完，就有护士进来了。

医生并不负责打针，打针的是护士。

护士姐姐让宋思思扒下一点裤子，身体尽量前倾。

192

余一言伸出手臂横在宋思思身前，方便扶住她。

一大块酒精棉贴上来，在皮肤上转着圈来回消毒，宋思思被冰冷的感觉刺了一下，未知的恐惧感促使她紧紧攥住了余一言的小臂。

但肌肉注射比想象的还要痛得多，当针扎进来的那一刻，宋思思控制不住，一口咬在眼前的手臂上。

她这一下咬得不轻，但余一言没吭声。

护士在缓缓推着针管，药液进入的时候感觉比刚才还要痛一点，宋思思的牙齿无意识地加大了力道。

等她终于放开，余一言的小臂上已经留下了两排很深的牙印。

"哥哥，对不起，你痛不痛？"

余一言一手帮宋思思按着止血的棉签，一手轻轻去摸她的脸："我不痛，你还痛吗？"

"怎么会不痛？这都要渗血了，你刚才为什么不说？"

"我没关系，这个很快就会好，你不用道歉。"

那两排牙印确实如他所说，很快消退了。

但有一道血痕一直没有消失，成了余一言手臂上一个永久的印记。

查了血常规，医生的诊断是食物中毒，需要先输三天液，及时补充电解质，暂时只能吃白粥，打完针退烧了就能走，病情会有反复，低烧的话自己吃药就行。

两个人坐在走廊上挂吊瓶，宋思思已经睡着了，头靠在余一言的肩上，可能因为才哭过，她现在像只猫咪一样，发出很细微的呼噜声。

余一言单手拧开瓶盖，咽下一口水，疲惫感涌上来，但他并不敢合眼，勉强撑起眼皮，吊瓶还要人看着。

他拿手机搜索白粥怎么煮才能更好吃，又查了食物中毒的注意事项，在心里默背几遍，然后打开地图查看了民宿附近的超市，规划着要买哪些东西。

等一切要看的看完后，他又拿手背贴了贴宋思思的脸颊，还好，和他差不多的温度，体温应该降了一点。

他松了口气，微微松懈下来，眼睛瞟到了对面墙上的白瓷砖。

那上面有一道裂纹，年深日久的，没有修缮，变成个黑漆漆的、豁着口的狰狞样子。

他的神经被这道豁口刺了一下，有一瞬间后悔和宋思思在一起了。

没有他，他们就不会来海市度假，没有他，也不会上这个小岛潜水，没有他，宋思思也不会生病。

宋思思说想回家、想要妈妈的时候，他只能说对不起。

他害她生病了，但什么都做不了。

他想和宋思思一辈子在一起是真的，这是他最大的愿望。

但觉得自己不够好也是真的，爱宋思思的人太多了，他只是其中很普通的一个。

他是个很悲观的人。

他不知道自己能不能照顾好她，他也不确定自己值不值得被爱。

宋思思窝在摇椅上，看着在厨房忙碌的余一言，有个想法变得越来越坚定。

距离那晚已经过去七天了，烧彻底退了，也不再呕吐，人精神了很多。

这七天里，没有妈妈在身边，余一言把她照顾得很好。

他简直不像一个也生着病的人，每天一顿不落地给她煮饭；她没力气洗澡，他就用湿毛巾一点一点地给她擦；隔两个小时他就会给她量体温，夜里睡觉也一样；入口的开水他都会试过温度再拿给她；去超市他还会记得给她买杂志以防她无聊。

因为之前还得挂针，暂时不能回家，他就一个劲儿地说抱歉，直到确定她真的不想回去了才停下来。

医生说白粥里可以适当加点别的好消化的食物，他又一大早出门买菜，变着花样给她煮粥。

除了妈妈，她又有了一个可以全身心依赖的人。

宋思思站起来走过去，从后面抱住余一言，他的肩膀很宽，贴在上面，那股安心感又浓了一点。

余一言正在洗青菜，记得她不爱吃叶子，便摘了只留下梗，见她靠过来，他把水调小了："你去椅子上坐好，不要过来，水会溅到你身上。无聊就看电视，有什么想看的书可以跟我说，我下午去给你买。"

宋思思贴在他的背上，拿脑袋蹭了蹭，那个想法更坚定了："余一言，我们毕业了就去领证吧，我想嫁给你。"

余一言愣住了，大约有半分钟，厨房里只有哗哗的水流声。

他不敢回头，把青菜放进水池里，水龙头依然开着，他试图压住喉咙里的哽咽："你……你想清楚了吗？你还在生病，可能因为身体难受，人很脆弱，才会一时冲动。"

宋思思抱紧了他："我已经完全好了，我没有冲动。"

"可是我害得你生病了，我没照顾好你，我不够好。"

"你为什么要这么想？这不关你的事，你不要再道歉。"

宋思思顿了顿，又说："我觉得你很好，非常好，我现在就想嫁给你。"

余一言把水关了，反过身去吻她。

这个吻很轻柔，让宋思思想到了春天细细的微风，夏天消暑的凉茶，秋天金色的稻田，冬天温暖的阳光。

宋思思并没有把生病的事告诉宋芳，但她决定旅行结束回家就和宋芳坦白自己的恋情。

这天吃完晚饭，她没有如往常一样立马上楼，而是拉着宋芳去沙发上坐下来。

她还专门去厨房里切了点水果，拿了叉子，摆到宋芳面前。

这是她以前从来不会做的事，如果没人给她洗好，她都懒得吃。

宋芳尝了一块水果，还没等宋思思坐下就先开口了："太阳打西边出来了。说吧，什么事求我？钱花没了，还是又想买什么东西？"

宋思思掂酌了一下，问道："老妈，你现在还是不允许我谈恋爱吗？"

宋芳大概有点反应过来了，她停顿了片刻，依然抱着一丝侥幸，希望是自己想错了："怎么问这个？妈妈是这么想的，你年龄还小，不成熟，容易冲动，看不准人，所以希望你大学毕业再谈恋爱。"

宋思思反驳："我已经成年了，大学里不谈恋爱，难道要到七老八十再去谈吗？到时候只剩些老头子，谁还要理我？"

"怎么会呢？你工作了再谈，到时候妈妈帮你介绍嘛。妈妈很多朋友的儿子和你差不多大，都知根知底的，谈一个就可以直接结婚。大学里谈的，工作又没定，父母什么样也不清楚，到时候毕业就分手，不是浪费时间吗？"

宋思思听室友吴怡吐槽过，某些父母会希望女儿大学毕业前都不要恋爱，因为往往会无疾而终。

但只要大学一毕业，他们又希望女儿能立马结婚生小孩，揭开人生新篇章，仿佛好男人时刻为他们的宝贝女儿准备着，随时都能从天而降。

宋思思认为，宋芳很有可能就是这种心理。

"可是大学里的恋情才更美好啊。工作了大家都衡量这个衡量那个，那哪里是谈恋爱啊，那是做买卖。"

宋芳冲她摇头："大学里谈恋爱也是要衡量的，长得怎么样、性格好不好、能不能有共同话题，这些都得衡量，只是工作后衡量得更多一些而已。而谈恋爱的最终目的就是结婚，结婚本来就像做买卖，和两个人合开公司的性质是一样的。生活里都是柴米油盐酱醋茶，没有什么风花雪月。"

　　宋思思非常不认同，但她又有点理解宋芳为什么会这样想。

　　爱情对宋芳来说已经变成了可有可无的东西，靠谱的家庭才是最重要的。

　　但爱情对二十岁的女生来说，绝不是可有可无的东西，是撞得头破血流也会想要得到的美妙存在。

　　宋思思不想和宋芳绕圈子了，觉得宋芳一直以来都挺喜欢余一言的，说不定说出是谁，她就能同意："可是我已经谈了，和余一言。"

　　宋芳其实有一点预感，但之前又觉得自己想多了，余一言和宋思思根本不是一路人。

　　她之前夸过余一言，成绩好，人稳重，话不多，有礼貌，是个好小伙，但前提是他不当自己的女婿。

　　她大概知道一点余一言家里的事，同一个小区住着，又和安安关系好，还一直和思思是同学，来过家里很多次，当然多少会了解到一点。

　　但他的爹妈不靠谱，大学开学还是和自家的一起去的学校，也没个人送送他。

　　爹妈不靠谱，对宋芳来说是比本人不靠谱还不行的事。

　　她就是因为婆婆才和宋思思爸爸离的婚，她不可能让宋思思走自己的老路。

　　宋芳也没和宋思思兜圈子："你应该知道他妈妈什么样吧？一个小区里碰见过，向来是拿鼻孔看人的。之前初中开家长会，又一直摆出那副样子，连老师都不放在眼里。业主群里的发言你也看见过，脾气也不是太好。你的性格你自己也知道，你能忍受他妈妈吗？"

　　宋思思完全不理解宋芳的想法："他妈妈是他妈妈，他是他。我是和他在一起，又不是和他妈妈。只要他好就行了啊，为什么要管他妈妈？"

　　宋芳知道不能过于反对，宋思思向来吃软不吃硬，而且今天说得够多了，于是她勉强退让一步："行，你要谈恋爱我也不拦你，你长大了，知道喜欢人了，我也拦不住。但结婚是个很慎重的事情，你如果不能和他一直在一起，有些事情就不要去做。你能听懂我的意思吗？"

　　宋思思被那句"如果不能和他一直在一起"给刺激到了，二十岁的女生，是不会允许别人小看自己的爱情的。

她几乎是脱口而出："我毕业了就会嫁给他，我们说好了的，我跟他当然会一直在一起。"

一股邪火直冲上头顶，宋芳一瞬间就被点燃了："毕业就要嫁给他？宋思思，你问过我的意思没有？谁允许你结婚的？你现在才几岁你就敢做这种决定？"

"你以前不是一直很喜欢余一言吗？是你夸他很靠谱的啊，为什么现在不同意？"

宋思思简直不能理解，明明大学开学的时候，宋芳还说不知道谁能有福气嫁给余一言，怎么转头就变成这样了？

宋芳试图和宋思思讲道理："余一言人不错这点我不否认，但这不代表他适合你。你想过以后没有？结婚不是过家家，你要怎么和余一言的父母相处？余一言在你和他家人起冲突的时候他会怎么选？就算他选你，他不在家的时候你又要怎么办？你是我生的，长这么大，我没让你吃过苦头，你是什么承受能力，妈妈很清楚。"

宋思思认为宋芳完全是在瞎操心："余一言的妈妈根本不管他，我和他妈妈起冲突，他肯定会帮我。他爸爸更是连人影都见不到，哪里需要相处？再退一步讲，我以后可以只和余一言两个人住在一起，相处不来就干脆不相处好了。"

宋芳觉得宋思思真的太天真了，这番话全然是没长大的孩子才会说的："那是余一言的父母，是有血缘关系的，不是随便什么人。不住一起就可以不接触了吗？他爸妈生病了要不要去管？他妈妈非得找点事你又能怎么办？"

宋思思不想和宋芳争论了，谁都说服不了谁，说再多也没有意义："人又不能选择自己的出生，你难道因为他父母就把他全盘否定了吗？每个人都有优缺点的，你不可能找到一个完美的对象。我觉得余一言很好，他的好足够盖过他原生家庭的不好，这样就够了。"

宋芳沉默了半晌，有点颓丧地说道："你难道真的想和妈妈一样吗？你爸爸婚前也是个好人，可是有什么用呢？"

宋思思不说话了，她对亲生父亲实在没有什么记忆，很小的时候还见过几次，等他再婚，便彻底断了联系。

她并不觉得余一言会和父亲一样，他不是不负责任的人。

她试图让宋芳相信她："余一言不会像他那样的，我保证。"

宋芳叹了口气，没再多说，她觉得说下去也只会适得其反，谈话到这儿，暂时画上了休止符。

　　新学期开始，余一言的实习工作变得异常忙碌起来。想要结婚，总得有所准备。

　　余存正在余一言满十八岁后，过户了一套房子在他名下，但总不可能一辈子都靠父亲。

　　宋思思和他见面的时间变少了，周末不再能整天待在一起，每日的例行电话，因为他加班到很晚，也只能变成短信问候。

　　好不容易熬到国庆长假，宋思思回到家还没开始约会，宋芳就变着花样地带她出门。

　　今天陪妈妈剪头发，明天陪妈妈买衣服，后天得去喝喜酒，大后天农家乐一日游。

　　宋芳把工作都暂时放下了，美其名曰好不容易放假回家，得多花点时间陪陪家里人。实际上她心里想的是：我无法阻止你们恋爱，那便减少你们见面。

　　宋思思怕余一言多想，并没有告诉他自己和宋芳之间的那场对话，而只是以宋芳太想她了为借口搪塞过去。

　　"余一言，我明天还是没办法出来，我妈说富叔叔特意休息一天，得全家人聚一聚。你一个人都在干吗？"

　　宋思思听着电话那头的键盘声，这么晚了，余一言还在工作。

　　余一言分了只耳朵给她，手上依然没停："最近有个项目在做风险评估，涉及的投资额比较大，要得也很急，所以一直在忙这个。你自己玩得开心一点，我们以后还有很多时间，趁现在多陪陪你妈妈。"

　　"你们老板这么剥削人的吗？大半夜的还要加班。"

　　"也不是，现在多学一点，对以后有好处。"

　　"你这么早就确定以后要干了吗？下个学期开始，就得确定是考研还是直接工作了，我还没想好，不知道干什么。"

　　余一言有仔细考虑过这个问题，就以后的发展来说，读研对他和宋思思都是更好的选择。

　　"我觉得可以继续往上读，本科文凭的竞争力弱了一点。"

　　"可是，我们不是说好了毕业就结婚的吗？"

　　宋思思因为目前还不想工作，也有考虑过考研，可是她又很想马上结婚，尤其是宋芳现在开始严加管束，让她觉得只有结婚才能名正言顺地和余一言待在一起。

"我们可以毕业见了家长先订婚，等读完研再结婚。这样的话你愿意吗？或者你想等读研结束再一起办？"

宋思思觉得这个提议简直两全其美："就按照你说的，先订婚再结婚好了，我喜欢这样。"

"你有想考的学校吗？如果还是想在 J 市，可以试试 Q 大。研究生的话，Q 大不会那么难考。"

宋思思想到了宋芳，以前想在 J 市，是为了离家近一点，但现在，她更希望能有自由。

"我不想在 J 市了，我想去远一点的地方念书，一辈子只待在南方，有点没意思。"

余一言手上的动作顿了顿："不在 J 市也行，你的专业有很多学校也很好。等假期结束我再查查看有什么选择吧。"

宋思思犹豫了一会儿，试探着开口："你爸妈同意我们的事吗？"

余一言"嗯"了一声，检查了这列结果后继续解释："我爸已经说过了，他都随我。我妈那儿还没来得及说，电话没打通，可能她最近不在国内。不过上大学之后，她就没再管过我了，应该也不会不同意。"

宋思思沉默了，宋芳担心的点该换一换，余一言的父母听起来完全不用担心相处问题，传说中的恶婆婆反而变成了宋芳这个"丈母娘"。

余一言半晌没听见对面的动静，有些奇怪："宝宝，你怎么了？"

"啊？哦，没什么，我只是有点累。"

余一言看了眼时间，已经过了十一点："那你先睡吧，明天不是还得出门玩吗？我这里也快处理好了，你不用等我。"

"那好吧，你记得早点休息。"

"宝宝，晚安。"

"晚安。"

国庆结束，余一言就抽空查了各类学校的专业排名。

不想待在南方，那么 B 市会是最好的选择。

学校多且排名靠前，可挑选的余地大，之前夏令营宋思思还去过一次，不算太过陌生。

问题在于气候干燥，空气质量不好，不知道宋思思能不能适应。

他花了点时间把各个学校的优劣势整理好，打包发给宋思思，让她自己先了解了解，看看有没有什么特别的喜好。

　　宋思思一直以来都没什么远大志向，念初中时只想到要考省一中，念了高中希望考个离家近的重点大学，上了大学，只知道尽力拿个好绩点，其他的根本没想过。

　　面对十几二十个学校，她只觉得头大："余一言，你没有想考的学校吗？"

　　"我吗？你若想去 B 市的话，那就 B 大吧，我这个专业 B 大比华大更好一点。"

　　"B 大难考吗？你觉得我有没有希望考上？"

　　"努努力机会还挺大的。我绩点还行，可以保研。你要是确定考 B 大，我下班就抽时间帮你复习。英语、高数这些都是通的，你只要多注意专业课。你们学校也是有保研名额的，你绩点够了，到时候也能争取看看。"

　　宋思思开始纠结了，她并不是太想去 B 市，那里堵车太厉害了，出去一趟一半时间都耗在路上。

　　但确实如余一言所说，B 市或许是最好的选择。

　　余一言没有让宋思思立即做决定，离大三下学期还有一段时间，等过完年再开始准备也来得及。

　　宿舍的交谈中，也开始出现这个话题。

　　虽然还没到各奔东西的毕业季，但人生未来的走向，成了迫在眉睫要定下来的事。

　　吴怡是最早确定的，她是 J 市本地人，决定考公，端上铁饭碗，钱不算太多，但至少能保证下半辈子吃喝不愁。

　　常梦珍的父母想她考教师资格证，女孩子回老家当个小学老师，生活无忧，工作轻松，还有寒暑假。

　　钱玉琳在考虑出国留学，她很小的时候就想拥有一个混血宝宝，两年多的大学生涯，虽然不算太努力，但成绩基本保持在系里的前列，也能申请到还不错的学校。

　　宋思思说了自己的烦恼，她不太喜欢 B 市，但也没有其他特别想去的城市。她只确定想离家远一点，距离产生美，为母女关系着想，她还是和宋芳保持距离为好。

　　马上放寒假了，下学期就得着手准备考试，寒假结束前肯定得确定下来，但她还完全没有头绪。

钱玉琳听了半天，建议道："你有想过出国吗？我出国还有个原因，其实和你差不多。我爸太烦了，事无巨细地要管，我到现在没谈过恋爱就是因为他。导致我看到帅哥，却只能当媒婆。"

宋思思是第一回听到这个选项，但她发现她对出国这个提议完全不抗拒，甚至是期待的。

年纪小的时候她很恋家，好像离开妈妈就像雏鸟离开鸟巢，要去一个人谋生似的，很没有安全感。再大一点，翅膀硬了，自己也禁不住想要飞离，去更远一点的地方看看，去营造自己的小窝。尤其是在有余一言陪着她之后。

宋思思很心动，问钱玉琳："你想好去哪个国家了吗？"

"我可能会去 P 国，或者 D 国。P 国更开放一点，D 国的话，我个人认为 D 裔血统的男性最帅，就是学校还没想好。"

宋思思自个儿琢磨了一会儿，她对 Y 国抱有很大的好感，或许是因为哈利·波特来自那里，总之，如果要选一个国家留学，她会选 Y 国。

等余一言加班结束，宋思思给他打了个视频通话。

余一言的身影出现在屏幕上，他正坐在校门口的快餐店里，速度很快地吃着一盘盖浇饭。

"你晚饭没吃吗？还是在吃夜宵？"

余一言把嘴里的食物咽下，开口回答："今天有个报表要整理，结束得有点晚，就没来得及吃饭。"

"你怎么这么辛苦，不能不干了吗？不是说要读研吗，怎么还要实习？"

余一言停了一会儿，放下筷子，看着屏幕里的宋思思，和她解释自己的规划："我想现在多赚一点，我还得给你买戒指，我不想总用我爸的钱。而且我们太年轻了，我怕你妈妈不放心，这样也能显得我稍微靠谱点。我们公司在许多城市都有分公司，做得好的话，读了研也能继续干。现在辛苦一点，以后就会好很多。"

宋思思开始愧疚起来，余一言把未来都规划好了，她却想一出是一出。

余一言看出了宋思思的沮丧以及欲言又止，他低头把饭三两口吃完，结了账，出门走到僻静的小路上才开始问她："宝宝，你是不是有什么话想说？"

宋思思看了他一眼，最终还是决定试一试："你愿意和我一起出国读书吗？"

余一言的脚步停住了："怎么突然这么问？"

思忖了一会儿，他大概明白了："你不想去B市，也没什么其他想读的学校是吗？"

　　宋思思垂着眼，又飞速抬起来瞄了瞄他，确定没看见他有不高兴的情绪，才继续说道："我是不太喜欢B市，但其他地方的那几个学校我也看了，没有哪个是我特别想去的。玉琳说她要出国留学，我觉得很好，就也想出去。"

　　余一言斟酌了片刻："你想去哪里都可以，我自己无所谓，但是需要和我爸商量看看。你想好去哪所学校了吗？时间不多了，最好放寒假的时候能和父母确定下来，下学期得准备材料，还得准备雅思考试。"

　　"我想去N大，那里简直就是现实版的霍格沃滋。"

　　"N大的话申请会有点难度，但可以试一试。我记得你的均分，之后再努力一点，也不是不可以。它们那边的硕士和国内的不一样，一般是读一到两年。如果你喜欢，到时候可以再申博。"

　　"这会不会打乱你的计划？你都已经定好干什么了。"

　　余一言笑了："没关系，我的计划只是想要和你在一起。"

第十三章
我愿意

宋思思之后的学习变得异常努力，寒假回家那天，她是带着专业第一的成绩单去找的宋芳。

她这回学聪明了，并没有单独和宋芳谈判，而是挑了个富爱民和富宇安也坐在楼下的时间开的口。

"老妈，下学期就得想好是继续读书还是直接工作，你有没有什么想法？"

宋芳正捣鼓着遥控器，现在的电视剧越发难看了，好不容易闲下来，也没找到什么可看的。

听到这话，她停下了按键的手指："随便你，关键得你自己想好。你想工作还是读书？"

正在喝茶的富爱民吹吹茶叶，插话："女孩子可以再读几年书，不着急的，工作有什么好，辛苦得很。不过你要是想工作，叔叔这里也可以给你介绍。"

"谢谢叔叔，我还不想工作。我考虑过了，也参考了室友的想法，我想去Y国留学。"

"留学？"宋芳立刻提高了音量，遥控器被她一下扔到茶几上，"你一个人跑那么远去做什么？国内没有好学校了吗？"

富爱民把茶杯放下了，在宋芳肩上拍了拍，劝道："你别着急嘛，听听思思的想法再说。去国外看看也没什么不好，长长见识，我很多朋友都送小孩出去了，也不是没有道理的。"

富宇安终于把他的目光从手机上移开，抬头看了过来。

宋思思调出了自己这学期的绩点，拿给宋芳看，很认真地说道："我仔细想过了，我就想去 N 大。我之前的成绩还行，这是我这次的排名。我的英语也不错，雅思不是问题。课外竞赛也都有参加，拿过几个奖项。下学期再找老师写封推荐信，我们系主任认识那边的教授，难度不算太大。实在不行，那就换所学校。"

宋芳从来没见过这样的宋思思，她打小没少让自己操心，虽然成绩一直不错，但也从没有什么长远规划，向来走一步看一步，很少有坚定地想去学点什么的时候。

自己不该在这时候泼冷水，但一想到宋思思要一个人去那么远的地方，一年半载甚至可能一辈子都会留在那里，她就心里发慌。

"可是 Y 国太远了，你连饭都不会做，长这么大妈妈都没怎么让你搞过家里的卫生，你怎么照顾自己呢？"

富宇安的手指在沙发上轻叩两下，琢磨了一会儿开口说道："你想清楚了？想清楚了的话，我和你一起去。"

上大学后，富宇安没谈过恋爱，精力全部放在学习上。

宋思思知道他的绩点比自己还要高一点，学校里能参加的竞赛都参加了。

他要和自己一起去，还真不是大问题。

富爱民倒觉得这个主意不错："可以啊，孩子长大了，总该历练历练。趁年轻多出去走走，不是什么坏事。"

他又转头看向宋芳："让安安陪思思一起，没有什么不放心的。钱的事你不用操心，你也不要拒绝我，我工作这么劳心劳力，赚来的钱不给他们花，又给谁呢？"

宋芳犹豫了半晌，点头道："你既然想清楚了，定好目标就要去做。N大是个好学校，申请没那么容易，你不要一时兴起，到时候又半途而废。与其那样，不如现在把目标定得低一点，不然只会影响你自己的人生。"

这件事便这么确定下来了。

余一言这边倒遇上了一点阻力。

临近过年，余存正和方雅云都回了家，余一言是在饭桌上开的口。

余存正听后很支持他，N 大在 Y 国排名靠前，对这个儿子，他一直很满意。

但方雅云砸了筷子："余一言，你当初是怎么和我说的？读 Q 大是为了离家近,能多回家看看我,现在转头要出国,你以为我不知道你的心思吗?说得好听,实际上就是为了你那个小女友。我这几年没管你,你就以为自己能当家做主了?"

余存正皱眉:"你这是当妈的样子吗?这么些年,小言有让我们操心过吗?他自己一直很有规划,也做得很好,不管是为了谁,这都不是个坏决定。"

方雅云指着余存正的鼻子,气得发抖:"我不是当妈的样子,你就是当爹的样子了?你别以为我不知道,你又和那个贱人联系上了吧?上次我问你秘书,你就是和她在吃饭。父子两个都成了痴情种,就我一个是外人。"

"你既然问过小张了,还在这里说什么?我和她们公司有业务往来,吃顿饭是很正常的事。饭桌上那么多人,又不止我们两个。我和她都多少年没见过了,你不要无理取闹。"

"我无理取闹?我看是你心里有鬼。多少年没见不意味着一辈子不再见面?做什么要有业务往来?"

"Q市总共才多大?做机械的圈子就那么大,我再注意也不可避免会和她碰到。"

"那你就别做好了。钱还没赚够吗?你自己都不花,赚那么多想留给谁?"

余存正已经不想吵了,和方雅云永远说不通。

他转头看向余一言:"你吃好就上楼。不用管你妈,想去N大就去念,我没什么时间操心你的事,你自己规划好就行。没钱了和我说,我这几天再给你打一点。"

余一言上楼了,楼下的争吵声变成了方雅云单方面的辱骂。过不了多久,余存正可能又会一走了之。

这种事,余一言见过太多次,不想管,也管不了。

余存正确实在一开头就做错了,但余一言想不通,方雅云既然这么痛苦,为什么还不肯离婚,非要一辈子这么耗下去。

两人下定决心要考N大,便立马着手准备。

宋思思剩下的大学生活过得非常充实,找了实习单位增加相关经验,又专门联系机构对接留学事宜。

她的雅思分数考得非常高,她在心里再一次感谢Chris。

在余一言拿到商学院的录取通知书不久之后,她和富宇安也收到了确切回复，N 大的申请通过率极低，能通过是非常不容易的。

这一天，他们三个约上许久不见的杨璐璐、毛嘉乐出门庆祝。

杨璐璐只喝了一瓶可乐，却开始抱着宋思思撒酒疯："还以为上了大学就不分开了，结果三年半下来，咱们也没见过几次面。还有三个月就毕业了，你怎么能说走就走，一下就去那么远的地方呢？"

宋思思安慰她："如果不读博，我一年就能回来了。你晚点和毛班结婚，我还能回来参加你们的婚礼。"

"你到时候来给我当伴娘吧，我让毛毛给你包个大红包。"

宋思思不确定了，凑到杨璐璐的耳边小声问："领了证还能给你当伴娘吗？"

杨璐璐一下跳起来："你领证了？"

宋思思没来得及扯住她，全桌的人都听见了。

毛嘉乐惊诧地看着余一言："你小子动作比我还快？"

富宇安不小心打翻了啤酒瓶，酒水打湿了裤子。

余一言帮他拿了一沓纸巾，开口解释："还没有，不过快了。等手头上的事情忙完了，就去见家长。出国前差不多可以请你们吃饭，婚礼还要晚一点，等念完书回来再说。"

说完，他转头很无奈地看着宋思思："我还在准备求婚，我以为会给你惊喜。"

宋思思朝他吐吐舌头："反正我只会说我愿意，并没有什么差别。"

富宇安机械地擦着裤腿，有一瞬间，他以为自己聋了，只能听见巨大的轰鸣声。

等他稍稍平静下来，就听见自己声音嘶哑地开口："宋阿姨同意了？"

宋思思怔了一下，其实她还没和宋芳说过，上一次聊这个话题是在大二暑假，最后不了了之。

但她还是很笃定地说道："我妈会同意的，她当然会同意。"

余一言看了富宇安一眼，随后就被毛嘉乐拉到一边取经。

毛嘉乐和杨璐璐本科毕业后会回 Q 市工作，结婚就是这几年的事，但他实在不知道该怎么求婚。

宋思思让富宇安闭嘴，不要再乱说话。

"你自己不谈恋爱是你自己的事，你可别来坏我好事。耽误了我，我就一辈子吃你富家的，你也别想娶媳妇。"

"那你就一辈子吃我的好了，哥哥养妹妹，也没什么不可以。"

宋思思气得狠拍他一下。

正闹着，饭局上来了位不速之客。

这是大学城美食街的一家火锅店，来这里的同学很多，经常能碰到熟人，但这是宋思思第一次碰见高依茜。

她变得很瘦，三月底的天气，只穿了件深蓝色的羊绒毛衣，下面是灯芯绒 A 字短裙，套一双黑色高筒靴，露出的大腿上并没有穿打底裤，那个黑色鲤鱼文身清晰地显露出来。

宋思思先是为她觉得冷，忍不住打了个寒战，接着又被那股无形的危机感拽住了。

"老同学聚餐，怎么没叫上我？"高依茜自说自话地拉开空余的凳子坐下，打了个招呼让她朋友先走。

宋思思刻薄地想，幸好没有多余的餐具，不然说不定她现在都动手吃上了。

高依茜并没有和余一言说话，反而看向宋思思："听说你要去 Y 国了？恭喜，你的命向来比我好。"

宋思思有点控制不住地想呛她："你怎么知道我要去 Y 国？还有，什么叫命好？我自己努力上的 N 大，和命好不好有什么关系？"

高依茜只是笑笑："我说的不是这个。"

她又随手拿起一瓶喝剩的饮料罐，朝宋思思举了举："你要珍惜啊，最好彻底断了我的念想。"

说完，她也没等宋思思回复，仰头一口喝光了剩下的饮料，头也不回地走了。

因为这个插曲，饭桌上的气氛变得有些诡异。

毛嘉乐试图重新活跃气氛，他提起一个人，萧子睿。

"你们和萧子睿联系过吗？他也在 Y 国，去年本科就毕业了，今年估计硕士也能毕业。虽然距离有点远，但你们去了倒也能聚聚。这臭小子一走这么多年，也不知道还回不回来了。"

萧子睿刚出国的时候，还会找宋思思聊几句。但宋思思觉得既然拒绝了他，总不好再给人希望，只客套地回复了几句。久而久之，萧子睿发来的消息，只剩下例行的节日祝福。

宋思思摇头："他只给我群发过节日祝福，好多年没联系了。"

余一言过了片刻悠悠地说道："看来群发对象并不包括我。"

杨璐璐看热闹不嫌事大："也不包括我。"

富宇安露出了今晚的第一个笑容，看了眼余一言，说："我大概只有过年的时候算是群发对象。"

毛嘉乐："呃……"

毛嘉乐又开始试图缓解尴尬："萧子睿交了个女朋友，一个华裔女孩，我看他发过照片。"

这话不说还好，一说反而像挑明了什么，气氛更尴尬了。

杨璐璐笑着拍了他一下："行了，多久远的事了，你不用在这儿画蛇添足。来来来，我们再干一个吧。"

"干杯！"

"干杯！"

"干杯！"

…………

学校定下了，订婚也得提上日程，余一言和宋思思商量了双方家长正式见面的事。

余一言先陈述了自己的想法："五一放假，我去你家正式拜访一下你家里人。顺利的话，等六月份毕业，双方家长再见一面，之后就可以订婚了。等到八月份，我们可以提前一点去Y国，在学校附近找个公寓，这样就可以住在一起。念完书，你确定在哪个城市工作，我们再决定在哪儿买房子。其余的事你不用操心，我都会准备好。"

宋思思决定，等回了家，自己就和宋芳摊牌，都到了这份上，宋芳向来宠她，总不可能再反对。

余一言又简略介绍了家里的情况："我爸这边已经都说好了，没什么问题。我妈会比较麻烦，她和我爸的关系一直很僵，前几年稍微缓和了一点，但这两年又恶化了。并且她有点迁怒于我，最早我和她说起此事，她是无所谓我怎样，但后来变卦了，不同意我们的事。现在她对我不理不睬。我尽力说服她，不行的话，见家长就见我爸一个人吧。"

宋思思有点担心："你妈不喜欢我吗？"

余一言笑了："怎么会有人不喜欢你？你不用管她，我妈不是针对你，就算找个天仙，她也是这个态度。她主要是和我爸有矛盾，我们只是受牵连了。我总不可能为了她，一辈子打光棍吧。你不用太担心，以后我们不会和她住一起，我妈就让我全权负责好了，你不用接触她。"

大致讲完自己的情况，余一言又问宋思思："那你这边呢？你妈妈会不会不喜欢我？万一不同意怎么办？"

宋思思只选择了说部分真话："你不是见过我妈妈很多次吗？她一直夸你人好，还说过谁嫁给你谁有福气呢。"

五一一到家，宋思思就宣布有正事要说，吸取上回谈判的经验，富爱民和富宇安也被留了下来。

富宇安已经觉察到了，脑子里嗡嗡作响，但他没有任何理由阻止。

宋思思一开口就定下基调："我要和余一言领证了，他这几天会正式来家里拜访，麻烦大家不要为难他，有什么事今天冲我来。"

平地一声惊雷，连富爱民都震住了，他放下了手里的金骏眉："思思，这么大的事，你不和家里先商量下吗？"

"我和老妈很早之前就说过了，我们互相说服不了。反正我打定主意了，现在不是封建社会，谁反对都没用。况且，余一言你们都很熟悉，他什么样的人，不用我多说。我们都认识十年了，在一起马上四年了，也算青梅竹马了，都知根知底的，没什么好担心的。希望大家能祝福我。"

富爱民对余一言倒是没什么意见，他看了看宋芳的脸色："我不是反对你们在一起，可是，这也太快了吧？你们还在读书呢，不用这么着急，完全可以等毕业。"

"我们现在只是订婚，毕业之后才会结婚。他会和我一起去 Y 国，到时候他可以名正言顺地照顾我，你们也不用再担心我了。"

宋芳之前一直没说话，现在蹙着眉开口了："你是为了余一言才去的Y 国？"

宋思思一看她那表情就知道不好，但还是坚定地为余一言站台："你怎么会这么想？我和余一言在一起，从来都是他迁就我。我要去 J 市，他就放弃了华大改报 Q 大。我说想马上结婚，他就拼命实习工作努力赚钱，好让你放心。我本来想去外地读研，他就帮我筛选学校，愿意陪我去 B 市。之后我又变卦，想去 Y 国留学，他也重新准备申请 N 大。他一直对我很好很好，所以我想嫁给他。"

宋芳沉默了一瞬，眉头松开了一点："他家里人呢？都同意了？"

宋思思又选择了说部分真话："他爸爸很赞成，已经给他买了三套房子，我们要是不喜欢，可以卖了再置换。余一言说，等他先正式到家里拜访过，你们同意的话，六月份再安排两边家长见面。"

宋芳一下就抓住了重点："我看重的不是房子，图的不是这个，我们家就能买。你光说了他爸爸，也得看他妈妈意见吧。"

　　这次换宋思思沉默了，她斟酌了一下，道："余一言的父母感情不太好，闹得比较难看。他妈妈情绪不稳定，可能不会来吃饭，总不好到时候饭桌上吵起来。你不用担心他妈妈为难我，这么久我也没正式见过她，余一言说，以后只我们俩住，她有什么事，余一言自己一个人会管。"

　　宋芳很无力，她这回没有提高声量，反而整个人委顿了下来："我之前说的，你都没听进去是吗？他妈妈这样，你们还要订婚？"

　　宋思思有点焦躁起来："你为什么一定要杞人忧天呢？在一切都还好的时候，就认定某些坏事会发生，你为什么不愿意相信余一言呢？"

　　"不是我不愿意相信他，是他还太年轻了。你们如果再大几岁，他还是像现在一样对你好，那时候再考虑结婚也不迟。"

　　"我和余一言在一起这么久，他从来没让我失望过，我不想再拖下去了。"

　　好半天，富宇安喉结滚动了一下，开口道："余一言对思思很好，不是个不负责任的人。结婚只是时间早晚的问题，这样思思能更高兴的话，也没什么不好。"

　　宋思思对着富宇安露出个从没有过的灿烂笑脸，又立马转头对宋芳说："我读完研可能会继续读下去，这样至少得在Y国待四五年，到时候我们一直在一起，又和结婚有什么两样呢？我不想等那么久了，没有必要。"

　　富爱民沉默了半晌，拍了拍宋芳握在一块儿的手："女大不中留，留来留去留成仇。余一言我看是个挺靠谱的小伙子，嫁汉嫁汉，穿衣吃饭嘛，他们两个能过好日子就行了。至于他妈妈嘛，是可以少见面。你不也没怎么见过我妈妈吗？我知道你担心思思，但总不可能一直把她捧在手心里，总有这一天的。先让余一言来家里聊一聊嘛，见过面了再决定。"

　　宋芳知道，到了这一步，宋思思不可能听她的，做父母的也不可能拗得过孩子。

　　她只能点头："余一言说了什么时候来家里吗？"

　　宋思思高兴得跳起来抱住她："老妈，你同意了？你真好，你是全世界最好的妈妈。"

　　余一言是三号这天来的富家，拎了一大堆东西，刚进门就很大声地喊了"叔叔阿姨好"，甚至还叫了富宇安一声"哥"。

　　宋思思头一回见他这么手足无措。

富爱民坐在沙发上，把余一言家里的事和个人的事都一一盘查了一遍，小到出生时间、爱吃什么，大到未来工作、几岁生娃。

富爱民坚信，吃不到一个锅里的人是很难长久地在一起的，且他是个坚定的信奉玄学者，碰到公司重大走向问题，他都靠算卦解决。虽然他目前支持宋思思，但生辰八字要是不好，他铁定立马转投宋芳的阵营。

余一言全都老实回答了，爸妈的事也没一点隐瞒。

他显然做了功课，富爱民刚问他有没有医院里发的出生牌，他就掏出了大师测出的五行互补、八字相合，还说富爱民不放心可以再找人测一遍。

说到最后，倒把富爱民说得唏嘘起来，直拍着他的背，说他不容易，以后可以常来家里吃饭。

富宇安虽然在家庭讨论中首先投了支持票，但从余一言叫"哥"开始，他的阴阳怪气就没停过。

他从余一言的话太少，和宋思思没话聊，讲到余一言长得太好看，容易招蜂引蝶，又提起初中那个欺负过宋思思的疯子项辉，前两年被关进去了，十有八九有余一言的功劳，这种君子报仇、十年不晚的腹黑行为，不是宋思思这个呆脑袋能招架得住的。然后又说到余一言十五岁的时候就想"拐走"宋思思，过于处心积虑。

总之，在二老面前，富宇安完全不念兄弟情义，毫无保留地细数了余一言的十大罪状，并对他做了多番警告，比富爱民还像老父亲。

宋思思气得跳起来揍他，他也丝毫没收敛的意思。

反而是宋芳，从余一言进门起，就全程好脸色。

"审讯"任务交给了富爱民，她自己只是叮嘱他们出国之后的注意事项。

到最后，她说的都是宋思思被她宠坏了，希望余一言能多多包涵，两人互相扶持，互相照顾。

等余一言走后，宋思思得意地挑眉问宋芳："怎么样？你还满意你女婿吗？"

宋芳白了她一眼："别得了便宜还卖乖，嘚瑟得没边。"

宋思思好奇地问："老妈，你今天怎么对他这么和蔼可亲，一点也看不出来勉强的样子？"

宋芳叹了一口气："等你生了女儿就知道了。你说为什么大家都说恶婆婆，却没人提恶丈母娘？因为妈妈都会怕女儿受欺负，只会加倍对女婿好，希望他能对自己的女儿再好一点。"

宋思思忍不住抱了抱宋芳："妈妈，对不起，我以后保证不和你吵架，

211

也不会再让你操心了。"

五一结束,宋思思和余一言趁着大四没课,现在又好不容易有空,决定出门旅行。

余一言说要去霓虹国,补上宋思思上一次还没玩到的地方,宋思思在环球影城的诱惑下,开心地答应了。

余一言这次将行程安排得很宽松,把宋思思想玩的都玩了一遍。

他们去了浅草寺和秋叶原,吃了很好吃的草莓大福和豆乳冰激凌,余一言还给宋思思求了一个健康御守。

到了须贺神社,他们在《你的名字》电影中男女主角重逢的坡道上,拍了还原度很高的照片。

在湘北高中前站,那个樱木花道和赤木晴子挥手的闸机口前,宋思思并没有和余一言合影。

她不怎么喜欢樱木花道,余一言酷起来的样子,是她心里的流川枫本尊。

于是,他们并肩去走了流川枫骑车上学的路,看了湘南海岸超美的海岸线。

他们又去住了那间榻榻米房,虽然晚上闹到很晚,但第二天还是坚持早起去看了富士山。

天气不算太好,富士山被云遮住了一半,但依然是漂亮的。

去奈良那天,下了小雨,他们合撑一把伞,刚拿出鹿饼,就被热情的梅花鹿一圈圈围住了。

宋思思又跳又叫,既想喂食又怕被咬。余一言撑着伞揽住她,牵着她的手,轻轻摸了摸小鹿的脑袋。

他们还去春日大社求了小鹿签,是个中吉,姻缘那栏写着:静心而待,则所愿如所思。

余一言把大阪安排在了最后一站,宋思思终于要见到梦寐以求的霍格沃茨了。

5月20日一大早,客房的门铃响了,宋思思一开门,就被眼前的景象惊呆了。

服务员推着挂了两套衣服的小推车,说是余先生订的东西到了。

两套衣服都是《哈利·波特》的扮演服,那套大一点的,是红色的魁地奇球衣,衣服背面写的是余一言的英文名和数字"27"。小一点那套,是整套的赫奇帕奇学院魔法袍，包括衬衫、裙子、围巾，还有一枚 HEAD GIRL 的级长徽章。

宋思思开心地蹦到余一言身上："你竟然还准备了这个！你前几天一直偷偷摸摸打电话，是不是就为了这些？"

余一言略过了这个问题："你不是一直很想穿着这个去环球影城吗？我今天约了跟拍，你可以想怎么演就怎么演。"

宋思思已经在设计剧本了："所以我们今天演的是格兰芬多找球手和他的獾院女朋友？那你还缺了一把扫帚，按照年份，或许火弩箭该出一把光轮 2018。"

余一言笑着催她："你可以等到了地方再开始演，现在快一点去换衣服，去晚了人会很多。"

等到了环球影城，他们并没有一进门就直奔主题，余一言订的 fast pass（快速通行证）上，哈利·波特的魔法世界被安排在了下午。

上午的第一个项目是飞天翼龙，然后宋思思发现，余一言很怕倒着坐过山车。

他全程紧紧拽着她的手，虽然没有尖叫，但下来之后脸发白。

宋思思非常不给面子地狂笑："格兰芬多会因为你失去学院杯，飞天扫帚可比飞天翼龙难骑得多。"

余一言强笑着挤出一句："没关系，我能抓住金色飞贼就够了。"

乐园里的项目兼带体感刺激和视觉震撼，不管是蜘蛛侠，还是侏罗纪，抑或是小黄人，就没有宋思思不喜欢的。

一整个上午下来，她都快玩疯了，但显然，下午还有更多的好玩的等着她。

当终于进入魔法世界的园区之后，宋思思的情绪一直都很高昂。

赫敏的粉色礼服裙、会唱歌的分院帽、海格的蓝色摩托车、韦斯莱魔法把戏坊……任何一样东西都让宋思思如获至宝。

他们在蜂蜜公爵糖果店里买了比比多味豆，里头真的有股怪异的耳屎味。

宋思思尝了一颗肥皂味的，就像无数个清洁泡泡在嘴里炸开，后劲足足持续了半刻钟。

在猪头酒吧喝黄油啤酒的时候，宋思思嘴唇上沾满泡沫，吧唧一口亲在余一言的脸颊上，相机记录下了这一瞬间。

坐在"三把扫帚"餐厅里，宋思思想要和余一言玩角色扮演："你扮演奥利弗·伍德吧，就按这样演——因为极度热爱打魁地奇，而多次忘记和女朋友约好的晚餐时间，于是被我拎住耳朵猛训一顿。咱们就这样来拍一张。"

余一言朝她眨眨眼："你不觉得我其实更适合演被伍德队长暴揍的球队队员吗？因为只想和女朋友约会吃饭，于是多次给魁地奇训练放了鸽子。"

直到把其他项目全都玩完了，余一言以最有趣的扮演游戏该留到最后为理由，才带着宋思思去奥利凡德魔杖店。

奥利凡德的扮演者并不像原著里写的那样外表阴森、性格古怪，而是一个胖乎乎的白胡子慈祥老头。

宋思思很羡慕地围观了幸运顾客和奥利凡德的魔杖互动，她其实并没有想过自己也能被选中。

她的好运气，好像在遇见余一言这件事上就被用完了，从小到大，连校门口的五毛钱刮刮乐都没中过。

所以，当奥利凡德告诉她"You are the chosen one（你是被选中的那一个）"的时候，她愣了半天才激动地冲上前。

白胡子老头照惯例问了她几个关于姓名、生日以及惯用手的问题，然后挑出了第一根魔杖递给她。

"每一根奥利凡德魔杖都是独一无二的，都具有超强的魔法属性。是魔杖在选择巫师，而不是巫师选择魔杖。当你找到了属于你的那一根，最好的效果才会出现。来，看看这一根，用桦木和独角兽毛做的，十又四分之一英寸，相当柔韧。"

宋思思接过来，她已经完全沉浸在这个扮演游戏里了。

白胡子老头示意宋思思模仿他："让我们来试一试，轻轻挥动手腕，跟着我念，Lumos（荧光闪烁）。"

宋思思知道这个咒语——荧光闪烁。

当初余一言第一次来她房间，她给他表演的第一个咒语就是这个照明咒。

她很熟练地念出了这一句，屋子里出现了闪电似的亮光，噼里啪啦一阵暴响。

白胡子老头见状，马上抽回了她手中的魔杖："哦，恐怕并不是这一根。但没关系，没关系，让我们来看下一根。白蜡木，十三英寸，杖芯是龙的神经，弹性很强。来吧，来吧，试试这个。"

宋思思拿到手里，白胡子老头指着左上方的柜子说道："用你的魔杖打开那些抽屉，这一次，让我们小心一点。来，试试看，像这样，Alohomora。”

其意思是：阿拉霍洞开。

这句宋思思也知道，是她当年给余一言表演的第二个咒语，是个开锁咒。

她挥着魔杖念了出来，柜子上的锁立刻打开了，一排排抽屉乱七八糟地弹射出来。

白胡子老头又抢回了这根魔杖：“看来也不是这一根，不是你的错，你做得很好。让我好好想想，还有一根一定适合你。”

他俯下身，在柜子里摸索了一阵，重新抽出一个魔杖盒，打开递给宋思思一根。

宋思思愣住了，这不是电影里出现过的任何一根魔杖，但她认识它。

它就是她在Pottermore（J.K. 罗琳女士于2011年8月新推出的围绕《哈利·波特》书籍内容建立的一个大型全球性社交游戏网站，目的在于带给全球哈迷一个新的社交体验）上连做了三次测试，结果都指向同一个的那一根。

现在它从测试结果上的图片变成了看得见摸得着的实物，出现在了宋思思面前，和之前试的几根完全不同，它有着明显的手工制作痕迹。

白胡子老头开口了，肯定了宋思思的猜想：“怎么样？它很漂亮吧？山楂木，凤凰羽毛，十四又二分之一英寸，轻微的弹性，非凡的组合。山楂木的性质奇妙而有趣，适合治愈魔法，同时也擅长诅咒。凤凰的羽毛具有最大的魔法范围，但也总是最挑剔的，它们是世界上最独立、最超然的生物之一，适合最有天赋的女巫。大多数魔杖的长度在九英寸到十四英寸之间，而这根的长度很罕见，或许可以用于某些特殊魔法。”

宋思思确定了，这就是那根属于她自己的、独一无二的魔杖。

她像是有些明白过来了，吃惊地转头去看余一言：“这是你专门给我定制的吗？”

余一言并没有回答，他看起来有些紧张，吞了吞口水，指了指白胡子老头，示意宋思思游戏还没有结束。

宋思思勉强把注意力放回到白胡子老头身上，听见他带着笑意的声音响起：“我可爱的女士，这次让我们换个咒语，I open at the close（我在结束时打开）。”

这不是宋思思熟知的咒语，因为它本来就不是一句咒语，它刻在最后那只金色飞贼上的一句话。

宋思思脑袋宕机了，她不知道现在是什么情况。

她断断续续、含糊地念出这句台词，但咒语并没有因为她口齿不清而失效。

余一言朝她走过来，在球衣上擦了擦手，然后在裤兜里摸索了一阵，掏出了一个东西，递到宋思思面前。

那是一只金色飞贼，翅膀是闭合的样式，乖乖停在余一言的掌心。

宋思思听见余一言深深地吸了口气，试图缓解紧张，但效果并不明显，声音依然有些发颤。

"格兰芬多抓住了金色飞贼，获得了150分，但他只想把它送给赫奇帕奇。所以，你想在游戏的最后打开它吗？"

宋思思控制不住地开始流眼泪。

她不知道余一言什么时候准备的这一切，但她记起了那个圣诞节下午，七八年过去了，他依然记得她当时随口说的每一句话。

她看见余一言单膝跪下来，金色飞贼被打开了，里头是一枚六爪圆钻，最经典的款式。

余一言又深吸了口气，那年，他定做了一只杯子，只敢在圣诞节送她生日礼物。现在，他带着象征勇气的金色飞贼，说出了当年没勇气说出的那句话。

"你愿意一辈子和我在一起吗？"

宋思思又哭又笑，拼命地点头，看着余一言给她戴上戒指，不大不小，刚好卡在中指上。

从2008年第一次相遇，到2018年的我愿意，整整十个年头，他们确定了，要一辈子在一起。

第十四章
当你说爱我

　　"所以，你的 Mr.Right（真命天子）在精心准备了求婚之后，又立马抛弃了你？"

　　问这句话的是沈丁妮。

　　这是宋思思到 Y 国的第四年，沈丁妮是她的邻居，也是传说中的萧子睿的华裔女朋友。

　　但传说通常只包含了一小部分事实，沈丁妮确实和萧子睿在一起过，但只有短暂的一个月。

　　两人没办法像恋人那样相处，接吻会笑场，恋人做不成，反倒成了好友。

　　沈丁妮比他们大一岁，念的统计学，却酷爱观察人类。萧子睿到 Y 国的第一个星期，就被她断定刚刚经历了失恋。

　　她还自来熟得可怕，跟着萧子睿来家里做客，吃了一回富宇安随便乱煮的色不行但香、味俱全的大杂烩，便三天两头过来蹭饭。

　　后来她换了工作，干脆为了口腹之欲搬到了他们隔壁，强行向富宇安交了伙食费。

　　沈丁妮接触了宋思思没两天，就搞清楚了萧子睿当初心心念念的红豆姑娘是谁。

　　但她并不打算为萧子睿助攻，因为她很清楚，萧子睿没戏了。

　　在和宋思思彻底熟了之后，沈丁妮开始试探着想要知道她心里的那个人是谁。

　　富宇安和萧子睿对此都默契地闭口不提，显得那个人越发神秘。

　　宋思思是从一年前的某天开始，断断续续地和沈丁妮说起这个故事的。

那是个下午，富宇安在卧室闻到了非常浓重的酒气，出来查看时，发现沈丁妮寄存在这里的马爹利翻倒在茶几上，一玻璃瓶的酒几乎都淌光了。

暗黄色的酒液把地面搞得一团糟，但宋思思靠在旁边的沙发上，仿佛没有丝毫察觉。

她整个人像被食物噎住了一样，从喉咙里发出非常沉重的喘气声，泪水已经把她的前襟浸湿了，布料的颜色变得极艳，脸色却惨白。

富宇安问她怎么回事。

她没回答，只是扯住他的袖子，没完没了地大哭，甚至不让他去收拾。

但她没有喝醉，她或许都没喝酒，她喝醉了不可能一个字都不说。

哭到后面，她又开始呕吐。

她从宋芳生病起就开始这样，食道反流非常频繁，看了医生也没查出任何毛病，也许是从前的食物中毒导致肠胃虚弱，从而留下了后遗症。

没有药物能够治好这个症状，她就自行买了消食片。明明是不对症的东西，但她吃下去就是有效果。

但这一次，药物失效了，她吞了一大把，远远超过了说明书所标注的服用剂量，也依旧吐空了胃。等症状稍减，她又继续掉眼泪。

呕吐过后的哭泣更令人心疼，她没再像之前那样发出声音，嘴是张开的，连喘气都是微弱的，泪珠一刻不停地往下淌，她的唇已经逐渐发紫了。

富宇安不知道发生了什么，但他必须让宋思思停下来。

可他对着不开口的宋思思毫无办法，她也不愿意跟着自己去医院，最后富宇安只能叫来萧子睿和沈丁妮。

或许是有外人在，宋思思的眼泪终于止住了。

那天，宋思思最终也没有告诉富宇安和萧子睿发生了什么，但她尝试着慢慢和沈丁妮讲起了她和余一言的故事。

从初中第一次见面开始讲，讲得很慢，想起一点说一点，一次只说一小部分，没头没脑的。

她的故事里，那对少男少女永远是幸福甜蜜的，沈丁妮听了整整一年，只越发困惑为什么他们最后没走到一起。

"他抛弃你了吗？"

"不，是我放弃了他。"

时间已经过去了近四年，宋思思终于可以平静地回忆起那个混乱的六月。

如果事情有变坏的可能，不管这种可能性有多小，它总会发生。

墨菲定律是客观存在的，并不以个人意志为转移，宋芳最担心的事，在余一言上门过后的一个多月便发生了。

方雅云消失了很长一段时间，再出现时是带着一个小孩回来的，两个月大，还在她的肚子里。

她并没有说孩子的亲生父亲是谁，但不可能是余存正。

没人搞得懂她是怎么想的。

或许是因为余存正和那个女人日复一日愈加紧密的联系。

又或许是余一言也选择抛弃她，要去大洋彼岸和他喜欢的人双宿双飞。

总之，方雅云选择了一种诡异的报复方式。

她用让自己怀孕的方式来报复余存正的出轨，甚至连小孩的名字都想好了，就叫余一默，一言一默，听起来就像一对亲兄弟。

余存正被恶心得够呛，他完全放弃了交流，扔下离婚协议，就再没进过那个病房。

方雅云没有签字，两人的财产分割存在困难，她认定余存正不会去打官司。

所以，她选择留在医院养胎，坚持要把这个孩子生下来。既然她不好过，那么谁都别想好过。

方雅云是高龄孕妇，且她常年作息日夜颠倒，身体根本不足以支撑她怀孕，随时都会有意外发生。

余一言被她困住了。她是他的母亲，是血脉相连的存在，是法律规定他要赡养的对象，是他想要摆脱却不可能摆脱得了的噩梦。

余存正可以逃，但他逃不了，捆住他的不只是方雅云，还有八个月以后，她肚子里那个叫作余一默的孩子。

长这么大，余一言头一回和方雅云发生激烈的争吵，他把病房里的东西砸了个稀烂，选择用最狠的话刺向对方："难怪我爸会出轨，你就是个疯子，谁都不可能受得了你。"

方雅云摔了他的手机，同样毫不留情："还想着和你的小女朋友联系？你觉得你这样了，还会有人愿意嫁给你吗？是我生的你，我不同意你去 Y 国，你有什么资格无视我的话？你走啊，你大可以试试看，你走出这个门，我就从这里跳下去。你知道我做得出来。"

宋思思在余一言失联一晚后接到了陌生电话，她在学校处理着最后一点毕业事宜，并不知道发生了什么事，只以为前一晚余一言睡着了，才没回她的消息。

直到她听见熟悉的声音从话筒里传来，艰难地向她道歉："对不起……宝宝……对不起，我不能和你去 Y 国了……我现在不可以和你订婚……对不起……可能要等一年，可能更久……"

宋思思在搞清楚事情始末的同时，也预感到了他们感情未来的走向，极端的惶恐像海水一样漫上来，没至头顶，令人难受得无法呼吸。

她没办法接受失去余一言，不能去 Y 国就两个人都不去好了，这一次，换她来迁就他。

宋思思更坚定地想要订婚，或者干脆结婚也行，不用摆什么婚宴，只两个人领证就好。

她试图用这样天真的方法来挽回将倾的大厦，她不认为有什么扛不过去的。

但余一言拒绝了，他自己浑身沾满了泥浆，陷进沼泽里即将被吞没，他不可能再把宋思思拉进来。

宋思思用大哭大闹来掩盖自己的恐慌。

余一言只能不停地道歉以及拒绝，他连结婚的确切时间也无法承诺，他不知道他们的未来在哪里。

两个人从没有过这样的争执。

最后，宋思思开启了单方面的冷战，企图用不说话的方式逼迫余一言同意她领证的提议。

但，没有用。

余一言被方雅云的高血压、惊厥和先兆流产搞得焦头烂额，他再没时间一遍遍地哄宋思思，也不敢给宋思思太多希望。

冷战在持续。

毕业典礼那天，余一言也没空回学校，只让室友帮忙寄了重要的东西。

宋思思是和富宇安一起回的家。

宋芳察觉到了宋思思的不对劲，问起了双方父母见面的事。

这个毒疮终于到了要挑破的时候。

宋思思说了实话，她说不想去 Y 国了，她要和她年轻的爱人风雨同舟。

她抱着最后一线希望，如果宋芳能同意她的决定，或许就能用此来说服余一言同她结婚。

宋思思并没有想要气宋芳，她不知道宋芳在生病。

虽然宋芳后来一直强调不关她的事，但亲眼看着妈妈在自己说完没多久后就脸色惨白地捂着小腹倒在地上抽搐，她不可能不留下心理阴影。

宋芳当天晚上就住进了医院，手术很快被安排了，情况并不乐观。

她最早是在宋思思刚上大学的时候查出的多发性肾结石，算不上什么太大的毛病，只是特别痛。

但之后噩梦连连，碎石后，结石没有及时排出，反而卡在了输尿管中。

取石手术的失败导致输尿管粘连，而这导致了严重的肾积水，宋芳又进行了第二次吻合手术。

这一切，她都没有告诉宋思思，只富爱民一个人陪着她。

第二次手术称不上成功，只是略微缓解了症状，肾脏依然在缓慢地积水。

宋芳不得已又做了第三次手术。

可疤痕增生没有好的解决办法，只要有了创口，愈合的过程中总会粘连，做再多次手术也只是缓解病情而无法根治。

因为工作繁忙没办法定期复诊，宋芳也不可能反复做一个成功率不高，且没什么大用的手术。拖延下来，她的左边肾脏一直积水，坏死部分超过90%，现在唯一能做的，就是进行全面切除。

宋芳的左肾被摘除了，但这还不是最严重的。

手术结束没多久，或许是短时间内多次全身麻醉造成了免疫系统功能异常，宋芳突然发生了极度严重的抗生素过敏。

宋思思从来没想过有一天会失去母亲。

上一秒，宋芳还会抱着她，答应她任何不合理的要求；下一秒，妈妈就躺在病床上，突然没了脉搏。

当她眼睁睁地看着宋芳生出皮疹，发痒、红肿，之后变得呼吸困难，直至过敏性休克，一群穿着白大褂的人冲进病房拿着仪器抢救时，她被绝望埋进了废墟里，恐惧像双铁手卡住了她的咽喉，令她发不出任何声音，再没有人能来救救她。

她一点点瘫倒在地上，从来没有这么后悔过。

她上了大学就再没关心过妈妈的身体，每次接到妈妈的查岗电话只会随口应付两句，接着不耐烦地挂断。

因为想要给她更好的生活，宋芳才会拼命赚钱，很少休息，以至于身体状况越来越糟。

是她只为了自己高兴，完全不考虑宋芳的心情，仗着宋芳的疼爱，说了那么多昏头昏脑的话，致使宋芳再次病倒。

宋思思向上天保证，只要宋芳醒来，她不会再做任何惹妈妈伤心的事。

当宋芳恢复心率的那一刻，宋思思感觉那双扼住咽喉的铁手松开了，但另一种没来由的绝望攫住了她，心脏仿佛被挖空了，心里涌起一股强烈的恶心感，她抑制不住地在病房外吐得昏天黑地。

宋芳睁开眼的时候，看见宋思思正坐在病床边上挂吊瓶，富宇安蜷缩在单人沙发上闭眼假寐。

宋思思一直一动不动地盯着宋芳看，见她醒来，立马凑上去问："老妈，你渴不渴？医生说你醒来会渴，但还不能喝水，不过能用棉棒蘸水润一润嘴唇。我帮你拿棉棒吧。"

富宇安从沙发上坐起来，把宋思思按住："你坐着，我来就是了。"

宋芳没有要棉棒，只是伸手去摸宋思思："你怎么了？生病了？"

宋思思握住她的手："没什么，轻微食道炎，现在要补点生理盐水。"

"怎么突然会得食道炎？"

"可能受了刺激，只是呕吐，不是大问题。你不用担心我，我没什么不舒服。你身上痛不痛，要不要把止痛液的流速调快一点？"

宋芳摇头："你是不是一直没睡觉？眼睛为什么这么红？"

宋思思拿脸去贴她的手心："我怕我一闭上眼，就再也看不到你了。"

宋芳感到手心里有一点湿意："你不要怕，我只是生了场小病，很快就会好的。"

宋思思憋了很久的眼泪终于止不住了："对不起，我以后再也不会让你生气了。你别不要我，也别再生病，只要你快点好起来，我什么都答应你。"

宋芳拿另一只手去摸宋思思的头："我怎么会不要你？你还没长大呢，我还要看着你结婚，还要当外婆，我怎么舍得不要你呢？"

宋思思没再和宋芳说过余一言的事，她把宋芳丢掉的那只肾，视为自己任性付出的代价。

宋芳想要开口聊一聊，但也不知道该从何说起。

她没办法看着宋思思往火坑里跳，也没办法让宋思思开心一点，就只能一遍又一遍地强调她生病不关宋思思的事，不要往自己身上揽。

宋思思没有正面和余一言说过分手的话，她只发了条短信，说了句"对不起"，然后把各种联系方式都拉黑了。

她舍不得说分手，她怕当面说会心软，她怕还留着联系方式会忍不住回头，她怕犹豫下去没办法去Y国，就会再次惹宋芳伤心。

余一言在她窗外等了一下午，看得出来他很认真地收拾过，但憔悴怎么掩都掩不住。

宋思思躲在窗帘后面偷偷看他，看他从佝偻着背站着，再到落魄地坐到草地上，每一个下一秒她都觉得自己忍不住要冲下楼了。

余一言在窗外等了多久，她就在窗帘后面看了多久。

等天彻底黑下来，余一言被富宇安叫走了。

宋思思不知道他们说了什么，但那之后，余一言不再来了。

飞去 Y 国的那天，在机场是宋思思最后一次看见余一言。

余一言站在人群后面远远望过来，脸颊瘦得凹进去，T 恤穿在身上空荡荡的，嘴唇干得起皮，下巴上还有道刮胡刀留下的血印子。

宋思思以为余一言是来告别的，但他并没有走过来，只一直定定地站在那里，左手抱了只很大的泰迪熊，比宋思思房间里的那只还要大，但到最后也没有送给她。

两个人就这样隔着人海对视着，谁都没有开口说话。

直到宋思思进安检口的时候，余一言才抱着泰迪熊一下子冲过来，但安保马上把他拦住了。

他的嘴唇动了动，嗫嚅着想说什么，但最终还是堵在了喉咙里。

宋思思看不清他那很黑的瞳仁了，她不知道挡住它们的是自己的眼泪，还是余一言的。

宋思思窝在沙发里，抱着杯热可可啜着，有一搭没一搭地回答着沈丁妮的问题："能告诉你的都告诉你了。过去那么久了，谁都会变的，我现在已经没感觉了。"

"没感觉了为什么还不谈恋爱？西蒙追了你那么久，他性格好，长得也不赖，你可以和他试试。"

沈丁妮在喝自己煮的肉桂酒，这一段时间倒春寒，她几乎每天都会来上一小杯。

"Y 国男性到了中年会秃顶，我喜欢头发茂密点的。"

说着，宋思思把腿上的毯子裹得更紧点，想到肉桂酒那诡异的味道，她就忍不住生出寒意。

沈丁妮煮的东西，除了她自己，没人喝得下去。

"我只是说试一试，又没让你结婚。西蒙现在还有头发，离发际线后移至少还有十年。"

223

"你现在很像我妈,她今年开始关心我的终身大事,甚至允许我带个白人回去。"

　　"你真的确定要回去了?你和富富还有三个月拿到学位,留在这边发展也不差。等你妈退休了,你也可以把她接过来。"

　　宋思思皱着鼻子猛摇头:"不行,我受不了这里的食物。我总不可能赖着我哥,让他给我当一辈子伙夫吧。"

　　沈丁妮也不再劝了,她深嗅了一下鼻子,随后冲着书房大喊:"富富,鸡汤煮了快两个小时了,什么时候开饭?"

　　过了五分钟富宇安才走出来,摘了眼镜扔在茶几上:"我真是上辈子欠你们的,这辈子投胎来给两位太后当奴隶。"

　　萧子睿到的时候还拎了一盒巴斯克蛋糕。

　　宋思思接过来放到冰箱里:"你又去 G&C 了?不用每次来都买,那里排队要好久,太不方便了。"

　　"就是顺路带的,你不是喜欢吃吗?我总不好空手来蹭饭。"萧子睿换了拖鞋就去厨房里帮忙。

　　富宇安在给最后一个菜装盘,听到动静赶他出去:"行了,我这里马上好了。你把碗筷拿出去,叫那两位太后去洗手。"

　　富宇安是到了 Y 国才开始学做饭的,宋思思本身就挑食,加上这里的食物实在一般,每天吃汉堡、炸鱼,她没被垃圾食品喂胖,反而越来越瘦。

　　最开始,富宇安是搞大锅炖,什么乱七八糟的菜都通通一锅煮,味道还行,但看起来实在不太美观。

　　宋思思尝试着自己做菜,她的水平不算很差,但速度太慢了,一顿饭没两个小时下不来,做完后厨房仿佛打过仗。

　　与其收拾一塌糊涂的厨房,富宇安宁愿挽起袖子做饭,久而久之也就慢慢练出来了。

　　宋思思其实并不难养活,她可以连续一周吃鸡汤泡饭不带换样的。

　　富宇安有时图省事,会在周末炖上两砂锅的鸡汤冷藏到冰箱里,做的次数多了,富牌鸡汤倒成了一绝。

　　沈丁妮从砂锅里捞出一只鲍鱼,嚼了一小口,发出一声喟叹:"真鲜啊!思思你没口福,只知道吃鸡脖子,那瘦巴巴的肉,有什么可吃的?"

　　萧子睿笑她:"思思的嘴才是最刁的,鲍鱼是安哥放进去用来提鲜的,精华都被吸进了鸡肉里。你说她为什么只啃骨头呢?"

　　富宇安舀了勺土豆泥,看了眼宋思思:"你面试过了没有?确定就去正光工作了？"

宋思思点头："差不多了。我本来以为还要回去一趟，但HR说视频面过就行，总监同意了，不用再现场面试。你呢？真要去艾里吗？我听说加班很严重。"

"先试试吧，不行就回去接我爸的班。你又不回Q市，总不好让你一个人在外地。"

沈丁妮撞了下萧子睿："你是不是也要滚回去了？"

"什么叫滚？我那叫荣归故里。我爸妈早就想让我回去了，毕业也有几年了，该见的都见过了。我又不像你，父母全在这边。"

"那你什么时候走？工作安排好了？下家找到没？"

"还没，手头上的项目还没完。稍微晚一点吧，回去了休息几个月再说。"

"那岂不是马上就只剩我一个人了？富富，我跟着你回去吧，我吃惯了你做的菜，你走了我会饿死的。"

富宇安斜睨她一眼："可别，你再烦我几年，我肯定活不过五十岁。"

不知道是不是因为白天和沈丁妮的那场对话，宋思思一闭上眼，过去的事就如电影般在脑中回放。

来Y国那年，她只带了一个行李箱，绝大多数生活用品都是现买的，和余一言有关的一切全被锁在了Q市的卧房里。

但记忆锁不住，感情也锁不住。

她一边惧怕回忆，一边又疯狂想要探听他的消息。

可她不敢问任何人，富宇安不行，杨璐璐也不行。

她拉黑了余一言全部的联系方式，唯一还算有点关联的，只剩下博客账号。

一个叫松鼠宝宝，一个叫蓝鲸哥哥。

两个人都没有换掉头像和名字，也没有把之前的动态删除或隐藏。

宋思思开始像以前还在一起时那样，时不时在上面发几条生活日常。

今天吃到了很好吃的咖喱饭。

Y国又在下雨，而我又忘记带伞了。

去了贝克街，但并没有找到221B号。

富宇安去参加Party又喝酒了，酒味真的很臭，我讨厌喝酒的人。

谁规定的舞会一定要有舞伴，富宇安比萧子睿还会踩人。

…………

松鼠宝宝上的宋思思仿佛仍旧是快乐的、喋喋不休的。

她假装自己过得很好，企图用这样幼稚的方式来证明一切如常，毕竟没有人亲口说过分手，她对未来仍然抱有一丝希望。

松鼠宝宝和蓝鲸哥哥不再是互关好友，但宋思思注册了小号去关注余一言的博客，她知道他拒收陌生人的消息，所以在私信里肆无忌惮地一遍遍说着"对不起"和"我爱你"。

她把蓝鲸哥哥设成特别关注，即使收不到消息提醒，她也依然像个定时闹钟一样，每晚十二点整点进去查看是否有漏掉的更新。

可动态仍停留在 2018 年 5 月，余一言博客的最后一条内容，转发的是他向她求婚时的合照。

没有更新也很好，至少说明他还没有变。

她瞒着所有人，日复一日重复这样的生活，过了很久才突然想起来还有企鹅这个软件。

上了大学，大家都陆续换成了飞信聊天，企鹅慢慢被闲置，身边的同学基本没人再用了。

她看不到新的博客内容，了解不到他的近况，只能抱着最后一点不切实际的幻想重新安装了企鹅。

意料之中，蓝鲸头像是灰色的，他没有上过线。

最后一条说说停留在大一舞会那天：In a world of lies,you are the truth（在谎言的世界里，你就是真相）。

是他们一起听过的那首《当你说爱我》里的一句歌词。

她依然没有看到新的内容。

但随后，她在空间的最近访客记录里看见了非常长的一列重复的头像和名字，这个账号每个月都会来访问一次。

而这个账号是高依茜。

宋思思不知道她到底来看什么，余一言之前发的内容寥寥无几，且多年没再更新，这根本没有什么可看的。

但熟悉的危机感又出现了，这促使宋思思点进高依茜的空间。

一开始，她没有发现什么特别的，高依茜的说说和动态同样发得很少，最新一条已经是三年以前发的了。

直到她打开高依茜的相册。

在一堆按年份取名的公开相册中，有一个需要回答问题才能查看的私密相册，相册名只有一个字——"你"。

宋思思几乎一下就想到了这个相册里放的会是谁的照片。

她点进去，跳出来的问题很简单：你是谁？

她不假思索地输入余一言的名字。

但不对。

她试着换成英文名。

也不对。

她以为自己猜错了，琢磨了片刻，输入了"YYY"。

成功了。

不出所料，里头全是余一言的照片。

从初中开始到现在，至少有一半是宋思思都没见过的照片。

有初中运动会余一言跑步的，他半蹲在那里，背上贴着号码牌，等着发令枪响。

有那次夏令营，宋思思缺席了的天安门广场升旗仪式，照片里只有余一言的侧脸，心不在焉地望着远处。

有一张是幅巨大的游泳兴趣班招生广告牌，十来岁的余一言站在几个同样穿着泳衣的小孩中间，脖子上挂着奖牌，面无表情地看着镜头。

有高中篮球赛，余一言穿蓝色 27 号球衣扣篮的样子，也有他中场休息时撩起下摆擦汗的样子。

有几张是大学那场舞会的照片，宋思思当时真的没有看错，高依茜确实到了现场。

在照片里，她又见到了那个穿着白色西装的余一言，有他跳舞的背影，有他半弯着腰的侧面，也有他坐着喝气泡酒的模样。甚至有一张是他和宋思思躲在角落里接吻的照片，高依茜并没有把她裁掉。

相册里大学时期的照片太多了，高依茜搜罗了所有宋思思发出来的旅行合照，也搜罗了许许多多宋思思不曾见过的照片。

有余一言军训踢正步的，有余一言作为学生代表发言的，有余一言宿舍聚餐合影留念的，有余一言竞赛拿奖的，有余一言在食堂吃饭和图书馆自习的……

宋思思的手心里全都是汗，两只手勉强握住手机，心脏怦怦怦急速跳了起来。

她不知道怎么形容此刻的心情。

有因被人长期窥探生活的毛骨悚然。

有因被人一直觊觎自己的东西的厌恶恶心。

有因被捕食者死死盯住，自己却无力反抗的胆战心惊。

但是，她根本不敢去质问高依茜。

甚至，她还得感谢高依茜。

因为在照片里，宋思思看见了新的余一言。

那张照片上传于不久前，余一言穿着一件熟悉的深灰色毛衣坐在病房的沙发上，专注地敲着键盘。他脸颊上还是没什么肉，头发长长了，盖住了耳朵上沿。

宋思思不知道自己该高兴还是该难过。

她见不到余一言了，但她找到了一个可以窥探他的秘密通道。

她见不到余一言了，而高依茜却在和他见面。

消食片在嘴里化开，她强迫自己平静下来。

她在心里一遍又一遍地重复着：这没什么，高依茜之前就拍了那么多照片，这次可能只是偶然路过病房，被她碰到了而已。余一言没有看镜头，两个人很可能都没交流过。

她试图这样说服自己。

她觉得，自己也被说服了。

但高依茜在第二天就找上了她——宋思思忘记了删除自己的访问记录，高依茜知道她看过相册了。

对话框里的消息弹出来，高依茜依旧像从前那般单刀直入：你看过我的相册，你后悔了？

宋思思不知道怎么回复，角色好像反过来了，理直气壮的是高依茜，她反而变成了躲在暗处见不得光的小偷。

高依茜并不需要她的回复，开始单方面地输出。

你人都走了，后悔也没用。

好马不吃回头草，你在他最艰难的时候逃走，有点骨气就别回来了。

他现在好不容易好转一点，你别再来祸害他。

宋思思憋不住了：你不觉得你这样很变态吗？躲在角落里偷拍了那么多照片。余一言他不喜欢你。

高依茜：那又怎样？我说过叫你好好珍惜，不要给我机会的吧？他只是以前不喜欢我，你怎么知道他以后不会喜欢我？现在陪着他的人是我，不是你。

宋思思心慌起来，颠三倒四地阻止着：你不能去喜欢别人吗？为什么要死盯着余一言？你这种行为非常不正常，初中的时候你不是还好好的吗？

228

你现在这么做，难道不怕被大家知道吗？

对面过了很久才回复，然后一段段话语接二连三，像炮弹一样轰炸过来。

我有什么可怕的？你们有人真把我当朋友吗？我干吗要在乎你们怎么想？你当我不知道你们都在应付我？

你们因为老孙讨厌我，你们认为我是个两面派。你们以为老孙是我妈她就偏袒我，你们心里不平衡，再没人把我当朋友。

她确实是在偏袒，但她不是偏心舍不得罚我，她就是想要你们全都疏远我，要将我的一举一动全都掌控在她手里。

你们恶心老孙，觉得她说话刻薄，没有老师的样子。那是你们没听过她怎么骂我的，比骂你们难听一百倍。

你以为我说你幸运是因为你上了 N 大？我说的是你妈。同样是离婚，你妈只会加倍对你好，老孙当着全办公室人的面骂她，她一句重话都没对你说，还跟你回宿舍帮我们修窗帘。

你再看看老孙什么样？她只会拿最恶毒的话来攻击我，说我不如你，说我学破了头也考不过你，说我的猪脑子永远比不上你。

你这样的人，根本不懂我和余一言过的是什么样的日子。你被保护得太好了，你没见过黑暗是什么样。

了解余一言的是我，能感同身受的也是我。你才刚刚看见余一言他妈妈露出的冰山一角就落荒而逃，你还有什么资格和他在一起？

你和班里谁都玩得好，富宇安和你没血缘关系也把你当成亲妹妹，萧子睿整天像条哈巴狗一样围着你转。还有雷云超、吴正凯、叶向阳他们全都喜欢你。你随便挑哪一个不行，为什么非要抓着余一言不放？

余一言对谁都那么冷，跟谁做朋友都留三分，对你却百依百顺，而你又为他做了什么？

宋思思，我就是看不得你这样的人过得好。

你说我变态也好，说我不正常也罢，你去告诉所有人都没关系。你们这些人本来从头到尾就没喜欢过我，我还有什么必要在乎你们的想法？

只要最后跟余一言走到一起的人是我，其他的又有什么重要的？

宋思思被彻底震住了，好像被人扇了一记响亮的耳光，脑子里嗡嗡作响。

她想解释，她并不是因为被余一言的妈妈吓到就选择当逃兵的。

但她又无从解释，因为本质上也没有多大区别。

她也想义正词严地如连珠炮般向高依茜发信息，但她能说什么呢？

说"你没资格质疑我对他的感情"？

可最终，她不还是选择了放弃吗？

说"你根本不知道我们经历了什么"？

可经历了再多，现在不还是没在一起吗？

说"你做再多也没用，余一言保证过，他只喜欢我"？

可那是以前，谁能保证余一言以后喜欢谁？

宋思思能想出一堆反驳的理由，可到最后，她一个字也没能发出去。

这一刻，她终于清醒地意识到，她没有办法也没有资格指责高依茜。

她和余一言，真的已经分手了。

宋思思和高依茜的第一次正面交锋，以宋思思的全线溃败告终。

她因为无力抵抗、恼羞成怒而想要删除好友。

高依茜说得没错，她碰到事只会落荒而逃。

但最终，她也没舍得点下去。

高依茜的空间没有对她上锁，那是唯一一个可以探知余一言近况的地方。

她甚至为此开通了企鹅黄钻，像点进博客那样，每天都会点开那个相册，看完又马上删除自己的来访记录。

她体会到了一点高依茜的心情，她变得和高依茜一样病态。

她像个自虐狂一样，一边期待能看见新的余一言，一边又祈祷再也不要看见他。

而上天满足了她的第一个愿望。

高依茜的相册仍在陆续更新着，绝大多数是余一言对着电脑屏幕的，背景不再是医院病房，更像是什么疗养院之类的地方。

他稍稍长了些肉，不像之前那样颓废了，头发剪短了一点。

如高依茜所说，他确实在一点点变好。

她还看见了余一言抱婴儿的样子，他在换尿布，脸上没什么表情，既不嫌弃也不亲近，像在完成上司交代的工作。

而这显然已经不是一张站在房门外的偷拍照了。

宋思思强迫自己这样想：这说明不了什么，他并没有看镜头。

高依茜的照片更新得很慢，宋思思觉得开心了一点，这或许说明他们并不常见面，或许余一言根本没和她说话。

但之后，她看见了他们的合照。

那个小婴儿已经长大了很多，不再是皱巴巴的样子，穿着米色连体裤被方雅云抱在手上。高依茜蹲在一边护着，而余一言站在另一边看着。

他脸上依旧没什么表情，但眉头是松开的。

这也说明不了什么，他还是没有看镜头，他也没有笑。

宋思思继续这样告诉自己。

但当她看到那张照片的时候，她再也没办法骗自己了。

照片上没有余一言，或者说，有很多余一言。

那是余一言书房里的照片墙，挂着他从小到大的一张张照片。

透过屏幕，宋思思仿佛又看见了那个满脸无奈，拿笔轻敲她脑袋，让她认真点，好好解数学方程式的人。

那个书房，是宋思思和他单独相处时，最常待的地方。

那个书房，是余一言不会让人随便进入的私人领域。

他们不可能没有说过话。

或许，像高依茜说的那样，谁都不能保证余一言之后不喜欢她。

或许，他们真的已经在一起了。

企鹅黄钻不再续费，宋思思没再打开过那个相册。

消食片吃完了一整盒，她在酸酸甜甜的山楂味里，听了一整晚的《当你说爱我》。

然后，她对自己说，你不要再骗自己了。

松鼠宝宝没再更新过，松鼠宝宝也不再叫松鼠宝宝。

宋思思终于真正放下了有关余一言的一切。

第十五章
再遇你
ZAI YU NI

"老妈，你坐下歇会儿，不用再给我弄东西了，太多了，吃不完。"

宋思思回家已经五天了，宋芳依然一有空就围着她打转。

"你瘦了这么多，刚回来又马上要去 J 市，我不在你身边，现在不给你补补，什么时候给你补？"

宋芳刚给宋思思磨了壶五黑豆浆，现在正给燕窝拔毛："你以前不是很喜欢喝豆浆吗？这壶你今天就当水喝了，明天我再给你磨红枣燕麦的，那个补气血。燕窝我等会儿给你炖下去，睡前喝，润肺的，我听见你昨天咳了两声，吃这个有好处。"

"我都说了，那是清嗓子，不是咳嗽，我的肺很好。燕窝真的一股口水味儿，我吃不来，能不吃吗？"

"清嗓子也没多大区别，你别老嫌难吃，这个总比药好点吧？眼睛一闭一口就闷了。你听话一点，别让妈妈伤心。"

宋思思没办法了，宋芳现在很知道怎么拿捏她，在这种小事上她通常只能退让。

宋芳手上忙着，嘴里也没闲着："安安说，你不愿意再跟他住一块儿了？你这单身女孩子，一个人在外地，我怎么放心呢？"

宋思思拿勺子挖着西瓜，嘴里含混应着："他跟你告的状？你别听他瞎说，我们俩还住一个小区，隔壁单元，来回就几分钟，这不相当于还住一起吗？我都这么大了，总得有点私人空间。他如果哪天要带女朋友回家，我杵在旁边，那多尴尬啊！"

"还女朋友呢，这么多年毛都没见到一根。你们俩怎么回事啊？这都多大了，我不是说带个老外回来也行吗？我记得你那个小姐妹，是叫璐璐吧？儿子都要上幼儿园了。"

宋思思立马把锅往富宇安的头上甩："你的安安说异国恋没结果，他自己不谈，也不让我谈。"

说完，她又开始转移话题："璐璐家的小金鱼真的超可爱，完全不认生，谁带都不哭，不像我小时候，烦人得要死。璐璐说她都没怎么辛苦过，小金鱼全是毛嘉乐在管。她现在都准备怀二胎了，毛嘉乐一直想要个女儿来着。哎呀，他们俩可真幸福，再没什么好求的了。"

"羡慕他们就赶紧自己生一个，别到时候我都退休了，你还没结婚。"

宋思思跟宋芳打马虎眼："这不是才刚回来嘛，哪能那么快找到呢？富宇安才着急呢，你知不知道他以前谈过恋爱啊？跟一个学姐，后来被甩了，估计伤得不轻，到现在都没办法再谈了。"

宋芳手里的动作停下了，嗫嚅了半晌，最后还是把心里想的话吐了出来："思思，你是不是还喜欢余一言？"

这个名字骤然出现在耳边，竟有了些许陌生感。宋思思依旧常常想起他，但这三个字很久没再听人提起过，她和沈丁妮谈起过去时，从来只用"他"来代替。

宋思思愣怔了一瞬，从这种陌生感里适应过来，缓慢地挖了勺西瓜含到嘴里，略微含混地应道："你怎么会这么问？这都过去多久了，我早忘记了。"

宋芳下意识地轻捏着镊子，发出一点金属碰撞的细微声响，好一会儿，才说："他后来来家里看过我几次，给我拎了几盒补品。"

但宋思思听清了，每一个字都被准确地捕捉进耳朵里，嘴里的西瓜吃起来要比上一口苦一些。

宋思思把那点汁水用力咽下去，问道："什么时候的事？他和你说什么了？"

"很早之前了，他让我注意身体，说他有认识的医生，可以介绍给我。"

有一粒西瓜籽残留在嘴里，被牙齿一点一点磨碎，等吞下后，宋思思笑了笑："估计是知道你生病了吧。这也没什么，好歹在我们家吃过几顿饭，受过你的照顾，长辈生病总得意思意思。"

宋芳看着宋思思的脸。

宋思思现在在她面前从来都是笑，但宋芳很清楚，她实际上并不开心。她每周都会定时打视频电话过来，却在外面待了四年没有回过家，这几年都是全家飞去 Y 国过的年。她如果真的高兴，就不会像躲避瘟疫一样躲避着 Q 市。

宋芳沉默了片刻，尝试着开口："他说他去 B 市工作了，给我留了号码，让我有需要可以联系他。我没打过。你和他还有联系吗？"

舌尖上还残存着那发苦的西瓜汁似的，苦意蔓延到了整个口腔，宋思思使劲抵了抵牙齿，又笑了笑，勺子在瓜瓢上轻戳着："早就没有了，他有女朋友了，可能已经结婚了。"

这句话她说得很平静，平静到好像在心里说了无数次一样。

宋芳愣怔了片刻，好半天才回过神来。

顿了顿，宋芳重新把镊子拿起来："等你去了 J 市，妈妈给你介绍对象，我有朋友的小孩在那边工作，你看着见一见，合心意了就处，不合就多见几个。"

宋思思点了一下头，又点了一下，朝着宋芳咧了咧嘴："那你可别忘记富宇安，富叔叔不管他，你可得多操心。当不了外婆，你也可以先当奶奶的。"

宋思思在家休息了一周，等富宇安把 J 市的房子租好，搬完家后，才正式办理入职手续。

正光是国投集团旗下的子公司，主要负责落地项目的重资产直投和运营。

国投是个央企，全球最大的开发性金融机构，集团总部在 B 市，但在一、二线城市都设了分部。

宋思思所在的正光华东地区公司，就位于 J 市的国投大厦。

背靠大树好乘凉，同时又天高皇帝远，地区分公司相对正光总部来说，压力小得多，上班反而比上学的时候还轻松一点，且同事大多好相处，宋思思对这份工作不可谓不满意。

唯一一点遗憾，工作和所学专业不是完全对口，不过在丰厚的福利待遇面前，这些都不算什么。

相较于富宇安经常十点之后才到家的社畜生活，宋思思大部分时候七点前就已经吃饱喝足在家躺着了。

宋芳在得知她适应了新生活后，就开始给她安排相亲对象。

见面时间被定在了中午午休时间，地点就在公司楼下的星巴克。

J 市 CBD 这块儿的公司附近基本是速食餐厅，想要找个环境清幽的约会地点，要么得出门坐几站地铁，要么就在江边的小树林里，保底消费万元起步，还是巨难吃的商务会所。

宋思思并不愿意跑老远去相亲，更不可能浪费钱去找罪受。

相亲对象周文彬就在宋思思隔壁的证券大厦工作，宋芳老朋友的儿子，小时候和宋思思一起玩过几回，不算太陌生。

宋思思尝试着委婉提了一下这个地方，他便很好说话地同意了。

于是，相亲地点定在了这么一个人来人往的地方。

等宋思思在食堂吃完中饭下楼的时候，周文彬已经点好单坐着等她了。两杯一样的燕麦拿铁，没加糖。

周文彬小时候是什么样，宋思思记不太清楚了，但他现在看起来是个非常有教养的男孩子，略微带点腼腆，倒不太像干金融的。

宋思思刚进门，他就帮她拉开了椅子，等她坐下了，还很不好意思地笑了笑：“我看你没到，就先帮你点了。我平常很少喝这个，问了我同事，他们都喝这款。你不喜欢的话，可以重新点一杯。”

宋思思其实几乎不碰咖啡，一喝就头疼，她本打算点杯抹茶星冰乐的，但人家一片好心，她也没好意思拒绝：“没关系，我喝什么都行。”

或许也是第一次相亲，周文彬有点儿紧张，很努力地找着话题，从他在做的工作，聊到两人以前一起玩的经历，说完又开始介绍自己曾经的学校生活，到最后甚至把自己的情史都报备了一遍。

于是，宋思思知道他刚从早稻田大学毕业不久，交过一个霓虹国女朋友，比自己还小一岁，笑起来会露出一颗不太明显的虎牙。

宋思思跟周文彬说起以前在国外吃过的超诡异的黑暗料理时，他会很配合地睁圆眼睛，不经意地冒出一句：“哄冻滴斯噶（真的吗）？！”

和周文彬聊天是件很轻松的事情，不需要多费神，这个话题说完了，他会立马再换一个，气氛一直没冷下来过。

宋思思被逗笑了好几次，直到隔着透明玻璃看见外面站着的那个人。

时隔四年，那个人已经完全不是记忆里的样子了，头发被精心修剪过，立体的轮廓有种刀削般的锐利感，五官轮廓比从前更加分明。

他身上是以往很少穿的衬衫、西裤，但他现在似乎很习惯这样的正式打扮，丝质的墨绿色领带被系成温莎结，形状规整，十分板正。

袖子被挽到手肘上沿，左手戴着一块没见过的纯黑色机械腕表，即使看不清牌子，仅从款式色泽也能猜到价格不菲。

身材也不像最后一次见面时那样瘦削，右手拉一只 Rimowa（德国旅行箱品牌）黑色登机箱，手臂用力时能明显看见肌肉线条。

脸上散发出的疏离淡漠感要比四年前更甚，或许不该称之为淡漠，已经可以说是冷酷了。

他身上唯一没变的，是小臂上那道被宋思思咬出来的血印子，这么多年过去，依然没有变淡一点。

两人对视的时候，宋思思没在他脸上看见任何情绪起伏，连眼神都是淡然的。

他只和她对视了一眼，不超过三秒，就将头转向了旁边。

站在他旁边的，是宋思思的顶头上司老汪，他们本来朝公司的方向走，不知说了什么，路过时推门走了进来。

老汪还没看见宋思思，他们直接去了前台点单。

宋思思丝毫没有起身和领导主动打招呼的意思，她强迫自己把目光集中到周文彬的身上。

但她只能看见对面的人嘴唇一张一合，没有办法再听清他的声音。

整个世界都是安静的，宋思思只能听见自己的心跳声。

老汪是个酷爱做媒且有点八卦的中年男领导，他刚在前台点好单，往四周一扫看见了宋思思，立马就冲着这边招手。

"小宋啊，你也在这儿呢？工作日中午还和男朋友约会，感情很好嘛。来，你过来，跟余总打个招呼。余总，我跟您介绍一下，这是我们正光今年新招的小宋，宋思思，N大回来的高才生，投发部主管。"

宋思思不知道自己是怎么站起来走过去的，又是怎么机械地说出那句"您好，我叫宋思思"的。

余一言只是一触即离地握了一下宋思思的手，既没说话也没点头，好像两人真的从没见过。

老汪没有给宋思思正式介绍余一言，或许是觉得没有必要，或许觉得她还不够资格。他等宋思思寒暄完，就直接转头和余一言再次确认："余总，您真的不先去办入住吗？会议安排在下午三点，时间上还是来得及的。"

余一言直接拒绝："不用，先跟几个经理碰碰，等晚上吃饭时顺道去办就行，汪总跟我不用这么客气。"

咖啡已经做好了，老汪从前台接过来递给余一言，转头问宋思思："你和你男朋友约会结束没有？还有十来分钟就上班了，你跟不跟我们一起上去？"

宋思思很想拒绝，但周文彬已经站了起来，朝老汪那边笑了笑，算是打过招呼，然后转头对宋思思说："今天就聊到这儿吧，时间不早了，我也该回去了。你晚上有空吗？要不要一起吃个饭？"

　　还没等宋思思说话，老汪先开口了："今天晚上不行，今晚我们地区公司聚餐，是余总的接风宴，大家都得来。你明天再约小宋吧，不差这一天。"

　　宋思思不得不佩服自己，即使脑袋完全是蒙的，她表面依然很镇定地跟着他们回公司，且还记得抢先一步，赶在领导动手前去刷门禁、按电梯楼层。

　　等电梯的时候，她站在余一言的右手边，中间隔着行李箱，似乎又闻到了那股迷迭香混着薄荷的味道。

　　他依然在用这套洗浴用品，他真的很长情。

　　耳畔是老汪喋喋不休的恭维声，间或夹着几句余一言疏离的客套话。

　　"小宋啊，等会儿余总直接去他办公室，他的行李你带过去放到储存间。然后你再去找下小方，让她确认晚上吃饭的酒店订好没有，并且通知下去，下午三点开会。余总，您的行李交给小宋就行，这种小事让他们年轻人去做。"

　　余一言把行李箱的把手递过去，朝宋思思点了点头："麻烦你了。"

　　他的声音是平稳的，听不出一点异样。

　　电梯门开了，宋思思和他们分开了，领导的办公室在右边走廊，而她去格子间得左转。

　　放完行李，刚走到方玥的工位上，宋思思还没来得及说话，方玥就先开口了："你见到余总了？怎么样？看起来严不严厉？信息栏上只写了年龄，居然和我们差不多大。"

　　宋思思愣了一下："你知道有人要来？"

　　"老汪上周五让我订了文华东方酒店，好几千一晚的江景套房一订就是一个月，我当时也不知道是谁，还以为他又有哪个好兄弟要来。我也是刚刚才接到的消息，还没来得及告诉你，说是集团总部派下来的，具体什么职位我也不清楚，反正我们正光的华东地区的公司都归他管了。你和他说过话没有？他好不好说话啊？"

　　宋思思嗫嚅了一下："还好吧，我也不知道。他之后就一直在我们这儿了，还是就待一个月？"

　　方玥想了想："大概率一直在这儿了。我之前和总部的人事主管对接，她说从下半年开始，各个地区公司都会陆续派人下来。我跟你说，好日子要到头了，本来咱们靠着东部地区经济发达，每年完成平均业绩指标就行。老汪那个半吊子水平，就会溜须拍马，每天跟个弥勒佛一样，也不管事，全靠底下的经理干活。但那个余总肯定不一样，集团总部据说根本不是人待的地方。"

宋思思勉强向方玥转达了老汪的吩咐，坐回到自己的工位上，脑子里一片混乱。

她进正光确实有私心，余一言大学一直在国投集团实习她是知道的，她想去他曾经待过的办公楼里看看才随手投了简历，没想到真的收到了offer。

但她从没想过会和余一言一起工作，他一直待在国投的概率本身就不大，加上正光只是集团的一个子公司，她这里还是个地区分部，集团下属公司那么多，光 J 市这栋楼就足足有四十层，食堂都有好几个，再碰见的概率很小很小。

她根本没有做好和余一言重逢的准备，她甚至都没在脑海里设想过再见余一言的场景，她以为这一天的到来还有很久，她不曾想到他们竟会像现在这样待在同一个公司。

整整一个小时的时间，宋思思什么都没做，只是盯着电脑屏幕发呆，直到方玥来提醒她开会才猛然回过神来。

余一言进会议室的时候引起了轻微的骚动，方玥小声在宋思思的耳边嘀咕："天啊，余总竟然长得这么极品！你刚才怎么没告诉我？他完完全全是顶级高富帅啊，就算是被他虐死，我也死而无憾了。"

余一言目不斜视地走到了长桌的正中间，没什么表情地坐下来，手里没拿任何东西。

行政在殷勤地给他倒水。

会议还是老汪主持。

宋思思本来还抱着一点儿希望，也许是方玥搞错了，但"方包打听"的名号向来名不虚传。

老汪很谄媚地开口了："今天主要跟大家宣布个事情，咱们华东地区公司新来了位负责人，姓余，余总。

"大家以后要服从余总的领导，全力配合余总的工作。余总可是咱们集团总部的骨干力量，他原先是国投的财务总监，现在在正光总部担任副总裁。今年咱们集团改革，所以余总被派到我们华东地区公司，以后华东、华南的业务就由他全权负责了。希望咱们地区公司在余总的带领下能更上一层楼！"

和老汪虚头巴脑的风格完全不同，余一言只很简单地做了自我介绍，就开始让各部门经理详细汇报前三季度的任务完成情况。

"跟L市的项目对接的是一把手吗？找下面的分管领导没用，他们拍不了板。"

"这块土地的性质和城规碰过没有？基本农田调不了，不要费了半天劲最后都是无用功。"

"城市选址标准到现在都没搞清楚吗？中心区域人口这么少，这个项目没有盈利的可能。"

"不要让城投参与进来，正光只做重资产，没有话语权的事少干。"

"这块规划是谁做的？测算清楚了没有？只重表面效果没有落地性，这不是在搭空中楼阁？"

"上半年签了几个投资协议？不要拿框架协议糊弄我，没有敲定的事，随时都能变卦。"

••••••••••••

宋思思从没见过余一言咄咄逼人的样子，他并没有说太多话，但凡开口都异常犀利。

一个个问题抛出来，各部门负责人被弹压得哑口无言，会议室被极端高压笼罩，连最爱偷偷摸鱼的方玥都大气不敢出。

这已经不是宋思思认识的那个学生气的余一言了，除了那张脸，她找不到任何熟悉的地方。

漫长的两个多小时终于过去，当老汪宣布会议结束，大家出发去聚餐的那一刻，宋思思看见不止一个人大松一口气。

晚宴订在文华东方的雍颐庭，作为公司核心部门的职员之一，宋思思被安排在了主桌的末位。

方玥给了她一个自求多福的眼神，马上溜去了包厢外的普通员工桌上。

包厢里的气氛倒不像会议室里那么压抑，余一言收敛了他的锋芒，变得温和起来。

老汪见事态良好，顺着竿子就往上爬，开始给余一言劝酒："余总，这不喝酒可不行，咱们专门为您设的接风宴，您只喝茶说不过去啊。"

说完，老汪拿起自己面前的酒壶就想分余一言一半，但刚刚抬手就被余一言拦住了。

"我未婚妻不喜欢酒味,我就不喝了。老汪你们随意,不用顾及我。"

"未婚妻"三个字在耳边炸响,那一瞬仿若山崩海啸,巨浪滔天,冰冷刺骨的海水朝人兜头罩下来,有种令人窒息的咸腥味。

宋思思想到了高依茜酒精过敏……

所以,他们真的要结婚了?

食道反流的感觉又出现了,仿若亿万只红蚁在腹腔里爬动撕咬,火辣辣的刺痛感迅速传来。没有随身备着消食片,她竭尽全力才勉强把呕吐感压下去。

但中午喝下的咖啡开始作祟,宋思思的脑袋越发沉。

老汪并没有就此作罢,他的声音从没有像此刻这般听起来令人厌烦:"余总这理由说不过去啊,未婚妻不喜欢归不喜欢,可今天余总是一个人来的J市,未婚妻不在身边总是能喝一点的。"

余一言依然推辞着:"今天就算了,下次有机会再喝。她不高兴起来,我没有办法。"

结尾那一句,狠辣地敲击在宋思思的痛觉神经上,每一个字好像都变成了铁制的大摆锤,无情地迎面急速抡过来,前前后后整整敲了十一下。

那股食道反流的感觉越来越强烈,已经接近宋思思可以忍受的极限了。她正考虑着悄悄离席去趟洗手间,但老汪随后的突然点名把她定在了原地。

"余总不给我这种大老爷们面子,那小姑娘的面子总得给吧?那个谁,小宋,来来来,你敬余总一杯。"

宋思思呆住了,她已经尽量让自己没有存在感了,但现在全桌人的目光都聚焦到了她身上。

她张了张嘴,不知道该如何拒绝。平时混在人堆里,她不喝也没人会专门来为难她,但众目睽睽之下,她不可能驳了老汪的面子。

她沉默了片刻,气氛开始尴尬起来。

余一言突然开口了:"这样吧,老汪,你也别为难小宋,我喝两杯,多了也别再劝。今天都是自己人,不用这么客气,工作上干好就行,咱们不兴这个。"

说完,余一言自己拿起酒壶,倒了两杯,咽下后给老汪亮了亮杯底。

"余总好酒量!既然您都亲自开口了,我肯定不敢为难小宋。那咱们今天不劝酒,余总说了,咱们都是自己人,大家都自便啊。来来来,这道茉莉花茶熏鲳鱼是这里的特色菜，余总尝尝看……"

余一言后来是怎么跟老汪打的机锋，宋思思已经不想听了，时隔四年，余一言有了未婚妻，而自己成了他嘴里无关痛痒的小宋。

熬至酒过三巡，宋思思趁着没人注意奔去了洗手间，压抑了一晚上的恶心感终于释放了出来。

胃里舒服了一点，但晕乎乎的感觉不减反增。

自己坐车回去显然不太可能，宋思思只能给富宇安打电话："哥，你还在加班吗？"

富宇安一听就察觉出不对劲，宋思思是在去了 Y 国才开始叫他"哥"的，但次数非常少，只有在人很难受的时候才会这样叫。

"你怎么了？哪里不舒服？是在家吗？我马上回来。"

"不是，我就是喝了咖啡头晕，你别着急。今天公司聚餐，我还在这儿吃饭。你下班了来接我吧，行不行？"

"那你把地址发我手机上，我尽快过去。"

"那你到了跟我说，开车慢点。"

"行，我到了给你打电话。"

宋思思按了挂断键，看着镜子里的自己的脸，除了眼底因为长年累月睡不好觉而隐隐透出的青色，看起来和四年前几乎没有什么区别。

刚从 Y 国回来的那周，她因为素颜穿着大 T 恤，过于不修边幅地跟着宋芳去发廊，竟然被 Tony 老师错认成大一新生，拼命给她推荐烫染服务，告诉她上了大学可以好好打扮。

但这不是什么值得高兴的事，正因为她过于孩子气才会导致老汪一直不自觉地交代她办一些不是业务范围内的杂事，而如今在余一言翻天覆地的变化对比下，更是显得她仍旧被困在从前。

宋思思不太想回去，干脆走到包厢外的休息区，坐在了沙发上。她本意只是想从那种让人不适的氛围里逃脱出来，稍微透口气，但不知不觉竟然就睡了过去。等被嘈杂声吵醒，饭局已经结束了。

她惊醒过来，赶紧起身进去。同事已经在收拾东西，陆陆续续准备走人。

老汪叫住她："小宋，刚还找你呢，余总的行李箱呢？"

"在酒店前台。您之前让方玥先去帮余总办入住手续，已经办好了，只要本人再去验一下身份证就行，行李就一起寄存在前台了。"

"行，那你替我送余总一趟，帮他把行李拿去房间。"

"我吗？要不我去叫方玥吧，这主要是她负责的。"

"小方去开发票了。这点事你办不好吗？你们这些小年轻很缺乏锻炼啊，我们那个年代都是争着抢着为领导服务的。行了，你不要在这里推三阻四了，余总今天还帮你喝了两杯，你总得意思意思吧？"

　　老汪转头和余一言握手道别："余总，那我就不送您了，给您订的酒店就是我们吃饭的这家，这边早餐很丰盛，离公司只有一公里，司机明早会在楼下等您，您要是想自己步行去也很方便。有什么事，您就吩咐小宋去办。"

　　老汪走了之后，余一言和宋思思谁都没开口。余一言的脸上没有任何表情，宋思思不知道他在想什么。

　　两人对视了片刻，头顶的水晶吊灯太亮了些，晃得宋思思禁不住闭了闭眼。

　　余一言率先动了，越过她往包厢外走去。

　　宋思思顿了顿，默默跟在了后面。

　　他的步子迈得不大，宋思思为了刻意落后几步，还得控制走路的速度，鞋后跟敲击在酒店的厚地毯上，没有发出什么声响。

　　他全程都没开口，一路一言不发地去了前台，登记了身份证，领了房卡，又自行拉上拉杆箱，朝客房电梯走去。

　　宋思思并没有做好单独跟他相处的准备，跟着走到电梯前，停下了脚步，不打算再跟着上去了。

　　但在电梯完全合上的前一秒，门又缓缓打开了。宋思思看见他摁住开门键，面无表情地盯着她，静了两秒，开口说道："进来。"

　　电梯上升的过程中，依然没人说话。

　　铜金色的电梯门上映照出两个扭曲且模糊的影子，距离不远不近。

　　宋思思假装若无其事地又往旁边挪了一点，移开视线，转而改为望着顶端屏幕上不断跳动的红色数字。

　　第二十一层很快到了，余一言没有先出去，而是伸手挡着电梯门，就这么看着她，意思很明显。

　　宋思思迟疑了两秒，只好走在前面。

　　但她不记得具体的房间号，只依稀听到前台说的是二一〇几，指示牌上分了两个方向，她只能凭感觉随便挑了一边朝前走。

　　方向是对的，但她很快走过了头，脚刚踏出去，马上被余一言从后面拽住了。

宋思思挣了挣，但余一言没有放开她的意思，他用拿行李箱的那只手刷卡开了门，裹挟着宋思思进去了。

房门刚刚发出合上的声响，他就准确地找到了她的嘴唇。

宋思思的双手被握住，他的手心隔着房卡贴在她的手腕上，是一种冰冷且坚硬的触感。

她只能偏头去躲，他的吻顺势落在了嘴角。

之后房卡被他塞进裤兜，改为用双手捧住她的脸。

宋思思去推他，但被无视了，他的嘴唇很烫，只这么贴着，并没有急于撬开紧扣的牙关。

察觉到她的抗拒，他紧接着又拿这股烫人的温度去贴她的鼻尖、眼睛、脸颊和下巴，在她要开口骂人的时候，又趁机移了回来。

他的掌心也是滚烫的，烫得宋思思的太阳穴突突地跳起来，这比中午的那杯燕麦拿铁还要让人发晕。

他没插房卡，房间里只有从窗户漏进的些许城市灯火，模糊的光线使得人的记忆也跟着一起模糊起来，她几乎忘记了抵抗。

但很快，她搭在他胸膛上的手指触碰到了他胸口的金属制品，隔着衬衫，她也很清晰地感知到了它们的形状。

两枚圆环。

他胸前挂着的，是戒指！

刺耳的啸叫声又出现了，炸弹被毫不留情地抛在本就一片废墟的土地上。

余一言尝到了一点苦涩的咸味，他仿佛终于被惊醒，稍稍移开了些距离。

他看见了她脸颊上晶莹剔透的液体，他凑过去一点一点把它们轻轻舔掉，接着又去吻她睫毛上的泪滴，像初次接吻时那样，小心翼翼地轻吮了一下。

低沉的808鼓点在这时候突兀地响起来，白色链条包里的手机在振动。

理智慢慢回归，宋思思用尽全身力气推开余一言。她也不知道自己怎么想的，当富宇安的声音从听筒里传来时，她鬼使神差地答应了一句："好的，老公，在门口就行，我马上出来。"

挂上电话，她今天第一次看见余一言那张没有表情的脸在"龟裂"，快意一点点从心底浮上来。

她转身朝房门走去，手握上门把手的那一刻，余一言拉住了她。

他像是想说什么，但宋思思没有给他开口的机会："余总，我男朋友在楼下等我。"

余一言像被烫到一样缩回手指，房门被合上了，他被隔在了世界的另一边。

"你在电话里叫我什么？"富宇安没等宋思思系上安全带就开口问了。

宋思思感觉自己头痛得要晕过去了，她实在没有力气再解释，只能随口搪塞："为了拒绝我同事，我随便乱叫的。"

富宇安探身摸了摸她的额头，没发烧："你哪里不舒服？喝酒了？"

"没喝，就是头晕。"

"那为什么有酒味？"

宋思思怔了一下："不知道，可能被熏的。"

车子启动了，富宇安关了电台，跟她说难受就眯一会儿，没再多说话。

宋思思闭上眼睛，想睡却怎么也睡不着，记忆在脑海里翻腾，不留丝毫余地地涌上来。

因为那张照片，她在一年的硕士生涯结束后，选择继续留在 Y 国。

她不敢在那个时候回去。

不回去，不知情，那么就能假装什么都没发生过。

她没再点开相册，她不想再看到别的更残忍的东西，她害怕在那上面看见他和别人的亲密合影，但高依茜却没有就此放过她。

那是她到 Y 国的第三个年头，每天用各种各样的文献和课外活动填满多余的时间，忙碌确实能使痛感降低，她看起来仿佛依旧是以前那副快活的样子。

但在那个学年快要结束的时候，企鹅上出现了代表有新消息的红点。

高依茜又主动找上了她。

点开消息，一张新的照片猝不及防地跳出来。

如果事先知道，她一定不会点开。

只要没有亲眼看见，她还可以继续骗自己。

但它那时像把开了刃的匕首一样，已经毫不留情地扎进了眼眶里。

那张照片应该是在卧室门口拍的，床帘紧闭着，但没有挡住外面的阳光。

那是间完全陌生的卧房，但躺在床上的人却并不陌生，那是她每天再如何克制都会想起的人。

他看起来睡得很熟，头发翘起一绺，眼底是少见的青黑色，下巴上冒出长了一夜的胡楂，身上盖着素色的薄毯，压在被面上的手臂显示他至少上半身没有穿衣服。

　　这张照片的后面，紧跟着跳出一条消息：我和他同居了。

　　宋思思没有回复，只哆嗦着把聊天记录一条一条删除，等删完后连带着拉黑了高依茜的号。

　　如果可以，她会毫不犹豫地将从前的记忆按下全选，通通扔进回收站，可所有的细节都已被刻进了脑子里。

　　她没有任何办法忘记哪怕一点和他相关的琐碎记忆——他一连九年不间断地送给她的九只杯子；他分别用法语、德语、意大利语、西班牙语对她说过的"我爱你"；他只会对她一个人露出的真心笑脸……此刻都变成了百分百不掺糖的黑巧克力，可可脂的气味苦涩到近乎发酸。

　　那天是她头一回喝洋酒，辛辣刺激的味道直冲脑门，只一口就把她的眼泪呛了出来。

　　她不需要再喝下去，一口就足够让情绪决堤，胸口被掏出很大一个洞，她大口大口地喘息着，发出像破风箱一样的声音。

　　富宇安问她怎么了，但她心痛得说不出话来，也不知道怎么和他解释，只能拽着他没完没了地哭。

　　恶心感从来没有那么强烈过，她颤抖着抓了一把药丸咽下去，但没任何效果。

　　等吐到再没什么可吐的，她除了继续哭，也没有其他可以释放情绪的办法。

　　富宇安帮不了她，萧子睿也不行，她没办法和任何一个认识余一言的人开口。

　　或许因为沈丁妮是个完全陌生的旁观者，也是个很好的倾诉对象，所以她选择了沈丁妮。

　　但即使这样，她也不愿承认余一言真的不要她了。

　　宋思思只能一遍又一遍地回忆那些在一起的时光，像在沙滩上捡拾美丽的贝壳那样，每次只分享一点点。

　　当贝壳捡完的时候，她说出了故事的结尾，但句号被画在那个夏天。

　　她到最后也只是说了句："是我放弃了他。"

　　"你今天脸色怎么这么差？昨天在那桌被老汪逼着喝酒了？"

方玥在往宋思思的杯子里加枸杞，她一边天天熬夜到凌晨，一边喝着各种养生茶，不仅自己喝，还会拉着朋友一起喝。

　　宋思思用手指揉着太阳穴："没有，他是想逼我喝来着，最后没喝成。你行了，别加那么多，味道重了我喝不来。"

　　"昨天余总为难你没有？老汪就会做这种表面功夫，听说他以前是干办公室主任的，后来跟个高管攀上关系了才来的正光。难怪干正事不行，吹牛拍马第一名。"

　　方玥停了加枸杞的手，开始往杯子里冲开水，氤氲的水蒸气散开，小红果被冲得上下浮沉。

　　宋思思把马口铁盒放回头顶的储物柜，压低声音提醒她："你小点声，小心哪天被老汪听见，这里离领导办公室那么近。"

　　方玥把冲好的枸杞茶递给宋思思："没事，老汪离得远着呢，对面这个办公室是余总在用，他那个人哪像会偷听这种事的。况且总经办会给他打开水，哪用得着他自己来茶水间。"

　　方玥这句话刚说完，茶水间的门口就迈进一条穿着深灰色西裤的长腿。

　　方玥被吓得一口气没上来，听到宋思思喊了句"余总好"，她才慢半拍地跟着打招呼。

　　余一言扫了方玥一眼，没有开口说话，只点了下头，走到水池边，把袖子挽上去，右手按压了一下专用清洁液，开始洗杯子。

　　一时间，茶水间只剩下水流声。

　　好半天，方玥结结巴巴地提醒道："余总，那个，杯子已经洗过了，总经办那边有专门的行政负责这个。"

　　余一言依然很认真地冲洗着："你和他们说，以后我的就不用洗了，我不喜欢别人碰我的杯子。"

　　他手里的，是那个印着花体"3S"的黑色陶瓷杯，即使保护得再好，也已经很旧了，并且看起来实在不太符合他现在的气质。

　　宋思思不知道符合他气质的杯子该是什么样，他现在高高在上得仿佛不需要像凡人一样喝水。

　　她也不知道，过了这么多年，他为什么还在用这个杯子。

　　可能是他习惯了，就像他的沐浴露一样，只那一款，再没变过。

　　"好的，余总。那我们先走了。"方玥拉了拉宋思思的衣服，朝她打了个撤退的暗号。

　　但还没等她们动作，就被余一言给拦住了："你先走。宋思思留一下，

246

等会儿到我办公室，我有事要说。"

"好的，余总。那我先回去了。"

方玥背着余一言朝宋思思做了个抹脖子的动作，帮她带上水杯，脚底抹油，飞快溜了。

茶水间安静下来，又只剩下哗哗的水流声。

余一言冲洗了很久，那点泡泡早就冲干净了，但他把里里外外又冲了一遍才关水，抽了两张纸，开始擦手上的水渍。

直到宋思思等得不耐烦了的时候，他才抬腿领着她回到对面的办公室。

他走到长桌边，反身冲她抬抬下巴，示意她关门。

宋思思不知道自己哪儿来的底气，装作没看见，自行在沙发上一屁股坐下来，率先问道："余总找我有什么正事吗？"

余一言没有一点不高兴，他的表情一直没有变，谈不上高兴或者不高兴，但比昨天略微柔和了一点。

他走回去关上门，又从水壶里倒了杯热水，放下杯子，坐到办公椅上。

两人四目相对了片刻后，他用一种很平静的声音开口，但说的并不是正事："你昨晚没睡好？"

心底有股火气噌噌噌地冒上来，宋思思搞不清楚他到底在玩哪出，于是又把刚才的问题问了一遍，用的是更冷漠的语气，还在最后几个字上加了重音："余总找我，有什么正事吗？"

余一言垂下眼睫毛不再看她了，过了好半天，他恢复了昨天会议上公事公办的态度："你手头的事情理一理，下周一跟我出趟差。需要整理的资料，我在 OA 上发你。"

宋思思简直莫名其妙："为什么是我？"

"因为你是投发的，去的是 Q 市。荷塘古镇的项目之前是总部在负责，地区公司没人接触过，只有你对 Q 市最熟悉。"

宋思思不说话了，这确实算是个正当的理由，但不代表她会情愿去。

余一言没等她打好拒绝的腹稿，继续像个公事公办的上司那样交代："出差中请不用打，我会走流程，你让方玥跟项目公司的行政联系，订四间房，我、你、马明，还有司机。"

如果这句话是老汪吩咐的，宋思思会二话不说，规规矩矩地点头照办。

但面对余一言，她那种想顶嘴的欲望不受控制地爆发出来："能订三间吗？我想回家住。"

余一言似是没想到她会问出这么不专业的问题，愣了一下，脸色变得

247

比刚才冷了一点："宋思思，这是工作。你没必要担心我会对你做什么。"

　　他没再给她开口的机会，随即坐正看向电脑显示屏，下了逐客令，说出十分冰冷的一句："出去，把门带上。"

宋思思回到工位上不久，OA 上就收到了余一言传来的文件包。

荷塘古镇这个项目，去年刚刚在 Q 市落地，开业那天就一炮而红，各项成绩非常亮眼，成为 Q 市的城市会客厅和地标性建筑，在全国十大必去的网红打卡点中，人气排名前三。

宋芳去逛过很多次，但宋思思还没去过，她回家基本都是宅在家里，偶尔出门也是去杨璐璐那里蹭饭。

在此之前，她通过公司的宣传册知道了这是正光投资建的，但没想到负责人会是余一言。

有这么个做吸金兽项目的资历，难怪他才几年就能爬到副总裁的位子上。

文件包里的资料很齐全，宋思思要做的，只是对各项数据进行更新，重新测算出合理的地价范围。

这不是什么很难的任务，她搞不懂余一言这趟出差叫上她的目的。

作为投发主管，大部分的工作都是在办公室完成的，商务谈判并不在她的工作范围内。

之前出差，宋思思绝大多数时候都是作为辅助型角色，通常是在项目落地前和各部门科长对接相关信息。

像荷塘古镇这类已建成的项目，资料已经相当完备了，能让她发挥作用的地方很少，她也没弄清楚余一言这趟是去干什么的。

还没等她想明白，OA 上又有了新的消息提示，是余一言发来的。

这次是去谈二期工程，具体内容开会时再说，你现在只要把需要更新的资料整理出来。

测算表周四下午能不能给我？

这个时间不算充裕，但也不是太紧张，属于挤一挤恰好能完成的工作量。

还没等宋思思回复，他又交代了一句：不懂的可以来问。

宋思思有点无语，余一言已经把之前的测算模型全部整理出来发给她了，剩下的工作只是比较烦琐而已。

他昨天在会议上，还因为某个经理给的数据结果不够精准讥讽了一句，现在倒把她当个要手把手教的实习生。

副总裁闲到了这种程度吗？

她不理解余一言到底在干什么，明明已经准备和高依茜结婚，现在又做出这副样子。

所以，是在这个纸醉金迷的名利场里浸染多年，也跟人学会了三心二意吗？

她很想讽刺他两句，但最终还是只回复了两个字：收到。

中午吃饭的时候，"方包打听"再一次发挥了她深厚的功力。

"我跟你说，总部人事告诉我，本来地区公司的负责人还没有确定，是余总自己申请到我们这儿的。他打的报告上说，他之前跟他未婚妻都是异地恋，现在打算结婚了，于是调来 J 市。"

宋思思没说话，嘴里机械地嚼着豆腐干，好半天都没咽下去。

方玥又开口了："这年头怎么还有人叫另一半未婚妻？女朋友就女朋友，老婆就老婆，这么个称呼也真够奇怪的。"

宋思思强扯了扯嘴角："你管人家呢，说不定就是人家的情趣。"

"不过他这个未婚妻也真够神秘的，这么多年公司里的人都没见过。领导每次想拉他去 KTV，他都拿未婚妻会不高兴来拒绝，人事还以为是他不想同流合污才硬编的借口呢，没想到真有这么个人。"

看宋思思一直没什么反应，方玥觉得有点奇怪："你今天人不舒服？怎么都没兴趣八卦了？"

宋思思低头喝了口汤，把眼里的情绪收起来了："我不是怕再被抓到吗？他那么神出鬼没的，你还是别说这个了。"

方玥哽住了，呆了片刻，决定换个话题："你还没说呢，昨天相亲怎么样？那人长得好不好看？"

宋思思没什么胃口，数着米饭一粒粒往嘴里送："还行吧，长得比较干净。就是比我小，我谈不来姐弟恋。"

"啧，你这就不懂了，弟弟多好啊，弟弟精力才旺盛。"

宋思思被她说得笑起来："你要是喜欢，我可以介绍给你。"

方玥摇头："我还是算了，我喜欢稳重的那种。之前我去当伴娘，有个伴郎就是这一款，可惜人家有女朋友了。"

"这还不简单，我们出差碰到的不都是这款吗？"

方玥白了宋思思一眼："我说的是长很帅的年轻人，我们碰到的都是老干部，这能一样吗？"

"那你的标准有点高。"

"我要的是那种气质，况且也不是不能做梦梦一个，余总不就副总裁了吗？他才几岁啊，别是什么集团的太子爷吧？"

宋思思放下筷子，不太想吃了，干脆拆了酸奶："不至于，他在国投都干了六七年了，手里又有好几个大项目。而且总部不有四个总裁吗，也不算多难吧？"

"你听听你讲的是人话吗？其他那三个最年轻的也四十多岁了好吧。而且他好像前几年才入职啊，你从哪儿听说的六七年？"

宋思思支吾了下："我听他说之前实习什么的，我也不确定，瞎猜的。"

"他怎么还跟你说这个？"

宋思思没办法解释了，只能生硬地转移话题："就是随口提到的。你吃好了没有？我酸奶都要喝完了。"

方玥胡乱塞了几口，端起餐盘："走吧走吧，我不吃了。今天菜一般，难怪你基本都没动。等下午我们再下去吃点东西好了。"

午休结束后，余一言召集了几个人在小会议室开会，交代项目的详细情况。

宋思思大致弄清了此次行程的目的。

荷塘古镇的效益很好，客流量大，给当地财政带来的税收收入不菲，一定程度上促进了就业率的增长，政府因此希望能够尽快启动二期工程。

但按照余一言的意思，并不希望盲目扩张，东部地区的建筑风格通常小而精，不像西北的项目那么粗犷豪放，动辄占地三五千亩。

但他也不可能直接拒绝，目前暂时维持现有的体量确实是最好的选择，但等三年以后，也会有扩张规模的需求。

这次的谈判目标就是要趁热打铁，把之后的方案敲定，在地价暂未飙升之前抢先拿下地块，说服政府大幅度让利。

宋思思越听越迷茫，出差叫上马明很正常，他是投发部经理，涉及谈判肯定得带上人打配合。但叫上她就很奇怪，除了资料需要人整理，真去了现场，她也就只能处理杂事和写写会议纪要，作用不是太大。

唯一能勉强说得通的理由，就像余一言说的，地区公司没人接触过这个项目，而宋思思熟悉Q市，办起事来估计比助理好用一点。

会议时间很长，余一言在和几个经理一点一点地细抠条款，暂时没有结束的意思。

肚子隐隐叫了起来，宋思思很难集中注意力，中午吃的那点东西早就消化没了，本来和方玥约了下午茶，现在已经过了那个时间点。

她只能通过不停地喝水来缓解胃部因饥饿带来的不适。

直到拎进会议室的那一整壶水都被宋思思一个人喝空了，余一言才转头看了她一眼。

会议突然被中断，宋思思听见他说："先休息十分钟。"

余一言并没有起身，只是倚着办公座椅向后靠了靠。

几个经理摸不清他的路数，没人敢率先出门。

静默了半分钟，余一言点了点桌子："宋思思，你去打壶水进来。"

宋思思愣了愣，随后羞得想要找条地缝钻进去，开会摸鱼被抓，且还像个水牛一样喝了近1.5升的水，而这一切都被余一言发现了。

"好的，余总。"

她只能拎起水壶默默走出去，在心里给余一言打了大大的一个叉。

宋思思打完开水没有立即回去，她在茶水间的冰箱里试图翻点食物出来，找了半天，只摸出几根自己之前剩下的奶酪棒，还是非常不喜欢的蓝莓味。

但没办法，她没有在工位上囤零食的习惯，楼下就是便利店，只要工作完成，老汪向来不管别的，肚子饿了花二十分钟去喝个下午茶，是她和方玥经常干的事情。

没有别的东西，宋思思只能皱着鼻子拆了两根往下咽，这个东西酸溜溜的，没有奶香，都是被广告骗着买的。

吃到一半，她听见了敲门声。

余一言不知道什么时候来的，也不知道站在门外看了多久，他只是很笃定地问："中饭没吃饱？"

宋思思蒙了，接二连三被他撞见这种事，心里的余一言已经被她画上

252

了满头的叉。

余一言没听见她的回答，朝她偏偏头："你跟我来一下。"

宋思思跟着他走进对面的办公室。

余一言在柜子里翻找了一会儿，拿出盒曲奇递给她："凑合吃一点，行政买的，我不知道好不好吃。"

宋思思恨恨地拆开包装，还不忘阴阳怪气几句："还是余总面子大，才来一天，连这个都给准备好了，我们普通员工的吃完了压根儿不记得补充。"

"嗯，我会让他们注意的。"

宋思思被他的话噎了一下："我没有在告黑状，你不要推到我头上。"

余一言看了一眼手表："快到时间了，你还进去吗？不想听你可以先回去。"

宋思思又被噎住了："我没有不想听，你不要说得我很不学无术一样。"

"那你吃完了先进去，我等一会儿再进。"

"为什么？"

余一言挑了一下眉："不然呢？让他们都等你好，还是等我好？"

宋思思第三次被噎住，今天一直在余一言面前狂犯低级错误，搞得自己仿佛还像四年前一样没有丝毫长进，甚至更差。

她没办法再多说什么，只能加快速度囫囵吞咽着。

然后，她第四次被噎住。

不是因为余一言的话，而是真真正正地被饼干噎到了。

桌子上并没有水杯，水杯都在会议室里。

余一言很快从柜子里翻出一瓶香蕉牛奶，插上吸管递给她："你不要急，不差这么几分钟。"

宋思思愣愣地接了过来，发现这不是行政会买的东西，至少在普通员工的零食储备里，她没见过这个。

她已经很久没喝过香蕉牛奶了，除了上高中的时候，余一言每周会给她带一盒，大学开始基本都改喝奶茶了。

那股清甜的味道依旧没变，烦躁被慢慢抚平了。

宋思思没再呛余一言，安静地把牛奶喝完，曲奇只吃了一半："我吃饱了。"

余一言示意她把剩下的曲奇放桌子上："我会收拾，你先进去。"

下半场的会议进行得很顺利，离下班还有半个小时的时候，余一言结束了会议："今天先到这里，马明你再留一下，其他人可以走了。"

　　宋思思刚回到工位上，就收到宋芳发来的语音："快下班了吧？昨天见过小周了吧，你觉得怎么样？"

　　"就那样吧。"

　　"什么叫就那样？你方阿姨和我说，你们昨天聊得很好啊。你哪儿不满意呢？"

　　"他年纪太小了。"

　　"就比你小一岁。而且我了解过了，人家一个人在国外，什么都能干，比你独立多了。"

　　"可是我没什么感觉。"

　　"没感觉也可以先相处看看，处着处着就有感觉了。方阿姨那么喜欢你，给你买过多少东西？你不要一点面子都不给她儿子，总得给个机会试试吧。"

　　"我知道了。我还没下班呢，你别挑这会儿和我说这个。"

　　宋思思结束了对话，打开测算表开始忙起来。

　　本来是差不多能完成的工作量，但今天开了一下午的会，剩下的两天时间，倒是不太够了。

　　快下班的时候，宋思思收到周文彬发来的消息——

　　今天要一起吃晚饭吗？我知道一家很好吃的日料，你愿意跟我一起去吗？

　　宋思思只犹豫了一瞬：今天可能没时间，手头有点工作，我得加会儿班。

　　对面过了会儿回复过来：需要很久吗？久的话我帮你点份吃的吧。

　　宋思思：不用太久，不用那么麻烦。我下班了随便吃点就行。

　　周文彬：不久的话我等你好了，我现在也不饿，可以等你工作完再去吃。

　　他又问了一遍：你愿意跟我一起去吗？

　　话说到这个份上，宋思思还真有点不好意思拒绝。

　　知道她喜欢吃车厘子，方阿姨以前每年过年都会给宋芳送一大箱，她确实不能一点面子都不给：那你在我们公司楼下等我吧，电梯设了门禁，不好上来。大堂里有沙发，你可以坐在那儿等我。

　　老汪历来没有加班的习惯，他自己天天急着回家，一到点，办公室里的人都习惯性地飞速撤离。

宋思思加了半个小时班，也不好意思让周文彬久等，磨蹭着整理好包包准备下楼。

刚走到电梯间，她就看见余一言一个人站在那儿。

宋思思没想到他竟然还没走。

他倒不像要下班的样子，手上没拿东西，脖子上挂着工牌，看上去像是要去食堂吃饭。

"余总好。"

余一言看着她："怎么这么晚还没回去？"

宋思思看了眼时间，才不过六点："现在也不晚。你怎么一个人，总经办的人呢？"

"我让司机和总助先走了。加班又不是什么好事，我自己习惯了，没必要强制大家一起留下来。你怎么还没走？你们这儿不都到点就走吗？"

宋思思"嗯"了声："我有点事，稍微留了一下。"

余一言沉吟了片刻："要一起吃饭吗？"

"不了，我已经约了人，余总自己去吃吧。"

电梯到了，余一言进了门，双手插在口袋里，没有要按键的意思。

宋思思摁了一楼，抬头问他："你去几楼？"

余一言顿了一下："和你一样。"

食堂都在三到五层，宋思思不知道他去一楼干吗，但也没再多问。

电梯的下行速度很快，可宋思思依然觉得难熬，和余一言单独关在密闭空间里，气氛变得相当诡异。

当电梯门终于打开的时候，她甚至忘记了礼貌道别，像是要甩掉什么似的，大步迈了出去。

周文彬坐在大堂的沙发上，正低头看着手机。

宋思思走过去在茶几上敲了敲："嗨，等好久了吗？我好了，去吃饭吧。"

周文彬抬头露出个笑脸，那颗不太明显的虎牙又出现了："还好，不久，我以为会再等一会儿。"

他站起身继续说道："座位已经订好了，车停在隔壁的停车场，你们这栋楼不允许外来车辆进。你是和我一起走过去，还是我去开车来接你？"

"离得不远，一起走过去好了。"

宋思思跟着周文彬往大门走去，即将迈出门的那一刻，她没忍住回了头。

余一言站在不远处的大堂里，没什么表情地看着他们，那个冷漠的余总，重新回到了他身上。

宋思思其实不太喜欢吃日料，和余一言去霓虹国的两次，吃的最多的是鳗鱼饭和拉面。

她嫌芥末味太冲鼻子，刺身和鹅肝也没碰过，任何生的或者肥腻口感的东西，她都不能接受。

周文彬很快发现了，他把玉子烧切成小份，方便宋思思夹到碗里："你不喜欢吃日料，其实刚才拒绝我也没关系。火锅、烤肉、西餐或者别的什么，你有特别喜欢的吗？下次我们可以换一家。"

宋思思挖了一勺抹茶布丁，朝他笑了笑："我也没有不喜欢，熟食类的我都吃，这家的芝士年糕做得就很好。"

等到买单，周文彬才发现宋思思趁着去洗手间的工夫，已经抢先把账结了。

他走到门口，看见她站在台阶下面，心不在焉地拿脚描着地砖上的纹路。

她的脸很小，没有化妆，但也白生生的，唇色很淡，不知道是不是刚吃完饭的缘故，现在显得红艳了一点。她的睫毛很长很密，像把扇子一样遮盖着眼睛，让人无法探知眼底的情绪。左脸上的那颗泪痣要坠不坠地挂在那里，使她明明一直在笑，也显出一丝很淡的忧郁来。头发既没烫也没染，是那种青黑色，随意地披散开，绾了几缕在耳后。身上穿着浅蓝色衬衫和米色半身裙，脚上穿了一双万斯，除了背的Celine帆布手袋稍贵一些外，身上没有其他奢侈品，是很普通的格子间年轻小白领打扮，和她现在的职位不太相符，但反而透出点宁静美好来。且她没戴任何首饰，连耳洞都没有，看起来比自己还要小几岁。

周文彬把打量的目光收回，轻咳了一声："我约你吃饭，怎么反倒让你付钱？你该让我结的。"

宋思思抬头望过来，又笑了一下："没关系，我比你大嘛，方阿姨对我那么好，我请弟弟吃顿饭也是应该的。"

回去的路上，两人没怎么说话，宋思思一直处于一种恍惚的状态。

直到停下车，周文彬关了电台，车里彻底安静了，她才猛地惊醒过来。

斟酌了一会儿，周文彬试探着开口："你没有不喜欢我，对吧？"

车里太黑了，宋思思把顶灯按亮，昏黄的灯光让她感觉安心了一点，嗫嚅了半天，她憋出一句："我觉得，我们比较适合做朋友。"

周文彬默了默，手指在方向盘上敲击了两下："你现在没有男朋友，

256

对吗？"

宋思思奇怪地看他一眼："你怎么这么问？我有男朋友还出来相什么亲？"

周文彬笑了一下，又冲她露出那颗不太明显的虎牙："没男朋友就没事。下次换我请你行吗？弟弟也可以请姐姐吃饭的吧？"

第二天的早会上，余一言全程低气压。如果说前天下午的初次会议，他像个锋芒毕露的将领，那么现在就是个残酷无情的暴君。

策划部的方案规划报告才刚开个头，就被他冰冷地打断了："和上次给我看的没有任何区别，片区面积比仍旧没有调整。这种东西不要拿来浪费大家的时间，别再让我说第三遍。"

风控的经理在介绍 H 市的项目选址，余一言瞄了一眼就按了暂停键，拿激光笔点点投影上的图表："这数据是谁做的？近三年的成交量用脑子想想，可能是这个数吗？"

法务部只报告了一句投资协议的完成情况，余一言的训斥就劈头盖脸地落下来："三个法务专员，两天时间连一份协议都没拟出来，公司养着你们吃白饭的吗？明天上班前交到我办公室，做不到就收拾东西走人。"

轮到宋思思汇报的时候，她的声音都是颤抖的，生怕哪里出点错，被他当着所有人的面痛批。

余一言身上依然散发着寒气，从头到尾都没看她一眼，眼睛一直盯在投影上。

他等宋思思汇报完坐下了，静了半晌才开口："下一个是谁？是要我提醒吗？"

早会只开了半个多小时就结束了，没有几个人能完整地完成汇报，余一言用不了两分钟就能挑出毛病来，接着就是不留情面地斥责。

方玥在中午吃饭的时候都没敢再聊余总的八卦，只敢聊点不痛不痒的话题。

宋思思也被彻底吓住了，她现在终于意识到了"副总裁"三个字的威严。

余一言并不是什么脾气温和、不太管事、可以糊弄的小领导，他和总部那些 boss 一样，是在血海里摸爬滚打出来的，只一眼就能抓住所有错误，然后苛刻地、不给任何面子地把人骂得狗血淋头，不管对方是谁。

这天的午休时间，被宋思思用来加班加点，工作再不敢往后拖延。

到周四吃午饭前，余一言让她整理的数据就已经提前完成了。

宋思思检查了三遍，打包好发送过去，像对甲方爸爸那样给他发消息：余总，项目资料和测算结果已经发送至您的工作邮箱，请您注意查收。

过了半分钟，OA 上收到余一言的回复：你来我办公室一趟。

宋思思毕恭毕敬地过去。

这次，余一言冲她抬下巴，她很老实地就把门关上了。

她坐在桌子对面的办公椅上，看着余一言淡漠着一张脸，只盯着电脑显示屏，暂时没有开口。

过了大约十分钟，他轻皱了下眉，但也没说什么，只自己动手改了一个计算公式。

宋思思小心翼翼地问了一句："有哪里做错了吗？"

余一言瞟了她一眼，视线重新移回屏幕上，好半天才说："不算错，只是不够精确。这张动态表总部近期更新过。"

宋思思轻吁了一口气，那颗提到嗓子眼的心稍稍放下来了一点。

余一言转头看着她："你很怕我吗？我没有骂过你。"

宋思思怔了怔，张了张嘴，不知道怎么回答这个问题。

余一言回头继续检查数据，好在也没有要刨根究底的意思。

宋思思等得无聊，眼睛开始不自觉地乱瞟，之前进来还没有仔细打量过这里，现在才发现落地玻璃前多了盆很高的幸福树。

她又控制不住地腹诽，行政的速度可真够快的，这株绿植明显比放在格子间的那几盆发财树漂亮多了。

这间办公室很大，因为离茶水间太近，老汪又是个不爱关门的男领导，他嫌门口老有人路过太烦，于是只选了里头一间小的，这里也就没人敢选，一直空了下来。

现在余一言挑了这间，单看摆设显示不出多少个人风格，除了手边的杯子，其他的基本都是行政给他准备的中规中矩的东西。

他桌子上还摆了盆很好养的南洋杉，没有土培，根部被完全浸在水里。

这倒跟老汪他们不一样，其他那些男领导，即使是副经理，办公桌上摆的也都是花里胡哨的盆景。

右边墙上挂着幅浅设色立轴绢本——《仿董北苑山水图》。董源的原作藏于上海博物馆，这幅出自耕烟散人，苍劲雄浑的笔法，看不出是不是王翚的真迹。倘若是真的，大概率也不会是余一言自己拍的，他应该不至于花十万美金去买这种东西。

他除了曾经问过宋思思一次是不是会画国画，得知她小学毕业后就再没动过笔后，对这类古画好像也没有多余的兴趣。

而他曾经有兴趣的东西，现在也看不出痕迹了，虽然电脑都是公司统配专门加密过的，但他竟然连键盘和鼠标都没换过。

以前上大学的时候，他对自己经常要用的电子产品特别挑剔，笔记本挑个顶配的还得认真改装，全宿舍属他那台电脑最快。

但他并不常打游戏，挤出来的时间基本都在和宋思思约会。同时他也不怎么愿意借给别人自己的私人物品，室友骂他暴殄天物，他也完全不为所动。被烦得厉害了，他干脆组装了一台当宿舍公用机。

宋思思在这方面是个彻底的小白，从来没想过要研究研究牌子，好送他个机械键盘什么的。

一方面，是研究了也很难弄懂，另一方面，照他那种性子，凡是宋思思送的，即使不太喜欢，他也会硬着头皮一直长久地用下去。

其他东西也就算了，在他这唯一一点挑剔的地方，宋思思倒希望他能随性一点，最好永久保持挑剔。

而现在，用不着她送，余一言自己也没了这唯一一点嗜好。

他确实变了很多。

直到已经超过饭点十分钟，余一言才关了文件，也没说有没有别的问题，只略微活动了下脖子，站起身，又冲宋思思抬下巴："走吧，去吃饭。"

宋思思很想拒绝，但她不敢，到嘴边的那句"方玥在等我"咽了下去，改成了"我的饭卡在工位上"。

余一言盯着她，扬了扬自己手中的工牌："我带了，你不用拿。"

宋思思只能诚惶诚恐地跟在他后面，偷偷给方玥发消息：你自己去食堂吧，我被余总抓壮丁了。

方玥一秒都没耽搁，立马给她回了一句：姐妹，好走不送，我会记得给你点蜡的。

宋思思挑了半天，给方玥发了一个"死了得了"的表情包。

方玥回的表情包是一只狗捏着拳头，上面写着"打起精神来"。

宋思思刚被那只狗的表情逗得翘了翘嘴角，就听见头顶那人在问，略带生硬的语气："你在和谁聊天？"

"啊？没谁，就方玥。"

电梯到第十八楼的时候一下子上来很多人，是楼下做金融租赁的，看样子是刚刚开完会。

宋思思被挤到了角落里，尽量缩成一团。余一言本背对着她挡在前面，这会儿却转过了身，成了面对面的姿势。

两个人离得很近，迷迭香伴薄荷的气味挡都挡不住地往鼻腔里钻。

宋思思屏了屏呼吸，竭力让自己忽视这股气味。她不敢抬头看他的眼睛，视线便停在了他的喉结上。

接着，她就看见它上下滚动了一下。

宋思思的指尖被握住了。

那是一种干燥温热的触感，比大学时摸起来略微粗糙了些，原本带着些许脆弱的少年气现在已经完全消失不见了，这是只属于成熟男性的刚劲有力的手。

她呆了呆，还没等反应过来，余一言就若无其事地松开了手。

他没说话，脸上的表情也是淡淡的，直到电梯停在第五层，才示意宋思思跟他去三食堂。

这层食堂的人不算多，吃的要高端一点，各类菜系都有，但同时价格也很贵，饭补不够用，宋思思只能偶尔和方玥来搓一顿。

他挑了个角落的位子坐定："你想吃什么？"

宋思思跟着坐在对面："随便我点吗？"

"嗯，随便点。"

可能刚才电梯里的事壮了宋思思的胆，她那股不自知的有恃无恐又冒了出来。看了看菜单，她把自己之前想吃的通通点了一遍。

"要一个腊味煲仔饭、牛蛙啫啫煲、蛋黄南瓜、干锅鱿鱼、咖喱牛腩、通心菜、奶酸菜鱼，最后这个鱼要中辣，然后再来一壶杨汁甘露。"

余一言沉默了片刻，问："你吃得完吗？"

"吃不完打包好了，你不是说随便我点吗？"

"我可以给你点，你先保证，等会儿吃不下了可别硬塞。"

宋思思愣住了。

自从第一次约会吃撑后，每回一起外出吃饭，余一言都会让她先保证。

但那已经是四年前的事情了，她搞不懂，过去这么多年，当一切都变了，他怎么还能这么自然地说出这句话。

没听见宋思思回话，余一言很快又换了另一种选择："或者，你也可以分几次和我一起来吃。"

宋思思垂下了眼睫，她突然觉得没胃口了，这种奇奇怪怪、黏黏糊糊、暧昧不清的氛围，不该出现在她和余一言之间。

她没有兴趣陪他玩什么成人间的游离游戏。

"算了，就一个煲仔饭吧，我不想吃了。"

余一言抬眼看她，抿了抿嘴，又像以前她不高兴时那样挤出一句："我都给你点，你别生气。"

宋思思憋不住了，那股前几天刚压下去的怒火又找上了她，她控制不住地提高了嗓音，重逢以来第一次喊他的名字："余一言，你现在这样是什么意思？你离我远点行不行？你不知道在有恋人的情况下，再对我这么做很不合适吗？"

余一言沉默了，嘴唇张了几下。好半天，他用力闭了闭眼，最终只是吐出一句"对不起"。

这顿饭吃得非常没意思，余一言把那几个菜都点了，还另加了几个。宋思思从没发现，三食堂的这几个菜这么难吃。

煲仔饭里埋着的荷包蛋是溏心的，中辣的酸菜鱼和微辣一样，只有零星一点辣椒。

咖喱牛腩的牛腩硬得嚼不动，干锅鱿鱼的鱿鱼又嫩得仿佛只有三成熟。

蛋黄南瓜没用整颗鸭蛋，而是换成了蛋黄酱。

通心菜里的泰式虾酱，又慷慨得仿佛不要钱。

唯一能入口的牛蛙啫啫煲，又因为她突然不想在他面前吐骨头，导致只夹了几筷子。

至于余一言点的那几盘，她更是动都没动过。

就连杨枝甘露也在和她作对，那股过重的糖精味齁甜，让她直皱眉。

在看到余一言刷饭卡结账的时候，宋思思的恼恨更是达到了顶峰。

余一言周一下午到的公司，今天才刚周四，公司给他打的饭补竟然已经飙到了五位数，难怪他可以甩出"随便点"这样的话来。

宋思思回到工位上，又开始吃消食片，她不囤零食，但在抽屉里放了十来盒这个。

从宋芳手术后，她就像上瘾一样吃着消食片，受刺激了来两粒，吃饱了来两粒，困了来两粒。

反正没人再会盯着她，多吃几粒也没关系。

这东西的副作用不大，药用价值也同样不大，但就像一种心理安慰剂一样，可以很好地压制住她那股食道反流的感觉。

她知道自己很病态，但她没有别的办法，医生查不出病因在哪里，也没有药物能够治疗。她只能拿着初次约会时余一言买给她的药，像拽住根救命稻草似的把它们吞下去。

"你怎么了？被余总虐了？怎么又在吃这个？"方玥站在她桌子边，也掰了一粒送进嘴里，"我还没见过有人吃这玩意儿上瘾的，你这吃的频率比我喝奶茶还高。"

宋思思靠在椅背上，闭着眼睛，感受着口腔里那股酸酸甜甜的山楂味化开，不舒服的感觉被压了下去。

她没睁眼，就这么半靠在椅子上问方玥："假如，你前男友在快结婚的时候突然出现在你面前，还跟你不清不楚，又什么都不说，你要怎么办？"

"当然是让他有多远滚多远。"

"是吧，是该让他有多远滚多远。"

"所以，你前男友出现了？"

"没有，我说的是我小姐妹。"

"哪个小姐妹？就你这周末要去给她当伴娘的那个？"

"呃，不是。另一个。"

方玥的话题顺着就跑偏了："你不喜欢相亲的那个弟弟的话，可以看看伴郎团啊。我上次就是在伴郎团里看到的优质男，虽然他有女朋友了，但运气好的话，说不定你能相到中意的呢？"

宋思思斜了她一眼："姐妹，你未免有点恨嫁。"

方玥"啧"了一声："我又没说要结婚，多谈几个帅哥不行吗？我真不骗你，根据我当了五次伴娘的经验，伴娘和伴郎很容易擦出火花。"

"那你的火花呢？到哪儿去了？"

方玥作势拍她一下："你别不相信，本神算子给你算过卦了，你的红鸾星动就在这几天。"

周五下班，大学室友吴怡在公司楼下接到了宋思思，载着她往饭店去："这都四年多没见了吧，你怎么一点儿没变呢？"

宋思思照了照后视镜："怎么会没变呢？我觉得我变年轻了呀。"

吴怡笑着"喊"了一声："得了，你这被资本主义熏陶得脸皮够厚啊，有我当年的风采。"

"珍珍和梦琳这次都确定不来吗？"

吴怡点点头："梦琳还在 D 国呢，怎么回得来？珍珍这个周末被学校抓去开会了，没办法，我只能让我表妹来给我当伴娘。我老公那边也是，一个伴郎临时动手术去了，他刚重找了一个。真是多灾多难啊，差点连人都凑不齐。"

"我没有当伴娘的经验啊，明天要我干什么？"

"放心，我请了婚礼管家，用不着你干什么。明天下午举行草坪婚礼，你要做的就是上午迎亲的时候为难一下伴郎团，以及打扮得漂漂亮亮的拍照。"

"那我们今天晚上要干吗？"

"今天遵循我老公那边的传统，要在饭店里先摆一天酒，没什么仪式，就是吃个饭。伴娘和伴郎正好趁这个机会熟悉熟悉，免得明天玩起来尴尬。"

吴怡说完瞄了宋思思一眼："说起来，你和我老公虽然没见过，但其实也算半个熟人。"

宋思思好奇地看她一眼："怎么说？"

吴怡迟疑了一下："他是余老师在 Q 大时的室友。"

宋思思想了两秒才反应过来"余老师"是谁，不由得惊诧地看着吴怡："你是说余一言？这怎么可能？你和你老公怎么认识的？"

"我和我老公是一个单位的，但不在一个部门。我们刚开始不认识，是余老师那年跟这边政府谈项目，好几个部门坐一起开会嘛，就碰见了。晚上的时候我们三个人就约在一起吃了顿便饭，我和我老公就是那次认识的，后来就在一起了。余老师也算半个媒人吧，我老公本来想给他发请帖的，但他在 B 市，来 J 市不方便，所以不会来。你不用担心，我只是告诉你一声。"

宋思思的心"怦怦怦"地急速跳起来，她想到了方玥关于红鸾星动的那句话。她有了一种非常不妙的预感，余一言现在已经不在 B 市了，他完全有可能来参加这场婚礼。

吴怡带着宋思思去了主桌，四个伴娘已经来齐了，伴郎只到了一位。

新郎郑浩看见宋思思，很热情地上来打招呼："宋思思是吧？久仰大名，久仰大名，今天才得以一见，不容易啊，真是不容易。"

吴怡笑着拍他一下："别在这儿瞎贫，我们思思经不起调戏的。"

郑浩朝她挤眉弄眼，小声地跟她咬耳朵："我哪里敢调戏她，言哥心心念念这么多年的松鼠宝宝，是我敢造次的吗？"

吴怡皱了一下眉："你别哪壶不开提哪壶。"

郑浩做出可怜状："我待会儿得跟你承认一个错误，但这两天是我们大喜的日子，你过几天再罚我。"

吴怡狐疑地看他一眼："你干吗了？在这个时候还给我整幺蛾子？"

郑浩冲她眨眼睛："你待会儿就知道了。反正，你先别揍我，我这是报恩行为，总不能我们有情人终成眷属了，单看着别人孤家寡人吧？"

"还搞得神神秘秘的，无语。反正你干一件坏事，零花钱就再扣一千块。"

············

宋思思的不妙预感没多久就应验了。

她正在吴怡的介绍下和伴娘团客套，抬头就看见郑浩领着个人从门口往这桌走来。

余一言穿着衬衫系着领带，还是白天上班的那副打扮。他在郑浩的安排下，默默坐在了宋思思的右手边。

吴怡比宋思思的反应还大，站起身咬牙切齿地喊了句："郑浩！"

宋思思扯了扯她的手腕，示意她别激动，勉强扯出一个笑容："没关系，我早碰见过他了，他现在是我的领导。你别跟郑浩吵，该骂的也不是他。"

余一言酝酿了一会儿，开口和宋思思解释："郑浩之前的伴郎得了阑尾炎，我是在上周末答应他要来的。你昨天说的话，我知道了，但我没办法反悔，他找不到别的伴郎了。"

宋思思冲他假笑了一下："余总用不着跟我说这些，咱俩除了上下级以外也没别的关系了。"

郑浩打着圆场："那什么，都是熟人，卖我这个新人一个面子，在这两天里和平相处，吃好喝好，好吧？大家都高兴一点。"

离开席还有一点时间，转盘上只有一些冷盘，酒水饮料倒是齐全。

宋思思不太想说话，干脆倒了杯西柚汁一口一口啜着。

余一言出去了一趟，又很快回来，坐下后就开始剥盐水花生。

剥出来的他也没吃，咖色的花生仁被他一粒粒地放在面前的盘子里，个个鼓胀，完整得连上面那层种皮都没破一点。

他的手还是很巧，不管是对付带皮的，还是对付带壳的，任何食物都能处理得很完美，速度还很快。没多久，他就剥了一小碟。

他将那个小碟往宋思思的手边略微推了推。

264

宋思思斜了他一眼："你干吗？"

余一言没看她，继续剥剩下的几颗花生，斟酌再三才开口："空腹喝柚子汁不好，花生可以中和胃酸。"

"你管我？"

"我不敢。"

宋思思"喊"了一声，拿筷子夹了一粒，等咽了才想起来："你手洗了没？"

"我刚出去洗过了。"

宋思思打量他一眼，没再说别的，只是放下杯子，把花生一粒粒地都吃了。

第二天一早，天都没大亮，富宇安就开车载着宋思思往吴怡家赶："为什么要起这么早？"

宋思思闭着眼打了个哈欠："得化妆，得做造型，得拍照什么的。"

"又不是你结婚，差不多弄得了。"

"你懂个鬼，又不是打扮给你看。"

"晚上呢？我什么时候来接你？"

"不知道，晚上有派对，太晚的话就睡吴怡那儿了，早的话我就给你打电话。"

"你别喝酒。"

"这说不准，今天人家结婚呢，多少会喝一点。"

"你一瓶啤酒的酒量，你喝什么？"

"我有数的，不会喝醉。万一醉了，吴怡肯定会管我，你放心。"

临下车，富宇安又叫住她，不知从哪里掏出两枚鸡蛋来。

"宋阿姨早上给你煮的，让你等会儿先吃了垫一垫，这都不知道几点才能吃早饭，你别又把自己饿吐了。"

宋思思随手接过鸡蛋往包里塞，头也没抬："我什么时候饿吐过？跟你说了那是我不高兴。只见过有人撑吐的，哪见过有人饿吐的？我真怀疑艾里是怎么给你开到P7的，现在敲代码都不需要逻辑了吗？"

"行了，你也就会和我叫板。你再这么顶嘴我就告诉宋阿姨。"

宋思思做了个鬼脸："你有胆找我妈就怪了，她找你去相亲，你一次都没去，连放假都不敢回家的人，哪里敢告状。"

富宇安用手弹了一下她的脑门："你快滚吧，回家了告诉我一声。"

早上拍晨袍费了过多时间，等终于结束了，新娘还得重做造型。

化妆师、发型师、跟拍之类的十几个人，挤在三楼围着新娘转。

宋思思嫌人实在太多了，加上自己的妆造技术不差，拎着东西和吴怡打了声招呼，一个人去了二楼。

妆才补到一半，楼下就喧闹起来，新郎已经带着人到了，比流程表上写的时间还提早了半个小时。

宋思思加快速度刷了睫毛，补了点口红，重卷了头发，但轮到换礼服的时候出了问题。

伴娘服的背后只有尾巴上一点是拉链，上半部分是一整排系带，之前没注意，现在套上了才发现，压根儿没法自己一个人穿。

宋思思想过换回原来的衣服上楼喊个人来帮自己，但她当时穿下来的只有件很暴露的晨袍，自己的衣服扔在了楼上的衣帽间。

之前下来的时候还没关系，但这会儿楼上站着好几个男摄影师，伴郎什么的也不知道会不会在楼梯上乱窜，宋思思根本不好意思穿着那件衣服走出去。

她试图给吴怡打电话求助，不知道是不是新娘忙着做造型没听见，一连拨过去三个也没人接。

距离九点还差一刻钟，按照时间表，九点整得开始接亲游戏。

宋思思慌了起来，新娘造型没做好可以往后延，但她一个伴娘总不能迟到太久。

纠结了一会儿，她打开了飞信群聊，婚礼群还是昨天晚上吴怡现拉的，里头除了婚礼管家发了流程表和注意事项外，没人说过话。

宋思思点开群成员列表，找到了那个熟悉的蓝鲸头像，没抱太大希望地申请添加好友。

如果余一言不理，她只能通过工作用的 OA 找他，实在不行，只好换回晨袍上楼找人。

余一言的好友申请很快通过了，伴随着系统消息发过来的，还有个"？"。

宋思思立马打了语音电话过去："你人呢？是不是在一楼？"

"嗯。怎么了？"

这么多年没跟他通过电话，余一言的声音从听筒里传过来有点失真，宋思思顿了两秒才说："你帮我找下吴怡，让她找个人来二楼帮我穿礼服，我背后的绳子系不上。要快一点，时间来不及了。"

说完，宋思思又补了一句："麻烦你了。"

挂了电话，宋思思很快听见敲门声。她开了一条缝望出去，门口站着的只有余一言。

"我不是让你找个人来吗？"

"吴怡在里面换衣服，我没办法进去。"

宋思思咬了咬牙，开门放他进来。

她没看余一言，只把丝带递给他。

等他接了，宋思思背过身去，把头发撩到一边："那你帮我系吧，动作快一点。"

礼服后面成片散着，宋思思的背部常年不受光照，仿佛比记忆里的还要粉白。蝴蝶骨透过薄薄一层内衬映出来，看起来比以前瘦了，轮廓更清晰了一点。腰线被隐在松散的裙摆间，无法看清是否还像过去那样不盈一握。

余一言怔了片刻，略定了定神，拿着丝带问她："我没系过，这要怎么系？"

宋思思稍稍不耐烦地搜出一个视频给他看："很简单，你跟着教程做，和系鞋带区别不大，只是变成从上往下交叉穿孔而已。"

余一言看完视频，大致清楚了，按照上面的步骤，拿丝带依次穿过两边的孔洞。

他的动作很轻，但并没有遵照宋思思说的快一点，只慢条斯理地抽着丝带。

宋思思感到后背的绳子在一点一点地慢慢抽紧，他的手指隔着内衬，没有直接触到肌肤。

但宋思思清晰地感受到了它们的温度，头皮逐渐开始发麻，鸡皮疙瘩悄悄冒出来。

两人都没有说话，宋思思屏住呼吸，耳边响着的，只有冷气的呼呼声。

好半天，宋思思听到他问："会不会紧？"

声音略暗哑，于是，他清了清嗓子。

宋思思有点受不了了，咬了咬嘴唇，再次催他："不紧，你快一点。"

余一言的速度依旧没有变快，他把丝带整理得更平整些，才开始慢吞吞地系蝴蝶结。

他手指蹭过后腰时挠得她有点痒，宋思思侧过头，看见他并没有依照教程里演示的那样系，而是选择他自己多年前的那个专属打法。

两边分别依次打圈，先打左边那个，系完后再打右边。

但这次和以前稍微有点区别，蝴蝶结系完了，他还拿两个绳圈交叉着又打了一个结。

"你为什么系得这么复杂？到时候会很难解开。"

余一言只"嗯"了声，把丝带捋顺，将露出来的部分往下藏进了腰窝的礼服下摆，然后仔细拉上拉链。

等完成了，他才开口回答这个问题："这样就不会散开。"

宋思思上楼的时候，已经有点迟了。

另外两个伴娘比较害羞，没给宋思思商量的时间，她就被安排在了房间外面，和吴怡的表妹一起负责堵门。

门刚锁上，郑浩就带着伴郎团风风火火地上来了。

余一言混在男人堆里，仍旧是打眼的，如果不是衣服的区别，如果表情柔和一点，他看起来会比郑浩更像个新郎官。

宋思思站在一边，听着吴怡的表妹问新郎问题。

"新娘最喜欢的食物？"

"糖醋里脊。"

"新娘最喜欢的颜色？"

"紫色。"

"新娘最喜欢做的事情？"

"呃，那什么，这不能说，这是隐私。"

有个伴郎搡他一把，开始发出怪笑："浩子，你在说什么？"

吴怡的表妹咧着嘴朝他伸手："答不出就给红包。"

郑浩从伴郎手里接过一沓红包递给她："我老婆的答案是什么？"

吴怡的表妹笑着轻呸一声："我姐再污也不可能写那种事情好吗？她说了，是唱歌。"

问题游戏继续。

"新娘的十个优点？"

"漂亮、开朗、独立、霸气、爱干净、厨艺好、脾气好、身材好、脑子好，最关键的是，她爱我。"

"新娘的缺点？"

"缺点就是太完美了，没有缺点。"

"以后家务谁做？"

"我。"

"工资谁管？"

"我老婆。"

"第一次见面的时间、地点以及新娘穿着什么？"

"时间是两年前。地点是经开区管委会七楼会议室。当时穿着的衣服……"

郑浩抓耳挠腮半天，转头去拉余一言："言哥，你记性好，你快来救救我！"

余一言站在旁边，把一沓红包塞到宋思思的手里，看着宋思思的眼睛说了一句："我不记得了，又不是我老婆。"

…………

等终于进了门，第一个游戏就是拼五官。

新娘和四个伴娘的照片被打印在纸上，五官分别裁剪下来，打乱，铺在桌子上。

新郎需要在限定时间内，从众多五官拼图中找出属于新娘的，并且拼出来粘好。

为了加大难度，提供照片的人都化了一样的妆，连眉毛都被分成两条剪了出来。

郑浩只迅速地认出了吴怡的鼻子，过了会儿，拿出两张眼睛，又比对了老半天，不太确定地挑出一张嘴唇。

但他随即就被余一言拦住了。

余一言抽出郑浩手里的嘴唇，又不假思索地从里面挑出其余的五官，摆在了旁边："这些不是吴怡的，你从剩下的里头挑吧。"

郑浩呆呆地看他一眼，随后用力捶他一拳，很大声地"啧"了一下："言哥，你这样我压力很大啊！"

上午的接亲游戏结束后，伴娘、伴郎团跟着两位新人坐婚车去了男方家里，举行古老的拜天地以及敬茶礼仪式。

如吴怡所说，并不需要伴娘帮什么忙，一切都有婚礼管家。

宋思思无聊地坐在楼上的沙发上，听着楼下的嬉闹声，玩着手机，等待仪式结束。

余一言拿着杯插着吸管的温水走过来，放在她面前的茶几上，没有坐下来，而是斜斜倚靠在对面的背景墙上。

宋思思看了一眼玻璃杯。

他现在竟然已经知道，为了不弄花口红，女生会拿着吸管喝水。

高依茜把他调教得可真够好的。

余一言看宋思思蹙着眉，好像能看穿她的想法似的解释了一句："我看那几个伴娘都这么喝，你不想要吸管也可以扔了。"

宋思思的眉头松开了。

他看她心情好转，又试探着问了句："很无聊吗？你不喜欢这种仪式？"

宋思思瞥了余一言一眼，视线重新回到手机上，漫不经心地答道："这年头，哪个年轻人会喜欢这种？尴尬得要命，纯粹满足家长的愿望。"

"那你喜欢什么样的？"

宋思思顿了一下，轻微的酸涩感涌上来。她没抬头，只盯着手机屏幕，缓缓地开口："我不知道，没想过。只要是喜欢的人，大概随便什么样都是好的吧。"

她紧接着又反问他："你呢？"

"我也不知道。"

"你都有未婚妻了，不是应该快结婚了吗？"

"没那么快，她还没答应我。"

宋思思不说话了，短暂的沉默后，她拿起沙发上的珑骧包，有些急促地在里头翻找着。

余一言看她摸索了半天，最后从背面的口袋里拿出一板三角药丸，掰了两粒放进嘴里。

他探头看了一眼，认出来了，是消食片。

余一言有点不解："你肚子不舒服吗？怎么这时候吃这个？还没开饭，你刚才自己吃东西了？"

宋思思本来只在公司和家里备了几盒，但两人重逢那天发生的事让她长了教训，今天出门的时候，她顺手在包里也塞了一板。

她没有回答余一言的问题，只闭着眼靠在沙发上，脸上是他没怎么见过的生人勿近的表情。

余一言迟疑了一下，又问了一遍："你肚子不舒服吗？"

宋思思很冲地回了一句："没有，别管我。"

余一言不再说话了。

好在，她只吃了两粒。

下午的草坪婚礼上，宋思思的心情逐渐变好。

场地四周布置着白玫瑰花墙，复古的留声机还在低吟浅唱，置身其中仿佛掉进兔子洞的爱丽丝，分不清到底是仙境还是现实。

茶桌上摆着草莓纸杯蛋糕和不含酒精的气泡酒，它们混在一起依然好吃。

吴怡给每个伴娘都提供了跟拍，伴郎团成了泡泡机发射工具人。

宋思思置身于满天的肥皂泡里，透过五彩斑斓的肥皂泡看余一言，觉得余一言也没有那么不顺眼。

当她踮起脚，想拿指尖去触最大的泡泡时，不经意间回头，看见余一言正拿着拍立得，眯起一只眼，将镜头对准她，摁下了快门。

拍集体照的时候，宋思思小声问站在旁边的人："照片呢？"

余一言没什么表情地望着镜头："什么照片？"

宋思思拿手肘轻撞他一下："别装傻，我看见你偷拍我了。"

余一言面不改色地回了一句："既然你看见了，那就不叫偷拍。"

宋思思没想到他能脸不红心不跳地说出这种话，瞪圆了眼睛看他，接着就被摄影师点了名。

"最后面那个伴娘，脸别对着伴郎，看我镜头。"

"还有，你们两个别离那么远，不是让挽着手吗？别人都已经挽着了。"

"对，就这样，伴郎侧点身子，很好，保持住。"

"三、二、一，茄子——"

⋯⋯⋯⋯⋯

宋思思没想过要抢捧花，余一言也不像要抢的样子。

他们俩在队伍的最后面，看着伴郎团的其中一位站在最前头耍宝。那位伴郎计划着只要抢到捧花，就拿着去向女朋友求婚。

但吴怡并没有给他这个机会，她在谁都没有反应过来的时候，背过身掷出了捧花。

白铃兰高高飞起来，在空中划出一道完美的抛物线，最终砸在了余一言的怀里。

他有点蒙地看着眼前的捧花，愣了一秒，递向左边："给你吧。"

宋思思嗅着手中的花，气味很淡，闻起来类似茉莉："为什么给我？"

"你不喜欢吗？"

"喜欢。"

"那就送给你。"

············

白铃兰的花语是：幸福归来。

第十七章
只有你

余一言没有想到宋思思的酒量会这么差。

大学聚会那次，她好奇地尝过一口啤酒，嫌苦，之后就再没在他面前碰过，以至于余一言完全不清楚她的酒量。

晚上的派对上，宋思思彻底玩嗨了，好像忘记了她自己曾经以松鼠宝宝的口吻说过的"酒味很臭，我讨厌喝酒的人"，闹着点了杯长岛冰茶。

虽然名曰茶，但入口依然是辛辣的，宋思思只皱着眉硬喝了四分之一，就换成了椰蓝拿铁。

余一言见此松了口气，四分之一的量不至于醉人，她此时看起来也没什么异样。

别人来问余一言怎么不喝酒的时候，宋思思还翻着白眼替他回答："他的未婚妻不喜欢酒味。"

后劲上来，宋思思开始犯迷糊了，没有吐，也没有撒酒疯，但突然变得异常黏人，好像完全不记得之前是怎么对待余一言的。

"余一言。"

"嗯。"

"你为什么来 J 市？"

"来找一个人。"

"来找你未婚妻？"

"是。"

"为了同她结婚？"

"嗯。"

"你未婚妻漂亮吗？"

"很漂亮。"

"你喜欢她吗？"

"喜欢。"

"多喜欢？有以前喜欢我那么喜欢吗？"

"一样喜欢。"

"……哦。那我也一样喜欢我男朋友。"

············

"余一言，你现在还喜欢松鼠吗？"

"喜欢。"

"还喜欢浅粉色？"

"喜欢。"

"还喜欢阳春面？"

"喜欢。"

"还喜欢夏天？"

"不喜欢了。"

"哦，那你还是变了。你现在变得很凶。"

"你怕我？"

"你凶的时候会怕。"

"我没有对你凶。"

"你会骂人。"

"我不会骂你。"

"那可说不准。"

············

"余一言，你喜欢你未婚妻什么？"

"什么都喜欢。"

"她有什么缺点？你不要像郑浩那样回答。"

"她现在不怎么喜欢我。"

"怎么可能？那她怎么还是你未婚妻？"

"她答应了我的求婚，但她现在不想和我结婚了。"

"为什么？"

"可能是我不够好。"

············

"你喜欢你男朋友什么？"

宋思思愣了半分钟，才慢慢想起刚才自己说过的那句话："哦，那个，他笑起来很好看，对我也很好，我讲不清楚，你不要问那么多。"

宋思思夜里被富宇安的电话吵醒，她睁开眼看见是在自己的卧室，潜意识里认为自己是被吴怡送回来的。

她还很迷糊，接了电话嗯嗯啊啊答了两句，让富宇安放心，挂了又倒头沉入梦乡。

第二天一大早，宋思思就醒了。等她洗完澡包着头发出来，才发现客厅的沙发上竟然还蜷缩着个人。

余一言显然已经被吵醒了，但他没睁眼，眉毛微蹙着，用手指摁着眉头。

这是他曾经非常爱做的一个动作。

但好多年没见过了。

"你怎么会在我这儿？"宋思思走过去，坐在了贵妃榻上，语气不太好地问他。

余一言撩起眼皮看着她："你带我来的。"

宋思思喝断片了，她喝醉的次数很少，但凡喝醉，据富宇安说，就会开启话痨模式，看着像个正常人一样和人对话，但等酒醒了就会彻底丧失记忆。

她观察了一会儿余一言的反应，看不出什么情绪，只好开口问道："我有说什么奇怪的话吗？"

"不算很奇怪。"

"那有做什么奇怪的事吗？"

余一言顿了顿："你真不记得了？"

宋思思有点慌张地瞪眼看他："我做什么了？"

余一言在沙发上坐直，盯着她看了片刻："你亲我了。"

宋思思一下子跳了起来："这怎么可能？"

余一言泰然自若地靠在沙发上："没什么不可能，你确实亲我了。你拉着我不放，所以我才跟你回来。"

宋思思开始语无伦次地解释："我不是故意的，我没有想这样。我当时喝醉了，我不记得我做了什么。这不是我的本意，你不能和喝醉的人计较……对不起……我保证以后不会再做这种事。"

余一言的眼睫垂了下来，淡漠回到了他的脸上。

谁都没说话，尴尬在空气里蔓延。

半晌，余一言站起身："你酒醒了，那我回去了。"

宋思思就差点头哈腰了："好的好的。余总，您慢走，谢谢您昨天送我回家。实在是不好意思，下次有机会，我请您吃饭。"

她又在叫他余总。

余一言默默地穿上鞋，临出门又看过来："明天早上出差别迟到，七点半到我酒店楼下，不用去公司。"

"好的好的的，余总，我肯定不会迟到。您回去的路上注意安全。"

周一一大早，宋思思赶到文华东方，那辆车牌有 4 个 2 的白色埃尔法已经等在酒店大门口了。

宋思思急匆匆地跑过去，司机从驾驶室里出来，帮她打开后备箱放行李。

里头已经摆了两只行李箱和一个旅行背包，其中一只箱子是她见过的那个 Rimowa 黑色登机箱。

看行李的样数，数她来得最晚，宋思思紧张地往前排瞄了一眼，还好，座位上没人。

她轻吁了一口气，把行李放好，坐上副驾驶座，打开遮阳板后面的镜子开始描眼线，顺口问了声司机："他们都到了？人呢？我看行李都放后备箱了。"

司机点点头："马总挺早就到了，在里头陪余总吃早餐，应该已经快出来了。"

"这也太早了，我妆都才化到一半，差点来不及。"

余一言上车的时候，看到宋思思正在描最后一点唇线。

他以前没见过这样的宋思思，平时上班，地区公司的着装要求不像总部那么严格，她因此从不穿套裙，估计为了早上多睡一会儿，也都是素颜，看着和大学时没有太大不同。

但现在的宋思思，因为出差打扮得很职业。

她把头发绾在脑后，穿着圣罗兰的黑色西装短裙，红棕色的嘴唇，眉峰微微上挑，透出些微的凌厉感……这已经不再是那个会叫他"哥哥"的小女孩了。

余一言把视线收回来，略定了会儿神，继续跟后排的马明交代 Q 市市委书记的性情、偏好，以及以往谈判的常规打法。

宋思思没睡醒，因为余一言昨天说的事，她昨晚有点失眠，本打算在车上补觉，现在只好强打起精神，竖起耳朵听着。

到 Q 市的时候已经中午了，余一言并没有告知政府方的接待人员，只跟他们约了下午两点开会。他也拒绝了项目公司的行政招待，一行人自行办了入住手续。

这是 Q 市新建的五星级宾馆，紧挨着古镇，余一言没要行政套房，只和大家住在同一层楼，风景好的那间被他换给了宋思思。

荷塘古镇虽然叫这个名，但只有最中心的那片水域种了荷花。

从客房的阳台望出去，恰好能将它们尽收眼底。

仲夏已经过去了，荷花还没开败，一朵朵粉白似霞，景色确实宜人，难怪这里会火。

宋思思还没看多久，房门就被敲响了。

余一言站在门口，撑着门框问她："整理好没有？去吃饭。"

中午这顿饭吃得很简单，只在酒店里随意对付了几口。

吃完后没有立即回去，余一言和马明在交代各部门领导需要注意的一些地方。

宋思思心不在焉地听着，突然手机振动起来。她拿起来看了眼，是宋芳。

按往常，这是午休时间，宋芳偶尔有事会在这个时间段给她打电话，但今天这时间不太行。

宋思思本想挂断，等结束了再回过去，但余一言停了下来："你去门口接吧，我这里没什么事了。"

宋芳也没大事，她这周末约了方阿姨出门，问宋思思愿不愿意回家一起去玩。

"富宇安肯定不回家，我不想一个人跑来跑去。

"这不是马上要放假了嘛，不差这么几天。

"你自己和方阿姨去玩吧，你们吃好玩好。

"你说让周文彬开车带我回来？我不想，这太麻烦了。

"你和方阿姨可以让他陪你们去，你这么喜欢他，就让他陪你好了。

"到时候再看吧，我今天出差呢，不在公司，有空了再和你说啊，拜拜拜拜。"

·············

宋思思挂了电话，看见余一言一个人站在包厢门口，马明并不在他身边。

"马总呢？你们聊完了？"

"他回房间休息了。你陪我出去逛逛。"

"现在？我不想，我也要回去休息。"

因为周末的事，宋思思并不太敢再和他单独相处，拒绝的话脱口而出。

余一言面无表情地看着她："宋思思，我是你的上司。你会和老汪这么说话吗？"

宋思思闭嘴了。

她和余一言之间，现在就像坐着跷跷板，她发火的时候，余一言就会软了，等余一言严肃起来，她又立马怂了。

说是逛逛，其实两人并没有走多远，就在荷塘边的游廊坐着。

微风夹杂着淡淡的荷叶清香飘过来，吹得人心底的躁意也慢慢消退了。

相对无言了很久，久到宋思思都要以为余一言只是无聊地找个人陪他一起看荷花罢了时，他突然站起身，丢下一句"坐着等我"，然后朝水边走去。

宋思思看见他找工作人员借了根带小网的长竿子，背对着她站在岸边，不知道在水面上费力地套着什么。

他的动作跟身上的戗驳领西装非常不搭，看着略微有些滑稽。

这套衣服只适合出现在规规矩矩的总裁办公室里，或是紧张严肃的大型谈判桌上，或是隆重正式的酒席宴会上，而不是像现在这样，被余一言穿着去捣鼓泥塘。宋思思不知不觉看得笑起来。

余一言转过身的时候，看见的就是她笑意盈盈地望着自己。

他呆了一瞬，眼前的人又和记忆里的那张脸重合起来，好像一切都没变过似的。

余一言抿了抿嘴，太久没真心笑过了，表情也跟着变得柔和起来。

宋思思看见他还了长杆子，又去旁边的水池认真洗了手，拿着一个莲蓬走回来，坐在了她旁边的廊椅上。

他在剥莲蓬。

九月份的莲子已经完全熟了，他三两下剥出一粒，剥了莲皮，把莲心也小心剔掉。

白胖的莲子躺在他左手的手心里，他并没有说话，只是这么摊在她面前。

但宋思思没有去接。

她脑子里一片混沌，她想不起来应该做什么，整个人已经被彻底定在那里，目光紧紧盯在他的手指上。

她不知道怎么会出现这样的事，她心里那点隐秘的希望又升了起来。

她想，那些曾经对自己说过的话，或许并不是自欺欺人。

那只熟悉的但比从前看着骨节更分明些的左手上，中指和无名指内侧有两个文身，之前相处时，只依稀从眼前晃过，宋思思没有注意到。

但现在，它们清清楚楚地展现在眼前，是非常熟悉的图案。

中指上是一株细细长长的植物，叶片成线形，上面开着几朵小花。

无名指上是两片并在一起的椭圆形叶子，叶片成锯齿状。

那是开着花的迷迭香和两片薄荷叶。

是她曾经亲手画过的。

余一言发现她在看他手上的文身，像是被烫到一样，立刻把手握起来。但少顷，他还是把那粒莲子递给她："吃吧，我洗过手了，很干净。"

现在的莲子没有七八月份那么鲜嫩，吃着会更甘甜绵软一点。

但宋思思还是呆呆的，无法品出什么味道来，只是机械地咀嚼着。余一言剥一粒，她吃一粒，直到吃完一整个。

余一言把剥剩的壳处理掉，擦干净手，没再去摘，而是跟她说："差不多了，再吃对胃不好。"

宋思思呆滞地点点头。

她并没有听清余一言在说什么，但她听见了自己的声音，沙哑得不像是她的："你手指上文了什么？"

余一言的左手缩了缩，否认道："没什么。"

宋思思没让他再躲，强硬地去掰他的手，盯着他的眼睛问道："你为什么要文这个？"

余一言没有回答。

宋思思在他的脸上看不出任何情绪，只能看见他黑色的瞳仁里自己清晰的身影。

恼火的情绪蹿上来，跷跷板的高低互换了，宋思思提高了音量问他："你这是什么意思？你未婚妻知道你文这个吗？"

余一言的喉结上下滚动着，片刻后，宋思思听见他略艰难地开口。

像之前无数次她通过愤怒的语气悄悄试探时那样，他又兜头浇下一盆凉水。

"她知道了。"

上一秒，宋思思甚至还隐隐期待着，或许他会否认，什么狗屁未婚妻，根本没这个人，不过是和她的男朋友一样，随口胡诌的罢了。

下一秒，她就被迎面而来的巴掌狠狠扇醒。

她攥紧手,悲伤被压下去,但嫉恨又蹿了出来,心底的恶魔关不住了,她听见自己充满恶意的声音:"那她还真大度。我男朋友要是知道我文着前男友画的画,说不定会气得立刻和我分手。"

余一言的脸沉了下来:"就那天星巴克的那个?是叫周文彬吗?你和他见过家长了?"

宋思思愣了一下,想了会儿才反应过来他在说什么,看样子他是听见自己和宋芳的对话了。

她继续嘴犟:"对,见过了,我妈很喜欢他。"

像是怕还不够似的,她又加上一句方玥说的话:"他笑起来很可爱,也很会聊天,比我还小一岁,现在不都流行年下小狼狗吗?"

宋思思看见余一言的脸彻底沉下来,嘴巴张了一下,像是想说什么,但还没出口,就被手机的振动打断了。

是马明的消息,他在大堂等着,该出发去开会了。

余一言又恢复了他面无表情的样子。他将屏幕摁灭,没再和宋思思说话,率先朝着酒店走去。

下午的会议,对方大有来头,会议室里坐着的不仅有书记和市长,还有文旅局、自规局、住建局、招商局、自然资源局的负责人,总之,和项目相关的部门领导全到齐了。

而正光这边,不包括司机,只来了三个人,宋思思还是个凑数的。

但当会议真的开始后,和想象中的剑拔弩张又不太一样,领导们非常善于打太极,讲话半含半露,意思都是点到即止,能不能领会,就看你的悟性了。

宋思思又看见了新的余一言,他的锋芒都收起来了,血雨腥风被藏到了水面底下,他用温和的嗓音说着最彬彬有礼的话,但对价码寸步不让。

这场会议冗长又费脑,十句里有九句是车轱辘话,但剩下那一句又包含了无数机锋,宋思思往往得琢磨半天才能大概明白一点书记的态度。

整整四个小时,没有聊出什么结果。

项目的成绩斐然,且国投背景强大,没有资金链断裂的隐患,这是每个地区招商时都会青睐的对象,余一言不可能在占上风的时候退让。

但Q市作为经济发达的南方城市,并不缺少投资,各部门的利益都需要考量,一把手也只是打着哈哈,没有松口。

真正的交锋,是在夜晚的饭局上。

如果说之前的会议，只动嘴皮子让余一言还算占优势的话，现在的酒局，他就真的非常吃亏了。

余一言这次并没有再说什么未婚妻讨厌酒味之类的托词，酒精过敏的借口被他安在了宋思思头上。

对面十六个人一人一杯轮番敬酒，这边只有马明能代挡几杯，余一言再好的打太极功夫，也不可能不喝多。

即使开的是十五年的酱香型茅台，空气里也渐渐弥漫了一股熏人的酒气。

宋思思已经记不清余一言喝了多少酒了，只看见他中途出去了一趟，回来又面不改色地继续。

她从没像此刻这样这么厌恶酒桌文化，但项目确实在觥筹交错中拍板了。

饭局结束的时候，对面的老大拍着余一言的肩膀夸了好几句"年轻有为"。

余一言还四平八稳地站着，谦和有礼地和人家互相恭维。

但刚一离开对方的视线，他三两步就冲进了卫生间。

酒店的隔音太好了，宋思思听不清里头的动静，她在外面等了很久，才看见他脚步踉跄地出来。

余一言的眼睛通红，领带半松开挂在脖子上，额前的碎发挂满了水珠，手捂在胃部，歪歪斜斜地站着，仿佛下一秒就要倒下去。

马明还在里头，司机去开车了，宋思思没忍住走上前扶住余一言。

余一言几乎是立刻就把身体的重量朝她压来。

他的手臂拢着她，额头蹭在颈窝里，发丝上的水珠滑进领口，宋思思被冰得轻颤一下。

耳边响起他很轻的一句话："宝宝，我难受。"

心脏好像突然塌了一块，宋思思险些要落下泪来，双手控制不住想去揽紧他。

他随后又像想起什么，勉强站直身体，离宋思思远了一点，轻声嘟囔了一句："宝宝讨厌酒味，对不起，我喝酒了。"

宋思思怔住了，她好像明白了一点，但真相仍被团团迷雾笼罩着，依然看不清背后真正的底细。

短暂的沉默后，她盯着他的黑色瞳仁，涩涩地张口问他："余一言，你现在有女朋友吗？"

余一言抬手轻轻碰了一下她的额头，眼睛更红了，悲伤从眼里倾泻出来："没有。我的宝宝不要我了。"

　　宋思思把自己的脸埋进热水里，整个浴室都氤氲着浓厚的雾气，加湿器里喷出的精油味道很清新，但也无法把她的思绪扯回来。

　　余一言刚说完那一句，马明就步履蹒跚地出来了，两人互相搀扶着上了车。

　　宋思思和余一言之间的对话暂时中断。

　　可能。

　　也不是暂时的。

　　她迫切地想知道余一言和高依茜之间发生过什么，但同时也十分惧怕会令她无法接受。

　　这根刺扎在心里太久了，随便一点细微的牵扯就会血肉模糊。

　　她并不敢去探知薛定谔的猫到底是死是活，让它一直关在盒子里，反倒成了最好的选择。

　　于是，最终，她也只敢问一句"你现在有没有女朋友"。

　　电话响起来，宋思思湿着手去够台板上的手机。

　　是个 B 市的陌生号码，但接通后，话筒里传来的声音并不陌生。

　　"你睡了没有？我在你房门口。"

　　是余一言的声音。

　　宋思思急匆匆地从浴缸里爬出来，胡乱擦干身上的水，套上睡裙就跑去开门，她甚至都忘记要查看猫眼。

　　来之前，余一言并没有真的想要做什么。

　　他只是洗漱过后酒醒了，想来看宋思思一眼，能聊上两句最好，就算她再次让他离远点也行。

　　反正，只要能看她一眼就好。

　　但当他看见宋思思穿成这样拉开客房的房门时，他不可能无动于衷。

　　他从前天起就一直在勉力压制着。

　　她穿着银灰色的伴娘裙，对他敞开粉白的背脊；

　　她伸出粉嫩的舌尖，舔吃混有气泡酒的草莓蛋糕；

　　她踮起脚尖触碰泡泡，回头对他露出微笑；

　　她在合照时离得很近，挽着他的臂弯；

　　她接过了那束白铃兰，她说她喜欢；

她在晚上的派对上，迷迷糊糊地靠上他的肩膀，她没有再疏离地叫他"余总"，而是像很多年前那样喊着"余一言"。

她的喊法和别人念这三个字时不太一样，尾调被拉得很长，总是带了点她特有的软糯感。

每次听起来，都好像在吃弹牙的糯米年糕，一不小心就会被彻底粘住。

他在这一声又一声的"余一言"里凑过去吻她，长岛冰茶和椰蓝拿铁的味道混在一起，是酸的、辣的、苦的，也是甜的。

她这次没再把他推开。

他微微高兴了一点，但也只是一点。

他很清楚，这只是因为她喝醉了而已。

她只是软糯地喊了几声他的名字，她只是问了他一些模棱两可的问题，她说了她同样喜欢她的男朋友，她就算失去意识也没有想要主动亲他。

他在派对过了一半就把她送回了家，他不敢待在她的房间，只一个人躺在客厅的沙发上。

那些乱七八糟的记忆一股脑儿全都涌上来，她曾经说过的每一句话，做过的每一件事，脸上的每一个表情，都一清二楚地刻在他的脑海里。

就算过去再多年，他仍旧能十分清晰地回忆起她在告诉他"我也是"时的坚定语气，即使是很轻的一声，也重重砸在了心窝里。

那场舞会，纸杯蛋糕上的草莓尝起来比以往还要甜一点，甜到几乎腻人的程度，他在这种腻人的甜味里，整颗心脏都在微微发颤。

他对这世上除了她之外的任何一切都不算感兴趣，这个世界是光怪陆离的，虚情假意的，冰冷现实的，只有她，是温暖干净的。

她是这世上他唯一最宝贝的人，也是连接他和这个虚伪世界的唯一一个真实锚点。

而现在，这个锚点好像即将消失了。

就像记得这句世界上最美妙的三个字一样，他同样也十分清楚地记得，她在冷战前说过的，如果不和她领证，那就不会再喜欢他了。

他那时以为那或许是气话，但后来发现，那竟是真的。

他半夜里听到了808的鼓点在房间里响起，他听见她用同样软糯的声音在给电话那头报平安。

他因此想起了那年夏天和富宇安的对话，他曾经还隐隐感激过，至少在他抽不出身去Y国的时候，有个人能帮他照顾她。

他记得每一条松鼠宝宝发过的微博。

松鼠宝宝不再更新了，她在去 Y 国的第一年就改了名字。

而他曾经规划好的留学生活，她和另一个人去实现了。

她和富宇安住在一起，他们会一起跳舞，他们会一起做饭，他们也会一起出门旅行。后来，他去 Y 国，自己也亲眼见到了。

从那个夏天开始，他就再没有真心笑过，但那天派对上的她，却笑得很快乐。他不知道自己还该不该出现。

他独自坐在黑暗的角落里看他们跳舞，没人发现他，富宇安把她照顾得很好。

她那天穿着的也是一条黑色裙子，印花抹胸的样式，上面的每一条褶皱、每一个细节，至今都清清楚楚地印在眼前。

他看见她在富宇安踩到她的时候生气地皱眉，在富宇安拉着她的手转圈的时候俏皮地咧嘴。

他听见她语气轻快地拒绝那个白人男孩，拿那根曾经在他身上捣蛋的食指指着富宇安说："我有男朋友了。"

那是他听过的最残酷的六个字，仿佛被人用足力气一拳砸在太阳穴上。

他直到现在也不太敢回想起她说这话时的声音和神情，但她的样子早就被通通锁进脑海，就算再如何拒绝回忆，也没有一点儿办法忘怀。

他不知道她说的是不是真的。

她拉黑了他全部的联系方式，她不愿再和他说话，她身上看不出任何他存在过的痕迹，她和富宇安待在一起同样很快乐。

或许，她说的是真的。

他没办法一直待在 Y 国陪她，那么，或许他也不该再出现。

他每天都在计算她毕业的时间，他为此做了很多准备，她暂时不喜欢他也没关系，只要她愿意回来，他就去找她。

而在她毕业的那个月里，他竟先在集团的内网上看到了她的入职信息。

她在他准备好去找她之前，就主动来到了他的公司。他想，她可能还是喜欢他的。

他毫不犹豫地打了报告申请调至地区分部，他在手续办完那天就立刻飞来了 J 市，他甚至迫切到没有去酒店办理入住手续，拎着行李就去了公司。

但他没想到再次相逢的第一面，会看见她和另一个陌生男人在公司楼下谈笑甚欢，她脸上的酒窝，头一回让他觉得十分刺眼。

他无法忍受她再对着那个浑蛋露出笑脸，只能借着买咖啡的蹩脚理由来打断他们约会。

老汪说，那是她的男朋友。

而她，没有否认。

他之前所幻想的一切，都成了无情的讽刺。

他不知道该用什么样的态度来面对那样的场景，他只能转过头不再看她。再多看一眼，或许他就会控制不住地对着那个男人挥拳。

在下午的会议上他的思绪仍是游离的，他只能分出一部分心神听着下属充满水分的汇报工作，只能用一些看似冠冕堂皇的问题来堵住他们喋喋不休的嘴。

而大脑里的某个角落，依旧无法控制地将刚才的场景一遍遍冷酷地闪回。

晚上的聚餐，他只喝了两杯白酒，那远远没有达到他的酒量上限。但他看着餐桌对面的她，那点酒精就足以搅乱他的判断。

他想，至少她也没有亲口承认，至少她自己来了国投，相隔四年，她坐在了他的对面，那么，他也该再试一试。

他清楚老汪会派人送自己回房，只需要用一点小手段调离方玥，那么她就会成为那个不二人选。

一切都像他设计的那样进行，他把她带进了自己的房间，没有开灯，只有窗户外射进来的微弱光芒。

在那样昏暗的环境下，做任何事仿佛都能被允许，他也允许自己不理会她那点微弱的挣扎。

直到，她再次残忍地、不留任何余地地碾碎了他的幻想。

她过得很好，她不需要他了，她没有一点儿想和他在一起的意思。

他一个人躺在外面的沙发上，所有的回忆搅在一起，整个人仿佛被劈成两半，一半裹着冰，一半陷在火里。

他知道他该像她警告的那样，离她远一点。

她现在不喜欢他，她甚至可能感到厌烦。

但即使在这样的情况下，他也可耻地发现，隔着半个客厅的距离，只是她的一点微不可闻的呼吸，就令他辗转反侧，彻底难眠。

而现在，看着他魂牵梦绕了四年的女孩就这样穿着单薄的睡裙站在他面前，他心中的那团火再次燃烧起来。

房门刚刚关上，宋思思就被余一言反身近乎粗暴地顶到门上。

他没再穿白天那些板正的衬衫，身上是件棉质短袖，头发洗过了，香香软软的，发梢带着点水汽，看起来和四年前没有多少区别。

但宋思思不再是四年前的宋思思了。

她身上的睡裙是她在Y国随手买的，那里的女性睡袍，除了童装，并不存在什么粉色卡通小草莓作装饰，所以她的睡裙变成了黑色吊带蕾丝短裙。

敲门的人是她潜意识里完全不会设防的存在，她不记得看猫眼，她也没有想过套外套。

事情发生得太快了，猝不及防，但又顺理成章。

她没有再叫他离远一点，也没有推拒他的意思。

他们在被刻骨的相思折磨四年后，两张嘴以最赤诚的样子吻在了一起……

宋思思温柔地抚摸着他的头发，还是那股迷迭香混薄荷的味道。她决定再问问他："你手指上为什么文那个？"

余一言没有回答她为什么，他把嘴移到了她耳边，换了另一种答案："你画完那天我就拓下来了，这是按照你画的文的。但是文在原来的位置太明显，工作不允许，所以我文在了里面。"

宋思思控制不住地笑起来，侧过头去亲他的耳朵尖。

她大概知道他为什么会文，这是她当初亲手画上的，她当然知道它们的含义，她只是想再确认一遍。

迷迭香代表着永远的回忆，而薄荷的花语是，愿与你再次相逢。

飞信消息的提示音响起来，但两人都不打算理会。可那头也同样锲而不舍，连发几条后改为了视频通话。

宋思思只好去够床头的手机，是萧子睿打来的。余一言扭头看了眼屏幕上的姓名，反而把它转为语音接听，按亮了免提键。

萧子睿的声音响起来："思思，你在干吗呢？这么早就睡了吗？"

宋思思深吸了口气，尽量使声音听起来平稳些："嗯，准备睡了，今天出差很累。"

"抱歉啊，打扰到你了。我回来了，在你哥这儿呢。沈丁妮也回国了，所以本来想和你视频一下的。"

电话那头立马响起了一个热情的女声："宋宋，我辞职了，我从Y国飞来找你们了，你感不感动？"

听到萧子睿回来的消息，余一言就控制不住自己，换回了宋思思的一声轻唔，随即声音便被他吞了进去。

"宋宋？你在干吗？怎么没动静？"

宋思思狠咬了余一言一口才挣出来，平静了一会儿，勉强不使自己显出异样："可能信号不好，你回来了真的太好了，等我出差回来请你吃饭。我现在有点困，等见面了我们再聊吧。"

"好吧，那你先睡吧，回来再约，你好好休息，拜拜。"

"拜拜。"

萧子睿挂断了电话。

宋思思气得想咬死余一言："你到底想干吗？"

余一言道歉："对不起，我错了，以后不会再这样。"

宋思思看着他故意装出来的样子，无可奈何地笑了。

早上，宋思思是被闹铃振动的声音吵醒的，已经天光大亮，阳光透过厚重的窗帘洒进来，房间里还半昏暗着。

她躺在余一言的臂弯里，是一种亲密的姿势。

余一言被她赶走了，她现在还不想被同事发现。

事情发生得太突然了，他们还没有好好谈过，很多事情还没有理清，要不要和余一言在一起，能不能和余一言在一起，宋芳会不会同意她和余一言在一起，这些都是问题。

回到公司，宋思思有点心不在焉的，大半天只整理出一份会议纪要。

临下班的时候，飞信上有人给她发信息，一连两条，点开来是个蓝鲸的头像。

下班先别走，我订了湘菜馆。

你现在还喜欢吃辣的吧？

宋思思抑制不住抿起嘴笑，但随后又想起来，她之前答应了萧子睿他们在富宇安家聚餐。

今天不行，今天约了人吃饭。

对面没动静了，过了一会儿，宋思思看见余一言的身影出现在格子间门前。

"小宋，来我办公室一趟。"

余一言绝对是故意的！

他当着全办公室人的面喊她"小宋"，根本不给她拒绝的机会。

宋思思跟着他往右侧走廊走，觉得有点好笑，他其实不必这样，她并没有想要拒绝他。

余一言走得很快，到了门口后让她先进去，自己反身关上了门，又从抽屉里摸出一盒太妃糖递给她。

　　是宋思思很喜欢的一个牌子，但这家手作店只不定期做几回，除非一直关注着，不然能不能买到纯靠运气。

　　她拆开一颗，海盐混着淡奶油的味道在味蕾上爆开，幸福得她眼睛都眯起来了。

　　余一言看着她嚼完咽下去了才试探着开口："你不能和周文彬去吃饭，你已经睡过我了。"

　　宋思思差点呛到，惊诧地瞪圆眼睛看着他。

　　余一言的脸慢慢红起来，但他强迫自己继续说道："你得对我负责，不能脚踏两条船。"

　　那个会害羞的蓝鲸哥哥又回来了，他不再是运筹帷幄的余总。

　　宋思思笑起来，不由得想逗逗他："都是成年人，又没有结婚，你不愿意就算了。"

　　余一言脸上的那点红慢慢消退了，他本来坐在对面的办公椅上，现在半蹲到了宋思思坐着的沙发旁，拉过她的手，轻轻捏着指尖，头半垂着，眼睛并没有看她。

　　半晌，宋思思听见他迟疑地开口："我不够好吗？只有我一个不行吗？荷塘古镇是按照你喜欢的风格设计的，我给你种了荷花，也给你剥了莲蓬。我在那个项目里有一点股份，你现在还喜欢的话，下次再去，那些花随你怎么摘。你还有什么喜欢的，都可以告诉我。"

　　宋思思呆住了。

　　最喜小儿亡赖，溪头卧剥莲蓬。

　　她想起了那个暑假的事，真的是太久太久以前的事了，久到她自己都忘记了那段称不上是暗恋的暗恋。

　　她攥紧了手指问他："你怎么知道的？"

　　余一言苦涩地扯扯嘴角："我看过你艺术周画的那幅画，后来在夏令营的大巴上，你和杨璐璐说的，我都听见了。你说过宋宣对你很好，所以你喜欢他。我没有别的办法了，我总得试一试。"

　　宋思思到此刻才明白为什么余一言会带她一起出差，她不知道他为什么会这么傻。

　　心口酸酸涩涩，她又想到了临别那天他没送出手的泰迪熊："你去机场带着的泰迪熊呢？为什么没有送给我？"

"我带去以后又后悔了，寓意不好，把它送给你并不会带来什么好结果。"

　　余一言把她绞在一起的手指慢慢掰开，抬头看她，那黑色的瞳仁雾蒙蒙的，又有一点悲伤在里头缓慢流动："我们会有好结果吗？"

　　宋思思舍不得再逗他，她凑过去吻了一下他的嘴角："周文彬只是我的相亲对象，除了你，我没有交过任何别的男朋友。"

　　余一言眼睛亮起来，但马上又暗下去："我听见你叫他老公。"

　　宋思思又亲了一下他的额头："叫的不是他，那天晚上来接我的是富宇安。我听见你说未婚妻，为了气你，才故意那么喊的。"

　　余一言在宋思思的拇指上用力咬了一口，留下一圈牙印："以后不能这么叫别人，富宇安也不行，故意的更不行。"

　　聚餐已经迟了，手机上有三个未接来电。

　　坐在网约车后排，余一言笑看着宋思思以老板临时开会，被抓着加班为借口，推了晚上的约会，打趣了一句："以后还会有很多加班。"

　　她气得狠狠地瞪了他一眼。

　　余一言握着宋思思的手，温柔地问道："你确定以后就在J市了吗？我在这边有套房子，找个时间我们一起去看看,你喜欢的话我们就去买家具，不喜欢我们就再挑一套。"

　　宋思思惊诧地看着他，都不知道怎么就突然发展到这一步了："你做什么？这也太快了。"

　　"不快了，你答应了我的求婚，我已经等了四年。"

　　余一言吻着她的手背。

　　"可是，我还没和我妈说呢。"宋思思顿了一下，还是说出了口，"我不知道她同不同意。"

　　余一言停下了他的动作，沉默了片刻，组织了一会儿语言："我妈已经和我爸分开了，她现在和那个小孩的亲生父亲在一起，过得很好。她也一直有定期看心理医生。就算再出问题，我也不会像以前那样没用。"

　　宋思思咬了咬嘴唇，看着他的眼睛，她想说对不起，她希望他能相信她。

　　"我不在乎这些，我以前就想陪着你的。只是我担心我妈，她身体不好，我不敢让她伤心。"

　　余一言眼睛里漾开笑意，他飞快地凑过去，在她的嘴角啄了一下："我知道，你不用解释，也不用抱歉，当初是我不想拖累你。"

他说完这个又趁机开始打商量："你妈那里可以慢慢来，但我不想住酒店了，我能不能先搬去你那里？"

似是怕她不同意，他又开出条件诱惑她："公司会给我报销住房费用，你不想占这个便宜吗？"

宋思思狡黠地笑起来："我的房租都是富宇安交的，你可以去跟他商量。"

余一言的睫毛垂下来，不太高兴地低头在她手上咬了一口，然后像是突然想起什么，脸色变好了，从兜里掏出一只黑色钱夹。

宋思思怔在了那里。

2022 年，电子支付已经高度普及，几乎没有人会随身带着这种东西。

钱夹的皮面因为常年携带的原因已经有些磨损了，不知是不是上油保养过，看起来有种精心养护过的痕迹。

这是比那个杯子更不符合他气质的存在，他不该在将满二十七岁且事业有成的时候，还使用这种老旧的钱包。

他把这只钱夹打开了，小心地从里头翻出一张浅棕色牛皮卡纸，递到宋思思的面前。

是那张许愿券。

能看出来同样被认真保存着，没有多少多余的褶皱，但时间太久了，边缘已经起了毛边，折痕因为时常翻看的原因变很很深，字迹已经有点褪色了。

余一言冲她露出个笑来，他现在完全不像那个冷酷的余总了，甚至能在他的脸上隐约看见一点酒窝，他还略微得意地挑了一下眉毛。

"这还有效的吧？我没剩几张了，不想撕开它，这样能召唤出思思牌仙女教母吗？我的愿望是，从今天开始就和你住在一起。"

宋思思鼻子发酸，说不出话了。她不可能拒绝，她为了不想起他，把所有的一切都锁在了 Q 市。

但他好像还活在四年前，杯子也好，钱包也罢，什么都带着，一切都没变。

余一言看她没动静，脸上的酒窝消失了，语气有些慌："让我留下行吗？我是在集团内网上看见你的入职信息才调来的 J 市，你不能赶我走。"

宋思思拿袖子飞快蹭了下眼角，嘴唇在他的额头上印了一下，把他的手握得更紧了："思思教母说，她会满足你的所有愿望。"

第十八章
同居生活
SONGYE LANJING

从这天起，宋思思和余一言开始了同居生活。

宋思思没想好怎么告诉宋芳，连带瞒着富宇安，在公司里也不想公开恋情。

"暂时不告诉你妈可以，为什么跟同事也不能说？国投并不禁止办公室恋情。"

"我还没准备好。你不准告诉别人，不然我会生气。"

余一言拿她没有任何办法，只能配合着当她的秘密情人。

他果然是有预谋的，从 B 市寄回来的十多个大纸箱，绝大多数连封条都没拆，就直接从酒店搬来了家里。

原本乱糟糟的衣帽间即刻就被收拾整齐，宋思思的衣服被他分门别类地挂起来，包包、鞋子、配饰都被一一规整，柜子里清出四分之一的位置，摆上了余一言的行李。

他带来的东西不算很多，清一色的衬衫西服，三十来条差别不大的素纹领带，无论春夏秋冬一律都是纯棉 T 恤睡衣。

他的那个松鼠刷牙杯竟然也还带着，但他没舍得再用了，为了防止上面的卡通印花磨损，他竟然还专门给这只刷牙杯配了个透明保护壳。

宋思思盘腿坐在客厅的毛毯上拆其中一个纸箱的时候，翻出了他俩当年参加夏令营时在飞机上的那张合影。

她指着照片里的小男生，说："这算是我们头一回合照吧？你笑得好勉强，一副完全不想和我合影的样子。"

余一言站在一边收拾立柜，侧头看了一眼："没有不想和你合影，是你离得太近了，我那时很紧张。"

宋思思翘了下嘴角，觉得他好像也不算完全没变，这话放在以前，他绝对不好意思直接承认。

她在念大学时没和余一言谈过从前的事，但这会儿仿佛到了一定年纪，就开始想要回忆青春，于是她从开头的那年说起："你初一的时候可臭屁了，高冷得不得了，我找你说话你只会说好好学习。你当时就像流川枫只喜欢打篮球一样，只喜欢学习。"

余一言听到这句话，停下了手上的动作，弯腰在她脸上捏了一把："你在跟我翻旧账吗？你初中的时候，比起我，跟萧昌睿反而玩得更好一点吧？"

宋思思笑起来："谁说的？你不要污蔑我。而且这都过去多久了，你怎么还在吃这种醋？"

余一言把相框从她手里抽出来塞进了柜子里，放好后过了几秒，他突然开启了另一个话题："周文彬笑起来好看，还是我笑起来好看？"

他说这句话的时候，脸是对着柜子的，宋思思看不见他的表情，但从他的语气里听出了一丝生硬。

她不免觉得更好笑了点："我都说了他只是相亲对象。"

"你那天和他去吃什么了？"他依然面对着柜子。

宋思思想了会儿才记起来他问的是哪天："日料。"

"好吃吗？"

"他点了太多刺身。"

余一言呼出一口气，把脸转过来了："富叔有句话说得很对，吃不到一个碗里的人没办法长久在一起。"

他抿了一下嘴，又加上一句："我没有什么口味偏好，只要你喜欢的我都会喜欢吃。"

宋思思简直乐不可支了："余总，你这几年发生了什么？为什么连这种话都能信手拈来？"

余一言没有回答这个问题，但宋思思自己找到了答案，这只纸箱的最底层放了本《追女孩的一百种办法》，其中几页还被做了特殊标记。

例如：不要让她去猜，你需要诚实地告诉她你喜欢她。

宋思思本可以借此再打趣他几句，但她这会儿鼻酸得说不出话来。

她在纸箱里翻出了那部他大学时用的旧手机，屏幕换过了，手机有很严重的磨损痕迹。

打开手机相册的时候，她看见里头全是她的照片，也只有她的照片，没有别人的。

他的备忘录里记满了她可能爱吃的美食以及能吃到的餐厅地址，甚至各类她可能想去玩的度假地点以及旅行攻略。

她发给他的每一条消息都被保存着，她还在那上面看见了1520条相同的短信内容。

我好想你。

从分开那天起，到重逢的前一天，他每天都在用被拉黑的号码给她那个被扔在Q市的手机发着信息。

不仅如此——

还有每天早中晚三次的拨号记录，那是很长很长一列，怎么拉都拉不到头的"松鼠宝宝"。

"你现在几岁了？怎么还能像未成年时一样不知分寸？"

直到余一言有点严肃的声音在耳畔响起，宋思思才回过神来。

他手里拿着个药箱，里头三分之二都是消食片。

宋思思愣了一下，她不知道该怎么解释，也不太想让他担心，好半天只能朝他笑了笑，随口说个理由："我只是很喜欢那个味道，没有乱吃。"

余一言头痛地捏了捏鼻梁："宝宝，这个是药，不是糖。"

他说完后只在药箱里留下一盒，把其余的都收了起来，放进了头顶的储物柜里："这些我没收了，你有其他想吃的正常零食可以告诉我。"

第二天一早，闹钟在第一次响起时就被他无情地摁掉了，等宋思思醒来看时间的时候，已经来不及打卡了。

她有点儿急眼了："你看看现在都几点了？"

余一言没有理会，还十分欠揍地说道："今天没有早会，偶尔迟到一次，我不说，老汪也不管，没人挑刺，你怕什么？"

"可是会扣工资！而且两个人前后脚到算怎么回事？"

"扣的工资我补给你，工资卡都交到你手上了，年终还有分红，我们不差这一点。你到了先上去，我直接进办公室，他们不会发现的。'"

…………

午休的时候，方玥靠在休息室的躺椅上和宋思思小声地聊天。

"你们出差出得怎么样？项目谈得很好？"

"嗯，政府那边同意以基准地价出让，超出的部分会分三年返还，二

293

期工程完工后还会有五年的免税期。”

方玥连着发出三声"天啊"："按基准地价算下来能给公司省二十多个亿了吧？那余总这季度的奖金还不得爆掉？妈呀，这真的是人和人的差距比人和狗都大。难怪我今天找他签字，他看起来心情很好的样子。"

宋思思在心里暗暗翻了个白眼，天晓得余一言心情好到底是为了什么。

方玥感叹了老半天才勉强平静下来。

她刷了会儿博客，看到热搜，指着屏幕问宋思思："这周六的演唱会是你爱豆巡回演唱会的第一场吧？你票抢没抢到啊？"

宋思思摇了摇头："大麦上的票一放出来就被黄牛锁了，我怎么抢得到？"

"那真蛮烦的，就在J市呢，都不用跑来跑去。可惜我俩没和J市的文旅局对接过，这种演唱会一般都是他们监管的，我听说他们那边会有赠票。找个熟人问问看，应该不难拿到。"

宋思思被方玥这话提醒了，突然想起吴怡就是因为余一言和J市政府谈项目才和她老公认识的，那余一言十有八九会认识点什么人。

想到这里，宋思思马上给那个蓝鲸头像发过去一条消息：余总。

对面过了会儿才回复：？

请问您认识J市文旅局的小领导吗？

对面回过来一串省略号，然后口气很大地说：余总只认识大领导。

宋思思被逗得笑了一下，给他发了个"差不多得了"的表情包，接着继续狗腿地说道：那能麻烦您帮我问问，有本周六我爱豆的演唱会门票吗？就在J市的奥体开。

不知道这个人是不是谈判次数多了形成了习惯，只一秒就回过来一句：你拿什么交换？

你想要交换什么？

对面几乎没有任何犹豫：你今天留下来加班。

宋思思彻底无语了，她在手机上划拉了半天，挑了个"这边的建议是，别幻想了，尽早找个班儿上"的表情包发过去。

余一言并没有就此妥协：那看来没有谈下去的必要了。

宋思思这回的表情包是"对方已拒收您的消息，还对您放了个屁"。

余一言没动静了，过了二十来分钟才回复过来：我问过了，可以给你拿到内场前排的票。你真的不想去吗？

宋思思被"内场前排"四个字深深吸引住，她不可能不想去。

她给对面连发了三个表情包，分别是"我去你的""我太难了"，以及"我怎么就不是富婆，我要是富婆还会这副样子"。

余一言坐在办公桌前笑了。

下午的短会上，余总又变回了那副不苟言笑的样子，从他那张脸上根本看不出来他今天中午都说了些什么鬼话。

他心情似乎确实像方玥说的那样挺好的，但并不影响他在发现错误的时候冷若冰霜地开口训人。

但宋思思已经完全不怕他了，演示 PPT 的时候声音一点儿都没发颤，她自认为就算他再不徇私情，自己也铁定会是那个例外。

结果，在她的汇报即将结束的时候，余一言按下了暂停键。

他板着脸，无比正经地喊她："宋思思，保证金比例你和相关部门再确认一遍，近期政策调整过，数值大概率会变动。"

宋思思抿了下嘴唇，挤出一句："好的，余总。"即使心里大骂他一百遍"狗东西"，在这么多人面前，她还是只能毕恭毕敬。

余一言微微颔首，仍旧是一本正经的表情："行了，继续吧。"

下了班，等人都走完了，宋思思去办公室找余一言时，他还是那副有点儿冷淡的样子。

他只给了她一个眼神，目光就又移回了电脑上："你先坐一会儿，我还要十分钟。"

宋思思撇了撇嘴，没有老实坐着，无聊地到处摸摸看看，还随手去翻他办公室里的冰箱。

除了冰箱门上放着几瓶安第斯外，里头全是一罐罐的茶叶：西湖龙井、六安瓜片、太平猴魁、信阳毛尖，他竟然连安吉白茶和武夷大红袍这类可以常温储存的茶叶也一起扔在里面。显然，他并不怎么喜欢喝茶，这又是行政给他备的。

宋思思拿出一瓶安第斯拧开喝了一口，喝起来味道确实比普通矿泉水甜一些。她在喝第三口的时候，手里的玻璃瓶被余一言抽走了，随之抽走的还有嘴里的水。

两人一起回家，余一言拉着宋思思去楼下的生鲜店挑食材。

他对着一块牛肉研究了半天，宋思思有点不解："这有什么差别吗？

随便拿一块不行吗？"

余一言终于选定了一盒："你不怎么爱吃谷饲牛肉，你更喜欢草饲的。"

"什么？我自己为什么不知道？"

"它们脂肪含量有差别，你喜欢更精瘦的肉质。"

说完，他叹了口气："宝宝，你真的很难养。草饲牛肉要难处理很多，口感很容易变老。"

"你这是赤裸裸的污蔑，富宇安说我很好养，他只需要周末给我炖点鸡汤就可以一周不用管我。"

余一言默了默，明显不太高兴："他怎么能把你养得这么糙？"

虽然回家晚了，但余一言的做饭速度很快，他的烹饪技术远比他自己描述的"还行"要好得多。

牛排不知道经过了怎样的处理，即使做成了宋思思要的十分熟，也依然鲜嫩多汁。

这是中西混合且很丰盛的一餐，余一言不像宋芳那样会逼着宋思思吃茄子，变着花样做好了口蘑、茼蒿和芸豆。

宋思思站在一旁看着他那历来灵巧的双手，手指翻飞着变出一道道熟食，简直跟看艺术表演似的。

余一言在她跃跃欲试的时候并不允许她动刀，但会让她帮忙摆盘："这样也算我们一起做饭了。"

这句话里带了一丝丝不易察觉的醋意。

他煮的罗宋汤比富牌鸡汤竟然还要好喝一点，经过他自己的改良，有种浓郁的酸辣味，咽下后，舌尖上会残留一点奶油香。

在宋思思即将干完第二碗汤拌饭的时候，被余一言制止了："留一点肚子，晚一点还会有酒酿酥酪。"

这一顿还没结束，宋思思就在期待下一顿了："你明天晚上给我烧什么？"

"你想吃辣的话，那就煮紫苏太阳鱼。如果你想试试新口味，Taco（墨西哥卷饼）和鸡肉可丽饼我做得还可以。"

"不能都做吗？"

余一言笑了一下，把宋思思嘴唇上沾的那点酱汁吮掉："你吃不下那么多。而且我的食谱库存并不多，你不要一次性把它挖空了。"

或许是食物过于美味了一点，也可能是余一言特意做的那份酒酿酥酪起了作用，夜里的宋思思，并不需要余一言多费口舌，就变得异常黏人。

周六这天到来的时候，余一言觉得自己这笔买卖做得似乎有点亏。

宋思思起床后，花了近三个小时打扮自己，即使是当伴娘那天，她也只是刷了睫毛膏，但她今天却在一根一根贴着下睫毛。

涂口红的时候，她叠用了两支唇釉，膏体被她用嘴唇一点一点抿开，是种风情十足的颜色。

余一言就算再不清楚女孩子的化妆流程，也能看出宋思思从没这么认真梳妆过。

"宝宝，你为什么要打扮得这么好看？"

宋思思把手指上残留的膏体点在鼻尖，又在眼头加了点亮片，确保不管从哪个角度看都忽闪忽闪的，最后对着镜子左右照了照，才分出点心神回答他："今天去见我爱豆，当然得打扮得漂亮一点。"

"可他又看不见。"

"我又不需要他看见我。你不懂，反正这是一种仪式感。"

余一言不知该如何作评，但他那点占有欲控制不住地冒出来，她见他的时候可从没有过这么强的仪式感。

宋思思正拿着电卷棒卷头发，看见镜子里十分钟内出现了四次余一言的身影。

他穿上了那件昨天她刚给他买的可可色衬衫，打破了他贴身衣物不过水不上身的原则，扣子被解到了第四颗，露出漂亮的锁骨和一部分胸膛。

宋思思大概知道他为什么如此频繁地在她面前乱晃了，他正在对她使用美男计。

可惜，余一言错估了雌性激素和雄性激素之间的显著差异，这一招在宋思思沉迷于追剧时会十分有效。但这会儿，宋思思瞄了眼时间，无情地把人赶了出去，顺手反锁了化妆间的门。

等她终于装扮停当走出房间，就看见余一言仿佛要去比美一样，穿着成套的 Brioni（布里奥尼）定制西装，半靠在餐厅的高脚椅上，慢条斯理地抿着杯牛油果杏仁奶昔。

他实在有点太清楚她的口味了。

宋思思嘴唇上那点艳丽的红，在余一言一口一口喂过来奶昔的同时，被他一点一点全部吃掉了。

他没有再给她回去补妆的时间，拉着她直接出了门。

宋思思坐在副驾驶位的时候忍不住咯咯发笑，手抖得把唇釉抹出了唇线："余一言，你今天脑子秀逗了吗？女孩子正经出门都会带上化妆包的好吧，你怎么会以为只能在家里涂口红啊？你又不是没见过我在外头补妆。"

余一言很不高兴地在她的脸上捏了一把，嘴唇紧抿着，没说话，从扶手箱里摸出个墨镜戴上，一副不想理任何人的样子。

宋思思没有见好就收，从停车场下车后，她一边沿着人行道往场馆走，一边给道路两旁的易拉宝一张张拍照。

她无视余一言的美男计，只为了省出时间来和她爱豆的巨幅海报合影，并且，她还对举着相机的余一言非常不识时务地叨叨。

"余总，你不要以为我看不出你的小心思，你只照了我爱豆的半个头是为哪般？"

"余一言，你太高了，麻烦你蹲下来给我重拍一张，我被你拍得简直像个小矮人一样。"

"余一言，你的拍照技术什么时候能向你的厨艺看齐？你现在的摄影水平好像比你大学的时候还差一点。"

…………

宋思思并没有到此为止。

在进场馆之前，她拉着余一言去粉丝团的应援车前排队："后援会准备了免费的应援贴纸，等会儿你和我一起贴脸上吧。对了，还有那个应援发箍，你也得戴。"

余一言简直惊呆了："不是，我为什么要戴那种东西？"

"哥哥，你不愿意吗？我一个人戴太傻了，我想你和我一起。"

宋思思这次的撒娇没有起效，余一言仍然坚决地摇头。

宋思思见状只好改成威胁："你不戴的话我会生气。"

于是，余一言身上穿着詹姆斯·邦德最常穿的意大利品牌，架着Gentle Monster（简特慕）的黑色方框墨镜，打扮得像个西装暴徒似的，脸上却被贴上了红白色贴纸，头上戴了个很卡哇伊（可爱）的头箍，上面不仅写了宋思思爱豆的名字，甚至还有一对彩色小心心。

等余一言完成烦琐的安检手续，坐在内场前排的座位的时候，脸依旧是黑的。

而宋思思随后的表现，更是让他在心里默念了三次：宝宝，你今天真的完蛋了。

宋思思全程没有一刻停下过她的花痴行为，即使余一言记性再好，也不记得她到底在他的耳朵边尖叫了几回。

"哥哥！哥哥！看这边！"

"哥哥好帅！"

"啊！哥哥笑了！哥哥笑了！"

"怎么能这样！我死了！哥哥杀我！"

"天哪！余一言，你看到没！他刚才抬手时不小心露出腹肌了！"

"啊！这个低音炮！我不行了！"

…………

等演唱会结束后回去，宋思思依然处于极度亢奋的状态。

但她果然如余一言在心里说的那样，真的完蛋了。

宋思思在第二天的中午重新恢复了精气神，博客上跳出的消息让她发出了一阵猖狂的笑声。

"哈哈哈，余一言，你上热搜了你知道吗？她们封你是最帅男粉，你火了，她们现在在找你的账号。"

余一言紧皱着眉，盯着那张被偷拍的背影照，足足迟疑了三分钟，最终还是放弃了找集团总部帮忙公关的念头。

至少没有露脸，如果被人知道是他，那余总真的不用混了。

宋思思现在很讨厌运动，但几乎每个周末都会被余一言拎去健身房。

他在别的方面都很好说话，唯独此项没得商量："你不能完全不运动，一直躺着对身体不好。跑步、爬坡、动感单车、划船机或者攀岩，你随便挑哪样都行。等到冬天，我休假了再带你去滑雪。"

宋思思最后选择的是游泳，她在蛙泳以外，还想再点亮一下仰泳的技能点。

余一言迟疑了一瞬，最终还是点头带她去了。

而如他所预料的那样，宋思思学习的进度十分缓慢，他们大多时候都在瞎玩。

没有中考体育的威胁，宋思思压根儿没有认真学，她钩在余一言的身上，任凭他带着自己往前游。

宋思思很喜欢在午夜拉着余一言去看电影。

他们依旧会在最后一排的情侣座上分享一个可乐味的吻，有时是爆米花味的。

　　电影结束后，余一言会牵着她的手，慢悠悠地走回家，路上几乎没有行人，偶尔几辆汽车飞驰而过，整个世界都安静下来，仿佛就剩下他们两个。

　　这会让宋思思回想起食物中毒的那个夜晚。那时的他们拥抱着，孤立无援地立在无人的街头，只能相互偎依彼此取暖。

　　但宋思思仍然是安心的，吐得再厉害也有余一言陪在身边，那么就没什么好怕的。

　　在那几天里，她确定了自己要嫁给余一言的心意。

　　从重新在一起的那天起，宋思思戒掉了上瘾四年的三角药丸，药箱里的消食片再没被打开过，她的身体不再用呕吐发出求救信号。

　　那受点刺激动不动就食道反流的感觉，因为没办法嫁给余一言而出现，也因为再次抓住余一言而消失。

　　他们的地下恋情隐藏得很好，连方玥都没有发现这个秘密。

　　最先撞破的，反倒是沈丁妮。

　　那是某个周六的半夜，他们刚从附近的商场看完电影走回家，宋思思拉着余一言去楼下的二十四小时便利店买东西，试图讨价还价，让他允许自己买一根抹茶芝士棒冰。

　　但余一言拒绝了："不行，你今天吃过一杯巴旦木暴风雪了，想再吃冰的得等到明天。"

　　宋思思对这个结果不太满意，正扯着他的手摇晃着耍赖皮，就在711门口撞见了沈丁妮。

　　沈丁妮身上套着家居服，趿着鞋，手里拎着几瓶新出的罐装热红酒，看样子是放弃了自己熬煮的口味奇怪的黑暗料理。

　　宋思思在沈丁妮和萧子睿回国后，只相约吃了两次饭，心思全都放在了余一言身上，完全不清楚为什么会在这个地点这个时间碰见她。

　　沈丁妮只一眼，便很肯定地说："所以，你找回了你的Mr.Right。"

　　冰激凌没有买成，余一言给宋思思买了杯热牛乳，就拎着她回家了。

　　宋思思没再反抗，她的心思已经不在这上面了。

　　沈丁妮跟着他们进了电梯，显然是要彻夜长谈。

　　余一言把客厅让给了女生，自己去了书房处理文件，临走时叮嘱了沈丁妮一句："你别让她喝酒。"

　　沈丁妮等他关上房门，"扑哧"一声笑了："我以为，他是那种……怎

300

么说呢，特别浪漫的男孩子。按照你说的，他的甜蜜花招简直层出不穷。但没想到，富富真的没乱说，你会喜欢别人管着你。"

宋思思被说得脸红："你别告诉富宇安，我还没想好怎么和我妈开口。"

沈丁妮意味深长地看着宋思思："富富说你国庆没回家，理由是公司要团建。所以，实际上你不是在团建，而是跟他在一起。"

宋思思的脸更红了一点。

国庆期间余一言要去 HK 出趟差，把宋思思也打包带走了。

最开始，她是拒绝的，但是余总摆出一副可怜巴巴的样子跟她说："宝宝，我喝醉了会难受，你得照顾我。"

宋思思受不了他那个样子，一秒没犹豫就去收拾行李了。

但实际上，余总在骗人，他并不是去谈判的，一场饭局都没参加，只开了两天的商务会议，剩下的时间都在度假。

宋思思勉强把这些乱七八糟的记忆从脑子里赶出去，略定了定神，嘴犟地反驳道："也不算骗人，他现在是我上司，和他在一起，应该也算公司团建了吧。"

沈丁妮喝了口香橙肉桂酒，感慨道："真好啊，你以前就算是大笑，也是不开心的，但你刚刚朝他皱眉，眼睛里也是高兴的。真好，你能找回他，真好。"

说完这些，宋思思好奇地问她："那你为什么会在这儿？"

"我在追你哥，我搬到了你们小区。"

宋思思没想到沈丁妮会这么坦诚，惊讶得瞪大了眼睛，但心底深处其实早就隐隐有预感——谁会为了口吃的，不远万里离开自己从小生活的地方呢？

她想要说点什么，但语言系统宕机了，好半天才颠三倒四地给沈丁妮交代富宇安的情史："我哥他可能有点难追，他应该只有过一个喜欢的人，没和别的人在一起过。我不知道他是不是还喜欢那个人，我妈让他相亲，他也不去。我说这个不是劝你放弃，就是，反正他可能会有点过于认死理。你别介意，总之，我是支持你当我嫂子的。"

沈丁妮看了她两眼，有些无语地抬头望天："所以，你真的一点都不知道对不对？"

"知道什么？他还喜欢过别人？不会是真的吧？我记得有一回我们大学聚会玩真心话大冒险游戏，他说现场有他喜欢的女孩子。我后来没见到什么动静，还以为他诓人的。他和你说什么了？怎么还瞒着我呢？那个人是谁？"

沈丁妮又喝了一口红酒，没有说出富宇安的秘密，找了个理由随口搪塞过去："没谁，我说的不是这个。嗯，我的意思是，富富说他拒绝婚前性行为，所以他会等到想结婚了再谈恋爱。"

宋思思的眼睛瞪得更圆了："不是吧？他怎么会这么纯情？"

沈丁妮被逗乐了："你别跟他说是我告诉你的，他会杀了我。"

宋思思之前没有想过这个问题，现在想到了不免有点啧啧称奇："哎，我跟你说过没有，他小学就看一些乌七八糟的书了。我小时候觉得他好不正经，还以为他以后准会是个什么花心大渣男呢。真没想到啊，竟然保守成这样。"

············

她们那天聊了很久，最后双双倒在沙发上睡着了。

余一言从书房出来的时候，看见宋思思已经洗漱过了，裹着毛毯窝在沙发里，睡得很熟，也没吵她，只自己轻手轻脚地收拾了茶几。

喝空的易拉罐都在沈丁妮那头，宋思思这边只多了个还剩一口奶的玻璃杯，看来很乖，并没有喝酒。

他把杯里剩下的那一口喝了，放到厨房，打算明早再洗，又走回去摸了摸她露在外面的手，确定是热乎的，给她放进了毯子里。

终章
蓝鲸与松鼠
BOHEWEI LANSING

2022 年 12 月，J 市迎来了今年的第一场雪。

早上出门的时候，余一言强迫宋思思围上了围巾。

"为什么要围这个？公司里暖气那么足，车上也不冷。"

上午十一点，方玥被余一言派到公司楼下去接了个人，一回来就在飞信上和宋思思八卦。

天啊，你猜我看见了谁？余总传说中的未婚妻！超级御姐，原来他喜欢这一款。

宋思思心里咯噔一下，好半天才把这几个字敲出来发过去：你怎么知道是他未婚妻？

上班时间找来公司，进门了不喊"余总"喊的是名字，那肯定不是来拜访的客户，这么高调，不是男女朋友还能是什么？

宋思思非常好奇：你还看见什么了？那人长什么样？

我还能看见什么？我哪敢探听余总的八卦？我把她送进办公室就出来了。长得挺漂亮的，大波浪发型，很会打扮，气场很强。她和余总站一起，简直男女双煞。

手头的工作已经做不下去了，宋思思在工位上纠结了好一会儿，还是决定假装去茶水间，准备路过时顺便瞄一眼。

办公室的门没有关上，完全敞开着，里头的情景一览无余地射进了宋思思的眼睛里。

从这个角度看，余一言面对着门，坐在办公椅上，没什么表情，右手上的笔在桌子上轻敲着。这是他不耐烦时的一个小动作，宋思思曾看见他在开无聊的视频会议时做过几次。

宋思思又往前挪了几步，桌对面坐着的人，只能看见一个侧面，但仅从一个侧面也能看出，对方确实像方玥说的那样，漂亮且会打扮，气场还很强。

咖色的大衣外套被挂在椅背上，她身上只穿着一件白色贴身羊毛裙，曲线一览无余。头发是灰棕色的，看得出被认真保养过，没有任何漂染所带来的干枯毛躁感。酒红色的美甲与食指上的橄榄石戒指形成强烈的色彩反差，隔老远也能撞进视线。

即使过了这么多年没见，即使她又变了很多，宋思思还是一眼就认出了，余一言对面坐着的人，是高依茜。

心情瞬间沉到了谷底。

近三个月来，宋思思完全沉浸在和余一言的二人世界里，她忘记了高依茜这个人，或者说她在强迫自己忘记。

就像她还没想好怎么开口和宋芳说那样，她也没想好要怎么问余一言这件事。

这是她心底最无法触碰的噩梦。

高依茜就像一只会分泌毒液的八眼巨蛛，将她死死粘在了蛛网上，毒液顺着血管流进来，腐蚀了整颗心脏。

她的勇气已经被腐蚀殆尽了，她不敢开口问余一言曾经发生过什么。一颗射进身体的子弹嵌进心室里太久，已经成了肉体的一部分，取出来必将伤筋动骨，不去管它反而得以活命。

她像一只鸵鸟一样把头埋进沙子里，反正在余一言现在的生活里，没有任何高依茜出现过的痕迹，那么，她也可以假装这个人没有存在过。

但同时，她的心底最深处，因这颗子弹的存在，依旧在隐隐作痛，这盘桓不去的痛楚绑住了她，让她至今也没办法向旁人坦诚地宣告自己的恋情。同样，她也没办法毫不犹豫地答应余一言结婚的请求。

她不敢面对，她选择了拖延，只要时间足够久，那么伤口也能在他长久的陪伴下得以愈合。

但是，高依茜如鬼魅般再次出现在眼前，让她继续逃避下去的可能性化为乌有。

宋思思无法在门口逗留太久，她听不清他们在说什么，只能拿着空杯子回到了工位上。

"我应该相信他。"好一会儿，她对自己这样说。

但心脏依然不受控制地一点一点发麻，身体开始阵阵发冷，暖气好像失灵了。

宋思思拿出早上带来的围巾包住自己，这是余一言给她的。像是给自己打入了一管镇静剂一样，她慢慢感到暖和起来。

快到饭点的时候，她在飞信上收到了蓝鲸头像发来的消息。

你中午要不要一起出去吃饭，高依茜来了。

如果不想一起吃也没关系，我和她就去食堂，你可以在旁边看着。

宋思思有了一股冲动，她不想隐瞒了，被同事知道了也好，这样就不会再有人跟她说"余总的未婚妻来了"。

宋思思说：我们就在食堂吃吧，我和你，还有高依茜。

对面几乎是立刻回复过来：好，到点了你来办公室找我。

宋思思给方玥发了消息：我今天中午约了男朋友，没办法和你一起吃饭了，你自己去食堂吧。

方玥显然非常震惊：你什么时候有的男朋友？

很早，高中毕业后就有了。

你不是之前还在相亲吗？！

嗯，我们之后异地了一段时间，他现在来找我结婚了，就你给我算卦的那几天。

就跟你说我是神算子吧！那你怎么一直都没告诉我？咱们不是好姐妹了吗？！不行，你下次得带出来遛遛，让他请我吃饭。

宋思思给她发了个淡黄色笑脸：可以，如果你真的想的话。

饭点前，余一言就已经在办公室门口等着了。

宋思思刚到，就被他握住手试了试体温："冷了干吗不穿外套？"

说着，他就要转身刷卡开门进办公室拿衣服。

国投大厦的暖气开得很足，进了楼，大家都会脱掉大衣，余一言只套了件羊绒衫，而宋思思的毛衣外面还披着围巾。

宋思思拉住他："我现在不冷，你别拿了。"

高依茜在旁边看着他们拉拉扯扯，嗤笑了一声："好久不见啊，宋思思。"

余一言蹙了蹙眉，不耐烦地开口："吃完饭你就回去吧，如果有需要，我可以给你我爸的联系方式。"

"你就是因为她来的J市？"高依茜昂着头看他，表情不怎么好。

余一言并没有回答这个问题，也没再和她对视，只低着头给宋思思焐手，语气变得冰冷："你还吃饭吗？不吃我就和思思去了。"

高依茜没再说话了。

气氛变得很诡异，宋思思实在摸不太清现在的状况。

余一言的态度绝对不像是在面对前女朋友，他没有一点尴尬，在她面前也十分坦然。

但同时，他又很古怪地略微压抑着对高依茜的不满，他明明已经很不高兴了，但他竟然也没有立即让高依茜走人，这不太像他平时的作风。

宋思思有点蒙，一直没有开口说话，任余一言牵着手，坐电梯去了二食堂。

选择这个地点也非常奇怪，她以为余一言会去一食堂，那边有包厢，可以点菜，领导招待人通常去那里。

二食堂是普通员工餐厅，人多，且只有自助餐，是宋思思和方玥常来的地方。

排队的时候，余一言也全程没松开宋思思的手，只让高依茜自己随意。

今天食堂煮了板栗红烧肉，还有油爆大虾，余一言各拿了两份。看到饺子的时候，他问宋思思要不要来一点，宋思思摇了摇头。

等刷完饭卡，他们挑了座位，就在方玥的前面，因为到得比较晚，方玥已经快吃完了。

看到宋思思跟着余一言一起走过来，方玥惊得筷子都要掉了。

余一言在桌子上放下餐盘，回头叮嘱了宋思思一句："我去洗手，虾你先放着，等我回来给你剥。"

高依茜背对着方玥坐下，宋思思坐在了高依茜的对面，看见隔着张桌子的方玥瞪大了眼睛冲她用嘴型说话：厉害啊，姐妹！

宋思思有点想笑，她好像搞明白了余一言为什么会选在二食堂吃饭，他就是想将他俩的关系立马昭告天下，碰到的熟人越多越好，甚至还专门坐到了方玥的附近。

高依茜拿筷子拨弄着碟子里的菠菜，率先开口了："你什么时候回来的？"

宋思思夹了块板栗："八月。"

高依茜讥讽地挑挑眉："难怪。你一回来就找他了？"

宋思思把板栗咽下去了才回答："没有，我没找他。"

高依茜看着她，像是在评估她说的是真是假，沉默片刻才露出个笑来："你不在乎他和我睡过吗？"

这句话像利箭一样射向宋思思，她用力掐住掌心，强迫自己冷静下来，脑袋飞速运转着，最后，她决定诈一诈高依茜："你没必要再骗我，余一言压根儿都没理过你。"

高依茜的脸瞬间就沉下去了，笑容隐去，她讽刺地扯了扯嘴角："他还真是迫不及待地什么都告诉你了。"

"告诉什么？"这时，余一言回来了，他抽了张纸把手擦干，没听见回答，也没在意，先拿了筷子把板栗都挑出来，将碟子推给宋思思，"肉放着给我吃就行。"

宋思思非常爱吃二食堂板栗烧肉里的板栗。板栗吸收了肉汁，会变得又粉又鲜，一定得用大锅煮，自己家烧不出那个味道。

她吃肉只喜欢啃排骨，不太爱吃整块的瘦肉，可自助餐又不好意思都剩下。

幸好方玥没那么喜欢吃板栗，于是碰上这道菜，她都是去方玥的碗里蹭两颗，可惜从来没吃过瘾过。

为了她的地下恋，余一言并没有和她在二食堂一个桌吃过饭，她不知道他是什么时候发现的。

余一言夹完板栗，又开始给她剥虾。

宋思思很爱吃虾，但从来不用手剥，包括小龙虾也是直接上嘴用牙齿去壳，每回都把口腔黏膜戳破。

但她依然屡教不改，实在太懒了，宁愿口腔溃疡，也不愿意来回洗手。

余一言很快把两份虾都剥了出来，推到她面前，用湿巾擦干净手才开始吃自己的。

他吃饭的时候不怎么爱说话，也不发出咀嚼声，速度比大学的时候还要快得多，不知道是什么时候养成的习惯，已经改不过来了。

宋思思刚吃好，他就放下了筷子。

高依茜餐盘里的菜基本没怎么动，只夹了几根青菜，碗里的饭还是满的。

余一言没有多管，看高依茜停了筷子，便收拾餐盘，拉上宋思思，刷了门禁，送高依茜下楼。

临出大门的时候，高依茜回头问了一句："你是不是要结婚了？"

余一言只看着宋思思："应该快了，我在等她答应。"

高依茜最后看了他一眼，撑开伞，走进了雪里。

晚上回家洗完澡躺在床上的时候，余一言向宋思思交代了高依茜今天为什么来找他。

"她在Q市日报社上班，说是明年年初社里想要搞一个专题，采访Q市的成功企业家，再对一些利民项目做宣传。

"她说荷塘古镇项目我是负责人，所以就来找我了。我觉得很离谱，我算哪门子成功企业家，我建议她去找我爸。"

宋思思拧了他一下："怎么，嫌副总裁的职位不够高吗？余总天天在公司里耍威风，那么多人说你年轻有为，想把你拐回家当女婿，现在开始谦虚了？"

余一言捉住她的手亲了亲："你在打趣我吗？我没那么厉害，你都不愿意把我拐回家。"

出于一种难以言说的心理，宋思思并没有告诉余一言那个相册的存在，她不愿意让余一言知道高依茜那么喜欢他。

她踌躇了一会儿，只说了高依茜告诉她，他们两个同居过，并给她看了两张照片，一张是他的书房，一张是他在陌生房间里睡觉。

余一言听到的一瞬间脸就彻底沉了下来，宋思思还从没见过他这么生气的样子。

发现宋思思好似被吓到，他吸了几口气，略微缓了缓表情，在她的额头上小心翼翼地亲了一下，看着她的眼睛，脸上的表情十足认真："我发誓，我以前和她绝对没有单独相处过，也和她没有任何交情，我只是看在高叔的分上给她一点面子而已。对不起，我不知道这个事，你应该早点告诉我。我知道的话，今天就不会对她这么客气了。"

他又在宋思思的嘴唇上亲了一下，带了点祈求的语气："宝宝，对不起，你别因为这种不相干的人生我的气。"

宋思思从余一言那里终于弄清了这几年发生的事情。

高志明是高依茜的父亲，故事的开始，要从方雅云小时候说起。

高志明和方雅云是邻居，高志明比方雅云大了几岁，他是陪着方雅云长大的人，但等方雅云长到开窍的年纪，喜欢上的却是余存正。

方雅云高中毕业后，两人就彻底断了联系。

高志明娶了孙晓晴，生下了高依茜，但孙晓晴感觉得到他对自己更多的是责任，而不是爱情。

这在那个年代本是很常见的事，许多人经人介绍，吃几顿饭，只要人

308

品靠谱，差不多了便搭伙过日子。

但孙晓晴偶然从别人嘴里得知了高志明年轻时喜欢过一个人，还为了那个人喝得酩酊大醉。

高志明对着她永远是稳重的、包容的，回了家也并没有像别的丈夫那样万事撒手不管，反而承包了家务以及带孩子的工作。

但他同时也是平淡的、无波无澜的，从不和她吵架，从不生气，除了高依茜出生，就没有过令他十分欣喜的事，好像任何事都无法引起他的情绪波动。

孙晓晴一次次地找他闹，但最终也没问出那个人是谁，因为高志明永远都是沉默，闭口不谈。

过强的自尊心，以及对高志明付出的真感情，使孙晓晴再也无法容忍这样的丈夫，他们在高依茜念小学时办了离婚。

高志明依然是负责的，他会在周末带高依茜出去玩，给高依茜买衣服，该给的生活费从不拖欠，通常会给得更多。

但这只会让孙晓晴更加无法忍受。

他爱他们的孩子，但他不爱她。

孙晓晴开始禁止父女俩频繁见面，继而极度严密地管控高依茜，她不允许仅剩的女儿也不再属于自己。

高志明是在初中家长会上重新见到方雅云的。方雅云变了很多，过得不太好，甚至可以说很糟糕。

等打听清楚方雅云的近况，本来端着公家饭碗事业有成的高志明辞了职，换了份相对自由的工作。

方雅云并不太搭理他，但偶尔会让他陪着一起去度假。

他们保持着一种若即若离的关系，方雅云需要他他便出现，不需要他他便离开。

直到在余一言上大四那年，方雅云突然变得主动，高志明并没有想过她来找自己的目的，玩玩也好，寂寞也罢，只要她能高兴一点就行。

但她之后又毫无预兆地说了分手，叫高志明别再来烦她。这也没什么，本来就是见不得光的感情。

高志明没有想到她会怀孕。

等他知道的时候，方雅云已经怀孕七个月了。

"高叔知道了就来医院照顾我妈，高依茜下了班也会跟着来看看。我知道你不喜欢她，我有很认真地和她保持距离。

"我妈那时候情绪不好，虽然高叔在，我可以抽出时间工作，但必须一有空就去陪她。等她生了我弟，脾气就变得更加暴躁了。高叔陪她住在疗养院，看了心理医生后，情况慢慢有了一点好转。

"等我妈稍微稳定下来后，我被调到了 B 市工作。我想过去 Y 国，但我妈当时还是颗不定时炸弹，我得时不时回去一趟，我不知道她会不会什么时候再爆掉。

"我平常人不在 Q 市，高依茜应该是跟着高叔去过我家才进了我的书房。我不知道她什么时候拍的照片，但我保证，不是我让她进去的。

"你说的第二张，应该是在高叔家里。我妈后来想通了，和我爸协议离了婚，搬去和高叔住在一起，我放假去看过她。是高叔让我妈慢慢好转的，我妈现在过得很好，情绪很稳定。没有高叔，我可能还抽不出手。他留我在他家住两天，我不好拒绝。

"高依茜那天早上什么时候来的我不清楚，反正我醒来看见她在，就收拾东西走了。我只在那儿住过一回，之后也没和她在一个房子里待过，她应该就是那次偷偷拍的。

"她一开始找我说些有的没的，我没理，后来嫌她烦，我就把她的号删了。再碰到她的时候，高叔和我妈都在场。如果你愿意跟我回去，你也可以自己问问他们。

"她从我妈那里知道我来了 J 市，这次是在群里找的我。我妈和高叔把我拉到了高家群，里头有很多他们家的亲戚，她说的又是工作上的事，而且人直接到了公司楼下，我得给高叔一点面子，就没让她走。

"她前两年交了男朋友，我听高叔说好像都快订婚了，我以为她早就放弃了。我没想到她会对你做出这种事，对不起，我以后绝对不会再和她有任何一点牵扯。

"宝宝，对不起，都是我不好，你不要伤心。除了你，我不会喜欢任何人。"

宋思思默默消化了一会儿，摸了摸余一言的耳朵："你妈妈好了之后你为什么不来找我？"

余一言把她搂到怀里，下巴在她的头上轻蹭着："我去找过你，我看到你过得很好。而且你那时已经把松鼠宝宝的名字换掉了，我不知道你还需不需要我。"

宋思思感受着他的胸腔发出的轻微震动，窒息了一瞬，把他抱得更紧了："我过得一点都不好，我没办法和别人在一起，我只要你。"

余一言低下头，在她的额头、眼睛、鼻子、嘴唇上一一吻过去，随后伸手从床头够到了那只黑色钱夹，从里面摸出一条项链来。

项链上挂着的，是宋思思曾经隔着衬衫碰到过的那两枚戒指。

他把戒指从项链上取下，小的那枚是璀璨的 V 形排钻。

余一言把它戴到了宋思思左手的无名指上，大小刚好。他微微笑了："这是我在四年前订的，当时没来得及给你。你看，它现在仍旧合适，就不摘下来了，好不好？"

大的那枚是同款男戒，十分硬朗的款式。宋思思将它也戴在了余一言的无名指上，大小同样刚好。她笑起来："余一言，我们结婚吧。"

年底，宋思思休了几天假，带着余一言回了家，她依然不知道该怎么和宋芳说，最后是余一言开的口。

宋芳在宋思思拒绝了周文彬又不再相亲之后，就隐隐料到了终会有这么一天。

她太了解宋思思了，一旦认定的事情，即使撞了南墙也不会回头，所以余一言上门的时候，她并没有多惊讶。

他们避着宋思思在书房谈了一整个下午。

"思思这些年过得并不好，我知道她一直没有忘记你。在小事上，她为了让我高兴，都会听我的，但大事上，她向来有自己的主意。我拦不住，也不想拦，我只希望她能开心一点。

"你不要怪思思，要怪就怪阿姨好了。你们那个时候太年轻，有些事情不是你们绑在一起就能处理好的。

"思思被我宠坏了，脾气不太好，还很娇气。如果有什么，你好好跟她说，可以吵架，但不要冷战，她受不了别人不理她。

"她很懒，就算想吃水果，她也不会去洗。以前在家有我，后来换成安安。是阿姨不好，太惯着她了。现在要麻烦你照顾她，你不要介意。

"我生病那次，她得了食道炎，没好利索。这几年安安说她受点刺激就会吐，看了医生也没用，查不出问题。安安告诉我，她自己在吃消食片，好像有点用，但她没在我面前吃过，我问她她也不说。你多注意注意，是药三分毒，别让她多吃。"

....

311

宋思思并不知道他们都说了什么。

余一言出来的时候，微微蹙着眉："你得了食道炎为什么不告诉我？你为什么说吃消食片是因为喜欢那个味道？"

宋思思愣了一瞬："我妈告诉你了？"

她嚅嗫了一会儿，声音变得很轻，有点断断续续的："那不是食道炎，那就是呕吐，从我们分开后就开始了。我不知道怎么办，我一难过就会那样。医生治不好，我只有吃消食片才会舒服一点。但我现在已经好了，没有再吐过。"

随着最后一个字落下，宋思思看见对面的人的脸色一点一点苍白下去，嘴唇微微抖动着。

好半天后，余一言用力把她搂进怀里，头埋在她颈窝里，声音有些发颤，艰难地挤出一句："宝宝，我的心好痛啊。"

伴着这句话的，还有一点温热的液体。

宋思思拿脸颊蹭蹭他的耳朵，手在他的后背一下一下轻拍着："我没有再不舒服过，我现在已经没事了。"

静默了片刻，余一言深吸了口气，在她的耳边一字一顿地说道："对不起，对不起，我保证，以后不管发生什么，我都不会再让你一个人面对。"

宋思思翘了下嘴角，在他的脸颊上轻轻吻了一下："你不用再道歉，我以后也不会再把你弄丢了。我妈呢？你说服她没有？"

"你不用担心，你妈妈很爱你。"

第二天一大早，余一言和宋思思赶在放假前去了民政局。

12月30日，2022年的年尾，余一言生日前夕，他实现了自己二十七年来最大的生日愿望。

婚礼定在来年8月，那是他们相遇的第十五个年头。

方玥陪宋思思去定制了婚纱，她们依然是无话不谈的好姐妹，但方玥并不敢再说什么要和余总约饭局之类的话。

杨璐璐怀上了小金鱼的妹妹（毛嘉乐坚持说肯定是妹妹），很担心自己到时候还没出月子。她这一胎孕吐反应非常大，毛嘉乐每天把她捧在手心里，寸步不离。

沈丁妮依然在追富宇安，但宋思思认为，离成功不会太远了。

萧子睿一定要给余一言当伴郎，他长到了一米九一，依旧是全班最高的男生，他说在这个日子里，总得让他压余一言一头。

余一言最终同意了，但晚上单独对着宋思思的时候，还是酸溜溜地和她反复确认："他那样有点偏高了吧？你最喜欢我这个身高对不对？你不会喜欢那种傻大个的吧？"

　　宋思思蹦起来挂到他身上，笑着去揉他的脑袋："你长得够高了，你不用再和他比。"

　　"余一言，小金鱼都会打酱油了，你不想当爸爸吗？"

　　"我们分开太久了，晚一点再生好不好？我现在只想有你这一个宝宝。"

（全文完）